U0066006

陳映真全集

20

2001

2003

人間

目次

〔訪談〕永遠的薛西弗斯

陳映真訪談錄[1]

出身於宗教家庭的陳映真，曾在〈鞭子與提燈〉中記述父親對他說的一段話：「孩子，此後你要好好記得：首先，你是上帝的孩子；其次，你是中國的孩子；然後，啊，你是我的孩子。」他飽含熱淚聽受了這些話，並且以此為一生的勉勵。而話中的「上帝」，陳映真詮釋為「真理」與「愛」，再加上其次的「中國」，這四者便成為解讀陳映真小說的重要關鍵。

然而，尋找真理的方式有很多種，似乎已對文學失去信心，轉投入政治經濟研究的他，在停筆多年後又開始創作了，對於「真理」、「愛」和「中國」的虔誠信仰，一如當年。於是見到陳映真，我們很自然（也很好奇）地引發了第一個問題：為什麼重新提筆寫作小說？對文學又有何期望呢？

我在一九八七年發表〈趙南棟〉後，就停止創作。主要原因是台灣左翼有一個長期存在沒有做完的功課，就是科學性地去理解台灣社會，也就是我和陳芳明所討論的關於台灣社會性質的問題，而這是從三〇年代以來各民族左派都一定要解決的。譬如中國左派經過百家爭鳴後，得出結論：中國是半殖民地、半封建社會。而台灣雖有左翼，卻一直沒有如此的討論，這一問題久懸未決。恰好當時我手邊有兩本日文書，一是涂照彥《日本帝國主義下的台灣》，一是劉進慶《台灣戰後經濟分析》，兩者串連起來恰好涵蓋了一八九五到一九六〇年的台灣。他們二位都是優秀的留日學者，受到日本左派馬克斯經濟學的影響，採取的是比較科學的實證研究，和留美派很不相同。所以我請人翻譯，並隨之展開對台灣史的關懷，便花去了很多年的時間。

所以為什麼又提筆呢？其實，我最感到快樂的還是創作。再者，我已經超過六十歲了，對以後十年的生活需要有所規畫，轉眼七十就要到來。這時又看到我的好友黃春明重新發表作品，對我當然是很大的鼓舞。最後，則是對年輕一輩創作的關心。我總覺得五〇年代以後台灣文壇的共通特質，就是受到外來思潮影響極大，譬如現代主義、存在主義，但大家多是口耳之學，連原典都沒讀過。而八〇年代的思潮由美國校園經媒體炒作，學者又據為己有，風行一時，但即便不是專家的我，都從他們的說法中看到許多矛盾。所以如何認真對待外來思潮，並且予以本地化，台灣顯然還做得不夠，經常只是毫無原則，甚至是打了七八折地接受西方理論，再表面化地照訂單出貨。所以我希望透過實際的創作，看看現實主義還有沒有路可以走？

因為文學不能光靠理論，還是寫了才算數，必須透過作品的考驗。

談話中可以感受到陳映真對年輕一輩的關心、期許，也難掩對大環境的失望。但對我們來說，他才真正象徵著一個發光、發熱、有理想、有抱負的光輝年代。聽我這麼一講，陳映真卻謙虛地笑著，甚至有點驚訝地問，現在的年輕人還會對他們那一代感興趣嗎？我說，會的會的，雖然可能不多了，但美好的事物總教人嚮往，不論是在哪一個年代。

我們這一代比較不同之處，就是受到中國三〇年代的影響。而一個民族文學本應最先受到自己文學遺產的影響，但在台灣，這一傳統卻被硬生生地斬斷了。於是，在非常偶然的情況下，我在舊書攤上讀到三〇年代的作品，受到的影響則有兩方面：其一是語言，也就是中國的白話文；其二是當時的文學觀，文學到底為誰而寫？要寫什麼？怎麼寫？寫給誰看？這些文學理論在三〇年代已經有過系統性的檢討，而我則從書本上繼承了這個文學傳統。

台灣七〇年代喧騰一時的鄉土文學論戰，倡言的正是三〇年代的「現實主義」和「文學為社會服務」的信念。日後檢討起來，卻被許多評論家以為是「意念先行」，傷害了作品的「藝術性」。我好奇陳映真同意這種觀點嗎？而在文學術語漫天飛舞的今天，是否仍對「現實主義」深具信心？

我們總習慣把現實主義視為板著臉孔，淨說一些愁眉苦臉的事情。但事實上，現實主義的精神在塑造時代的典型人物和環境，來表現社會存在的具體矛盾，從而促使人們產生改革或是改造的欲望。最有名的例子便是中南美洲革命文學的變種，如馬奎斯的魔幻寫實，書寫技巧雖然魔幻，但意義卻十分豐富。這和現代主義是不同的。現代主義只是把審美絕對化，除了虛無以外，不屑於去談論生活的意義。又比如魯迅的〈狂人日記〉，受象徵主義影響很大，但作品所要傳遞的訊息卻非常清楚。因此，區別現實主義和現代主義不能光看技巧，要看的是作品背後的關懷。

陳映真最新的中篇力作〈忠孝公園〉，便取材自二〇〇〇年的總統大選，藉此剖析台灣複雜的歷史面向和認同情結。而這一年多來，台灣政治生態和人民生活都產生了急遽的變化。在這變化中，陳映真以一個小說家的眼光觀察到什麼呢？

嚴格說來，這是我第二篇關於總統大選的小說。第一篇是〈夜霧〉，發表於《聯副》。在台灣民主化、「自由化」（陳映真特別提醒要加引號——作者按）之後，我覺得存在一個很嚴重的問題，就是許多人出來高唱民主自由，可是在過去戒嚴的年代裡，他們不論秘密或公開地做了哪些事，都不需要一個手續來檢討。譬如〈夜霧〉有一個場景，寫的是白色恐怖受害者在街上碰到當年的國民黨特務，他大喊：「攔住他，那個人是特務！」可是我們的社會大眾卻各走各的，把他當成笑話。反觀國外的情形，譬如西班牙佛朗哥時代戒嚴令解除之後，文學、戲劇、藝術和思想界的反省，立刻湧現——反省我們為什麼容許一個黑暗時代的存在？為什麼我們會成為告密者？而我們究竟做過些什麼？這些發自靈魂深處的集體探索、清洗以及嚴厲的自我批評的手續，在台灣不僅看不到，甚至大家還裝作事不干己，便馬上進入自由化的時代大談各種理論，這是很可憂慮的現象。

又譬如德國，在納粹以後的反省便多得不得了，成為文學、哲學、電影等等用之不竭的題材。但是我在台灣卻看不到這樣的生命力。因為缺乏反省，便留下一個很大的矛盾。像是我看到幾個外省人過去攬著生殺大權，但一旦權力沒有了，大陸也回不去，現實上完全失去權力的依勢，非常的徬徨恐懼。也因此對余光中的問題，我不是咬著不放，只是作為一個知識分子和詩人，不可以選擇逃避，但台灣卻一直缺乏嚴肅、認真對待自己的精神，也正因為缺乏正視和凝視過去的勇氣，譬如台灣的皇民化，才會出現小林善紀的問題。所以在〈忠孝公園〉中我特別處理心靈的負擔——馬正濤和林標都背負著過去的罪疚。而小說家也正是在扮演這樣凝視的角色。

〈忠孝公園〉中兩個主角，一是外省人馬正濤，一是本省人林標，命運相互對照。這不免讓我們想起陳映真早期的〈將軍族〉，同樣處理外省人與本省人命運的交會。而陳映真如何看待台灣的省籍情結和族群意識？

對大陸人和台灣人在台灣的相遇，我抱著很大的關心和興趣，這其實出於個人的親身經驗。在我小學一、二年級的時候，家後面搬來一戶外省人，姓陸，住著哥哥、嫂嫂和小姑。有天晚上，哥哥和小姑被帶走了，只剩下嫂嫂抱著剛出生的小孩一直哭。那個小姑對我非常好，教我讀書、寫字，但她就在我的眼前被帶走了。所以在我的經歷中，外省人並不等於外來政權的迫害者，而且我在牢裡看到的外省人數量比本省人還多，處境也更悲慘，因為他們隻身在台，沒有任何的影響力。在政治等不可抗拒的因素下，外省人來到台灣與本省人相遇，我們要如何理解這個衝突？沒有一個絕對聖潔的台灣人，也沒有一個天生萬惡不赦的外省人。像〈忠孝公園〉的林標，只是一個單純的台灣鄉下人，身上也有直接或間接的罪疚。而〈夜霧〉也是在討論類似問題。

一九七五年，陳映真化名「許南村」發表〈試論陳映真〉一文，宣言要克服和揚棄「孤兒意識」，「重新建立我們在中國現代史中的主體的地位」。但在〈忠孝公園〉結尾馬正濤的自殺，以及林標「我是誰」的哭喊，是否也是一種「孤兒意識」？而主體性又要如何建立？

這是一個很好的問題。當年鄉土文學所說的孤兒意識，是指台灣被中國和日本捨棄了，誰都不要，無所歸屬。但我認為這種想法是不對的。至於〈忠孝公園〉結尾「我是誰？」的疑惑和孤獨，則是出自於一段沒有清理的歷史，就像現在我看到外省人的孤獨和恐懼一樣。因為只有進行過自我和全體歷史的反省之後，才能理直氣壯地說我是中國人，因為我已經想過、凝視過這個問題了。而對本省人來說，用比較流行的話語就是後殖民。殖民者一方面歧視你，但諷刺的是，在形成鴻溝的同時，卻又使你更加渴望成為和殖民者一樣的人。因此在〈忠孝公園〉中我想討論的便是這樣複雜的殖民和被殖民情結。譬如林標本來是一個普通農民，卻很諷刺地，在戰場上變成皇軍，而後來歷史混淆，一下子說要補償他，一下又說不。所以馬正濤和林標都是特殊個人與時代史所造成的「祖國喪失」現象，這些比起「孤兒意識」要更加複雜深沉。

鄉土文學論戰後，許多作家大嘆「文學無用」，紛紛棄文從政。而陳映真是否也同意「文學無用」？他的回答卻是出乎我們意料的悲觀與無奈。

我想我越來越傾向於此。因為資本主義化越厲害，精神生活就離人們越來越遠，而社會越趨向高度消費化。影視媒體，如《壹週刊》啦，或是色情暴力的電視文化等等，這都是擋不住的，連政府也無可奈何。所以從這個觀點看來，我是比較悲觀的。但既然如此悲觀，為什麼還要寫呢？（陳映真苦笑了一下——作者按）或許文學的時代真的已經結束了。在三○、四○年代一個年輕人離家投奔重慶或是延安，就只帶著一枝牙刷，以及一本小說或詩集，因為他要從文學中尋求人生的解答，以耐過一切的困難。但是那個時代已經沒有了，現在的小孩太幸福了，很難被討好。

文學無用，那為什麼還寫？這個問題就如同在一個沒有革命的年代，為什麼還要與眾不同，堅持理想，始終如一？因此當別人批評陳映真落伍陳舊之時，是否反倒更突顯出他先行的姿態？南方朔曾說他是「最後的烏托邦者」，他同意嗎？

烏托邦有兩層意義，一是空想，不切實際，與現實不聯繫，主觀主義和唯心論等等。但另一層意義可能不是貶詞，而是褒詞。相對於高度發展的資本主義社會，高度虛無化的學術界，以及對所謂「大論述」的嘲諷，泯滅一切的多元主義，理想與終極關懷受到訕笑的時代，居然還有人願意堅持理想。因此烏托邦的喪失，就是終極關懷的喪失。所以在這個說法中，其實包含了很大的悲傷，而這不是我個人的悲傷，是整個知識界的悲傷。本來知識的功能就在尋求某種烏托邦，若是沒有，就會連改良的動力都喪失掉了。所以這個說法我雖承擔不起，但總會繼續點燃這個烏托邦的火把，也算不上是什麼使命感，而是我只能如此地活著，如果火弄滅了，我怎麼辦呢？（說到這裡他真的有點哀傷起來——作者按）你也可以說我們這一代是受到詛咒的一代吧，就像薛西弗斯一樣。

在陳映真的身上，我彷彿看到某種不曾老去或逝去的永恆，書寫與理想不再被視為謊言或空言，反而是在價值倒錯、混亂、殘暴、庸俗的時代中，最最懇切的召喚。薛西弗斯的故事是這樣說的：當薛西弗斯推著石頭上山時，臉龐貼著巨石，他感受到這件工作是如此的無望，清明的心智構成了他的痛苦，但卻也同時使他贏得勝利——因為當他展現人類絕對的意志與力量之時，掙扎著上山的努力充實著人們的心靈，薛西弗斯是快樂的，而驕傲的眾神就再也無法懲罰他了。

初刊二〇〇一年七月《聯合文學》第二〇一期

1 本篇為陳映真訪談，訪談、撰述：郝譽翔。本文以楷體字呈現郝譽翔之撰述。

台灣報導文學的歷程

報導文學的進步傾向性和改造論固然不見容於反共戒嚴體制的意識形態，報導文學干預生活、改造生活的特質，自與倡言反對文學表現任何思想、內容和意義，一味追求技巧的玩弄的現代主義格格不入。自一九三七年楊逵先生倡導報導文學以來，由於這些特殊的時代、歷史和政治條件，台灣的報導文學的作品和理論，呈現長達三十餘年的極度沉寂、不發達和荒蕪的景況……

一、楊逵先生的呼喚

從台灣新文學史來看，相較於小說、詩歌、散文等表現形式，台灣的報導文學不能不說一直是發展不足的文類。一直到今天，雖然台灣的兩大報紙副刊都曾以重金公開徵求過報導文學作品，由於一直缺乏深入人心、廣為愛讀的典範性作品，由於有關報導文學理論處於比較混亂、貧乏、莫衷一是以及其他時代和歷史原因，台灣的報導文學至今一般的很不興旺繁榮。

但是令人極為訝異和讚嘆的是，早在一九三七年，台灣著名文學家楊逵先生就曾在理論上和實踐上不遺餘力地呼喚過報導文學。從資料上看，楊逵先生在一九三七年二月五日的大阪《朝日新聞．台灣版》上發表了〈關於報導文學〉；同年四月二十五日，又在《台灣新民報》發表了〈報告文學是什麼？〉。同年六月，楊逵在他自己主編的《台灣新文學》雜誌（第二卷第五號）發表了〈報導文學問答〉。光復後的一九四八年，楊逵在台灣的《力行報．新文藝》副刊發表〈實在的故事問答〉。「實在的故事」，其實就指著「報告文學」。引起人們注意的是，楊逵把法文的reportage同時譯成「報導文學」和「報告文學」。光復後，他又顯然要以「實在的故事」代之。在此一特殊文類在台灣的命名上，楊逵也是先鋒的存在吧。而畢其一生不憚於理論與實踐之統一的楊逵，當然不以報導文學理論之宣傳為已足。在上述一九三七年六月《台灣新文學》上，楊逵先生不但發表了很富於理論指導性的〈報導文學問答〉的同時，也刊登公開徵求報導文學作品的啟事。可惜的是《台灣新文學》出刊幾期就夭折了，沒有收穫到具體創作成果。一九四八年，楊逵在《力行報．新文藝》副刊上刊了〈實在的故事問答〉時，也同時公開徵求了「實在的故事」作品，獲得初步的、未成熟作品的反應。楊逵並寫了文章品評了兩篇「實在的故事」來稿。

關於楊逵報導文學的理論性認識，我們試以他的〈報導文學問答〉加以概括和整理：

(一)楊逵認為報導文學的要素，是「思考與觀察」的辯證統一。楊逵先生說，理論與抽象(＝思考)雖然是認識「社會事物」的基準之一，但是千變萬化的生活中，充滿了抽象與具體、理論與實踐的錯綜。只是關在書齋中搞理論和抽象是不行的，那就還要對具體事實和現實進行「即物」和「即實」的「觀察」和實踐(＝觀察)。用現在一般的報導文學理論來說，楊逵說的「思考」指的就是報導文學的「思想性」，而「觀察」指的就是報導文學的「紀實性」了。從而，我們就能更好地了解楊逵先生之所以說：「思考」與「觀察」是報導文學的「基本要素」，而報導文學是藉由「思考」與「觀察」去「把握社會事物之樣貌」的。楊逵先生認為，對於報導文學，思考與觀察，亦即思想性與紀實性是「兩位一體」的，是辯證統一的。這就使報導文學與一般文學發生了差別。楊逵說，對於一般文學，沒有嚴格的思考與觀察的壓力。但是思考與觀察，即思想性與紀實性是報導文學不可或缺的基本「要素」了。

(二)楊逵說報導文學和一般文學一樣要講形象思維，要講作品的結構，但必須絕對性地排除虛構。

一般的文學理論告訴我們，所謂(小說)結構，指的呈現整個「故事」敘述的方式／形式而言。結構的作用和目的，在呈現「故事」的發展，即呈現「故事」起伏、迭宕、高潮的形式或方式。一般而言，結構可大概分為(故事)概貌、矛盾對立、危機、高潮和結局。

因此楊逵說，「沒有結構就沒有文學」，而「報導文學是文學的一種」，就要講結構了。楊逵說報導文學不否定結構與描寫。但報導文學卻「必須根除虛構」。

一般的文學理論告訴我們，文學最重要的特徵恰恰是虛構。這虛構是通過創造一個非事實的情節，經由人工經營的形式（即結構）加以呈現。對於一般文學作品，虛構的情節靠結構呈現和發展，虛構與結構是互相依恃的。但是，報導文學有異於一般文學的，是它對「紀實」的嚴厲要求，容不得絲毫虛構。楊逵所說的是：一般文學與報導文學一樣，要講形象思維和形象表現，也要講藝術的、文學的敘述結構和描寫。而兩者間尖銳的不同，在於一般文學是虛構的創造物，報導文學是客觀事物的紀實報導。所以楊逵說「廢除虛構與架空，即『即實』性，是報導文學的生命」。

（三）據此，楊逵主張報導文學是「報告要素與文學要素的統一」就不難理解了。與一般新聞寫作比較時，楊逵說新聞寫作「是事實的羅列」，而報導文學因為是一種文學寫作，有「一定程度的形象表現的必要」。這一點是楊逵討論「虛構」與「結構」問題時說過了的。這裡，楊逵又進一步主張報導文學不以「事實」的所謂客觀中立的「羅列」為滿足，而要以對事實、事件的「動態的」、dynamic（強有力的）表現來打動讀者。前面說過，楊逵強調報導文學的思想性和紀實性。思想性自然要求在充滿矛盾的現實中採取立場，這就自然形成了某種「傾向性」。楊逵幾次以

dynamic來強調報導文學的紀實性，應該理解成報導文學的強烈傾向性——批判性和鬥爭性。而楊逵先生所說報導文學的、有別於一般新聞寫作的「事實的羅列」的「報告要素」，就是指紀實性加上dynamic的傾向性了。所以當楊逵進一步說明報導文學是「報告要素和文學要素」之「渾然一體」，楊逵的報導文學論的輪廓就極為鮮明了。

（四）順便提到：楊逵提倡報導文學於一九三七年，有另外的目的，即促使台灣文學的思想和內容更提高，「即物」與「即實」的技巧更得到鍛鍊。

楊逵說，「文學藝術絕不是雕蟲小技。」作家太著重技巧「使文學窒息」。文學的生命，在「思想與內容」。因此，提倡報導文學可以使台灣新文學「從窒息性的表現技巧」中得解放。楊逵因而說，「報告文學是（進一步）開拓台灣新文學時根基牢固的一種文類。」只要縱觀作為台灣無產階級文學家楊逵那思想與創作實踐相統一的一生，就能體會到楊逵以提倡報導文學來促進台灣新文學的革命化和戰鬥化的文學思想了。

二、沉默與荒蕪

現在回顧，楊逵對報導文學的認識和理論，特別是放在一九三七年的時代背景下來看，是獨一的、宏亮的高音。但是回答他的，竟是漫長的沉默。一九三七年以後，日本在台灣殖民統治全面法西斯化，並且隨著日本侵華戰爭的展開而加劇。而逐漸強化起來的「皇民文學」風潮，使台灣新文學被迫組織到侵略戰爭體制，在嚴格思想控制和壓迫下，報導文學所不可少的思想性、傾向性、批判鬥爭性是和日帝侵略戰爭意識形態完全牴觸的。楊逵苦心呼喚和啟蒙的報導文學論終於胎死夭折，是必然的結果。

日帝戰敗，台灣光復後的一九三七年以至四九年，中國左翼文學思想，在同時期一場關於「如何建設台灣新文學」的廣泛討論中，在極其艱苦的條件下，有所開展。在這一期間的一九四八年，楊逵在《力行報》上繼續提倡實為報導文學的「實在的文學」，並徵來了兩篇習作。一九四九年春天，楊逵先生在「四六」逮捕事件中下獄，而隨著台灣形勢急速轉化，法西斯白色恐怖瀰漫全島，以強烈的傾向性和改造論為基本要素的報導文學遭到再次的摧折。附帶說，一九四六迄四九年間台灣報導文學的荒廢，同期間的思想檢查固然是原因，但也不應忽視這時期中台灣作家在從殖民地解放後語言轉換造成的表現上的困難。

一九四九年四月事件，不但打擊了台灣的民主化運動，也致命性地打擊了文學上的進步主義在台灣的發展。楊逵和文學青年孫達人等被捕下獄，《新生報．橋》副刊主編歌雷也被捕。台灣作家簡國賢、呂赫若、朱點人、藍明谷等被殺。一九五〇年開始，台灣黨、政、軍展開「反共抗俄文學」。同時，在反共文學政策的縱容下，幾乎由同一批作家發展了現代主義文學。報導文學的進步傾向性和改造論固然不見容於反共戒嚴體制的意識形態，報導文學干預生活、改造生活的特質，自與倡言反對文學表現任何思想、內容和意義，一味追求技巧的玩弄的現代主義格格不入。自一九三七年楊逵先生倡導報導文學以來，由於這些特殊的時代、歷史和政治條件，台灣的報導文學的作品和理論，呈現長達三十餘年的極度沉寂、不發達和荒蕪的景況。

三、甦醒在七〇年代

在談到七〇代中期報導文學問題的提起和收穫之前，就生活現場的報導意識的甦醒過程，人們必須記得作家黃春明。黃春明在六〇年代初在宜蘭一個地方電台工作時，就把錄音室擴展到無限豐富的生活現場，以現場真實聲音的編輯構成、風靡了宜蘭聽眾。七〇年代初，黃春明以十六厘米攝影機拍攝了關於台灣媽祖信仰的紀實（《北港媽祖回娘家》）在電視台播出，得到熱烈的反響。由於和國際上紀錄攝影、紀錄電影界的交流，使黃春明進一步深化了報導要素中的思想傾向性。他的報導紀錄思想，對一九七五年以後登台的個別年輕報導作家也有所影響。而如果說到影像報導影片，六〇年代末自美返台的陳耀圻所拍、記錄流寓台灣的大陸老兵的《劉必稼》，對當時台北文化圈也造成了不小的震動。

一九七五年頃，《中國時報．人間副刊》的著名主編高信疆設立了「現實的邊緣」欄目，宣傳報導文學，徵求報導文學作品。這是一九四八年楊逵宣傳和徵求「實在的故事」及其作品二十七年後、一九三七年楊逵提倡報導文學後三十八年，第一次經由大報社公開宣傳和徵求報導文學，有重要歷史意義。

「現實的邊緣」以《中國時報》為強大的後盾，自然引起了廣泛的注意，陸續收穫了相對可喜的成績。但總地說來，依據熟悉當時情況的黃春明的評價，七五年以降的報導文學有啟蒙和初創的意義。今天絕大多數人知道有「報導文學」這個文類，都與七五年《人間》副刊的宣傳有關。關於這一時期的報導文學作品，黃春明以為作者們對於其所描寫的生活現場的驚詫和興奮之情，多於對生活現場深入的研究與理解，有時甚至淪於獵奇，僅僅表現了作者對於生活的陌生、新奇所造成的「境內的異國情調」。其次，黃春明認為，這一時期的報導文學作品，一般地缺乏思想。用上文楊逵的話來說，就是缺少「內容」與「思想」，缺少「思考與觀察之統一」，也就是缺少了報導文學所不可或缺的傾向性——即某種批判性和改造論。再借楊逵的話來說，就是「事實的羅列」多於對於「即實」、「即物」的深沉「思考的觀察」，自然也就缺少充滿動力的（dynamic）報導要素。

然而，事物總是要回歸到同時期特殊的時代與歷史來加以理解和評價。從世界報導文學史看，無可諱言，報導文學的興起與發展，離不開一九一七年新蘇聯成立以後瀰漫在二〇年代歐洲和亞洲殖民地、半殖民地的革命風潮；離不開新俄的建設過程，也離不開三〇年代左翼文學思潮的勃興，離不開三〇年代中後期世界各國各民族的反法西斯鬥爭。作為台灣新文學重要作家的楊逵在三〇年代對報導文學發生強烈的共感在此。

而報導文學這樣一種獨特的文學，隨著一九四九年極端反共．法西斯政治和思想統治的發展，無法在台灣的四〇年代以迄七〇年代中期之間發展，就不難理解了。而對於七五年後《中國時報》「現實的邊緣」的鼓吹，也一時無法產生具有深刻傾向性和改造論的報導文學作家之所以，也不難於理解。其次，由於同樣的原因，當七五年的台灣開始摸索報導文學的時候，就面對了這些難題：(一)報導文學理論的闕如；(二)沒有深植人心、思想上深刻、藝術上傑出的典範性報導文學作品可資創作的借鑑。考慮到這些時代和歷史的限制，台灣在七五年展開的報導文學的局限性的原因，就很明白了。

四、八〇年代的發展

台灣戰後資本主義發展到了八〇年代，逐漸向著資本的獨占化發展。一九八七年戒嚴令解除之前，台灣社會積累了大量的六〇年代中期以後不斷發展的資本主義所造成的矛盾：經濟成長與生態環境的矛盾，與人的權利和安全發展的矛盾，與下層階級以及少數弱小民族的矛盾，文化、思想和價值的矛盾。這些矛盾要求理解與解答，但已不是被長期戒嚴封禁的思想、報導和論述所能說明與解決。時代自己提出了深刻的、從全新的視角認識生活及其中蘊含的巨大矛盾的要求；提出了認識生活及其本質，甚至進一步反思和改造的要求。一九八五年十一月創刊的《人間》雜誌回應了這些要求。《人間》雜誌是結合了報導文學和報導攝影的月刊雜誌。為了表現報導照片的思想和影像內容，不惜工本，全雜誌銅版紙雙色印刷，刊行四十七期，在社會上引起較大的反響。《人間》雜誌有兩條編輯上的指導思想，一是說「《人間》雜誌以文字和圖像為媒介，從事對於生活的觀察、發現、記錄、省思和批評」，二是說「《人間》雜誌站在社會上的弱小者的立場，對社會、生活、生態環境、文化和歷史進行調查、反思、記錄和批判」。編輯的路線方向、報導計畫的構成、調查研究的方針和報導寫作的準則，莫不依循這兩條，這就使編輯部和報導者在紛繁複雜的生活的現場中，很快地找到問題的核心。而更為重要的是，在這兩條方針的指導下，報導作品開始有了鮮明的傾向性，也就強化了作品的思想內容和對於主流價值的批判立場。台灣的報導文學至《人間》雜誌上的作品之出現，才進入了一個新的、比較成熟的階段。

《人間》雜誌上的報導文學作品，從題材上看，也是多種多樣的，約略地概括有這幾個方面：

(一)社會上的弱小、卑微人物的堅強、自尊、高尚的秉性。例如寫一個不因雙目在一場意外中失明而自暴自棄的人，自食其力，成為農村裡著名的養殖師父的故事；例如寫一個隨長途卡車的老綑工的生活故事。寫一群先天缺陷的侏儒的吶喊：「我不是小丑，我僅僅是一個矮子。」寫一個大都市萍水相逢、相知相愛、撿垃圾廢棄物生活的中年男女，等等。

(二)台灣少數民族的處境、命運和文化。表現了台灣各少數民族的社會、經濟、文化狀況以及為了保衛和改善自己的生活與命運所做的鬥爭。

(三)批評長期積累下來的台灣環境與生態的破壞。揭發官商勾結破壞檜木林、熱帶原生雨林的內幕。報導鹿港鎮人民群起反對美國杜邦化學公司設廠汙染和破壞環境，報導河川汙染、核能電廠工人受到核能曝害的內幕。

(四)報導弱小者的被害，如淪為悲慘的性奴隸的雛妓問題，曹族少年湯英伸被迫殺人、處死、求援的報導，以及關於兒童虐待、智障兒童人權的損害的報導。

（五）農村和農民問題：農村經濟的凋敝、農民生活與經濟的衰落、農村村史、抗繳水租的鬥爭等。

（六）青少年的文化：青少年同性戀問題、大學學生同居問題及所謂「新人類」一代的青少年報導。

（七）發掘戒嚴時代被湮沒的歷史：如二二八事變、被殺害的地下黨人蔡天城和郭琇琮等人的事蹟。

（八）對解除戒嚴後湧現的農民運動、工人運動、學生運動和民主化運動的報導，等等。

其中，思想性和文學性結合得比較好，讀者反響較大的有寫曹族少年湯英伸命運的〈不孝兒英伸〉、〈我把痛苦獻給你們〉（官鴻志）；寫地下黨員郭琇琮的〈美好的世紀〉（藍博洲）和寫黨人蔡天城的〈受苦的人沒有名字〉（官鴻志）；寫少女被迫賣淫的〈雛妓奴隸籲天錄〉（曾淑美等）；寫失落、空虛的上等階級的青年的故事〈寂寞啊，寂寞！〉（潘庭松）；寫白血症兒童之命運的〈月亮的小孩〉（廖嘉展）等等。

此外，在九二一震災後發刊的《新故鄉》雜誌在一定程度上接續了《人間》雜誌的報導精神。

五、台灣報導文學的問題和機會

台灣報導文學的現階段，存在著一些問題。

雖然《人間》雜誌出刊了四年，發表了不少比較優秀的報導文學作品，但從最高的要求看，時間太短，還不足以產生比較優秀的作家和比較強有力的傑出作品。沒有廣為讀者所難忘的典範性力作，沒有引人注意的、長篇報導文學作品出現，加上由於時代的局限，大陸上歷史較久，作家輩出、有定評的報導文學傑作較多的情況下不為台灣的作家和讀者所知，從而對報導文學十分缺少感性的、思想的和審美的體驗。

第二個問題是報導文學的理論付諸闕如。一直到今天，報導文學的定義、報導文學的歷史發展過程、報導文學的特色、世界和中國重要報導文學作家論和作品論等，至今還十分混亂、空白，往往在課堂上教報導文學的教師、報導文學徵文評審者的認識都言人人殊，甚至還分不清楚報導文學與一般其他形式文類的文學的差別、分不清楚報導文學與一般新聞寫作的差異……這問題是比較嚴重的。因此，雖然台灣兩大報都曾多次重金徵求報導文學，但由於評審思想比較紊亂，作者對報導文學的概念不清楚，竟然幾度徵不到好作品而終至取消了獎項。

第三是新聞報導風格的極端資本主義商品化，報導流於訴諸官能的「輕、薄、短、小」主義、色情暴力、揭發隱私、蜚短流長、幼稚膚淺，破壞了讀者對於有思想反省內容的「報導意識」的胃納。

台灣報導文學的現階段也呈現了若干機會：

首先是兩岸文學、文化交流逐漸向深廣發展，大陸報導文學的歷史、作家、作品和理論探討的交流方興未艾，這次台灣佛光大學所推動的盛會便是鮮活的例子。從閱讀有定評的作品開始，漸及於報導文學歷史與理論，可以補足台灣報導文學界長年來的缺口。

其次，八〇年代以降在各個領域參加了社會政治活動的年輕知識分子活動家，深感到時局變化帶來的苦悶，而產生了對於報導文學理論研究和創作實踐的渴望。如果這一代有社會實踐，有反省思考，又有不同程度的創作經驗的青年投入報導文學的研究與創作，台灣報導文學就應該有較好的前景了。

初刊二〇〇一年八月十八—二十日《聯合報・副刊》第三十七版
另載二〇〇二年七月《報告文學》（武漢）

二〇〇一年八月

「大和解？」回應之五[1]

正如同陳光興教授的〈帝國之眼〉和其他一些激發思考和爭論的論文一樣，〈為什麼大和解不／可能？——《多桑》與《香蕉天堂》殖民／冷戰效應下省籍問題的情緒結構〉也是另一篇促人反省和再思的文章。

在我極其有限的學術論文閱讀範圍中，這篇論文是學術界第一次用「冷戰」、「冷戰構造」——這個自五〇年代開始就被廣泛第三世界和先進國內批評的思想圈用來分析事物的視角——的角度分析台灣的戰後的文化。此外，在論文的開章，作者大量引用了南北韓人民第一次在民族長期「分斷」五十年之後重聚的愛和愴痛的報導。我想這也是長期不曾以民族分斷的苦難意識為研究和思想射程的台灣學術界所罕見。再者，對於電影《多桑》和《香蕉天堂》的思想與審美分析，表現了作者對於影像思維的傑出的理解、感受和分析力。

正如作者所說，這篇論文的確開放了很廣闊的討論、補充與商榷的可能性，因此也在這兒做幾點回應。

一、關於冷戰與殖民主義的聯繫問題

冷戰的界定，不必辭費。但是分析台灣的戰後時，似乎還必須考慮到東西冷戰與尚未結束的國共內戰兩者的疊合構造。以這雙重構造，即「冷戰、內戰構造」去分析一九四六－一九五二年間，台灣省內省外（以省內者占大多數）青年奔向在台中共地下鬥爭，並在韓戰（冷戰高峰）後的肅共行動中絕滅；分析一九五〇－一九八七年國民黨「國家」的性質；分析一九五〇年迄今台灣主流思想、文化學術和意識形態，可能獲得另外（alternative）的視角。殖民地歷史和冷戰構造的影響似乎應該一分為二：二次大戰結束前的、古典的殖民主義，未必與一九四〇年代末展開的冷戰構造有關。但是，正如陳光興教授的論文中提及，戰後的、以美國為首的新殖民主義，倒是與冷戰構造關係十分密切。美國對於其勢力影響下第三世界反共軍事獨裁政權下經濟、軍事、政治、外交和文化、思想意識形態的新殖民主義支配，即其著例。

二、關於台灣「省籍矛盾」性質的問題

這篇論文是在台灣「省籍矛盾」是構造性的、穩定的、固定的矛盾這樣一個前提上展開分析的。如果想到社會集團中支配與被支配關係的構造的固定存在，似可分成階級支配和民族支配。階級分化是在一定社會生產關係下，在生產手段的占有和生產物分配上所形成的人與人的關係。民族支配是強大民族對其所統治的弱小民族的支配，但分析到底，民族支配還是強大民族＝支配階級對於弱小民族＝被支配階級的支配。沒有階級內容的畛域，人之間的支配與被支配關係似難存在。一九五〇—一九八七年國民黨武裝流亡集團，在美國庇護下，在台灣進行排他性統治時代的外省人裡就有《香蕉天堂》裡的門閂與得勝。他們與因農地改革而自耕農化了的台灣農民甚至形成(台灣農民阿祥一家)掖護與被掖護(門閂等)的關係。在同一時期，本省人中也有依附權力而肥大的「半山」階級、獨占資本家，以及因農地改革而從佃農階級翻身為自耕農的台灣農民；也有在台灣戰後資本主義發展過程中崛起的台灣人／外省人新興資產階級和新登台的台灣人／外省人工業無產階級。因此以(亟有待深入探討的)歷史過程所產生的社會心理(情緒、感情)分析問題，恐有所不足。(此外，韓國的地域矛盾——慶尚道對全羅道的壓抑，前者在政治權力、軍事權力、社會經濟資源上遠優於後者，兩地連語音都有區別，但其壓抑構造，

最終還是必須從歷史和社會發展所造成的社會與階級構造去分析。)更何況，早從李登輝政權開始，一般論的「省籍矛盾」的構圖已經更不再適用了。

三、關於台灣人對日治歷史的現代性評價

把日據歷史描寫成天堂、親近日本的台灣人當然是有的。但《多桑》中的父親自然不能概括其餘大多數台灣人。小林善紀《台灣論》中引某些殖民地台灣精英之所說，說明台灣人對外省人的評價，一言以蔽之，無非是日本殖民者或被日本殖民文化同化的台灣人眼中的「支那人」像(例如中國人不知有自來水，以為只裝上水龍頭水就會從牆壁流出來；外省人在塌塌米上還要擺一張床；來台國民黨軍破落如乞丐，等等)，用流行的話，是日本殖民者眼中的「他者」即「支那人」及相關的評價。但這當然不是一般的情況。日據時代台灣新文學作品中表現的日本人和日本統治下的生活，除極少數皇民作家的作品外，日本人皆凶暴貪婪，日治下生活貧困艱苦，殆無例外。一八九五—一九三一年間台灣農民、工人、市民知識分子的武裝與非武裝抵抗不絕如縷……而像「多桑」這一代人，在光復前後經濟寒微，在十一、二歲時經歷猛烈的皇國主義教育宣傳，讀過(最多)六年小(公)學。這一階級和這世代的人，基本上不能以日語流暢地說、寫、

思，在日據時代也沒有享受過若台灣人皇民精英一代人的甜頭。從電影《多桑》看來，這個父親的「親日」，嚮慕日本戰後資本主義的現代性的性質多於對日本的忠誠與認同，在程度上和意義上，怕不能與金美齡、許文靜之輩相提並論。而光復後納入冷戰體系的台灣，正如陳光興教授也在文中提起的那樣，不曾也無法正確清算日本殖民台灣的歷史。不惟如是，因冷戰反共，性質上多為左翼的台灣抗日歷史和人物被湮滅和鎮壓，破身亡家；日據下附日反共的漢奸反而得以與國民黨權力苟合，至今榮華富貴。國民黨權力也在冷戰的全戰略上化岡村寧次為友，與日本戰爭派殘餘如岸信介長期勾結，凡此，都是台灣少數「親日」思想的溫床。因此，以為台灣人一般地對日本統治有「正面」評價，而與「反日」外省人反目的分析，似有多加補充的餘地。

四、關於外省人因「冷戰」（反共）而疏離，依戀故土；因抗日而反日，致不能以台灣為故鄉，不能接受「台灣人親日」

一九五〇年後的冷戰意識形態中，反共與反日並不必然相容，因為日本是美國在東亞冷戰戰略布署中的柱石。國共內戰是中國全局的階級鬥爭；而冷戰則是世界範圍的階級鬥爭，兩者既互相獨立，又互相疊合，反共與反日的相剋在此。

此外「外省人」的「冷戰」受害，絕不限於因戰敗逃亡而失所。反共恐怖政策下個人歷史不易弄清楚、核實的外省人，也受害甚烈（如《香蕉天堂》的兩個人）。在白色恐怖中殞命的外省人尤多。戰後來台文化人臺靜農、許壽裳、黎烈文或遭監視、暗殺、壓迫，文學界的歌雷、雷石榆、羅鐵鷹被監禁，被迫逃亡。在冷戰形成期的四〇年代末，省內和省外進步知識分子極力呼籲省內外人民的團結，共同瞻望新中國的未來。省內外進步青年也湧向地下鬥爭。一九四九年的「四六」事件中的受害者沒有省籍的區別。

至於外省人反共流亡而思故鄉，也略有階級差別。上層外省人在台掌握豐實資源，至今日而反共可以反到反同胞、反骨肉，至今堅持反共分裂，視對岸同胞如寇仇。在生活上，他們寧可在台灣或美、加過日子，樂不思蜀。下層外省人則有八〇年代末「我要回家」運動，基本上也沒有受到台灣「批判圈」的絲毫關注與同情。抗日問題也一樣。越是黨團高層，在反共優先政策下，頭號戰犯日本軍人岡村寧次和附日偽逆都可以成為反共的同志朋友，但對於抗日左翼則加以殘酷鎮壓，更不必說一九三一年到一九四五年偽滿權力下附日精英了。中下層外省人則因親歷了日本侵華暴力的摧殘，反日仇日相對強烈，但冷戰下反共與反日的相剋，亦見於中下層外省人中。

五、其他

（一）對於被意識形態「刻板化」（stereotyped）說法，例如日本殖民政策特殊（有成就，較為和善）論，「國語」對「台灣話」的統治論，殖民地現代化論（戰後台灣下層階級生活不如日據時代等等），似乎都還應該可以從具體的歷史與社會的細緻研究，撥開迷霧，補充新的材料。

（二）對民族主義無區別的排拒。當代在台左派，不分省籍，大都批判中國民族主義乃至民族主義和國家主義之一般，而不區分豪強民族的民族主義和國家主義與弱小、被支配民族的民族主義和「國家主義」的差別。面對布希的新軍事霸權主義的TMD、NMD體系和《美日安保條約》新指針、周邊有事立法等，面對新圍堵主義和新冷戰的陰風四起之時，亞洲進步知識分子在反對美國與日本戰爭政策和霸權主義上有共同的戰略。但在戰術上，美國、日本的左派當然反對自己國家的、擴張的民族主義和國家主義；中國、韓半島、台灣、菲律賓的左派，在受支配於新帝國主義及其威脅下，無區別地放棄和批判民族主義，豈不等同繳械！我們的問題，似乎是區別新殖民地精英的反共的、國粹主義的、扈從帝國主義意識形態的右派民族主義，和人民的、反帝的、民族．民主運動的民族主義，而反對前者、發展後者。此外，部分左派反民族主義的部分根源，是否與自己家族歷史和階級出身有關，也是一個研究課題。

以上小論，受限於我的知識上、學力上的限制，絕不敢當作對陳光興教授論文的「審閱」意見，而僅僅是一個普通知識分子的讀書報告，因此千萬不要公開，但應該受到嚴厲的批評與指正。

初刊二〇〇一年九月《台灣社會研究季刊》第四十三期

1 本篇為《台灣社會研究季刊》「回應與討論」欄目文章，為回應陳光興〈為什麼大和解不／可能？——《多桑》與《香蕉天堂》殖民／冷戰效應下省籍問題的情緒結構〉而作。

駁陳芳明再論殖民主義的雙重作用

陳芳明先生（以下禮稱略去）在我對他第三次批駁的文章〈陳芳明歷史三階段論和台灣新文學史論可以休矣！〉（《聯合文學》第一九四期，二〇〇〇年十二月，下文簡稱〈休矣〉）發表之後，沉默無言了七個月之後，近中又發表了〈有這種統派，誰還需要馬克思！〉（《聯合文學》第二〇二期，二〇〇一年八月，以下簡稱〈需要〉）做了極其艱苦的飾辯。

一、陳芳明台灣社會性質三階段論的破產

我和陳芳明論爭的緣起，是我針對陳芳明寫的〈台灣新文學史的建構與分期〉（《聯合文學》第一七八期，一九九九年八月），就其「社會性質」論和台灣社會性質的「分期」，以馬克思主義的社會性質理論，即各階段社會生產力和生產關係的總合，亦即社會生產方式（模式）的性質理

論，提出徹底、系統的批評，是直到今日陳芳明所無力於提出系統性的回答的。而這是因為陳芳明完全沒有歷史唯物主義的社會（生產方式）性質理論的知識之必然的結果。

我們一再說，陳芳明說的日據台灣社會性質是「殖民地社會」是不通之論，因為「殖民地」不是一種人類社會演化必由的一種生產方式。一個被殖民的社會，必須和其在殖民統治下的前資本主義經濟性質，例如封建或半封建經濟合稱為（半）殖民地（半）封建社會，才能正確表述一個被殖民社會的生產方式的性質，即「社會性質」。陳芳明的回答是指責我「居然」不承認有「殖民地社會」，說我對日據台灣社會的性質規定「殖民地半封建社會」，是由於我的「統派立場」，強以台灣為「殖民地半封建社會」，以便使台灣社會和當時為「半殖民地半封建」性質的中國大陸拉到一起！夾纏胡說，充分暴露了陳芳明對社會性質理論驚人的無知。

陳芳明說一九四五年到一九八八年「外省人」國民黨統治下的台灣社會為遭到外省（中國）人「再殖民」的社會。我們說，「殖民統治」一詞自有客觀的社會科學的定義，在社會科學上說國民黨流亡集團對台灣的排他性專制統治是「殖民」統治是不通的。我們說應該區別認識政治經濟學上的殖民統治和戰後第三世界親美、反共．法西斯國家統治，而陳芳明終竟無詞以對。

陳芳明說一九八八年以後迄今，大約因為李登輝政權的出台，「中國人」國民黨「殖民政權」下台，於是進入「後殖民社會」。我們說兩蔣時代，李登輝時代和今日陳氏政權的推移，在社會經濟上完全沒有構造性變革，在階級關係上也沒有顛覆性變化，在對美帝國主義的新殖民地性扈從性格上，是連續而非斷裂。我們更強調，「後殖民」是文化思想批判的概念，根本不是社會經濟學的概念。如作「殖民地獨立後社會」(post-independent society)理解，也不是一個內容統一的生產方式，而應該涵蓋了半部族共同體社會、各種封建或半封建社會和國家資本主義社會，應該就具體的各獨立後社會分別分析，斷不能一概而論。對此，陳芳明是啞口無言的。

至於我們依社會性質理論，初步提出了日據以降台灣社會各階段為「殖民地半封建社會」(一八九五—一九四五)、「半殖民地．半封建社會」(一九四五—一九五〇)、「新殖民地．半資本主義社會」(一九四五—一九六六)、「新殖民地依附型資本主義社會」(一九六六—一九八五前後)和「新殖民地獨占資本主義社會」(一九八五前後迄今)的見解，而陳芳明啞然無從參與議論，是理所當然的。

我和陳芳明論爭的焦點和關鍵，是陳芳明的「歷史三階段論」。但陳芳明至於今日還不能提出系統的、「理性」的回答，卻一逕找出枝枝節節的問題轉移話題搪塞。而即使對於一些枝節問題，我們也做出了回應，陳芳明則一直裝聾作啞，無詞相對。

陳芳明提出「唐宋明清」的中國封建社會問題，虛晃一招，我們扼要地分析了唐宋明清中國封建社會的特質，陳芳明就不吭聲了。陳芳明問我馬克思主義在今日還有什麼社會物質基礎，我們回答了，卻再也不見陳芳明有什麼高論。陳芳明以歷史唯心主義說「人的意識可以決定社會存在」、「人的心理結構、人本身是自己的歷史創造者」。我們說物質存在是第一義的，而精神思想是其所派生。但社會意識形態一旦形成，自有其「相對自主性」，在一定條件下，又可「反作用」（而不能「決定」）於物質存在。陳芳明不說話了。陳芳明說人可以「主體回應」於歷史，我們從西方社會生產方式（社會性質）的推移，說明相應的各種文學藝術創作方法的推移，批評陳芳明的「主體回應」論，陳芳明也再不說話了。陳芳明還大膽地大談「新馬」和「西馬」，提出孟岱爾和他的《晚期資本主義論》，提出了詹明遜和馬庫色，我們做了回應，揭破陳芳明根本不懂也沒讀過《晚期資本主義》，而陳芳明竟可一逕默不作聲，彷彿他從來就沒有提起過那些問題。

從他至今無力有系統地為他遭到我批判之「歷史三階段」論辯解反駁，說明他的「三階段論」的徹底的破產。從他對自己提出的枝節問題的駁論之無從回答，說明陳芳明社會科學知識的極度貧乏。以這樣荒廢的知性，侈言台灣社會性質史、侈言「重新建構」台灣新文學史，其招致荒唐失敗的結局，就很自然了。

二、無知就不免斷章取義：兼及「亞細亞生產方式」

被小論〈休矣〉批駁後，陳芳明沉默了七個月後拋出的〈需要〉，仍然不見什麼進步，仍然避開關於台灣社會性質論的焦點，仍然找枝枝節節的問題搪塞，虛晃一招。這一回，他語出驚人地、亢奮地吶喊「馬克思是殖民主義的變相延伸」（在文法上，此話不通，應為「馬克思主義是殖民主義的變相延伸」之類）！陳芳明引用了馬克思〈不列顛在印度統治的未來結果〉（一八五三年七月，以下簡稱〈結果〉）和〈不列顛在印度的統治〉（一八五三年六月，以下簡稱〈統治〉）有關。英國殖民主義的資本主義生產。對古老的印度斯坦長期停滯不前的「亞細亞生產方式」所起到的破舊以立新的「建設」（一作「重建」，即 regenerating）的作用，大放厥詞，並援引薩依德的《東方論》，居然控訴馬克思有「種族主義立場」和「傲慢的殖民主義態度」，破口大罵，面有得色。

陳芳明對馬克思評論英國（當時的）殖民地印度斯坦的文章，以他對馬克思主義驚人的無知，自是無法理解的。在答覆陳芳明之先，不妨先看一看馬克思對資產階級（資本主義）的歷史作用一段著名的分析。

在著名的《共產黨宣言》中，馬克思強調，在資產階級發展的每一個階段，都有相應的「成就」伴隨著它。馬克思寫道：「資產階級在工場手工業時期，它是與封建貴族相抗衡的勢力。隨著工業革命的到來，它推翻了封建制度，奪取政權，建立了資產階級統治的國家。」資產階級的勝利打破了封建的、宗法的關係。「資產階級第一次給人們以活動（流動）的自由」，「使人創造出無數的經濟奇蹟」。馬克思還熱情洋溢地接著說：「資產階級開拓了世界市場，打破了地方和民族自給自足的閉關自守，把整個世界聯成一體。」馬克思強調，資產階級創立了大城市，使很大一部分人脫離了鄉村生活的愚昧狀態。「資產階級使未開化或半開化的國家和民族從屬於資產階級的民族；使農民的民族從屬於資產階級的民族。」馬克思說資產階級打破了生產資料、財產和人口的分散狀態，使生產資料集中起來；使人口密集起來；使財產集中在少數人的手裡，因而打破了地方封鎖、各自孤立的民族，使它們結合成擁有統一的政府、統一的法律、統一的民族利益和統一關稅的國家。馬克思說道：「資產階級在不到一百年的階級統治中所創造的生產力，比過去一切世代所創造的全部生產力還要多、還要大！」

寡聞孤陋的陳芳明要是讀到馬克思這關於資產階級、資本主義生產的歷史作用的論述，恐怕要亢奮地一躍而起，發出這譫語：「馬克思主義是資本主義的變相延伸！」，指控馬克思歧視鄉村的生活，指責馬克思把殖民主義美化和正當化吧。

然而在另一個主要方面，馬克思從商品和商品生產研究著手，展開了對資本主義本質的科學分析，指出人的勞動力在資本主義生產中的物化和商品化，分析了剩餘價值的生產，從而揭開了資本主義殘酷、貪婪的剝削的秘密機序，說明隨科技發展而強化的大規模機器生產對工人階級剝削的增強，剖析了在資本主義積累規律下工人階級狀況的相對性與絕對性惡化，最後歸結出資本主義再生產的絕對性矛盾，即生產過剩和經濟危機。

而這就彰顯了馬克思主義的科學性。馬克思既分析和發現了資本主義內在構造的機序和其所內包的嚴重矛盾，既看到了資本主義必然的衰亡，既看到了資本主義對人、社會、文化造成的嚴重傷害和犯罪，馬克思也清醒地看到了資本主義生產相對於傳統前資本主義社會生產的歷史進步作用。這使馬克思和十九世紀徒然從道德論和感情論去咒詛資本主義，設想空想的解決方案的烏托邦社會主義者鮮明地區別開來。對於資本主義的分析，馬克思既是唯物論的，從社會經濟的分析著手，也是辯證法的，既看到資本主義的破壞作用，也看到它的相對的歷史進步性。讀一百五十三年前馬克思在《共產黨宣言》中對資產階級（資本主義）和有關高度資本化、商品化社會對於人、文化和精神的傷害的描述，任何人都會深感到馬克思主義的高度科學性，也會深感到今日就「全球化」和「後現代」文化問題喋喋不休的學舌學者是何其淺陋。

而馬克思在一八五三年就印度斯坦所做的分析，也是源於同一個科學精神。對於馬克思，人類社會的歷史依乎社會生產力和生產關係的辯證運動，不斷地向前發展和進化。然而由於各別社會具體的條件，有些社會（例如西方國家的社會）從重商主義資本向工業資本的發展比較自然、順利，克服了封建的、宗法主義的、自給自足的封建社會，向著大規模工廠生產的現代資本主義社會發展。但也有些歷史遠遠比西方社會悠久、創造過自己獨特的傳統和文化的社會，例如馬克思所說的「亞細亞生產方式」的社會，就因個別具體原因長期停滯在介於氏族社會後期、封建社會之前的、以長期停滯為特徵的「農村公社」共同體的特殊階段，難於擺脫同一平面的長期循環，而不能躍進向上運動的螺旋性循環。

對於「東方社會」的停滯和落後，真正的東方論者，皆以東方在人種、血液、文化、歷史上尋找東方「劣等」的論據。但馬克思對亞細亞生產方式的分析從來不是從東方人的種族較諸西方民族的優劣、東方文化較諸西方文化的高低、東方歷史較之西方歷史的先進和落後上去立論，而是從東方社會的生產方式＝「亞細亞生產方式」的科學分析展開的。

馬克思認為，「亞細亞生產方式」的國家政權分成三大部門。第一個部門是「財政部門，或對內進行掠奪的部門；軍事部門，或對外進行掠奪部門；最後是公共工程部門（＝由中央專制權力所推動的廣泛的水利灌溉工程）」，並且在這個基礎上，以「農業和手工業的家庭結合體社會」，散居「在各個很小的地點」。而不列顛統治前的印度斯坦正是這樣的社會。它的「農村公社」，正是這古老的「農業與手工業的家庭結合體」。

據馬克思引用的資料，印度斯坦的農村公社占地幾百到幾千英畝，「像一個地方自治體」。它設有負責總管村社事務、調解糾紛、收稅、行使警察權的首腦「帕特爾」，負責農事耕牧的「卡爾那姆」，職司警察、檢察權的「塔利厄爾」和管理財務的「托蒂」；另有人專職負責分配農業用水；有專門的婆羅門掌管祭祀和曆法；也有教師負責教育。而這樣的村社共同體從遠古起雖然停滯不前，卻頑強地存在下來（馬克思〈統治〉）。

馬克思於是描寫了相應於「農業與手工業的家庭結合體」生產方式基盤上的零細農村公社悲慘的生活：「東方專制主義」的統治、社會停滯不前、人心冷漠枯槁、失去人的尊嚴、苟安的生活、種姓歧視制度、敬拜動物禽獸的自然崇拜——所有這些陰暗、無助的生活，都以那「手工業和農業的家庭結合體」＝印度農村公社為顛撲不破的物質基礎。

但是這「政變、外侮、被征服、飢饉——所有這一切接連不斷的災難，不管……多麼……猛烈和帶有毀滅性」也絲毫「不能觸動」其表面的印度農村公社，英國人卻憑著「自由貿易和科學技術」——而不僅僅是船炮——「摧毀了印度社會的整個結構」，「破壞了印度農村公社的經濟基礎」。英國人於是「在亞細亞造成了一場最大的、歷來僅有的一次社會革命」（馬克思〈統治〉）。

正是在這個文脈之下，馬克思寫下被薩依德引用的一段話。這一段話在立緒版《東方主義》中被嚴重誤譯。茲引正譯如下：

> 從純粹的人的感情上來說，親眼看到這無數勤勞的宗法制的和平的社會組織崩潰、瓦解、被投入苦海，親眼看到它們的成員既喪失自己古老形式的文明，又喪失祖傳的謀生手

段，是會感到悲傷的。但是我們不應該忘記：這些田園風味的農村公社不管看起來怎樣無害於人，卻始終是東方專制制度的牢固基礎。它們使人的頭腦局限在極小的範圍內，成為迷信馴服的工具，成為傳統規條的奴隸，無法表現任何偉大和任何歷史首創精神。我們不應該忘記：那種不開化的人的利己性，他們把自己全部注意力集中在一塊小得可憐的土地上，靜靜地看著整個帝國的崩潰、各種難以形容的殘暴行為……就像觀看自然現象那樣無動於衷。至於他們自己，只要某個侵略者肯來照顧他們一下，他們就成為這個侵略者無可奈何的俘虜。我們不該忘記：這種失掉尊嚴的、停滯的、苟安的生活，這種消極的生活方式，在另一方面產生了野性的、盲目的、放縱的破壞力量，甚至使殘殺在印度斯坦成了宗教儀式。我們不應該忘記：這些小小的公社身上帶著種姓劃分和奴隸制度的標記，它使人屈服於環境，而不是把人提升為環境的主宰。它們把自動發展的社會狀況變成了一成不變的、由自然預定的命運，因而造成了野蠻的、崇拜自然的迷信……可以看出這種迷信是多麼蹧踐人了。

——馬克思〈統治〉，《馬克思恩格斯全集》卷九，北京：人民出版社，一九六五

這絕不是如薩依德所說，馬克思「將印度塑造為一個根本無生命力的亞細亞國家」，是「浪

漫的東方主義」。馬克思沒有從人種、文化、歷史去論斷印度斯坦生活的停滯和落後，而是深入把握住以「農業和手工業的家庭結合體」為軸心的農村公社這樣一個長期停滯不前的亞細亞生產方式為基礎的社會，對人所造成的可怕的壓抑與束縛。馬克思毋寧是對喫人的亞細亞生產方式對印度人民的殘害提出了憤怒的控訴的。在這文脈下，歷史唯物主義的社會進化論者馬克思，接著講了下面一段話：

> 的確，英國在印度斯坦造成社會革命完全是被極卑鄙的利益驅使的，在謀取這些利益的方式也很愚鈍。但是問題不在這裡。問題在於亞洲的社會狀況沒有一個根本的革命，人類能不能完成自己的使命。如果不能，那麼英國不管是幹出了多大的罪行，它在造成這個革命的時候，畢竟是充當了歷史的不自覺的工具。
>
> ——馬克思〈統治〉

陳芳明和立緒版《東方主義》相關的論文都有嚴重誤譯。作為歷史唯物主義的社會進化論，馬克思主義從社會發展的科學規律，相信人類在社會生產方式的辯證發展運動中逐次向更高的、更進步的社會階段進化。英國殖民主義對長期停滯的印度社會起到了破壞其根深蒂固的農村公社結構的作用。而在一定的程度上，馬克思認為英國的殘暴統治，在摧毀印度的亞細亞生產方式基礎上，使分散的印度統一起來……使印度初步有了「自由的報刊」，而大輪船使孤立的印度和世界聯繫起來。但是馬克思也同時極為明白地指出，這一切「建設」工程，絕不出於英國統治者蓄意、自覺、有意識地為了印度的進步的營為。殖民者僅僅為了將殖民地印度吸納到自己的殖民性資本主義的秩序和邏輯，以遂行其剝削的過程中無意識的、「不自覺」的營為，卻客觀上成為歷史發展的無意識的、「不自覺的工具」。

東方主義者總是把白人對東方殖民地的「現代化」措施看成優越的西方對劣等的東方的有意識的、「自覺的」教化和貢獻。馬克思不然，已如上述。所以馬克思不憚其煩地指出英國人在印度的「建設使命」的極限性。英國人破壞了傳統的印度，卻無意建設印度為真正自由、發展的印度。此所以馬克思說，英國的統治使「印度失掉了他的舊日世界，而沒有獲得一個新世界」（馬克思〈統治〉）。他也說：「英國資產階級被（其自利動機所）迫在印度實行的這一切（建設性措施），既不會給人民群眾帶來自由，也不會根本改善他們的社會狀況，因為這兩者都不僅僅決定於生產力的發展，而且還決定於生產力是否歸人民所有。」（馬克思〈結果〉）馬克思說，只要生產力還排他性地抓在英國統治者手上，而不是抓在印度人民的手上，就不可能有印度人真實的自由與解放。那麼，殖民地人民真實的解放之路又在哪裡呢？馬克思截然地說：

在大不列顛本國現在的統治階級還沒有被工業無產階級推翻以前，或者印度人自己還沒有強大到能夠完全擺脫英國的枷鎖之前，印度人是不會收到不列顛資產階級在他們中間播下的新社會因素所結的果實的。

——馬克思〈結果〉

馬克思認為，在英國資本帝國主義沒有被英國工人階級推翻之前，在印度人民還沒有強大到足以推翻英帝國主義的殘暴統治之前，印度人民就不可能真正享有殖民地教育、報紙、市場、鐵路系統、農村公社之解體所帶來的利益。陳芳明說馬克思「宣揚英國人的殖民主義」，主張「西方人對於人類苦難負起拯救的責任」，是如何驚人的無知，如何惡毒的歪曲，十分明白。

陳芳明斷章取義地引用了馬克思的一段話，指責馬克思對「印度的鄙夷與輕佻」。由於陳芳明的譯文不準確，我們另引人民出版社的譯文：

印度社會根本沒有歷史，至少是為人所知的歷史。我們通常所說的它的歷史，不過是一個接著一個的征服者的歷史。這些征服者就在這個一無抵抗、二無變化的社會的消極基礎上建立了他們的帝國。因此，問題並不在於英國是否有權利來征服印度，而在於印度被不列顛人征服是否要比土耳其人、波斯人或俄國人征服好些。

——馬克思〈結果〉

即使孤立地、斷絕前後文脈來讀這一段話，一個充分理解馬克思歷史唯物主義的社會進化觀的人，也絕不會據而以為馬克思有「殖民者心態」、「種族主義立場」和「傲慢的殖民主義態度」，主張英國殖民印度有理。何況馬克思緊接著就說明統治過印度的阿拉伯人、土耳其人、韃靼人和莫臥兒人，因其社會生產方式和文明遠不及印度，所以它們的統治不但改變不了沉滯的印度社會，反而被印度文明所同化，則印度的亞細亞生產方式依舊，不能有革命性的構造變革。但英國的統治卻以其「自由貿易」和科學——以資本主義生產，徹底摧毀了使印度長期停滯的社會結構。英國人對印度的統治，在這個意義上，就有了相對積極性。這種科學性的論斷，是陳芳明之流所不知，也就無法為其歪曲汙衊的。此所以馬克思說：「英國在印度要完成雙重的使命：一個是破壞的使命，即消滅舊的亞細亞社會；另一個是建設性的使命，即在亞細亞為西方式社會奠定基礎。」就舊社會的「破壞作用」和新社會的「建設作用」言，土耳其人、波斯人等的印度統治自然與英國人的統治結果不同。但不要忘記，馬克思也一再強調英國殖民統治的局限性和殖民地人民真實解放的道路——即英國工人的革命和殖民地人民推翻殖民統治事業成功。

此外，一個「東方主義者」、一個有「種族主義立場」和一個懷有「傲慢的殖民主義態度」的人，就絕不會像馬克思那樣把印度的悲劇和一個西方國家的命運類比。馬克思說：

印度斯坦——這是亞洲規模的意大利。……（兩者）在土地出產方面是同樣的富庶繁多，在政治結構方面是同樣的四分五裂。意大利常在由征服者用寶劍強迫把不同的民族集團合攏在一起，印度斯坦的情況也完全一樣：在它不屬於穆斯林、莫臥兒或不列顛人壓迫之下的那些時期，它就分解成像它的城市甚至村莊那樣多的、各自獨立和互相敵對的國家。

——馬克思〈統治〉

一個「東方主義者」、一個「有種族主義立場」、有「傲慢的殖民主義態度」的人，不會對一個為西方所統治的東方懷抱未來復興的願景，也不會看到東方人的不亞於西方人的高貴品質。但馬克思說：

無論如何，我們都可以滿懷信心地期待，在多少遙遠的未來，這個巨大而誘人的國家（印度）將復興起來。這個國家的人民文雅……甚至最低階層的人都比意大利人更細緻。這個國家裡的人民的沉靜、高貴的品格甚至抵消了他們所表現的馴服性。他們看來好像天生疲沓，但他們的勇敢卻使英國的軍官們大為吃驚。他們的國家是我們的語言、我們宗教的發源地。從他們的扎提身上，我們可以看到古代日爾曼人的原型。從他們的婆羅門身上，我們可以看到古代希臘人的原型。

——馬克思〈結果〉

這是一段使向來的「東方主義」者皺眉的話。陳芳明對馬克思的指控，只能更徹底地暴露他對馬克思主義的無知、一知半解的強不知以為知而厚顏欺世面貌。把馬克思討論印度農村公社亞細亞生產方式自作聰明地誤為印度的「封建社會」，不懂得馬克思所說殖民主義的「雙重使命」論，不理解馬克思說殖民主義充當了社會進化的歷史的「不自覺(無意識的)工具」等等，都徹底暴露了陳芳明知識的荒廢、粗疏。

那麼怎樣看待薩依德對馬克思的苦悶的疑惑與批評？世所公認，包括薩依德在內的後殖民文化批評家，一般都有一個與馬克思主義者鮮明的不同，即後殖民論者不從西方殖民主義、殖民地的社會經濟分析視角看問題，而更多片面地從殖民地史的文化、意識形態和思想的角度看問題。這便是薩依德的局限與苦悶的由來。

薩依德尚且如此，而況不學不思的陳芳明乎？很明顯，陳芳明對馬克思的斷章取義，源於他對馬克思主義的嚴重無知。至於也源於這無知而來的相關的夾纏和斷章取義，就不必作答了。

三、「自我東方主義者」和民族劣等主義

陳芳明在談到殖民地印度時的立場和談到殖民地台灣的立場時是嚴重錯亂和矛盾的。當馬克思指出印度斯坦的亞細亞生產方式的沉滯、落後時，陳芳明忿然說馬克思是「東方主義者」，是「種族主義」；馬克思說到英國殖民主義在印度的「建設作用」，陳芳明說是「殖民主義心態」。但當陳芳明說到殖民地台灣時，卻力言「台灣人開始認識現代的理性，誠然是來自日本的殖民體制」。這不是在說日本殖民台灣之前，台灣人不認識「理性」，台灣人蒙昧未開嗎？這不是在說日本殖民統治帶來了理性的「建設性」後果？則陳芳明又如何能不把自己劃歸「東方主義者」、「種族主義者」、抱有「傲慢的殖民主義態度」者的一邊？陳芳明更清楚明白地透露了他歌頌「殖民主義即『理性』」的思想。當陳芳明說，「（西方人）的科技特別發達的原因，就在理性的基礎上建立起來的。憑藉著這種由理性發展起來的科技，西方白人開始對外進行擴張侵略。也是透過理性思維方式，西方白人也在人種學上進行分類，進步的白色人種，落後的有色人類，就在西方哲

學思維中劃清了界線。哲學家康德表現出來的白人優越論，正是西方殖民主義的重要理論依據」時，口口聲聲崇尚「理性」的陳芳明難道不是在說西方殖民主義合乎「理性」本質的嗎？

而我們以為，正如馬克思所說的那樣，資產階級、資本主義和殖民主義所帶來的「人類的進步」和所謂理性，是「人頭做的酒杯」中的「甜美的酒漿」，帶著剝削、壓迫和屠殺的血腥和恐怖，有其嚴重的局限性。而「只有在偉大的社會革命」透過摧毀資產階級國家和推翻殖民體制，由解放了的人們去支配「資產階級時代的成果」，並「支配世界市場和現代生產力」之時……「人類的進步才不會再像可怕的異教神像那樣，只有用人頭做酒杯，才能喝到甜美的酒漿」（馬克思〈結果〉）。陳芳明的日本對台殖民「理性論」，恰恰才是「東方主義者」、「殖民主義者」、「種族主義者」的「理性論」。

陳芳明因此極為鄙夷清末在台灣的現代化改革自強運動。在這個問題上，陳芳明的腦袋也是充滿了混亂和矛盾的。他先一面說清末在台灣的改革不能稱為「現代化」，因為整個台灣社會仍然停留在「封建（應為「半封建」——作者按）生產關係階段……」。但是當他說到日帝統治下的台灣而「台灣的封建文化還未全然清除」時，「日本殖民者」「逕行推動現代化的工程」竟是「早熟的現代化」！這完全無法自圓其說的說詞，豈陳芳明之「理性」云乎哉？

陳芳明硬說台灣現代化是日本人統治之賜，清末改革不是現代化，理由是日本統治前的清末台灣社會「還未出現絲毫工業化與都市化的跡象」，甚至也「還未出現任何工人階級的徵兆」……。那麼，就讓我們和平素大談「台灣人主體性」的陳芳明談一點「台灣這塊土地」的社會史。

伴隨著十八世紀台灣移民社會的發展，兩岸間自然形成了由台灣向大陸移出米糖，由大陸向台灣移入手工業製品——布帛、陶瓷器、日用品等生活必需品的民族經濟體系。台灣的商人階級於是有所成長。至一七二五年，有商業公會「行」、「郊」的成立（所謂「台南三郊」）向大陸移出青糖、黃薑、樟腦、硫磺，而從大陸移入陶瓷、藥材、棉布、雜貨。商品經濟日益發達。在封建經濟基礎上的商人階級（以大陸來台殷商較多）日增。

一方面是新耕地的墾拓，一方面是兩岸貿易日盛，這就在台灣形成了「以地主制為主軸的商業性農業社會」。這一階段中台灣商業資本的擴大與開展，基本上還不是島內自己生產力發展的結果，而是兩岸日盛的貿易所形成，所以不論商業資本或地主資本，在本質上都沒有超出資本主義前期性資本的範疇。但這些發展，卻為開港後的台灣經濟重編造成一定的影響。

鴉片戰爭失敗，中國在恥辱的條約下淪為半殖民地．半封建社會。作為中國東南行省的台灣，也在全中國半殖民地半封建化的總過程中半殖民地半封建化，和中國許多被迫開港的「條約港口」一樣，府城、淡水（一八五八）、打狗（一八六四）、基隆（一八六三）也被迫向世界資本體系開港，使台灣經濟產生了巨大的、根本性的轉變。

以英國為首的外國雄厚的商業金融資本，仗著不平等條約賦予的特權，仗著現代資本主義經營知識和強大現代化商船船隊，很快地獨占了台灣商品農作物的生產和貿易過程。洋商行如怡和、鄧特、德記……在條約港口及其周近林立。面向資本主義世界市場的貿易取代了兩岸間的交換。砂糖、茶葉、樟腦和煤成了外國資本支配下的外貿商品。行郊沒落，洋行代興。洋貨打敗了從大陸移入台灣的手工業製品。國際貿易港市淡水和打狗分別在台灣的北、南崛起，取代了兩岸商貿的對口港市：「一府、二鹿、三艋舺」。到了一八八一年，北部淡水港市貿易值就超過了安平的貿易總值。

在開港之前，台灣的人口因追逐新耕地而向農村山區流動，人口呈現由高密度地區向人口低密度區流動而分散。但開港之後，由於通商口岸及附近城鎮的商業和農產品加工業迅速繁榮，吸引了越來越多的人口。人口開始改而湧向通商口岸及周近城鎮，人口迅速增加，現代都市化情況迅速發展，尤以台北地區為最。迨一八九〇年前後，台北已經是個擁有十萬人口的城市了。

台灣最早的現代化大規模機械化資本主義生產是採礦工業。一八七五年，沈葆楨奏准機械開採基隆煤礦，僱用現代意義的工資勞動者近兩千人，規模之大，居當時全中國第二。一八七七年九月出煤，日產三十—四十噸。及一八八一年，年產量五萬多噸。

除了採礦的工資勞動階級，隨著開港後商業和農產品加工業的發展，僱佣關係也起到根本性變化。煤礦、商行、茶行和糖廍所僱用的、按日計件算工資的、現代意義的工人，只大稻埕一地，就有一萬兩千人以上。樟腦寮的工人有一萬三千人以上。其他碼頭挑伕、船伕、裝卸工人也大有增加。

現代資產階級也登上了台灣社會的舞台。開港後，外商紛紛入台設立洋行，隨著國際貿易日增的需要，台灣的買辦商人應運而生。他們四處奔走，為外商推銷洋貨，收購土貨，逐漸成為外商在台貿易活動中不可或缺的幫手。而不少買辦也利用職務之便，自己兼營生意發家，成為買辦富商。李春生、陳福謙就是當時著名的買辦豪商。買辦資本逐漸形成一股不能忽視的勢力，作為階級的買辦資產階級出台。有一部分買辦資產階級脫離洋行自立門戶從事商貿，與洋行對峙競爭，轉化為民族資產階級。此外，商業性民族資產階級如鼎盛的茶行、各種商行老闆等商業資本家迅速增長。地主士紳和官僚也參與商業活動成為新興官商資產階級。霧峰林朝棟和苗栗黃南球就是例子。（以上參照陳孔立編《台灣歷史綱要》，台北：人間出版社，一九九八。）

陳芳明對開港前與後直到日本統治前的台灣社會經濟之無知，是十分驚人的。他把日本人統治前的台灣社會看成一片停滯落後的荒原。但現實上，一方面是台灣農民、農業加工業和礦業勞動者受到帝國主義金融資本、地主資本、買辦資本、官商資本及高利貸資本層層苛酷的剝削，另一方面是商品農業的發展、採礦工業及農產品加工業的勃興，新興大城市的崛起，人口大量集中和大面積流動，新興資產階級和現代工資勞動階級的登台，社會階層分化複雜化，勞動力商品化加強。凡此，都是初階段從傳統社會脫穎，而向初階段現代化社會推移的確據。但陳芳明不知道這一階段中台灣經濟騷然潑辣的變化，過低評價，從而誇耀日本人治台現代化。這難道不就是陳芳明的民族劣等主義、「殖民主義心態」的表現？想到誇大、歌頌日本治台現代化，一貫是金美齡、李登輝、許文龍和黃坤燦之流民族分裂主義者的「自我東方主義」（self-orientalism）意識的表現，則陳芳明對開港後日治前台灣社會表現「東方主義」的偏見，就不是奇怪的事了。

四、也說現代化和現代性

現代化和現代性是互為表裡的，既沒有不存在現代化的現代性，也沒有不存在現代性的現代化。安·紀登斯就說，「現代性」指的是「後封建的歐洲所建立，而在二十世紀日益成為具有世界史性的影響的行為、制度與模式」。他接著說，現代性「大致等同於」「工業化的世界」。他在進一步說明時說，「工業主義並不僅僅是在它的制度的面向上。工業主義是指蘊含於生產過程中物質力和機械的廣泛運用所體現出來的社會關係。」「這是現代性的一個制度軸。」

紀登斯說，現代性的第二個面向就是資本主義，「意指競爭性的商品市場、勞動力的商品化和商品生產體系」。

大規模的、工廠的、機械化生產，就是「工業化」，就是資本主義化。「蘊含於生產過程中物質力和機械的廣泛運用所體現出來的社會關係」，無非是資本主義生產的社會關係。而「競爭性的商品市場、勞動力的商品化和商品生產體系」恰恰是馬克思對資本主義的精辟分析的簡單概括。所以，一言以蔽之，現代化就是資本主義化，而現代性就是資本主義所建立，且日益發揮其「世界史影響」的「行為、制度與模式」，是資本主義生產的社會諸關係，就是資本主義商品生產的體系。陳芳明為了蹧蹋日據前的台灣社會和台灣人，毫無根據地把現代化和現代性對立起來，而他的現代性論也是極其膚淺的。

紀登斯談現代性談得很細，但他的現代性論的主軸，就是資本主義化。在這個主軸上，紀登斯談到時空概念的變化，提到作為交換媒介的「符號標誌」(例如貨幣)的出現，談到專業專家的出現，談到社會活動的世界化，談到印刷和電報、電話造成的新的信息傳播。

資本主義因不同的歷史和社會，有不同程度、不同形態的發展，從而有相應的、不同程度的資本主義社會諸關係，也就有不同程度的、相對於傳統社會的現代性。開港後被半殖民地化的台灣社會經濟，發生了半殖民地條件下的、外鑠的、初階段的邊陲性資本主義化，相對來說，是個劃時代的變化。商品作物栽培和貿易的眼光從對岸市場移到遙遠廣闊的世界市場。農民、買辦、商人的時空觀念相應地起了不同於傳統社會者的巨大變化。商業資本的發達，國際貿易的興旺，貨幣經濟繁榮，本地貨幣和外國貨幣的信用交換增進了，代表現代性的「符號標誌」形成。新的外語文、商貿、現代簿記、包裝運輸、礦業等專門人才出現。貿易船隊和外商大輪船把島嶼台灣和世界市場聯繫起來。新式郵政、電報、電話改變了時空對信息的傳統限制……相對於傳統的台灣社會，這是多麼大的、本質性變化。而這變化的核心，就是相對的現代性的產生。

當然，在半殖民地半封建的一定的歷史和社會條件下，此一時期台灣的現代化和現代性有其相對應的局限性，這是十分自然的。半封建的土地關係不但繼續存在，甚至和外國金融資本聯合以高利貸形式盤剝農民，使低層的商品農業下的農民成為永無盡期的債務奴隸；有些執行現代化的官僚群顢頇腐敗，致財政拮据，無以為繼，許多新的產業建設半途而廢，官紳企業效益低下，最終導致虧損甚至倒閉。但儘管如此，台灣乃至於中國的資本主義發展史＝現代化歷史，它的第一個章節就不能不寫上開港後的台灣這一段。

日本資本主義的發展至戰前還始終伴隨著日本半封建的地主佃農體制。日帝治台五十年，不但沒有打破台灣半封建的土地關係，而且進一步與之相溫存，鞏固這落後的土地關係。對日帝治台五十年的「理性」和「現代性」津津樂道，稱為「早熟的現代化」、「晚到的現代性」的陳芳明，對日本現代化應更加五體投地了。但他卻唯獨對於半殖民半封建下台灣在開港後初步的現代化和相應的初步的現代性，卻極盡汙衊醜詆的能事，足見陳芳明賭咒的「典型的被殖民知識分子」不是別人，而恰恰是他自己！

五、台灣共產黨的革命論

陳芳明總是按照他腦袋裡的統獨、中國／台灣二元對立的思想，為了他「獨立建國」幻想，任意去「書寫」歷史。關於台共黨史的一些議論尤其如此。

陳芳明一旦有機會就到處說謝雪紅服從、支持第三國際和日共的「殖民革命」論，但黨內有人要利用中共勢力，以中共「左」傾的「社會革命論」奪謝雪紅的權。兩者對台灣革命路線方針不同，引起內訌。

有關台共關於殖民地台灣革命的性質理論中，有沒有「殖民地革命」之說，要看台共一九二八年和三一年的綱領。馬克思主義認為，一個社會的性質決定改變這個社會的革命之任務。封建社會的變革任務是打倒封建地主階級，建立資產階級民主政權。革命的任務又決定革命的性質。打倒封建主義建設資產階級民主政權的革命的性質，是「資產階級民主革命」。同理，（半）殖民半封建社會之革命的任務是既要打倒帝國主義，也要打倒封建主義，則革命的性質是民族（反帝）、民主（反封建）革命。而所說民主革命，在性質上是資產階級的。可惜陳芳明不懂，屢次夾纏不休。

再看兩個綱領。二八年綱領分析當時台灣社會，認為台灣「受日本帝國主義壟斷資本的統治」，顯示「高度的資本集中」。另一個側面是台灣本地「殘存著」「落後、幼稚的資本」（指封建經濟基礎上的商業資本，糖廍作坊資本）和「非資本主義（即封建的、前資本主義）的要素」，例如地主佃農關係。也就是台灣社會受到日本帝國主義壟斷資本和「落後、幼稚的、非資本主義要素所統治」。這樣的社會，性質上就是殖民地・半封建（除了封建主佃關係外還有「落後、幼稚的資本」）社會。那麼革命的任務，自然是反對帝國主義和反對（半）封建主義了。因此綱領上說，台灣革命不能以反帝（即反殖民）為已足，也要「有反封建的、（資產階級性的）民主主義革命」。非常明白，二八年綱領從台灣社會性質分析，到社會變革運動的任務規定，再到革命性質的結論，清楚說明台灣社會是「殖民地半封建」社會，從而主張台灣革命的性質是「反帝反封建的民族主義革命」和（資產階級性）「民主主義革命」的統一，即「民族民主革命」。陳芳明的「殖民地革命」說，只能說是胡扯。

陳芳明搬來他從沒讀過的列寧來擋箭，自然是徒然的。

列寧比較具體談到共產國際的民族和殖民地政策者是〈民族和殖民地提綱〉（一九二〇）。文章中說到在落後國家和民族的反帝「民族解放」運動中，落後民族和國家的革命性，是「工人和農民的」「資產階級（性）的民主主義的解放運動」，也就是由工人和農民所領導的民族（殖民地解放）民主革命。列寧從來沒有說過殖民地的革命性質是什麼「殖民革命」（！）。

陳芳明搬出他根本沒讀過的列寧的〈帝國主義是資本主義的最後階段〉（以下簡稱〈階段〉）。這篇論文其實並不如陳芳明想像的那樣，在討論民族和殖民地問題。論文的焦點在分析先進國資本主義向壟斷階段發展過程中，金融資本和金融寡頭的形成。金融資本的輸出，造成諸壟斷體和諸列強國家爭相分割世界。列寧從而分析了帝國主義不是生產方式的躍進，只能是資本主義的一個「特殊的階段」，論證了帝國主義的「寄生性」和「腐朽性」，行將就木，是社會主義革命的前夜。論文分析的對象是西方高度發達的資本主義，和陳芳明閉門妄想的殖民地社會分析無關，更沒有說到「要瓦解帝國主義的命根子，便是在殖民地進行暴動與革命」。陳芳明沒讀過孟岱爾的《晚期資本主義》，也敢瞎說什麼孟岱爾主張「機械生產三階段」，現在他也敢瞎說列寧的

〈階段〉鼓吹在「殖民地進行暴動與革命」！陳芳明搞學術的郎中術士，真好大的膽子！

把列寧談「民族自決權」說成列寧說「要被殖民的弱小民族爭取革命與獨立的合法性」絕不準確。列寧的〈論民族自決權〉（一九一四）主要抨擊舊俄羅斯民族沙文主義對俄羅斯境內弱小民族的壓迫，力言舊俄境內不同民族的無產階級的團結奮鬥，支持境內弱小民族從壓迫性的大俄羅斯分離和自決之權，反對俄羅斯沙文主義的民族主義。這主要地是講舊俄時代的民族關係，和「被殖民的弱小民族」問題完全無關。一九一六年的〈社會主義革命和民族自決權〉，主要強調社會主義革命成功後才可能實行的「完全的民主」（相對於資產階級民主），才能使各民族一律平等，從而實現被壓迫民族的自決權，也就是政治上的自由分離權，即在政治上與壓迫者民族自由分離之權。但列寧接著說，這種說法是「反對一切民族壓迫的徹底表現」，不在主張「分離、分散、成立小國」。陳芳明說，「如何在殖民地製造革命，以便切斷帝國主義的經濟命脈，正是列寧民族自決權理論的核心」，完全是陳芳明自己的發明，和列寧一點也沒有關係。

陳芳明說馬克思「根本不可能提出『殖民地革命』的見解」。這只要看上文我引用馬克思在〈結果〉中所說，只有在英國工人起來革命，或者印度人起來推翻英國殖民統治，印度人民才能真正收穫英國在其殖民印度過程中播下新事物的果實，就知道陳芳明瞎說。主張印度人民起來「推翻英國殖民統治」，不是殖民地人民的革命是什麼？此外，馬克思在很多地方——例如《共產黨宣言》就說明了民族殖民地問題和資本主義制度間的有機關係。在論斷資本主義最終被推翻的基礎上，預言了殖民主義也必然隨資本主義的滅亡而崩潰。而正是馬克思的這個思想，長期鼓舞著殖民地人民和國際無產階級一道並肩進行殖民地的革命鬥爭。說馬克思主義是「殖民主義的變相延伸」，「不提出『殖民地革命』的見解」，只是痴妄之人的譫語罷了。

再說台共三一年綱領。三一年綱領把結論先說了，說台灣革命的性質是「資產階級性的工農革命」，那就不是陳芳明杜撰的「殖民地革命」了。分析架構主張台灣社會受帝國主義和（半）封建主義統治，革命的目標（任務）是「打倒帝國主義」、台灣自日帝「獨立」解放、「實行土地革命消滅封建殘餘」。三一年綱領確實比二八年者「激進」，但無論如何，兩個綱領都要反帝反封建，都強調台灣革命除了有反帝民族主義性質，還要有「資產階級民主主義」的性質，都有十分具體的內容，根本不是陳芳明所說一無內容的「殖民地革命」。

再又說中共「左」傾路線「強加」於台共「第三國際」的合理路線的問題。

二八年綱領是日共起草、共產國際和中共支持的。如果謝雪紅以為二八年綱領比較合理，也不存在中共反對作梗的問題，就不要提台共組建時包括被陳芳明與謝雪紅同劃為「日共」「反中共」系的林木順對中共協助台共組建的熱情洋溢、無限孺慕的講話（王乃信等譯《台灣社會運動史》卷三，台北：創造出版社，一九八九）。

關於「左」傾路線的問題。中共陳獨秀的右傾機會主義路線招至一九二七年「四一六」政變清黨的毀滅性打擊。為了提振崩潰中的士氣，中共當局決定在同年八月一日在南昌暴動。暴動雖然失敗了，卻一定程度重振了士氣。八月七日開「八七會議」，批評了右傾路線，改組中央，卻又滋長「左」傾盲動路線，主張在城市發動武裝暴動。但這「左」傾路線在很大一方面也是受到當時駐華第三國際指導者羅米納茲的影響。直到一九二八年二月，第三國際才批評了羅米納茲路線，四月，台共成立那個月分，中共才正式接受國際的糾「左」決議。二八年綱領是一九二八年一月由日共草擬，所以從歷史背景看，也自然地殘留著「左」的影響。例如主張搞土地革命，要沒收地主土地分給農民，土地歸「農村蘇維埃」……都反映了一九二八年六月中共「六大」會議後，土地革命、分田、工農兵政府路線的影響。這就不能說二八綱領就沒有「左」的色彩所以為謝雪紅所堅持。

再說三一年綱領。陳芳明說謝雪紅信服第三國際。可是陳芳明竟不知道批評謝雪紅中央搞「機會主義」、「關門主義」，並建議改組的始作蛹者正是第三國際而不是中共或「上大派」。三一年綱領也是國際和中共斟酌同意過的。至於「改革同盟」為了糾正謝雪紅的政治錯誤（機會主義、關門主義）而在組織原則上所犯的錯誤，一方面受到了國際和中共的嚴厲批評，「改革同盟」自己也做了認真的自我批評。陳芳明說中共／上大派鬥爭日共謝雪紅，中共路線鬥爭謝雪紅的第三國際路線之說，只能說是他服務於台獨目標的、毫無根據的政治歪曲、幻想和宣傳罷了。

關於一九二九年到三〇年間中共「左」傾路線，應該知道一九二九年世界資本主義大危機使國際共運瀰漫著「資本主義已進入（破滅的）『第三期』」的樂觀論，助長了各國共產黨「左」傾化。其次，這時期第三國際本身也「左」傾了，它看到當時中國諸軍閥惡性內戰，斷定已使「中國陷入深刻危機」，「可以而且應當糾集群眾」，「革命地推翻地主資產階級聯盟的政權」，建立以蘇維埃為其形式的「工農專政」……李立三路線就在這時（一九三〇年六月）出台，發動城市暴動，造成巨大損失。七月，第三國際糾正錯誤，接著又是王明路線的統治。問題是不論李立三或王明的「左」傾路線，源頭都在蘇共（國際），中共自己也吃夠了「左」傾路線的苦頭。台共內訌以至潰滅，不能不說是一個悲劇。後來的人們既看到第三國際對世界和中國革命形勢的錯誤估計，也看到中國及台灣的黨受到這錯誤估計所播弄，也看到台共在其幼兒期難於避免的不成熟，更看到謝雪紅這突出的台灣女革命家在能力和性格上的一定的局限性。陳芳明把台共的內在矛盾和最後的終結，主觀任意地「書寫」成「左」傾的中共派改革同盟的「社會革命派」與「正確」的、服從第三國際路線的謝雪紅「殖民地革命」派之間的奪權鬥爭，是站不住腳的。年輕學者杜繼平對陳芳明所謂「左」翼台灣史觀有深入的批判與分析（〈跳蚤「左派」的滿紙荒唐言〉，《左翼》第十五、十六、十八期，二〇〇一年一、三、四月號）。完全不知國際共運歷史、中國革命史和台共黨史的陳芳明，長期郎中欺世，至今招搖士林，令人瞠目。

六、一九四七年到一九四九年的台灣新文學思潮

陳芳明為了捍衛他腦袋裡的、認為光復後台灣知識分子不認同中國的成見，說在二二八恐怖情況下，台灣人的脫殖民反思會是「中國（人）復歸」「寧非怪事」？這是一個不根據史料，只依照自己的原教義去思想的人所提的問題。

台灣知識分子的民族風骨

從一九四七年到一九四九年那一場有關建設台灣新文學的論議（以下簡稱「文學論議」）中，對於「台灣是中國的一部分，台灣文學是中國文學的一環」這一條原則思想，參與討論的人，不分省內、省外人士，真是「三復斯言，眾口一詞」，已有具體史料證明。陳芳明卻說，這種主張「都是出自外省作家」，「本地作家沒有一位是附和或支持這種理論的」，這是陳芳明的彌天大謊。

楊逵在〈台灣文學問答〉中說，「大家無不同意，台灣是中國的一省，台灣不能切離中國。」

又說，「台灣是中國的一省，台灣文學是中國一環。台灣文學不能與中國文學分立並論。」

林曙光在〈台灣文學的過去、現在與將來〉中就說：「（台灣新文學）最好還是打破（其）一切的特殊性質，做中國文學的一翼而發展。今日『如何建立台灣新文學』（問題）需要放在『如何建立台灣的文學使其成為中國文學』才對。」

瀨南人（林曙光）在〈評錢歌川、陳大禹對台灣新文學運動的意見〉中，對台灣文學特殊性有精到的分析。但他在結論中說，「建立台灣新文學的目標不應該在於邊疆文學。我們的目標應該放在（使台灣新文學）構成中國文學的一部分，而能夠使中國文學富有精彩的內容……」

籟亮（原名賴義傳，高雄人，因中共台省工委學生委員會案在五〇年代白色恐怖中犧牲，陳芳明根本不知道他是本省青年）在他的〈關於台灣新文學的兩個問題〉中說：「那麼『台灣新文學』是和『大陸文學』對立的嗎？不是的。『澎湖溝』（楊逵語，指省內外因歷史、政治原因造成的隔閡——作者按）是站在和祖國同一新歷史階段的，才可以看出它的特殊性。因此這個特殊性是以同一個歷史階段為前提的。所以台灣新文學是附屬於『同一階段』，『個』者的存在以『全』者為前提。『個』、『全』相互成為一個基礎。所以台灣新文學是中國文學的一環。」籟亮以熟達的辯證邏輯，說明台灣文學的特殊性（「個」）和中國文學的一般性（「全」）的矛盾統一。他認為這兩者辯證統一的基礎，在於台灣因光復重編到祖國社會而形成的、兩岸「同一新的歷史階段」——

同為面對新民主主義革命的中國半殖民地半封建社會這樣一個相同的「新的歷史階段」。

吳阿文(即周青,台灣人,這是陳芳明所不知道的)在他的〈略論台灣新文學建設諸問題〉中說,「毫無疑義,台灣是中國的。台灣新文學就是中國整個新文學的一部分,台灣新文學運動也就是整個中國新文學運動的一環。」

何無感(張光直,羅鐵鷹在建國中學的學生,他的省籍身分也是陳芳明所不知的)在他寫的〈致陳百感的一百封信〉的文章中,也運用當時進步知識分子所熟用的辯證邏輯展開。也說,「台灣文學是中國文學的一環……」。當前的形勢是「台灣的特殊性向大陸進步的一般性(新民主主義運動中的中國)的(辯證)轉化;大陸的進步的一般性在台灣特殊性(台灣進步力量的形成),最後是台灣特殊與大陸進步的一般性的統一」。而「當前台灣文學正在作為中國文藝運動之一環而鬥爭、克服與發展」。

最後來看今日台獨文論大老葉石濤在當年相關問題上的議論。他在〈一九四一年以後的台灣文學〉中說,「台灣(日據下)殖民經濟所決定的台灣文學,產生於抗日反帝的現實鬥爭過程中,故其作品樹立了中國文學發展的傳統性。」而日據期台灣新文學在日本帝國主義的彈壓下,「走上了畸形的、不成熟的一條路」。所以「我們必須打開窗口,自祖國文學導入進步的、人民的文學,使中國文學最弱的一環(指台灣文學)能夠充實起來」。

彭明敏當時寫的一手白話文的好文章，可惜和另一個台灣青年朱實一樣，論題與建設台灣新文學沒有直接相關。陳芳明說「真正參與（「論議」）的本地作家只有葉石濤、朱實、彭明敏、瀨南人（林曙光）等五位而已，其餘都是清一色的外省作家」，講得斬釘截鐵，其無知、說謊、「捏造」而猶氣定神閑若此，叫人齒冷。其實參與《橋》副刊在全島各地的茶話座談會的台灣知識分子還有不少。吳瀛濤、黃得時、吳濁流、吳坤煌都在《橋》副刊的茶會上發了言。當時還是一個文學、思想青年的長期刑政治犯林書揚還記得，每次茶會，台南本地青年趨之若鶩的盛況。在二二八大屠之後，前進的台灣知識分子不但寫文章，尚且敢於在公開場合發言。陳芳明太把當時的本地知識分子的膽識看小了。陳芳明還說當時台灣知識分子在「朋輩死於刀叢，血跡未乾之時」，「並不可能說出真正的思考」。在文獻可徵的事實前，陳芳明的眼中的當時本地知識分子竟全像他自己一樣怯懦，一樣機會主義。陳芳明們總是以在嚴苛時局下不能不違逆本心說違心之語，來掩飾他們在八〇年代以前一大堆的「大中華沙文主義」之言說，現在又以同樣的手法，為了「捏造」台獨文論去「強暴前人的思想」。陳芳明「變造」史料、「招搖撞騙」、「混淆視聽」的「蠻橫程度」才真是令人「匪夷所思」。

「文學論議」的時代背景

陳芳明們被他們的原教義所蒙蔽，堅持光復後台灣與中國殊途，台灣被中國「再殖民」，台灣人和中國人反目，堅持外省人＝壓迫者＝官方，台灣人＝被壓迫者＝民間的二元對立思維模式，拒絕公正看待歷史事實，而前面指出的只是其中的一端而已。

光復後一九四六－一九四七年時期的眾多文獻，生動說明了同一時期，在國共全面內戰的時局下，台灣和全大陸一樣，都組織在同一個歷史、政治、思潮、文化的場域。按籟亮的說法，就是台灣和大陸都屬於「同一個階段」，都處在「同一新的歷史階段」。現在簡單地說一點歷史和形勢。

- 一九四五－一九四七「二月事變」前：

一九四五年八月十五日，日本戰敗，台灣光復。

八月二八日，毛、周赴重慶與蔣會談。

十月十日，頒《雙十協定》同意和平建國、民主化、地方高度自治、軍隊國家化、各民主黨派平等、合法。

十二月一日，國府鎮壓為反內戰而示威的學生。

一九四六年一月一日，范泉在上海《新文學》刊〈論台灣文學〉。

一月三日，賴明弘發表〈重建祖國之日〉於上海，回應范泉。

六月，國共簽停戰協定。

六月二十日，國軍向中共根據地進攻，內戰全面爆發。上海的大學生舉行反內戰遊行。

七月，詩人聞一多、記者李公樸先後遭暗殺，全國震動。

七月，東京澀谷事件。

十二月，台灣學生五千名在台北示威抗議澀谷事件。

十二月二五日，發生在北京美軍強暴女學生沈崇事件。北京、天津、上海、南京、廣州各地學生抗議示威。

一九四七年一月九日，一萬餘台灣學生在今台北市中山堂集會，為沈崇事件向美方抗議。

二月二八日，二二八事變。

•二二八事變後：

一九四七年五月二十日，國府在大陸南京、蘇州、上海等十六所大學院校逮捕要求停止內戰和民主改革而遊行的學生一百五十名，發生死傷，稱「五二〇」事件。天津、北京也有相同事件，造成輕重傷。

六月二日，軍警先發制人，逮捕武漢大學師生五十餘人。

十一月七日，歐陽明發表〈台灣新文學的建設〉於《橋》副刊，延續到一九四九年四月的「台灣新文學論議」開始。

一九四八年四月九日，軍警逮捕、毆打北平師範學校學生，引發八千名學生示威。

六月二五日，楊逵發表〈台灣文學問答〉。

九月，國共遼瀋戰役，國軍戰敗。

十一月，國軍在淮海戰役中失利。

十二月，國軍在平津之役敗北。共軍直逼長江北岸。

一九四九年一月，蔣氏下野。

一月二一日，楊逵發表《和平宣言》。

二月，共軍入北京。李宗仁和談代表抵西柏坡。

四月六日，台北「四六」事件，逮捕台大、師院學生數百人。

同日，楊逵、歌雷、孫達人、何無感（張光直）被捕。「建設台灣新文學論議」中斷。

從這極簡略的編年，就可以看出急轉直下、牽動包括台灣在內的全中國的內戰形勢，是如何地撼動著當時台灣省內外作家知識分子的思想和感情。二月事變之後，先進的台灣文學家呂赫若、簡國賢、藍明谷等甚至毅然潛入地下，無暇參與論議，終至犧牲了寶貴的生命。這時期祖國的海峽尚未完全封斷。新聞、雜誌還有往來。大陸民主雜誌如《觀察》、《時與文》、《文粹》、《文藝春秋》、《新文學》等流傳在關心時局的台灣作家和知識分子中間。在五〇年代白色恐怖中仆倒的台灣青年張棟材留下的日記中，在一九四八年六月十七日的一頁，這樣寫著：

> 今天報紙有報導，香港有組織聯合政府的籌備會，亦稱「新政協」，我很高興。
>
> ——王歡《烈火的青春》，台北：人間出版社，一九九九年

一九四七年二二八事變的同一年，國府也瘋狂鎮壓大陸民主人士和黨派，許多知名人士被捕。在野民主組織「民主同盟」被迫解散。一九四八年，大陸民主黨派和人士到香港集結，通

電主張召開新的政協、組織民主的聯合政府，停止內戰，和平建國，並宣告恢復「民主同盟」。張棟材的日記說明，當時台灣知識分子和當時全中國的民主知識分子一樣，寄厚望於新政協的召開，達成中國和平、改革、復興的期望。這也說明了當時劇變中的內戰的總形勢，是怎樣地牽動著當時台灣進步知識分子的全部思想。在大陸風風火火的民主運動之前，台灣先進的知識分子早就認識到，二二八事變其實就是四六年下半以來全中國人民和學生風起雲湧的反蔣、反內戰、反獨裁、反飢餓的無數民主蜂起中的一環；認識到國民黨對人民的恐怖與屠殺是全國性的，從而克服了中國－台灣、外省人－本省人二元對立思想的泥沼。陳芳明不明白這個政治歷史背景，就無怪乎要覺得「匪夷所思」了。

光復後兩岸文學界的交流之熱絡，也是出乎陳芳明們的想像的。歐陽明在一九四七年十一月二十七日在《台灣新生報．橋》副刊刊出〈建設台灣新文學〉，拉開了「文學論議」的序幕。文章中著重引用了當時在上海的著名編輯、散文家范泉發表在四六年元月上海的《新文學》的〈論台灣文學〉，最早提出「台灣文學始終是中國文學的一個支流，而且台灣與中國文學不可分，前者是承於後者的一環……」的洞見。不久，台灣的文學評論家賴明弘也在《新文學》上寫了〈重建祖國之日〉，對台灣（文學）是中國（文學）的一部的理論，做出了熱情洋溢的回應，也引起台灣文學界和讀書界的廣泛而熱情的注目。此外，楊逵也讀到了范泉主編、在上海發行的著名雜誌《文藝春秋》。在他極力宣傳建立一種能反映台灣歷史、生活、感情、「與台灣民眾站在一起」的「台灣文學」時，他高度評價了發表在《文藝春秋》上旅台大陸作家歐坦生（筆名丁樹南）的小說〈沉醉〉，以為「台灣文學」的典範之作。林曙光在〈台灣文學的過去、現在與將來〉中說，光復後「不少的國內文化工作者也來到此地，直接地或間接地給予不少刺激與誠意的指導……」這都說明台灣文學界、讀書界在光復初期藉著大陸民主報紙、雜誌、書刊，形成了兩岸間民主的、人民的、原生狀態的「公共領域」（public sphere）。離開了這初步形成的兩岸民眾的、民主主義的「公共領域」，就無法深刻、正確地理解四六年至四九年間台灣的文學藝術和思想文化的歷史。陳芳明們不明白這個道理，硬生生地把四六年到四九年的台灣文學現象套到他腦袋裡台獨原教義的教條中，說台灣文學的「主體」被「外省」「官方」作家「抽空」，然後再填上「反帝反封建」的內容；「外省」「官方」作家先宣判「台灣歷史有罪」、「加以汙名化」、「空洞化」之後「以中國論述取而代之」，而這是中國對台灣「文化殖民」！現在且讓史料戳破陳芳明的謬論。

台灣知識分子的日治奴化論和日據遺毒論

一九四五年十月二十五日，當時尚未走上台獨反民族道路的廖文毅所主宰的雜誌《前鋒》

上，刊了林萍心的文章：〈我們的新任務開始了——給台灣智識階級〉。文章說，「大多數的台灣同胞受盡了日本的奴隸教育，他們中間大部分已成了『機械』的愚民，而小部分已成為極危險性的『準日本人』……」

籟亮在前揭文章中說，「日本人以『皇國國民道德』來毒化我們……一切日本（留下的）遺毒，也是由這一根蒂為出發的封建思想。」

吳阿文在前揭文章也說，「日本帝國主義者留給我們的『殖民地封建文化』，根深蒂固地存在台灣。」

楊逵說得更多。林茂生說光復之後他才第一次知道他自己「是（一）個人，一個自然人，才知道有自己的社會和國家」！

難道陳芳明要說，這些台灣知識分子是在「宣判台灣歷史有罪」，把台灣歷史「汙名化、空洞化」嗎？當然不是。這些言論只是光復初無數真誠的台灣知識分子深刻的去殖民反思的一部分。

台灣知識分子主張台灣新文學的精神是五四、反帝反封建……

林曙光的〈台灣文學的過去、現在與將來〉中說，二〇年代台灣「留日學生在東京接觸了祖國的留學生，直接間接底受了很大的影響，尤其是五四運動的思潮與傾向……」而「五四運動的思潮與傾向」難道不是「反帝反封建」和「民主與科學」嗎？

楊逵在《橋》副刊舉辦的第三次茶會上發言中說，台灣新文學「受到民族自決」和「五四」影響，「思想上標舉反帝反封建、科學與民主」。

說同樣的話的人還很多。難道這些台灣知識分子都如陳芳明所說，在「抽空台灣文學的主體」，先把台灣歷史「空洞化」、「汙名化」之後「填補」「反帝反封建」，對台灣進行文學的「再殖民」乎？但怪就怪在「籠罩」在「二二八屠殺恐怖」時，葉石濤還沒說「五四」、「反帝反封建」。但六〇年代後，他說得比誰都透、比誰都多而且熱情洋溢。他這又是在搞誰的「再殖民」？

外省作家的台灣文學先進論和主體論

如果四七年到四九年這場「文學論議」是陳芳明所說外省作家對台灣文學的「再殖民」，就無法說明下面這些外省作家的言論。

當然，有少數一些外省作家，儘管思想前進，初來乍到，對台灣情況，尤其是台灣新文學的歷史並不熟悉，想當然爾地認為受日帝五十年抑壓的台灣新文學發展必有不足，從而做了相對過低的評價；也不免有些人言行經不經意間表現出某種「優越感」和「特殊化」，使省內外人士間心生「芥蒂」。還有少數另一些人把戰後台灣生活中的消極面過多地歸於日帝統治的歷史影響。對此，今日健在的省外詩人、評論家蕭荻就在〈了解、生根、合作〉中力言：「不能說台灣根本就沒有文藝。大陸上除了魯迅，其他作家成就也不大。」他反省外省人士對台灣文學不熟悉，正如他們也不熟悉其他各省的文學。他說內地人應自覺地戒除「優越感」，這「對發展台灣新文學有害」。他說建設台灣文學，「主力」是台灣作家，因為「文學來自生於斯、長於斯的人民」。

另外有姚筠，他也對台灣文學情況不很熟悉，說日據下台灣新文學「無法擔負作為生活啟示和現實反映的任務」。但他卻力言「本地作家」才應該是「推動台灣新文學的主要力量」。

范泉在主張台灣文學為中國文學之一環的同時，也力言台灣文學「唯有」經由「本島作家」的努力，才能創造「真正有生命的、足以代表台灣本身的，且有台灣性格的」、「具有純粹的台灣氣派」、「純粹……台灣作風和台灣個性的文學」。

雷石榆在〈形式主義的文學觀：評楊風〉中說，「台灣文學界除了對一、二十年來祖國現實比較隔膜」，「對二十世紀初期為止的文學思潮不至於比我們（外省作家）更無知」。雷石榆為什麼知道？因為據作家藍博洲的調查，早在一九三五年間，時在東京的中國左聯的雷石榆就和「台灣文藝聯盟」東京支部接觸，經由吳坤煌、賴明弘參加過「聯盟」的活動，並且投稿「聯盟」的機關誌《台灣文藝》，發表過日文詩作和中文文論，其中還引起過呂赫若的回應。而陳芳明這個「後殖民」論台灣新文學史家竟然不知道這一近於常識的故實，說來台外省作家「從未參與過台灣」新文學運動。這樣粗疏寡陋的人寫「後殖民史觀」的「台灣新文學史」，叫人如何信賴呢？

另外，陳大禹的〈「台灣文學」題解〉說，「台灣文學有光榮的歷史傳統」，是「不甘心被奴化的戰士，堅強反侵略，努力喚起民族自覺意識」，給予很高評價。

孫達人對台灣文學的評價尤高。他說台灣文學「在反侵略反封建上比大陸先進。台灣文學進展較國內有過之而無不及」。「不能因語文的變革否定思想內容。」

雷石榆也說，「實際上，台灣新文學的路還是應由台灣的進步作家開拓。我們外省人既隔著語言，也不若他們（省內作家）熟悉生於斯、長於斯的鄉土歷史內容及現實生活態度。」

尊重台灣、台灣人和台灣文學的「主體性」，有過於此的嗎？能說省外作家的這些「台灣文學先進」論、「光榮」論、台灣文學以台籍作家為主體論，是對台灣文學的「再殖民」言論嗎？陳芳明遮天欺世，放膽之極！

台灣作家對日據下台灣文學的反思

有少數一些省外作家固然出於認識不足，過低評價了日據台灣新文學的業績，但應該知道，面對日帝統治結束、面對光復與解放、面對未來的發展，台灣作家自己就有深刻的、為了再出發、為了重建事業的反思而深自以為不足。

楊逵說日帝五十一年的統治使台灣文學「荒蕪」，「有待努力耕耘」。林曙光說「台灣文學的過去當然比不上大陸中國文學」。但想到來路的崎嶇，他也認為當時台灣文學的成就仍有「偉大功績」。他也說，有人以為台灣文學「不足討論」，對此意見，他以為「沒有多大錯誤」，有條件承認。籟亮說，「這五十年中我們祖國的進步是多麼顯明的事實，日新月步的人類行進是多麼的快，只有台灣孤獨留在他們的後面……我們應該改造我們自己，對付這一個要求台灣新文學的出生……」當時台灣文學界這種自以為不足、從而力爭進步，力求發展的思想十分普遍，能說這些台灣知識分子把自己的歷史「汙名化」嗎？這自然也是陳芳明的台獨原教義所不能面對的。

另外足以戳破陳芳明的「文學再殖民」論謊言的，是當時省內外進步作家在二二八慘痛的經驗下，力求超越國府惡政對民族團結造成的嚴重傷害，極力呼喚省內外進步人士間的團結與合作。

省內外作家力爭團結合作

洪湖在〈在「論爭」以外〉中說，省內外作家要「推誠相愛、團結合作、祛除偏見、虛心學習」。楊逵更是三復斯言，呼籲省內外作家「消滅省內外的隔閡」、團結共事。王澍呼喚省內外人士間「打破狹隘觀念，建立水乳交融的文學形式」，指出有些省外作家過低評價台灣文學的成就，造成「不可補償的損失」。揚風說，台灣新文學的方向是建立「文藝的統一戰線」，即「省內外文藝工作者的合作與團結」。楊棄說，省內外作家要「團結合作、互相學習、互相鼓勵創作……」。

附帶說，陳芳明說歌雷是「官方」的人。一個「官方」的人卻在一九四九年與楊逵同時被捕下獄。雷石榆被驅逐出境，駱駝英在他的學生張光直相送下匆匆逃過了特務追捕。陳芳明說駱駝英是共產黨，我去雲南採訪，知道他是文革受到衝擊平反後才入黨的。王思翔一直到今天都不是黨員，但陳芳明早就派王思翔入黨了。一九四九年四月六日，「官方」國民黨「發動」的「文學論議」竟而全面被白色恐怖打壓下去了。

陳芳明對這些事實加以湮蔽，隻字不提，還任意捏造事實，為他的台獨原教義服務。但這畢竟不能使他的台灣文學「再殖民」的暴論免於崩壞。在不斷出現的史料之前，陳芳明們的文學「再殖民」論的謊言，註定只有破產的一途了。（以上有關四六年迄四九年「文學論議」的新資料，引自曾健民即將發表的專題研究。）陳芳明問，我們憑什麼說台獨派長期搞獨占史料、歪曲史料以欺世。我們的回答很簡單：（一）單是照以上的揭發，陳芳明對史料的明顯大膽的歪曲和變造就能說明一切了，就不必再提其他台獨派台灣文學史論中相關問題上類似的嚴重曲解和變造了。（二）台獨派掌握「文學論議」的資料都十幾年了。然而怪就怪在他們老不公開整理出版，讓研究界得以公用。理由無他，如上所見，這些材料對台獨原教義具有顛覆性的危險。如今我們以《一九四六－一九四九台灣新文學問題論議集》的書名公開出版（陳映真、曾健民編，台北：人間出版社，一九九九年十月），公布於天下。但有一些人偏偏郎中於江湖，膽子很大，在人人可查的史料前居然可以睜眼瞎說，就如現在馬恩全（選）集、馬克思主義文獻幾乎唾手可得，很多人的書架上都有的時代（不比過去戒嚴時代只有「官方」的「匪黨理論批判」家才得以特權私有，以詐偽於天下），陳芳明竟也敢夸夸然任意就他完全不懂、完全沒讀過的馬克思主義信口胡扯，臉不紅、心不跳，真是「匪夷所思」之極了。

七、大哉楊逵！

陳芳明提到楊逵。這對陳芳明們台獨原教義的台灣文學論是非常不利的。但既然陳芳明先提了，那我們就談，談得透，談得全面。

楊逵的〈台灣文學問答〉發表在一九四八年六月廿五日《台灣新生報．橋》副刊上。這篇以答客問方式發表的文章，應該說是楊逵自一九四三年七月發表痛烈批判了皇民文學派濱田隼雄、西川滿和葉石濤的著名論文〈擁護狗屎現實主義〉以來最重要的、面對台灣光復後思想、文學諸問題的、最深刻的理論文章。

一九四七年末「文學論議」的展開，自始就是圍繞在光復後台灣新文學要如何重建的問題意識展開的。「台灣文學」成了當時的關鍵詞。有一次，不熟悉這場議論的錢歌川應中央社記者訪問，說「語文統一、思想感情又復相通之國內而談建立某省文學如台灣文學，實難樹立其分離之目標」，故「台灣文學」的提法「有語病」。楊逵針對這個問題，廣泛深入地談了他的看法。

「需要『台灣文學』這個名稱的理由」

楊逵同意錢歌川說中國各省的文學，「譬如江蘇文學、安徽文學、浙江文學」「實難樹立起分離的目標」。然而楊逵以為在現實上，台灣文學「並未想樹立其分離的目標」，但因光復當時的台灣文學「有其不同的目標」，所以「更需要『台灣文學』這樣一個概念」。

楊逵於是談到了「台灣」的「特殊性」。他說除了錢歌川所說，日本據台半世紀，台灣文運停滯，所以今後應努力耕耘，在創作上著重台灣的地方色彩、運用方言……之外，台灣還有其重要的特殊性，那就是陳芳明大段引用楊逵的一段話，以為可以「教訓」「傲慢的統派」，對陳映真「有力地回敬以漂亮的一擊」。

這段話說，自明鄭而有清，「台灣與國內的分離」甚久。在日據下，「在自然、經濟、社會、教育」、生活和環境上改變亦大，從而使「台灣人民」在「思想感情」上有大改變。不從「官樣文章」和書本，而從台灣具體生活看，錢歌川所說台灣與大陸語文「統一」、思想感情「相通」的話，就需要修正。「這是即使省外朋友都有同感的。」楊逵以為當時一時甚囂塵世的「台灣人悉被日人奴化教育」、台灣與大陸文化孰高的爭論，都源於兩岸長期分離，有些省外人士不理解具體台灣生活與歷史，造成橫在台海中間的「隔閡的溝」之故。

這一段話說的是在帝國主義割占下，台灣與大陸母體長期分斷，以致為光復後民族理解與團結造成阻礙與隔閡，講得傷痛、深刻。但陳芳明們的理解是不一樣的。他們要把兩岸分隔所造成的台灣的「特殊性」固定化、永久化、絕對化，並且無限上綱，所以斷章取義，不再引用楊逵緊接著說下去的話。楊逵說，「『台灣是中國的一省，台灣不能切離中國』！這觀念是對的，稍有見識的人都這樣想。」而這些「有見識」的人們於是和楊逵一道，「為填這條隔閡的溝努力著」。

楊逵和當時圍繞在他周圍的許多省內外進步知識分子，和今天的陳芳明們不同。楊逵和他的同志們，奮力要克服國府惡吏、「奸商」不斷擴大的兩岸人民間的「澎湖溝」，力爭填平與克服省內外人士間的誤解和隔膜。楊逵沉痛地指出，「為填這條溝最好的機會就是光復初期的台灣人民的熱情」，「但這很好的機會」因惡政（以及其後果的二二八事變）傷害了台灣人民的情感而失去了。楊逵說，為今之計，舉凡「對台灣文學運動以至廣泛的文化運動想貢獻一點的人，他必須深刻地了解台灣的歷史、台灣人的生活、習慣、感情，而與台灣民眾站在一起」。對楊逵而言，理解和反映台灣的歷史、生活、習慣、感情，和台灣人民有緊密聯繫的文學作品，才能擔負起填平省內外人民間的「隔閡的溝」的功能和責任。為達到此目的，楊逵力言在這個意義上的「台灣文學」之稱謂的需要。「台灣文學」絕不只是中國各省的文學之一這個意義上的稱謂，也不是與中國文學分庭抗禮意義上的稱謂，而是台灣在光復後特殊政治與思想條件下，肩負著增進民族團結、為民喉舌之所必要的文學的稱謂。

為了使他的「台灣文學論」更具體化，楊逵舉出當時發表在上海《文藝春秋》（范泉主編）上一篇旅台省外傑出作家歐坦生（筆名丁樹南）的小說〈沉醉〉，說它就是他心目中的「台灣文學」的「好樣本」。

〈沉醉〉寫的是二二八事變後一個台灣少女(健康溫馴、「天生的慈悲心腸」)阿錦,因為看護差一點被二二八動亂打死的大陸來台外省青年楊先生(「具有多數(大陸)都會青年所特有的」「輕佻的氣質」)而墮入愛河。但這楊先生玩弄阿錦的感情,始亂終棄。阿錦卻一直被楊先生和他的外省籍朋友百般誆騙捉弄。小說表現了純樸的台灣少女,在光復後特殊的情境下,受盡外省都會青年「經濟的、人身的剝削」(施淑〈復現的星圖〉,《人間思想與創作叢刊3・復現的星圖》二〇〇〇年十二月,台北:人間出版社)。〈沉醉〉藝術地、深刻地反映了甫告光復的在台灣進步的省外知識分子對當時生活的深刻揭發與批判。楊逵當時一再呼喚的,便是這樣的「台灣文學」。

楊逵說台獨文學是「奴才文學」!

楊逵對台灣文學有他特定的期許。但認識「台灣文學」的特殊性,絕不妨礙楊逵認識到「台灣文學」特殊性與「中國文學」的一般性的辯證統一。因此,楊逵說「台灣文學」不能與「中國文學」、「日本文學」分立並論。楊逵說道:「台灣是中國的一省,沒有對立。台灣文學是中國文學的一環,當然不能對立。」台灣文學和中國文學間「存在的是」上文所說「一條未填完的溝」,而不是「對立」。

這時楊逵話鋒突轉，說有一種文學是「和中國文學對立」的。他堅定、明白地說，「如其台灣的託管派或是日本派、美國派得獨樹其幟，而生產他們的文學的話，這才是」與中國文學「對立的」。

一九四八年，隨著國民黨在內戰形勢中江河日下，美帝國主義預見了國府的破滅，於是積極防止中共解放台灣，推出把台灣改造為親美、反共、與中國隔離的政權的政策。美國一方面在台灣內部尋找取蔣而代之、為美國傀儡的人選，一方面在國際上製造台灣「託管」、「獨立」的輿論與行動。而不論「託管」或「獨立」，又無不需要美國與日本幕後的操縱。楊逵目光如炬，洞燭其奸，在當時以唯一的高音喝破國際對台灣的分裂陰謀。楊逵接著說，「託管派」、「日本派」和「美國派」如果要「產生他們的文學」，這種文學是「奴才文學」！距今五十三年前，楊逵就斷然地叱責：民族分離主義的文學是要和中國文學「對立」的「奴才的文學」，楊逵的這一思想，對我們很有嚴肅深刻的現實意義，但不知道今日陳芳明們有什麼感想？

接著，楊逵說，「奴才文學」雖然有外國主子撐腰和「支持鼓勵」，「得天獨厚」，但「也不得生存」，總有一日會為人民所棄絕。這話令人想起「政黨輪替」後，台灣頗有一些作家暴得榮名，當官的當官，得獎的得獎，不禁令人莞爾。楊逵說人民支持、同情的文學，即使為權力所逼迫，也自巍然不動。楊逵說，日本帝國主義的文學與中國文學對立，但中國人民與日本人民不對立。楊逵把帝國主義政策和人民辯證地區別開來。這在當時是極了不起的思想。

關於「奴化教育」

光復以後，在台省內外人士提出台灣人在日據時代受到日帝奴化教育的影響問題，有些人還藉此對台灣人的一般，做消極論斷。對於這種情況的認識，人們應該一分為二。反動、半封建的國民黨官僚，以台人受「奴化」為口實，獨占政治經濟資源，甚至以此推諉其惡政所引起台民的不滿。另外一種，是出於殖民地解放後本省人自覺的自我清理，及省外人士善意的幫助。我們已在上文中具體舉例說明了。但當時這樣討論，不可否認，容易造成省內外人之間彼此的芥蒂。然而楊逵卻對這個問題有十分科學的、根本性認識，今日讀之，猶令人折服。

楊逵首先承認日本人統治時期台灣的確「存在對台灣人的奴化教育」。其原因是當時的「主子」(日本天皇)要搞「萬世一系」的統治，日帝要「把台灣做其永久的殖民地」，則對台奴化教育「自然成為其國策之一」。

但楊逵說，日帝搞奴化教育是一回事，人民有沒有因而被奴化又是一回事，意思說不能說被強加奴化教育的人一定都成了奴才。楊逵說，確實是有部分台灣人被奴化了(例如今日許文龍、黃坤燦和一些皇民老歐吉桑），那是因為「出於其自私自利，想要從日本人那兒得到好處」。楊逵又話鋒一轉，說當時台灣的「託管派」、「拜美派」就是「被帝國主義奴化的人」。楊逵的言詞在這個問題上很嚴厲。楊逵當年的話批判著今日台灣文學界的哪一個、哪一些人是十分明白的。但每次讀到，我們的心情總是傷痛不已。

楊逵應該是依據他在農民組合鬥爭的經驗說，日據下，「絕大多數台灣人民不曾被奴化」。楊逵太清楚集結了三萬台灣貧困農民的「農民組合」的反日鬥爭史了。楊逵下了這結論，莫說誰有、誰沒有奴化教育。「奴化教育是有的！」因為一切壓迫人、剝削人的體制如「帝國主義、封建社會與國家，都在搞奴化教育」。一切剝制、壓迫階級都對被剝削、壓迫階級施加奴化教育！

關於兩岸文化水平孰高孰低問題

光復後有一些淺薄的省外人士或官僚，說台灣的文化低於大陸。有台灣人士忿然駁論，說大陸文化落後於台灣，成為省內外芥蒂的一個根源。

楊逵說，現實上並不是在台所有外省人都說台灣人皆受日帝奴化教育的影響；現實上也不是所有的台灣人士都誇說台灣文化高於大陸，「夜郎自大」。真正的事實是，「並非所有的台灣人都被日本人奴化了」，而「台灣的文化也不是一些人說的那麼高」。

楊逵說，這一切的爭執的根源，是在於「認識不足」。其原因在兩岸長期因日占而隔離，彼此不相理解。另一個原因是當時「憲政未得切實保障人民權利——言論、思想的自由權……使台灣人民無從接觸「國內很高的文化」。

最後，楊逵大聲呼籲，兩岸要「切實的文化交流」。促進省內外文化交流「是當前……文化工作者的任務」。本省外省文化界人士，為了文化交流，增進團結，「要通力合作，到人民中去」。省外文化人要在生活中了解台灣人民的生活和思想感情，則「做哥哥的（指省外人士）可以得弟弟（指本省人）的理解與敬愛」。

而增進民族理解、信賴、團結與合作，正是楊逵心目中「台灣文學」的基礎和精神。

五十多年後重讀楊逵這篇重要講話，它的當前現實意義仍然逼人而來。楊逵論理、思維的明晰與科學性，識見的遠大，立意的真誠，為民族、國家的款款思慮，每次讀之，動人心肺。而陳芳明竟敢只取其一小段，斷章取義，意圖誤導絕大多數不熟悉資料的讀者，其侮慢、扭曲前賢，竟一至於斯！

然而蟻蜉豈可撼大樹於萬一？隨著光復初史料的不斷出現，不唯使長年台獨派有關台灣文學的原教主義刻版說法走向無法避免的破產，也使戰後的楊逵像更形高大。

大哉楊逵！

八、結論

我們和陳芳明三次來回爭鋒，有這些感想：

(一)如本文開章所說，我們嚴厲挑戰了陳芳明的台灣社會性質論。一年多來，陳芳明應該有理論、有系統地為他的所謂台灣社會性質「三階段」論提出有社會科學根據的辯說，更應該對於我據以論破他的關於社會生產方式性質論、台灣社會性質分期論，以及相關的台灣戰後國家政權論、各階段台灣社會性質與相應的台灣新文學性質的聯繫等問題提出駁論。但是縱觀陳芳明的三篇文章，他完全無力為自己杜撰欺世的論說辯解，也完全沒有能力以馬克思歷史唯物主義討論我們提出的台灣社會生產方式歷史的論述。在這個論爭過程中，陳芳明心焦力絀，狼狽被動，不知所云，慌張失措，只能做零星破碎的應付，旁生枝節，且戰且走。然而虛晃一招、招搖撞騙畢竟無法挽救陳芳明在知識信用上的嚴重破產。這次陳芳明提出薩依德來批評馬克思，卻只能自暴其對馬克思的亞細亞生產方式論和殖民主義雙重作用論的無知；提出日據台灣的現代化論而徒然自暴其「自我東方主義」和對於日據前台灣社會經濟史的無知；提出現代化與現代性的對立論而自暴其對現代性論認識的謬妄；陳芳明提舊台共革命理論，也只能自暴其對舊台共史和列寧關於殖民地、民族問題理論連起碼的常識都不具備。陳芳明提到一九四六年—四九年間一場重要的關於台灣新文學重建的論爭時，明明擺著客觀的歷史文獻，陳芳明猶無忌憚地說謊、欺騙、歪曲。人們看見陳芳明為了抵死護衛自己倖得的「學術地位」而一步步走上宿命的、自我否定的結局。

（二）陳芳明和他那一派中的少數一些人，長期來似乎堅信歷史和學術理論可以不顧科學的檢證，隨意依自己的需要「建構」，堅信只要說的人多了，說得久了，眾口鑠金，就成定論。台獨派關於台灣新文學史論的若干刻板化、「主流」化的論說——比如說台灣新文學起源與中國新文學的關係不深；說三〇年代關於「台灣話文」、（第一次）「鄉土文學」的論爭是「台灣意識」和「中國意識」的鬥爭；說一九四六—四九年台灣新文學論議也是外省作家和本省作家矛盾對立的表現；說七〇年代末（第二次）「鄉土文學論爭」是「官方」＝外省作家和「民間」＝本省作家的矛盾，是台灣新文學「主體意識」的進一步發端……莫不如此。陳芳明的台灣「後殖民」社會「三階段」論如果沒有人加以嚴正批判，任其逍遙張狂，久而久之，也成為「定論」了。陳芳明們長期視客觀學術知識若無物，視天下如無人，任意「建構」暴謬之論，而且屢屢得手，不免得意忘形。我們對陳芳明的駁斥，是思有以阻止某種政治原教義對台灣新文學史論的恣意蹂躪。

（三）陳芳明膽大妄為，在完全沒有關於社會性質＝社會生產方式的性質理論最起碼的知識下，恣意妄論台灣社會性質。一年多下來，陳芳明自己暴露了他在即使一般性的社會科學知識上的驚人的無知。以這樣水平的人而能居台獨派台灣新文學研究的重鎮，人們不能不為今日台獨派獨占的台灣新文學教育憂。至於陳芳明敢強以不知為知、無忌憚地進行知識上的詐欺，一無學術上起碼的誠實、認真、嚴肅，更是令人「匪夷所思」。

我們曾說不再為了陳芳明企圖從主要論題逃遁的枝節問題上和他夾纏不休，表示不再回應。而我們仍不能已於批判陳芳明的〈需要〉者，有兩個理由：一是藉以進一步討論一些思想、社會科學問題，但其對象當然不是思想、社會科學的白丁陳芳明，而是在長期為美西自由主義霸占的論壇中，開闢一個比較「徹底」（radical）的空間，就教於方家；二是迫使陳芳明在眾目睽睽下，一步步無以挽回地走向自己「學術」和知識信用的徹底破產，以為天下知識輕薄兒戒。

陳芳明說他的台灣新文學史即將脫稿出版。可以預想，迎接著這本奇書之出版的，是在更加系統地批判陳芳明的台灣新文學史論基礎上的、對於台灣新文學史諸問題的總的再思、檢點和建設。在此意義上，這可能也未嘗不是好事。

二〇〇一年八月廿二日 第一稿
十月四日　定稿

初刊二〇〇一年十二月人間出版社《人間思想與創作叢刊5・因為是祖國的緣故……》（曾健民編）
收入二〇〇二年八月人間出版社《台灣新文學史論叢刊3・反對言偽而辯——陳芳明台灣文學論、後現代論、後殖民論的批判》（許南村編）

我來自一個分裂的祖國[1]

一九八六年，年逾八十的我的父親，借道美國，偷偷地去了當時被台灣政府長期嚴禁不得涉足的大陸，到祖籍地福建省南部，核對並且填補族譜上的一處空白。祖鄉的人對我父親說，按族譜的記載，我們這一個陳姓的支脈，從七代前拜別祖鄉，一百八十年間，我的父親是第一個回家的子孫。

一八九五年，日本割占台灣為它的殖民地。那時估計我的從中國福建移往台灣的先人已經三、四代了。如果族譜上沒有他們歸省祭拜祖先的紀錄，那無非是因為他們在台灣的生活一向窘困，沒有條件回到祖鄉祭掃祖祠。在那個時代，台灣人只有地主豪紳階級才有條件不時回到海峽對岸福建的祖鄉。

日本割占台灣，是台灣與祖國大陸第一次分斷。但這並不能從精神和感情上割斷兩岸同一民族強韌的紐帶。我的識字不多的大伯父，從小就能記誦我們陳家遷台後累代不曾回去過的，祖鄉的地址：「大清國，福建省，安溪縣……」我的大伯父把這神奇的地址傳述給我們，以傾聽他的兒孫們照本背誦那古老的地址為永不疲倦的喜樂。

像鮭魚隔著幾重汪洋大海而猶眷戀著生命的源頭——形成和孵育自己生命的內陸大河的水源那樣，一個古老，令幾代人刻骨思念的地址，一代又一代越過被異族和內戰分斷的祖國，口口相傳。一九九〇年，我五十三歲，海峽形勢緩和，我第一次越過了海峽，探訪了我的父親和幾輩先人引頸遠望的祖鄉。

啊，多麼美麗的祖鄉安溪！紅色的泥土，涓涓清澈的溪水，成片墨綠的相思樹林，農舍旁濃密婆娑的竹叢，還有那我幼小時看遍的閩南風的農家聚落……我驚訝地發現，這一切地理上的特色，和我從小長大的桃園、鶯歌、三峽、桃園一帶早期安溪移民的地區者，幾乎毫無二致。我彷彿頓時回到了尚未被醜惡的現代水泥樓房改造前的、幼時的故鄉。這時，我才體會到，幾近兩百年前拜別原鄉來台灣島上尋求新生活的我的先人，對原鄉竟如此眷戀，驅使他們在台灣也尋尋覓覓，終於找到了地理景觀上和祖居地一模一樣的地方定居下來。

然而，我的祖國卻至今依然分裂著。

在日本人統治台灣的時代，日本人在人種、政治、社會、教育和文化上歧視台灣人，從各個方面要台灣人相信日本人在種族上和文明上遠比我們優越，要我們俯首服從其統治。日本擴大其侵華戰爭的一九三七年以後，日本人積極地以強大的洗腦運動，要改造在台灣的中國人為日本臣民。日本人強制禁止中國語文，推行日本語文，禁絕和摧毀中國傳統文化和習俗，強迫台灣人放棄自己傳統的姓名，改為日本式的姓名。日本人強迫台灣人對日本的天皇與國家效死盡忠，視自己的祖國中國為敵國異族，並且被強迫在華南戰場上屠殺自己的同胞。

然而終五十年日本統治，台灣人從來沒有停止過對日本統治的抵抗。一八九五年到一九一五年間的台灣農民武裝游擊反抗，一直到一九二〇年代以後的現代民族、民主鬥爭，可以說前仆後繼、義無反顧。

一九四五年，日本潰敗，台灣從日帝統治下解放，復歸於中國。一九四六年夏，國共內戰爆發。一九四七年，作為中國人民反獨裁、反內戰、要求和平建國的民主運動之一環，台灣爆發了二二八事變，堅強地團結起來！

二〇〇一年十月五日

本文依據打字稿校訂

1 本篇打字稿開頭標註「for 2001 Peace Camp in Korea, 3 pages」，疑為未完稿。

關於九一一事件的聯合聲明

十月八日凌晨，美國以超強武器，對貧困、荒涼的阿富汗進行猛烈的攻擊。美國對阿富汗的殘酷侵略，勢將接續一段很長時間。

美國政府的宣傳機關和強大的媒體，都宣稱美國的行動是為了對「恐怖主義」的「自衛」性反擊，宣稱美國是先尋求外交斡旋求取和平的手段已經用盡，被迫對「恐怖主義」加以懲處。

戰後以來，美國以「保衛民主政權」、「遏制共產主義星火的蔓延」、「捍衛自由經濟體制」、「懲罰恐怖主義」為藉口，對亞洲、中近東、非洲和中南美洲進行了四十餘次的軍事干預和侵略行動。其中比較廣為人知者，有一九四七年至四九年美國干預希臘內戰，殺害數千希臘民族、民主勢力；一九六五年，美國支持印尼反共政變，近百萬人被殺害；一九七〇至七五年間美國長期轟炸柬埔寨，有兩百萬人民喪生；一九七三年，美國支持智利反共政變，任右翼政權大量捕殺數千民主人士；一九八一年到九〇年初，美國以金錢、武器、軍事顧問支持尼加拉瓜、薩爾瓦多的反共傭兵及勢力，推翻兩地民主選舉產生的政府，其後並支持親美新政府進行殘酷的集體撲殺與清洗；一九九〇年至九一年海灣戰爭，美國發動五十餘萬陸軍進駐沙烏地阿拉伯，對伊拉克進行殘酷、長期空襲，造成二十萬人喪生；一九九三年，美國以飛彈密集攻打伊拉克，死傷損失嚴重……

美國著名學者諾・卓姆斯基（N. Chomsky）一再指出，美國長期以政變、暗殺和顛覆製造親美獨裁政權，放任這些政權對民主人士進行非法逮捕、拷問、謀殺和投獄，成千上萬的人慘死，行蹤不明。美國也長期以直接軍事侵略，或間接迂迴地指揮、援助，干涉他國內政，製造民族內戰與內鬥，更造成民族分裂對立，自相殘殺。

卓姆斯基又指出，美國的宣傳機關和強大媒體，對這些由美國發動和唆使的國家恐怖主義，不是輕描淡寫，就是將之說成「為捍衛民主自由」、「抵抗反西方激進主義」所必要的「善良的恐怖」（benign terror），同時把弱小民族對霸權強國長期施加的歷史屈辱與傷害之絕望的抵抗，誇大為「邪惡」、「野蠻」的「恐怖主義」，玩弄語意，嚴重顛倒是非，從而以「自由」、「正義」之名，對貧困、弱小、非基督教的異議民族進行冷血、強力的鎮壓和打擊。真正的國際恐怖主義大國不是別人，而恰恰是英美霸權主義。

中國今日兩岸民族分裂對峙，以及因這分裂對峙構造所造成的損害、白色恐怖、外力干預，正是美國為其國益推動的國際恐怖主義所帶來的後果，這使當代中國深受其害。

我們要揭發西方宣傳機器炮製的語意修辭謊言，正確認識英美霸權主義的「國際恐怖主義」本質！「九一一」事件應該按照聯合國相關規定，根據《國際法》進行公平正義的裁決與處理！

反對對於無辜的阿富汗人民和穆斯林各族人民施加種族主義的、霸權主義的、宗教審判的殘酷報復戰爭！

克服霸權大國的干涉與恐怖，力爭民族和平統一！

夏潮聯合會執行委員會、中國統一聯盟執行委員會

初刊二〇〇一年十月十三日「夏潮聯合會」網站，署名夏潮聯合會執行委員會、中國統一聯盟執行委員會

樂園：渴望的和失去的

開放改革以後，大陸的社會經濟發生了解放後第二次翻天覆地的變化。然而由於海峽的分斷，苦於在台灣看不到有系統的分析材料。林炎志的〈共產黨要領導和駕馭新資產階級〉（以下簡稱〈新資產階級〉），清晰、有理論深度地談了開放改革後大陸社會經濟的本質和存在的問題，以及解決問題的方案。隔著一道海峽，讀來震動不已。

林炎志在〈新資產階級〉中說，「開放改革」以來，中國社會已經確然存在和發展著「資本主義經濟成分」，和與之相應的「新資產階級」。中國共產黨要在明確認識到資本主義經濟成分和新資產階級存在的基礎上，正確地領導和駕馭這新資產階級，並且主張不能吸收新資產階級入黨。作為深切關懷中國革命的在台灣的知識分子，讀了〈新資產階級〉之後，有一些思想上的震動。

關於「第四代資本主義」

幾年前讀過一位韓國學者談到世界資本主義史的四個波次（世代）。第一波（代）是以英國為例的標準型：先是商業貿易資本的興起，培養了新興商人、銀行家和布爾喬亞市民，接著是十七世紀末到十八世紀初的布爾喬亞市民革命，打倒封建貴族，建立資產階級國家。經過十八世紀六〇年代到十九世紀初的產業革命，英國的現代產業資本主義形成。十九世紀中葉，英國資本主義發展為帝國主義，向外伸展。

第二波（代）以德、法、美的資本主義化為例。十八世紀到十九世紀中葉，各國先後爆發資產階級市民革命，成立資產階級專政的國家，並同時經歷了歐洲產業革命，又在十九世紀初逐漸向帝國主義發展。

第三代則以俄國、日本為例。它們的產業革命是外鑠的。資產階級市民層薄弱，其市民革命弱質而不成熟。推動資本主義發展的是集權的國家政權而不是成熟的資產階級，在其資本主義遠遠尚未成熟之時，就模仿西歐，進行早熟的帝國主義擴張。

第四波（代）以東亞四小龍為例。戰後的世界已被帝國主義分割完畢。由於戰前受到殖民統治的壓抑，資產階級薄弱，人數少，力量小。而且在戰後冷戰體制下反共獨裁的國家之下，資產階級市民革命只成為零星的「民主化」運動，無力自己成立資產階級國家政權。戰後「四小龍」的資本主義化，是在新帝國主義時代下，反共獨裁國家——而不是資產階級——與外來（新）帝國主義獨占資本的結盟所推動的資本主義化。

從一九四九年到一九五三年，新中國在帝國主義割占世界市場的世界上，以新民主主義改造革命前社會留下來的半殖民地半封建社會。新中國沒收舊社會的官僚買辦資本，一方面發展國有、集體所有的社會主義經濟，一方面在私有制下對民族資本主義進行團結原則下的限制和改造。一九五三年以後，中共性急地宣告新民主主義階段的結束，奔向早熟的社會主義經濟舉措。

而在新民主主義時代，雖然也是以國有、公有制為主體，多種私有經濟為輔的構造，但在中共取得革命勝利、萬民擁戴的威信下，新民主主義經濟的歸趨是公有制、集體所有制和社會主義計畫經濟的擴大和發展，而私有部門則以其最終的消萎為目標，接受監督與改造。社會主義的、公有體制的生產方式，不論在國家政策上和歷史發展歸趨上，都是主要的、有力的生產方。工農階級取得前所未有的社會、政治地位，並且通過階級的黨，施行人民民主專政。

一九七七年後的開放改革體制雖然也以公有制為主體，多種經濟形態為輔，但它是在一九四九年至一九七七年間形成的「發展中社會主義經濟」基盤上，開放了從農業到工商業的資本主義生產方式。資本主義受到黨與國家的獎掖、扶持和優惠遠大於監督與控制。並且由於在理論上把向社會主義過渡的時間拉長到一個世紀以上，資本主義經濟成分在當前的大陸就幾乎沒有被監督、改造的限制，得以暢然、蓬勃發展，成為二十多年來成長最迅猛的生產方式和經濟部門，造成極廣泛、深刻的影響。從這一點看，有人說開放改革是回到新民主主義，就與事實不符了。

所謂開放改革，所謂「社會主義初階段」的經濟，是中共以一黨全面抓緊政權條件下，在公有制占高比率條件下，由黨和國家推動的資本主義經濟。然而，五〇年代初到六〇年代初的台灣戰後資本主義，「國有」企業資本也占社會總資本的百分之七十以上。公有制成分之高，與社會主義經濟類似。但隨著嗣後私有資本主義經濟的迅猛發展，台灣「國有」資本的比率很快就下降到百分之三十、四十。私有資本在「國家」政權卵翼下快速積累。到八〇年代，就有集團化、獨占化資本的登台。一九八八年，隨著蔣政權的終結，台灣大資產階級蜂湧而上，拋棄了國民黨獨裁政權的形骸，形成了以李登輝為核心的台灣大資產階級政權。國民黨在「把政權牢牢抓在手上」的自信下發展台灣資本主義，而它所培養的台灣資本主義卻最終消蝕、溶解了國民黨。資本的鐵則般的邏輯，畢竟勝過人的主觀意志、願望和計畫。從台灣戰後資本主義發展的歷程看，中國當前的「社會主義初階段」經濟是不是繼「四小龍」之後，另一個「第四代資本主義」經濟，就如林炎志所說，端視中共黨和國家的政治與階級性質了。

不認識資本主義的社會主義

「蘇東波」瓦解以後，資本主義成了世界上唯一強大的生產方式。「全球化」論和「新世界秩序」論作為統治全世界的國際獨占資本的意識形態，甚囂塵世上。「對外開放」、「與世界接軌」的中國改革開放經濟，迅速而縝密地被世界資本主義改編和吸納。國內新生且迅速發展的資本主義成分，結合國際資本主義體系的大氣氛，對當前中國的社會、經濟、政治和文化、思想、意識形態產生了幾乎莫之能禦的、震動性效應和影響。

在社會經濟上，私有的、資本主義經濟猛爆性發展，使開放改革當初（一九七九）占大陸工業總產值百分之七十八．五的國營企業，到一九九二年下降到百分之四十八，到了今日又必顯示其新低。社會兩極分化嚴重，公有制向私有制風化、溶解的現象很鮮明，工人地位迅速下降，有些地方，工人正承受著資本原始積累時期殘酷的剝奪，農民的階級分化顯著。代表新興資產階級的思想、意識形態向一九四九年以來社會主義主流政治、思想、文化和意識形態不斷發動直截或曲折的進攻。和新的階級鬥爭相應，新的「兩條路線的鬥爭」正方興未艾。

即使經過文革的動亂，革命後的中國確實推倒了三座大山，確實解放了廣大的貧困農民和其他被壓迫者，使他們成為政治和社會的主人。在經濟上，一九四九年到一九七七年間，新中國基本上完成了重化工業和國防工業的基礎建設，國民經濟基本上是成長的、發展的。但這些難能的成就，一方面被資產階級自由派抹殺，但也不能不承認，開放改革後以資本主義生產為火車頭的迅速眩目的發展，使自由主義者更加振振有詞地貶抑四九年到七七年的建設。但在舊社會遺留下來的小農的、自然經濟上建設社會主義的艱辛，和利用資本主義去摧毀自然經濟——連帶摧毀若干早熟卻不無成效的社會主義經濟——而取得資本主義的、充滿活力的發展之間，造成醒目的反差。

馬克思主義者素來充分認識相對於封建的、自然經濟的資本主義的先進性和優越性。馬克思認識到無堅不摧的資本主義全面破壞停滯的封建傳統經濟，機械化工廠生產帶來前人不能想像的高生產力，現代交通使孤立的農村與世界城市接軌，新興城市使鄉村人口向外流動，商品與貨幣的廣泛流通改變了價值、時間與空間的概念。資產階級思想和文學衝破了封建主義和宗法、宗教思想和教條的束縛，並把人從這些社會的、精神的束縛中解放出來……今天，中國經濟中的資本主義成分也正在發揮這些「建設性」作用。只是當前中國人民、知識分子甚至一大部分黨員，從來沒有體驗過資本主義目迷五色的「進步」，逐漸把一九四九年以迄七七年的社會主義嘗試無分析地看成「失敗」、「落後」、「喪失發展機遇」，最終在政治、思想和現實中把社會主義看成虛有其表、無人相信的形骸，束之高閣。這個宣傳和教育馬列主義五十年的大陸社會，畢竟不曾真正理解到馬克思在指出資本主義「合理的」、「建設」作用的同時，也科學、深刻地指出了資本主義「野蠻」、「破壞」的作用——被剝削階級與民族的破產、無法根治的經濟危機下弱小者的淪落、貧困國陷入不發達的泥沼、生態環境系統的潰壞、人性的敗壞，及最終社會本身的破壞。而所有這些，正在高唱「全球化」、「世界新秩序」的輝煌的底層，廣泛、嚴重地侵蝕著世界資本主義的基礎。「九一一事件」，正是在世界資本主義體系下淪於受盡剝奪、一無所有的人民與民族絕望和憤怒的反抗。

著名的「世界體系論」創始者伊．沃侖斯坦最近在台灣的一場演講中指出，世界資本主義正在「奔向終極的危機」。他指出：（一）世界資本主義正苦於無法解決的利潤率下降的趨勢；（二）先進國生產基地大舉向低平均工資地區和國家轉移，促成傳統農村分解，驅使大量農民納入工資勞動市場，但世界體系中的農村＝低工資勞動之源有時而窮，工資最終無從下降而反升，於是赤裸裸的階級鬥爭出台；（三）生態環境系統的潰壞；（四）國家為緩和階級矛盾的社福支出總有一日到達阻斷資本積累的限檻；（五）國家政權保安、穩定、保證資本積累的功能逐漸消頹，社會秩序廢弛，暴力和混亂層出不窮。他認為資本主義世界體系的前途最多只有五十來年！

但與沃侖斯坦「悲觀」的預測相反，開放改革後的中國幹部和知識分子一般地缺少資本主義生產方式的局限性的認識，反而和新自由主義者一樣，傾向於把資本主義看成人類世界終極不變的幸福的樂園。

汪洋孤舟

林炎志說，歷史「沒有給今日中國新的資產階級以執政的機會」，「歷史將證明今日中國的新資產階級已經沒有成為統治階級的條件了」，因為「中國社會主義制度不允許，作為愛國統一戰線主體，作為人民民主專政基礎的工人階級、勞動農民和知識分子也不允許」。

中國的資本主義經濟成分和新興資產階級甚有活力，發展快速，但至少截至目前，大陸新興資產階級作為一個社會階級，人數少，力量相對不大。在威權式國家政權主導的「第四代資本主義化」社會，資產階級皆無力以革命手段奪取政權。相反，他們極敏於隱蔽自己的野心，對權力馴服、配合，支持權力的政策，以交換權力對其資本積累的特殊優惠，在恭順中不斷地肥大自己，以待時機於來日。韓國的大集團資本從來不加入韓國市民、工人和學生的反獨裁民主運動，卻在八〇年代中後的「民主化」時期仍占據政治經濟要津。台灣的情況也一樣。在國內外資本主義經濟的汪洋大海中，中國社會主義的綱領和「基本原則」在強大的非社會主義因素多面夾擊下，無可如何地空洞化，甚至成了難堪的諷刺。我所認識的一些外國進步派朋友，對開放改革後的經濟成果無不深表慶幸和肯定，但對於伴隨著這一過程的強大的資本主義發展勢頭，則無不懷有憂慮。如果中國社會主義制度被溶解了，如果作為愛國統一戰線的主體的工人階級喪失主體地位，如果人民民主專政的基礎即工、農和知識分子瓦解，有長久之計的新興資產階級再坐江山，怕非絕無可能。蘇東波的溶解就是令人悚然的例子。那麼，問題的焦點就不在於讓不讓資產階級入黨。資本主義的汪洋大海，必然以各種渠道和形式反映到意識、思想和文化領域。中共早在五〇年代就說客觀世界存在的非社會主義與社會主義因素的鬥爭一定會反映到意識思想和黨生活的領域。六〇年代中後，極「左」路線把這個道理講壞了，為害很大。但歷史唯物論者如林炎志就依舊深信資本主義經濟成分在思想、意識、政治生活的反映與作用。新興資本主義經濟和資產階級，早已經如何滲入黨的組織、思想與生活，社會主義公有體制的經營和管理如何受到資本主義積累規律的左右，已是眾所周知的事實。不容許資產階級入黨，除了鬥爭的象徵性，意義似乎並不很大。

而只有嚴肅認識到這「反映」論，認識到資本主義成分的汪洋大海頑強的規律基礎上，提出對於新興資產階級的「領導」和「駕馭」才有意義，才能深知領導與被領導、駕馭與被駕馭的鬥爭之激烈、複雜、曲折與無比的艱難。

「中國變修兩岸不必統一」的討論

台灣的無產階級運動萌生於二〇年代末年。一九二八年，在共產國際經由日共和中共，又主要地經中共熱情協助下，在上海成立了台灣的黨。由於派性對峙，一九三一年也在國際和中共的協助下改組。在殖民地條件下，台灣黨以從日帝統治分離獨立為政治綱領，在當時歷史條件下，自然沒有列入台灣復歸中國的主張。但台共和中共在組織上、情感上和政治上的密切關係，超過一般兄弟黨的關係。

一九三一年，日本侵攻東北而法西斯化，徹底肅清了台共及其外圍「農民組合」，幹部被捕入獄，運動遂寢。一九四五年台灣光復。一九四六年，中共來台組織「省工作委員會」，大部分舊台共參加了中共，在台進行新民主主義的變革運動，台灣階級運動自此和統一運動結而為一。一九四九年十月，中共建政。十二月，國民黨中央撤台並展開反共肅清。五〇年六月韓戰爆發，美國艦隊封斷海峽，支持國府大肆推動反共肅清，處死三、四千人，投獄近於萬人。台灣左翼統一派遭到致命打擊。至一九七〇年，北美爆發由港台留學生發動的「保釣愛國運動」。

其中的左翼，發展成統一運動。保釣運動左派影響於台灣，形成集結在《夏潮》雜誌周圍的進步的統一派。一九八〇年代，倖活刑餘的五〇年代政治犯組成「政治受難人互助會」、「勞動黨」並且與其他統一派結成統一戰線組織「中國統一聯盟」……歷史上，台灣的進步運動都有民族統一運動的性質。尤其是七〇年代新生的進步一代，中國社會主義變革和發展，是他們傾向民族統一的重要思想根源和強烈的吸引力。

一九七六年文革結束，文革十年極「左」路線的黑暗，和社會主義經濟建設一定方面的不發達，使一些海外保釣運動左派感到幻滅。而文革結束後政策上的重大轉變，也使不少一些人主張中國社會主義「變修」了。他們對大陸全面否定十年文革有所不滿，往往以「毛派」自命。而中國脫離毛澤東革命路線、中國資本主義化之說，竟可以延長為「台灣不必急著和非社會主義化的中國統一」之論，以左派統一論為「民族主義」，甚至也有人提出「台灣一島社會主義論」，遂和「左派台獨」有較接近的距離。於是台灣比較進步的思想界與運動圈，產生了「階級解放優先於民族統一」、「左派不迷信民族主義、民族統一論是民族主義」、「中國離脫了社會主義，不主張與非社會主義的中國統一」和「一島社會主義論」。台灣左翼運動第一次在思想上出現了「左而不統」的主張。

二〇〇〇年八月開始，在一個左派同人刊物《左翼》上，刊出了李宗人（杜繼平）連續刊載三期(至二〇〇〇年十月)的重要理論長文〈統獨左右問題的上下求索〉，對這些問題提出了深刻的論述。李崇人引用大量馬克思、恩格思和列寧的文章，得出這結論：「根據歷史唯物論，由大的民族國家形成統一的國內大市場有利於資本主義的發展，加速社會矛盾的深化。而統一的民族國家是社會主義者自身生存的政治條件。」而「正是從歷史發展的角度，馬克思同恩格斯贊同具有明確歷史、文化傳統與生命力從而掌握了歷史主動權的大民族如德意志、意大利、波蘭、匈牙利建立強大(統一)的民族國家」。其次，馬克思主張，只要存在著民族壓迫，被壓迫民族社會的社會革命即難以進行，因為工人階級首先必須在本國內組成一個階級。馬恩不憚於支持德國和波蘭的「恢復」與統一。最後，馬恩對民族統一與獨立運動的支持與否，還從這個運動是否有利於無產階級世界革命為條件。

李崇人的論文批評了把階級解放與民族統一對立起來的膚淺觀念，進一步提出了二者的矛盾統一的側面。在外來新帝國主義干涉下造成的當前中國民族分裂構造下，包括台灣在內的中國社會主義者和無產階級，自然要以克服民族分裂的矛盾，排除外來勢力所施加的民族壓迫與威脅，爭取中國的完全統一為優先的綱領。

對於當前中國社會的經濟性質，李崇人明快直截地指出中國早已向資本主義轉向。面對中國難於挽回地向資本主義狂奔的形勢，李崇人說(包括台灣在內的)中國左派應當通過全面的調查研究，做出深刻的政治經濟學分析，準確掌握局勢的變動，「與受損害的人民同呼吸、共命運」，並且「結合理論與實踐，找出一條可行的社會主義新模式」。

等待著左派回答的問題

國家幹部貪腐問題嚴重化，工人階級遭到資本原始積累時期殘酷的剝奪，表現為十小時以上的工時、「封閉式管理」（工廠形同牢獄）、對工人人身人權的蹂躪，思想、文化、意識形態的資本主義化、庸俗化和腐朽化，公有制資本的消蝕……這些都是兩岸左派最容易舉證的、對於大陸經濟資本主義化的指責，可以義憤填膺，振振有詞。然而，也不能不面對一些左派批評派不能退避的問題。

（一）蘇聯、東歐社會主義歷史性瓦解之後，世界上有沒有一個既存的「參照群」（reference group）讓我們據以評比真正的社會主義制度？在二、三〇年代，列寧的蘇聯牽動了全世界被壓迫民族和無產者，以蘇聯為楷模，為建造自己的社會主義理想而鬥爭。四九年以後的中國，也曾是第三世界被壓迫人民改造自己社會的「參照」對象。蘇東社會主義崩潰後，中國、北朝鮮和古巴成了彼此性質不同的、社會主義的參照樣本。當我們批判中國社會主義的蛻變，我們又怎麼評價一九四九至一九七七年的中國和古巴與北朝鮮的社會主義？文革中國、古巴和北朝鮮是不是我們理想的參照群？如果不是，那麼書本上、理論上的社會主義，如何有說服力地成為我們的參照對象？

（二）怎樣認識和評價「變修」的中國社會主義中一些與社會主義相關的合理成分，例如重化工業、國防工業、高科技研發與中國「社會主義」體制的關係，如何評價「扶貧」工作的一些成效，如何評價土地國有制下公共施設的優質發展，如何評價其他第三世界所難有的政治、外交、工業、科技的相當程度的自主獨立性？

（三）從世界史的範圍看，一〇年代末蘇聯革命，以迄一九六八年戰後民族民主革命，正如沃侖斯坦指出的那樣，左派基本上成功地為自己取得了革命政權，但率皆在實踐革命政綱，即正義、公平、民主、繁榮上基本上失敗了，帶來世界左派的一時代的「幻滅」。很多革命政權被顛覆……在這左派政綱實踐上的、總的「幻滅」歷史中，如何正確看待對中國社會主義「變修」的「幻滅」？

（四）蘇聯東歐社會主義的土崩，中國社會主義的「資本主義化」，似乎都在說明列寧以至毛澤東所主張「資本主義階段可以飛越」論的失敗，也似乎在說明馬克思下面這一段話的準確性：「當使資產階級生產方式必然消滅，從而也使資產階級的統治必然顛覆的物質條件尚未在歷史進程中、尚未在歷史的『運動』中形成之前，即使無產階級推翻了資產階級的統治，它的勝利也只能是暫時的……」然而，被沃侖斯坦宣告大約在五十年後走向終末的當前資本主義世界體系，以其生產力之高、經濟之發達，我們卻不論在美國、德國、法國、英國……絲毫看不見新社會的苗頭——高尚、利他、博愛、自由的人類，和發展人的「自由意志」的新道德。正相反，我們看到的仍然是殘酷、貪婪、自私、敗德的人類和充滿掠奪、毒品、色欲氾濫、德性敗壞的世界。即使沃侖斯坦預告當前世界資主義體系終末前的混亂與暴力，對於後資本主義新時代的到來，沃侖斯坦也描繪不出甚至只是一個樂園的梗概和輪廓。則左派的批判與義憤會不會因而失所憑藉？

二〇〇一年十月十六日

初刊二〇〇一年十二月人間出版社《人間思想與創作叢刊5‧因為是祖國的緣故……》（曾健民編），署名石家駒

陳映真小說集・序[1]

年過了花甲，出版這貧弱的六卷本小說集，心中只洋溢著感謝。

我感謝長年知交尉天驄教授。是他，在不經意間帶著青澀的我走上小說創作的道路。我感謝以尉天驄所主編的《筆滙》、《文學季刊》和《文季》所形成的、年輕的文學小圈，在那裡享受了文學的友情、啟蒙、鼓勵和成長。

我感謝故姚一葦教授的理解與勉勵。我感謝亡友吳耀忠自少年時代以來的理解與期許。

我感謝作家聶華苓女士和已故保羅・安格蘭先生，在我身陷囹圄之時，他們對我和我的家族伸出溫暖的友情和堅定的支持，令人難忘。

我感謝劉紹銘教授，在我的名字和作品仍是政治禁忌的時候，公開主持過我的作品的出版，給予客觀的評說。我也感謝米樂山教授把一些拙作英譯出版。

我感謝文學知交黃春明和呂正惠教授的友誼和鞭策。

二〇〇一年十月

我感謝認識的和不認識的讀者們長期的愛護和勉勵。

當然，我感謝洪範書店的葉步榮先生。是他的誠懇和執意使這六卷本問世。

我在小說上的成就是微不足道的。但不料這微不足道的勞動，讓我經歷了這麼多值得感謝的人和事。謝謝您們。

初刊二〇〇一年十月洪範書店《陳映真小說集1．我的弟弟康雄》

1　本篇為洪範書店《陳映真小說集》之共同序言，六冊依序為《我的弟弟康雄》、《唐倩的喜劇》、《上班族的一日》、《萬商帝君》、《鈴璫花》、《忠孝公園》，初版均於二〇〇一年十月。

反省的心 1

一九三七年以後，日本全面擴大對大陸中國的侵略時，就設想到有朝一日必須驅使殖民地台灣的人到大陸去攻擊和殺掠同為漢民族的大陸人，於是開始了有系統的、對台灣人的洗腦和同化工作，推動「皇民化」的方針政策，以免台灣人在大陸戰場上調轉槍口。「皇民化」運動的目標在除泯台灣人的漢民族自覺意識，剷除台灣生活中的中華文化，禁止使用閩南與客家方言，禁止用漢語寫作或出刊出版物，培養為日本天皇和國家效死盡忠的「日本國民精神」。一九四四年，日本在戰局中日窘，兵源枯竭，在台灣徵召了三十萬台灣青年調赴華南和南洋各戰場，至一九四五年日本戰敗，台灣人原日本兵死了近三萬人。

「皇民化」洗腦的機制，複雜而殘忍。殖民體制下的台灣，到處存在著民族歧視。在政治、經濟、教育、文化和人格上，被鄙稱為「支那人」、「清國奴」的台灣人覺得處處比強大、文明、高貴的日本人卑下而猥小，在被壓迫民族的集體心靈中造成自卑、絕望、苦悶與憤怒的情結。

有一部分人因而奔向自求解放的抵抗，也有人因而奴顏事強，交換眼前的短利，而更多的人則生活在長期自卑自嘆的苦悶中。殖民體制在殖民者和被殖民者中劃下了一道永不能超越的、血統的、社會的、文化的鴻溝。

而正是在這絕望性的鴻溝上，為了達到驅使台民在大陸進行殘酷的同族相殺，日本人藉「皇民化運動」宣布只要經過艱苦的修煉(「皇民煉成」)、涵養「日本國民精神」、對天皇效死盡忠，「應懲暴支(那)」就能從原來卑汙的「支那人」、「本島人」蛻變成高潔的日本人，與長期敬畏羨慕的日本人平起平坐！

這個欺騙性的洗腦作業，畢竟一時掀起了皇民化的歇斯底里，在當時年輕一代相當部分的台灣人中，產生了以日本統治者的眼光去否定和鄙視自己民族的思潮，以日本人為文明開化之人，以日本文化為先進，日本語為上等語，以自己的民族(包括自己的家人、鄉親)為未開、野蠻之人，以台灣傳統中國文化習俗為落伍卑下，以土語為粗俗礙耳，於是一心一意要抓住「皇民煉成」的機會，依日本人的形象把自己改造成日本人，拋棄自己民族的一切，努力並且深信能夠脫胎換骨，為殖民者所接納。而為此，被欺瞞的被殖民者往往成為殖民者的鷹犬。被害者成了加害者，犯下滔天罪行者，所在多有。

侮慢和否定自己的民族，民族語言文化被剝奪，民族驕傲感被摧殘，人格與尊嚴遭到踐踏……這些都是殖民體制造成的深重的傷害。而當殖民統治結束，這些傷害卻以非常複雜的樣式深深地浸透到被殖民個人與民族的精神構造中，荼毒於後世。

〈忠孝公園〉中的林標老人，其實是這「皇民化」世代中最低層的一人。出身日治下的佃農，受到不完全的「公(小)學校」教育，和統治者日本人的距離很遠，中國傳統貧困農民的精神意識遠勝於「日本國民精神」。但在歷史殘暴的撥弄下，他經歷和見證了一場非理殘暴的戰爭，從戰時到戰後，他被迫在日本人、中國人和「台灣人」的自我認同中呻吟掙扎，畢竟喪失了於一般為自明的祖國。而戰後東西冷戰對峙和國共對抗分裂的構造，使林標一代人成為日本和國府權力[2]的悲慘的棄民。

為了維持一個殖民政權，為了維持一個反動政府，法西斯的專政機關——軍隊、警察、特務體制是必然的手段。在壓迫與抵抗的循環下，暴力專政機關不斷地肥大化，最終深刻地荼毒了軍隊、憲警和特務的本身。而作為統治體制必不能少的一環，專政機關不斷吸收和擴大其編隊，終至偵警密探遍布於生活的每一個角落。無以計數的人被組織到以秘密非法逮捕、拷問、偵訊、投獄、刑殺為日常茶飯的黑暗的系統，殘害無量數的人、殘害社會，也最終殘害了自己。這個黑暗而殘暴的系統還有一個特色。由於它是維護、鞏固和捍衛權力的部隊，政權的更迭往往並不能動搖它的地位，而為歷朝累代的主人繼續殺人放火。

〈忠孝公園〉中的馬正濤便是被那陰暗的大系統所撩撥，一步步走進驚人的罪惡中的人物。而時移勢易，他忽然一無所有，終至於連祖國也喪失了。

日本的文學批評家尾崎秀樹，早在七〇年代初，當回顧日本戰敗時他在台灣聽到一個同儕的台灣青年因為既被戰敗的日本所遺棄，又因皇民教育而不願復歸中國時，他痛感到殖民統治造成被殖民者「喪失祖國」的罪愆。初讀其文，五內震動。只有一顆深刻反省的心，才能從被害者受到殘害的心靈中，看見加害者的自己的罪案。

而經受了近一世紀殖民統治與民族分裂相仇的歷史所重創的民族，更需要有反省、懺悔、自疚、寬容與接納的心靈。

然而，〈忠孝公園〉不應該讓人有這錯誤印象：台灣人無不親日，離反祖國。其實皇民化的成效絕不能過大評價。像林標這樣的人人數少，而且都到即將就木之年。日本戰敗，台灣全島人民為解放與復歸祖國歡欣鼓舞，與五十年日帝統治下台灣人民誓不從倭的、連綿不絕的壯烈鬥爭同樣是千真萬確的。〈忠孝公園〉也想說，不是凡去台「外省人」皆「熱愛祖國」、比台灣人更擁護民族統一的事業。

我從來不曾對自己的作品說三道四，此次「被迫」破例，頗為苦惱。我總以為，作家個人一方面應以人民的作家自許自勵，但又不應該太重視已發表過的作品，一定要說其中有什麼微言大義，一定要以為應該得到什麼獎，一定要有批評家廣為揚揄。但不論如何，在分裂的祖國，作品能在海峽對岸發表，總是極為喜悅的。我謙抑地等待嚴厲的批評。

初刊二〇〇一年十一月《台港文學選刊》（福州）第十一期、總一八〇期

1 本文按初刊版、參酌手稿校訂。本篇初與〈忠孝公園〉（陳映真著）、〈歷史清理與人性反省：陳映真近作的價值〉（黎湘萍著）、〈永遠的西西弗斯〉（郝譽翔訪談、撰述）同為《台港文學選刊》「名家新作」欄目文章，篇末編者按語：「本文係陳映真先生為本刊所撰專稿」。

2 「國府權力」，初刊為「本族政權」，此處按手稿修訂。

文學是認識和實踐的統一

寫在夏潮「楊逵文學營」開幕之前

從六〇年代開始一直到今日，韓國的學生運動生生不息，成為韓國社會與歷史的最敏銳易感的良心。為了政治民主化、為了民族的團結和統一、為了呼喚社會正義，一代一代的韓國學生奮不顧身，堅持抗爭，付出嚴苛的代價，也取得了政治、社會、思想、文化和文學藝術上的勝利和成就。當全球學生運動在七〇年代初全面回歸於沉寂，並自此一蹶不振時，韓國學運卻獨自蓬勃。其中原因之一，是韓國學運與韓國文學教養的深切關係。

韓國中學生和台灣學生一樣，在激烈的升學主義下無暇於人文藝術的教養。韓國大學內各進步社團竟能把一代代升學機器教育成對人、對生活和民族懷抱深刻關懷的知識分子，得力於韓民族優秀的現當代文學對學生的影響。

新生入學後，各社團一律對新生社團員進行韓國現當代文學的閱讀、討論、導讀和評論。積數代人之經驗，社團幹部深知，除了韓國文學，沒有任何別的學門和理論可以教育他們什麼是「人」，什麼是「韓國人民」，什麼是「韓民族」。經由學習韓國現當代文學，一代代「升學機器」於是才對韓國歷史與社會中的人、民眾和民族的存在、命運、願望、思想感情、鬥爭的挫折與勝利，有了刻骨的認同與認識。正是在對於韓民族的形象的、深刻的認同與理解基礎上，韓國大學生才進入政治經學、歷史、社會科學和文學藝術等廣泛的領域，為他們的一生栽種了深厚的人文基礎與人生的原則與方向。韓國學生運動中堅實的人文與道德基礎，正是由韓國現當代文學奠下最初的磐石。

馬克思、恩格斯和列寧莫不對文學有極精湛的素養。馬、恩、列為我們留下大量極富創見的文藝思想。在他們的理論作品中大量引用和討論了莎士比亞、歌德、席勒、希臘史詩和悲劇，以及托爾斯泰等十九世紀俄國偉大的作家。毛澤東則自己就是一個風格獨特的文學家。

在日據時代，台灣新文學的誕生、茁壯，與台灣反帝民族民主鬥爭的歷史相始終。賴和、楊逵、呂赫若的創造實踐和社會與政治實踐是相一致的，並為之奮鬥終生。中國三〇年代和四〇年代的進步文學，呼喚和激勵了一代代人奔向祖國的解放與改造的行軍。

但是，五〇年代白色恐怖以降，台灣的萎弱的資產階級民主運動和迄八〇年代末一直萎弱不振、九〇年代以來復趨沉寂的台灣的學生運動，基本上都沒有文化、文學、人文的涵養，呈現出運動在人文上的極端貧困、局促、幼稚、狹隘與無知，使運動沒有理論，沒有文學藝術，沒有方針實踐。

反省到這一嚴重的缺陷，我們嘗試開辦這次的「楊逵文學營」，第一次把文學介紹到今日校園相對進步社團的核心。楊逵是台灣的偉大作家、思想家和實踐家。他不僅僅留下了具有鮮明的傾向性的優秀作品，他一生不憚於抓住哪怕是最小的機會也要為真理鬥爭，堅持民族團結與和平的精神，是激勵「楊逵文學營」的一切工作的精神支柱。

親愛的朋友，我們熱誠、友好地歡迎你！

「楊逵文學營」籌備工作小組

初刊二〇〇一年十一月十一日「夏潮聯合會」網站，署名「楊逵文學營」籌備工作小組

工人邱惠珍

——悼念為追討華隆公司積欠工資被迫自殺的女工邱惠珍——

陀繩怎樣鞭打陀螺，
生活就怎樣抽打了妳。
工人邱惠珍啊，
為了養育三個子女，
妳像在鞭笞下
精疲力竭、卻不能不奮力轉動的陀螺，
身兼數職，
一天工作十三個小時，
不得休息。

但妳以檜木的正直，
以花崗岩石的堅毅，
工人邱惠珍啊，
妳呼喚工人出來開會，
問老闆和廠長催討積欠三個月的工錢，
為斷炊的工人要緊急救援。
因為妳相信：
凡人皆有嚮往公平幸福生活的權利。

如同滿潮一剎時退出了海岸，
彷若驟起的風雲遮蔽了朗朗的春日，
工人邱惠珍啊，
妳忽然驚訝地發現，
一同抗爭的兄弟姊妹，
背著妳悄悄[1]地和老闆、廠長談好了條件，

都踩著貓步退出了戰線，
留下妳孤單地面對獰笑的豺狼。

惡吏怎樣拷問含冤的草民，
市井怎樣嘲弄流浪的窮人，
工人邱惠珍啊，
當自己的兄弟姊妹背叛了妳，
領班就當眾辱罵妳，
廠長威脅要妳走路，
工人們低著頭躲著妳，
而妳竟因而想到死在這巨大又冷酷的廠房裡。

妳難道要以死去喚醒
工人們絕不能喪失的自尊，
和敢於為義震怒的勇氣？

妳難道要以死去譴責和控訴
奴隸主不知饜足的貪婪，
和豺狼似的凶殘？
工人邱惠珍啊，
妳難道和世上一切受苦的人一樣，
在至大的逼迫和絕望之中，
只知道以死作為最後搏擊的武器？

小時候，為急病的母親抓藥，
在寒夜中飛趕的碎石路
絕沒有這般漫長。
餓著肚子的窮人家的女孩，
披著寒星，翻過山頭，
跋涉到村間小學的泥濘山徑
也絕不曾這樣艱難。

工人邱惠珍啊，
妳沒有料到出門上工前喝下的農藥，
在半途就如刀剜般翻絞著妳的肚腸。
妳驚慌、痛苦，滿面冷汗。
妳不甘心，步履踉蹌。
啊啊！
當妳終於仆倒，
工廠的大門離妳只剩下一公里的路途。

大篇幅報導企鵝寶寶的報紙和電視，
沒有片言隻字提到妳的死訊。
高喊熱愛台灣，疼惜台灣人的政客，
對妳的死去裝聾作啞。
打著飽嗝、吐著酒臭、淫亂敗德的生活，
對妳悲憤的自裁發出聳人毛骨的冷笑。

二〇〇一年十一月

工人兄弟和姊妹
因了幻想老闆和廠長補發積欠工錢諾言實現，
別過臉去，遠遠地繞過妳的屍體走開。
而蓄著山羊鬍子的「左」派教授，
對於妳的死諫，只能輕聲嘆息。

對於像妳這樣，
呻吟在飽食社會陰暗角落裡的
多少弱小又受苦的人，
我們寫的小說和詩歌是多麼蒼白軟弱，
我們的議論和運動是多麼空虛偽善。
工人邱惠珍啊，
為了使我們在妳仆倒的地方站起；
為了延燒妳那為義震怒的火炬；
為了共享妳對公平與幸福最執拗的渴想，

讓妳的死鞭打我們吧，
斥責我們吧，
教育我們吧，
好叫我們變得更堅強、成材。

二〇〇一年十一月二十一日

初刊二〇〇一年十二月人間出版社《人間思想與創作叢刊5．因為是祖國的緣故……》（曾健民編）
另載二〇〇二年一月五日《聯合報．副刊》第三十七版

1 初刊版為「稍稍」，此處據《聯合報》版改作「悄悄」。

深情的海峽・出版贅言

今天，張克輝先生是在大陸台灣人中著名的政治家。五十三年前的一九四八年，青年張克輝卻是台灣中部青年文學同人刊物《潮流》的同人，與當年詹冰、吳瀛濤、張彥勳、林亨泰和蕭翔文等活躍於台灣青年文壇。《潮流》是一本油印刊物，當時青年詩人朱實主掌編務，刊物始終受到著名作家楊逵先生的熱情關懷。文學青年張克輝在《潮流》發表過六、七首詩，今日讀來，不論在審美、思想上皆卓然鶴立同儕。一九四八年，青年張克輝經台灣省政府甄選，得以公派西渡福建廈門大學深造，時而從廈門寄稿刊在《潮流》。當時正值中國大陸民主運動澎湃，思潮開闊爛漫的時代，自然深刻地影響了青年詩人張克輝的創作道路。他曾寫了一篇小說〈農民〉，發表在楊逵先生主宰的《力行報》所屬《新文藝》副刊上，可惜至今尚未找到。

一九四九年，尚在廈大讀書中的張克輝毅然走上革命實踐的道路，短暫的軍旅生活之後，在大陸從政至今。然而令人驚喜的是，張克輝先生竟而沒有擱下創作之筆，幾十年下來，留下不少散文和雜文，皆質樸而雋永，情深意誠，直如其人，感人至深。實踐的嚴酷、兵馬倥傯、政務繁重的半生，仍然為台灣和祖國保留下來一位真誠動人的作家。當年文學青年辭別鄉井，奔赴激動的祖國。今天，變成了兩鬢飛霜的台灣作家，把表現離家這段歲月中寄託對國家、故鄉、少時學友的刻骨思懷的作品，結集為《故鄉的雲雀崗》和《深情的海峽》，在張克輝先生的故里台灣出版。這對於張克輝先生和我們都是像親人重聚似的喜慶。

而我們以這兩本散文和雜文集迎回來的，是一位羈旅多時、出身台灣的作家，而不是別的任何身分。這兩本文集的出版，代表故鄉對它的兒子、它的作家的最熱情的擁抱和親吻。

初刊二〇〇一年十一月人間出版社《深情的海峽》（張克輝著）、《故鄉的雲雀崗》（張克輝著），署名本社

代序：橫地剛先生〈新興木刻藝術在台灣：一九四五－一九五〇〉讀後[1]

我受邀擔任橫地剛先生論文〈新興木刻藝術在台灣：一九四五－一九五〇年〉的評講，感到榮幸與惶恐。榮幸，是因為橫地先生是卓有成就的日本民間學者。惶恐，是因為我不是研究台灣美術思想史專業的人，學養有限，不能勝任講評的工作。因此，我只能藉這個機會向大會報告我對橫地先生的論文的體會，和論文給予我的一些啟發。

一、一九四五年到四九年間，兩岸共處在同一個思想和文化的平台

有一種刻板的認識，認為光復後因為各種原因，在台外省人和本省人在包括思想、文化在內的各領域彼此格格不入，互不相涉。橫地先生的論文從台灣戰後美術史的側面說明：光復到一九四九年間，當時兩岸其實共有一個相同的思想、文化的潮流。

先看兩岸的政治。一九四六年國共內戰爆發，以要求和平建國、要求高度地方自治、反對獨裁政治為內容的中國戰後民主化運動在全大陸洶湧展開。這一民主化社會運動立即波及台灣。一九四七年元月，響應大陸上抗議美軍強暴北大女生沈崇的反美學生和群眾在今日台北新公園集結示威。一九四七年台灣二月事變前，大陸上國府暗殺了民主記者李公樸和詩人聞一多，引發大規模抗議遊行示威。事變後三個月，大陸爆發「五二〇」反國府民主學運，造成一五〇人遭逮捕和輕重傷。六月一日，軍警逮捕武漢大學要求民主改革的學生。從歷史背景看，台灣二月事變是中國戰後民主運動的一部分。一九四八年秋開始，國共內戰形勢逆轉，全國震動，台灣大學和台北師院學生以歌詠隊、文學小刊物、壁報等形式發展民主運動，迨四九年四月六日，國民黨大肆逮捕兩校學生及包括楊逵在內的台灣文藝、文化界人士，史稱「四六事件」。

黃榮燦自四六年至五一年在台灣的活動，和二二八事變及四六事件同一呼吸，為抗議二二八事變創作，為支持學生民主運動而奔波。

再看文化、思想方面。與當前刻板的說法不同，光復初期在台進步的省內外知識分子，為了共同關切的中國時局，在文化思想領域中並肩工作，共同作戰。台灣知名文化人蘇新、吳克泰、周青、楊逵、王白淵，與大陸在台知識分子、文藝界人士如黃榮燦、王思翔、周夢江等或一起編刊物，或同在台灣文化思想戰線上工作。《人民導報》、《和平日報》、《台灣評論》、《台灣文化》和《新生報》、《中華日報》等島內報刊是他們共同的園地。

光復初期兩岸文化思想的交流之緊密，出乎今人想像。正如橫地先生所舉證，當時大陸重要的民主報刊如《文萃》、《民主》、《周刊》、《觀察》、《文藝春秋》、《新文學》和《文匯報》、《大公報》都直接間接、廣泛深入地影響了台灣文化界、知識界對國共內戰、政治協商會議、台灣及中國未來發展趨勢的思想與看法。理解黃榮燦在台灣的生活與工作，不能脫離這個歷史背景。

在文學與美術方面，一九四六年大陸評論家范泉和台灣作家賴明弘在大陸刊物《新文學》上發表的關於台灣新文學的文章，直接引發了在《台灣新生報．橋》副刊上從一九四七－四九年關於「如何建設台灣新文學」的論爭，參加論爭的在台省內外知識分子有楊逵、林曙光、周青、葉石濤、雷石榆、歌雷、孫達人、駱駝英、揚風等，對日據時期台灣新文學展開反省與再評價，對台灣新文學的發展前途與創作道路進行了真誠熱烈的論證。在美術上，蘇新、王白淵、李石樵和黃榮燦對光復初期台灣美術思想都做了初步的清理和反省。黃榮燦正是在這個背景下，在針砭光復初台灣美術思想、建立民主美術運動上，留下了歷史性的足跡。

二、大陸的民主知識分子同情和聲援二二八事變中受害的台灣人民

黃榮燦懷著悲忿、冒著危險創作了今日著名的木刻作品〈恐怖的檢查〉，刻畫出了被壓迫台灣人民的憤怒和勇氣，是包括台灣在內的全中國美術界抗議和聲援二二八受害台灣人民的唯一的美術作品。事實上，大陸詩人臧克家寫了一首詩抗議二二八事變對台灣人民的壓迫；來台大陸籍小說家歐坦生(丁樹南)寫了兩篇小說，刻畫光復初來台不肖外省人對台灣人民的輕薄、侮慢和歧視(〈沉醉〉、〈鵝仔〉)。在前舉文學論爭中，楊逵和省外理論家呼喚作家深入並反映台灣人民的生活。大陸文藝評論家范泉在事變後立即在上海《文藝春秋》發表〈記台灣的忿怒〉，聲援了台灣人民。大陸和香港輿論界在二二八事變當時和週年後發表社論和文章、出版紀念特刊譴責國府暴行(如《正言報》、《申報》、《益世報》、《文匯報》和《大公報》、香港的《華商報》在事變週年組織了紀念特刊，刊登著名民主人士郭沫若、沈鈞儒、鄧初民、馬敘倫、章伯鈞和徐從、方方等人同情台胞、譴責暴政的文章)。黃榮燦的木刻名作〈恐怖的檢查〉，便是在全中國民主的文化界共同譴責二二八暴行的大潮中，身在台灣的大陸木刻美術家發出的正義之聲。

三、清理台灣美術思想史的一次失去的契機

日據下台灣美術史，和同時期台灣新文學史及台灣社會運動史排比對照起來，台灣美術思想的弱質就會突顯出來。

台灣新文學自其發軔的一九二〇年代，便以反帝抗日的新文化運動之一翼而展開，一直到四〇年代初，賴和、楊雲萍、楊逵、朱點人、張深切和呂赫若這些作家，莫不以反帝民族主義和批判現實主義，針砭殖民地下的畸形生活，為弱小者代言。其中，也發生過新舊語文和新舊文學的論爭（一九二〇年代），以及基於無產階級大眾語運動而發動的「台灣話文論爭」（一九三〇年代），認真地思考和實踐「為人民的文學」的方針。

在社會運動方面，從一九二一年到一九三一年間，有「台灣議會設置期成同盟」、「台灣文化協會」、「民眾黨」、「農民組合」、「工友聯盟」和各行業工會、「台灣共產黨」、「反帝同盟」及「赤色救援會」，對日本殖民統治進行各戰線英勇的戰鬥。

反觀台灣美術史，自一九一九年雕刻家黃土水入選日本官方「帝展」以降，直到四〇年代，台灣的美術界彷彿對台灣新文學界和抗日社會運動界的鬥爭視而不見、置若罔聞，也絕不受三〇年代日本無產階級美術運動的影響，卻充滿了那些畫家赴日、赴法學畫，那些畫家選入「帝

展」、「台展」的消息與「捷報」，在官方意識形態招撫下，沉浸在日式印象派技法的研究與磨礪之中。有些作品中描繪的亞熱帶台灣，今日看來，也不無迎合日本官方對新附的殖民地台灣島的「東方主義式」的異國情調。日據時代的台灣美術失去了關懷、描寫、抗議殖民地非理生活的「眼識」。

一九四五年台灣光復，極少數個別畫家如李石樵提出了美術不能脫離民眾，美術作品必須有主題，有思想，並且在創作實踐上(例如他的〈市場口〉)有所表現。一九四六年後，以黃榮燦為首，陸續渡台的五、六位大陸木刻家，將從魯迅在三〇年代發揚、經抗日戰爭和戰後中國民主化運動鍛煉的新興木刻美術思想帶來台灣，並且在其滯台期間的創作實踐中表現了這些思想。到人民的生活中去，表現和刻畫森嚴的生活，以及生於其中的人民，不能逃避現實，不能在創作中捨去人民和自己遭受的苦痛與矛盾。黃榮燦在他戰後的畫評中，這樣地三復斯言。有幾位大陸來台的木刻家走到台灣民眾的生活中，創作了描寫台灣庶民百姓勞動與生活的作品。

但這樣的呼喚，一時沒有引起台灣美術界的回應。連思想相對進步的李石樵顯然還不能理解這民主美術的本質，公開指責這些木刻作品「臭氣熏天」而「灰暗」。一九四七年，二二八事變爆發，台灣美術思想界陷入一片噤默——雖然台灣省內外進步的文學界在四七年十一月勇敢地開始了長達一年許的、關於如何建設台灣新文學問題的理論和思想爭鳴。

這場顯然以台灣資深作家楊逵為中心的文學論戰，是從對日據下台灣新文學的深入反省與再認識展開，而後就今後台灣新文學的重建所涉及各方面的問題——台灣新文學的屬性與歸趨、新現實主義和浪漫主義的關聯和人民文學論等問題進行了極為深刻的論證。不幸，一九四九年四月，此次論爭的關鍵人物楊逵、歌雷、孫達人被捕，雷石榆被驅逐出境，接著是鋪天蓋地而來的反共肅清，使這次重要的文學思想議論一時沒有機會繼續在理論和創作上發展。

然而，光復初的台灣美術思想界，卻連極微小的、對於殖民時代台灣美術史的反省機會都沒有。「省展」和「台陽展」逐漸成了畫家隔絕生活與人民的逋逃藪。五〇年反共肅清後，作為世界冷戰意識形態美術形式的「現代主義」美術和「反共抗俄」美術如雙生兒出生。一九六〇年代，一場現代、超現實／抽象主義與日式印象派的鬥爭，使「現代派」取得了霸權。嗣後，台灣美術基本上隨西方（尤其是美國）美術思想市場商品流轉，隨波逐流。七〇年代以批判外來現代主義為核心思想的「鄉土文學運動」，基本上也不曾在台灣美術思想界引起回聲。

而橫地先生的研究，為我們描寫了在那極艱難的歲月中，黃榮燦避開偵探的眼睛，奮力為台灣人民和他們對民主的渴望留下了震動人心的作品，在最恐怖的生活中堅持深入民眾，艱苦工作，終於仆倒刑場。而正是這樣一位黃榮燦曾經懇切、急迫地向台灣美術界留下了呼喚自我反省，永遠為人民創作的遺音。

四、感謝

橫地剛先生的大論〈新興木刻藝術在台灣：一九四五—一九五〇年〉的成就和貢獻是顯而易見的。他克服了一個外國人的不便，搜集了大量一九四五年到四九年間兩岸的報章雜誌，從大量文獻中梳理出這一時期中兩岸在政治、思想、文化上所共有的潮流，並且在這同一潮流中去定位和認識黃榮燦和他所帶來的中國新興木刻藝術的現實意義，對我個人，有重大啟發。橫地先生也以嚴謹的態度，從大量文獻材料中，科學地整理出論說的邏輯，為我們重新評價與認識光復初期台灣思想、政治、文化、文學與美術的本質，做出了重要貢獻。

橫地先生是一個民間學者。他沒有研究經費、沒有自己的研究室和研究助理，但他卻能直接閱讀中文資料，在生活勞動之餘，在學院建制之外，完成了大量極有啟發性與建設性的研究成果。這些令人驚喜的研究成果，正逐漸受到日本、台灣等地研究台灣文學與美術的學界所矚目。我不是學界中人，但橫地先生的研究卻不斷地開闊了我對台灣文學史與美術史的視野，獲益極多。

為此，我要向橫地先生的研究勞動深致感謝之忱。

二〇〇一年十二月二日

本文為去年十二月初，在台北市立美術館所舉辦的版畫國際研討會上發表的講評稿，謹以代序。

二〇〇二年一月二十三日病中誌

初刊二〇〇二年二月人間出版社《南天之虹：把二二八事件刻在版畫上的人》（橫地剛著，陸平舟譯）

另載二〇〇二年二月二十八日《聯合報・副刊》第三十七版，

收入二〇一六年十月商務印書館（北京）《南天之虹：把「二二八事件」刻在版畫上的人》（橫地剛著，陸平舟譯）

1 本篇發表於二〇〇一年十二月八、九日台北市立美術館「版畫國際學術研討會」。另載於《聯合報・副刊》時篇題為〈認識光復初期台灣：橫地剛《新興木刻藝術在台灣：一九四五—一九五〇》讀後〉。

再創一個二十年的輝煌[1]

一九九〇年我五十三歲時，才平生第一次踏上魂牽夢縈的祖國大地。那是二月冷冬，我隨「中國統一聯盟」訪問團來到了北京，迎接我們的是全國政協的接待組。第二天開始，訪問團就展開了緊湊繁忙的拜會和參觀。就在這次參訪的行程中，我第一次認識了當時林麗韞女士所領導的中華全國台灣同胞聯誼會。記得是全國台聯和台盟中央一道聚集起來歡迎我們。一進會議廳，就聽見那熟悉的閩南語調的普通話格外親切，原來是定居大陸的老台胞，他們雖然鄉音未改卻已是兩鬢飛霜。一時想起他們離別台灣鄉關四十多年而歸不得，不覺激動了，起來講話時竟有些哽咽語塞，濃濃的鄉情使得在場的許多人也跟著淚下。

從這以後，每次來大陸都由全國台聯派人接待，也受到林麗韞、張克輝、楊國慶等歷屆會長的親切關懷。一九九一年全國台聯安排我到北京著名的阜外醫院做心臟科檢查；後來，我和家人到新疆旅行，也是全國台聯聯繫新疆方面，周到的安排，使我們經歷了一次愉快、親切、頗有收穫的旅行。我本人也受到全國台聯的邀請和安排，參加了幾次國慶宴會和晚會。

全國台聯還支持、推動了幾次有關台灣新文學研究的學術討論會，邀集了兩岸研究台灣新文學的專家學者，共聚一堂，互相交流，都取得了很好的成果。

全國台聯集中了很多優秀的人才。我還記得林麗韞會長領導林釵女士形成了一個溫婉、明快而又極有效率的團隊，展開繁忙的工作。張克輝會長真誠樸素，正直明朗。他曾是四〇年代末台灣中部優秀的文學青年。最近讀了他的散文和雜文集，才又驚訝地發現半生忙碌的政務中，他依舊能筆耕不輟。對我而言，張克輝先生作為一個詩人、文學家的形象遠遠大於他精幹隨和的公務員形象。楊國慶會長是個醫師，是個科學家。他謙和親切，處事卻一絲不苟。

在這幾位會長領導下的全國台聯的幹部和工作人員，都很用功、勤勉。我最早認識並且受到最多幫助的是陳杰女士。當她說她是來大陸的台灣阿美族的第二代時，我不禁吃驚了。陳杰女士資質秀異，工作起來認真而又親切。我深深體會到民族斷無秉質的優劣，只是因政治社會的環境而有不同的命運。駕駛師傅小徐也是認得最早的師傅，他開朗健談，幫了我很多忙。此外，還有許多全國台聯的其他朋友，皆我所尊敬和感激的，難於忘懷。

正是以全國台聯為核心，各地方台聯在祖國大地上星羅棋布，使得我們每到一個地方都像回到了家一樣，溫馨、友好、熱情，賓至如歸。實際上，自八〇年代以來形成的台聯體系，已經成為來往兩岸台灣同胞的家，為來大陸的台胞提供了各種接待、諮詢和廣泛的服務。長期以來，全國各地台聯的工作人員，以積極辛勞的工作為促進兩岸的理解、溝通、團結、合作，為我們民族的團結、國家的最終統一，做出了很鮮明而且顯著的貢獻。

今天，距一九九〇年我初訪祖國大陸已有十個寒暑。這十年來，中國的發展不但使中國人自己驕傲，更使世界震驚。大陸的經濟在全球經濟一片低迷中保持快速的增長，國力日增，國際地位日隆。曾幾何時，一度以富裕和高增長耀人的台灣經濟，卻開始停滯下滑。進入新世紀，全國台聯努力開拓新局面，一定會有新的發展。作為台聯的老朋友，作為長期受到台聯各種幫助的老鄉親，藉此全國台聯二十週歲之際，我謹致衷心的謝忱和熱烈的祝賀，並祝願全國台聯再創一個二十年的輝煌。

初刊二〇〇一年十二月《台聲雜誌》（北京）第十二期

1 本篇為「往事如歌」欄目文章。

反思和批判的可能性

關於高重黎「影像．聲音——故事」展出的隨想

我的文學青年時代，恰恰是台灣的文學、藝術氛圍正交織著極端的反共主義和模仿的「現代主義」的時代。我在成功中學初中部時代的老師紀弦，先是看到他在課堂上朗讀他的反共戰鬥詩〈在飛揚的時代〉，其後不久就聽見他風風火火地提倡起「現代派」了。

對於一個普通的文學青年，「戰鬥文藝」無法吸引他，因為「反共抗俄」不是他的感情。「現代派」文學也不易接近，因為它晦澀難懂。

但少年時代偶然相遇的魯迅的《吶喊》，隨著年齡的增長，在極其荒蕪的時代，偶然地引了我去舊書店探索中國三〇年代的文學。這一方面成了使我免於在當時台灣的模仿的現代主義中浮沉，一方面也使我對現代主義和實驗主義產生了刻板的認識，甚至於產生了偏見。

我在台灣所體驗的現代主義無不唯西方（美國）的畫論和技法是瞻，思想空泛保守。有些畫家宣稱要以中國水墨、書法的技巧畫現代畫，但究其實主要是向西方賣弄西方眼中的神秘的東

方。在文學藝術上，現代主義刻意反對思想和意義，自絕於生活、民眾、歷史與社會，和客觀上苛酷的現實游離。

一直要到六〇年代，我才開始理解有革命與反革命的、進步與落後的現代主義，才知道「現實主義」技法其實也能成為宣傳法西斯的工具。少數台灣畫家就不幸地製作過配合日本侵略戰爭的「戰爭畫」，而其技法則絕不是「現代主義」的。思想決定創作方法。內容決定形式。但在這樣的基礎上，思想和內容似乎又有它的自主性，主觀能動地選擇表現形式和創作方法。畢加索的〈格爾尼卡〉揭發了法西斯對西班牙內戰中民主勢力的暴行。他的〈一九五二年〉對韓戰中美軍對韓國良民的集體虐殺發出震耳的控訴。在中南美洲和其他第三世界中的文學藝術家，在典範式的革命現實主義之外，藝術地結合了各民族宗教、風俗、信仰等獨特的想像和聯想，有效、藝術地傳播和表現對解放的渴望、對掠奪者的憎恨。

但長時期以來，我在台灣找不到，也沒聽說過有明確的傾向性與批判意識的「現代派」畫家，直到我看到陳界仁和高重黎的作品。

陳界仁利用我所不懂的電腦繪圖功能，製作了一系列令人震驚的巨幅畫面。他藝術地透過「現代主義」常見的死亡、痛苦、色情、變態等形象，強烈地、撼動人心地表現了帝國主義時代西方對東方的壓迫與凌辱，也表現了民族內戰下民眾深刻的痛苦、羞辱、悲慘和憤怒。藉此，陳界仁把現代主義頽廢、腐朽的語言——色情、嗜死、殘酷、心理變態等工具化，不但免於淪為病態的耽溺與敗德，反而在抗議、控訴和憤怒中表現了一切「現代主義」藝術所不能見的尊嚴、義憤與改造的吶喊。

依我看，這次高重黎在九月八日至三十日「影像．聲音——故事」的展出（台北大未來畫廊）也一樣，在高度創新和實驗性表現形式中，表現了深刻的思想。

在朋友中，高重黎是最敏感地看出現代世界中「影像．聲音」傳播對「影像．聲音」科技．工業極度落後的第三世界的強大威脅的人。對於所稱「影．音」科技，以及以這科技為主體的產業對人的精神、思想、意識形態的強大支配，對於中心國家「影．音」科技與產業對邊陲、第三世界的文化、思想、意識形態的帝國主義統治，高重黎有高度的焦慮。中心和邊陲間「影．音」科技的絕望的差距，和邊陲認識和發展自己的「影．音」科技／武器的急迫感，在高重黎的創作思想中成為一對不斷推動創作的矛盾運動。在懸殊的力量對比下，高重黎卻相信：「隨著各式解放風潮，影音科技仍然有魔法能夠把覺醒、抵抗的形勢加以不斷再生產。」

這樣的信念，使高重黎的實驗主義截然不同於在資本主義生產發展到獨占階段的社會中驚惶、忿怒、挫傷而躲進對人與社會的憎恨與逃避之淵藪的「現代主義」者，也與「晚期資本主義」時代不再崇揚創造與思想，從事虛無的、白痴式的愉悅的，和赤裸裸的商品顧念的「後現代主義」者區別開來。思想、傾向、批判和改造的渴望，使實驗主義工具化，為批判的主體思想服務。

高重黎以動畫、電影和幻燈互相構成周而復始的循環，分成十個左右的主題表現。牛仔（美國）與武士（日本）的纏鬥角力、原子彈爆炸、象徵日本的富士山和象徵美國的老鷹，以及代表中國的卡通式小恐龍、日本前天皇裕仁、軍事占領了戰後日本的麥克阿瑟將軍、台北市總統府、政治人物的宣傳看板……這些影像在循環流動的光影中，敘說著強烈的意義。值得格外一提的是，八國聯軍中日軍對義和團的暴行、越戰中美國大兵驅逐驚惶哭泣中的全裸的越南女童、韓戰中美式軍裝的南韓軍對韓國平民虐殺的照片與牛仔裝性感女歌手比槍的影片疊合，和畢加索〈一九五二年〉同一構圖的動畫，盲目的轟炸、廢墟、文明的終末……這些寓意著複雜的現當代歷史意義的映像，在半暗的展場中似乎永無止境地流動，切切地述說著人的語言、文字和意象所不能盡意的痛楚、記憶和沉思。

五〇迄七〇年代，從美國進口到台灣來的「現代主義」文藝主要是美國冷戰意識形態的組織部分。九〇年代初迄今舶來的「後現代主義」和相關的實驗主義，當代世界獨占資本主義文化的模仿，都是強權文化的應聲。一九四六年到四七年間，在大陸來台木刻版畫家們和台灣諸如蘇新、楊達等評論家一道推動民主主義的、現實主義的「新美術」，呼喚畫家深入生活和民眾，表現民眾和歷史前進的脈動，促使反省在殖民體制下成長的台灣現代美術的遺產與負債，批評現代主義創作方法在戰後中國環境下的妥當性。可惜一九四七年二月事變暴發，台灣的民主主義新美術的建設中挫。一九五〇年展開的反共肅清，現代主義文藝作為反共抗俄文藝的雙生兒，在一個意義上至今依舊統治著台灣……至少有傾向的、批判的、改造和主體的文藝一直不占主流地位。學舌、模仿、形式的「實驗」與遊戲、思想的空虛與貧乏，意義和思維的排除……依然占著霸權的地位。

在這樣的背景下，看到高重黎和陳界仁的作品，雖然只出於我個人的讀法，我看到了在現代主義技巧和創作方法中的反思和批判的可能性，很受到鼓舞。

初刊二〇〇一年十二月人間出版社《人間思想與創作叢刊5・因為是祖國的緣故……》（曾健民編），署名許南村

「國語政策和閩南方言」專輯・編案1

台獨反民族派經常說，外省人國民黨政權來台後，粗暴地禁絕日語，在推行國語時，對「台灣話」（實為閩南方言）加以歧視，在國民教育系統中，對講了「台灣話」的小朋友施加屈辱性的懲罰。一直到今天，台獨反民族派更加堅持以閩南方言問題為政治武器，在五二〇取得政權後，在「台語」表記、發聲、文法等尚一片混亂，尚未標準化之前，迫不及待地在國民教育系統強加台語（等地方族群語）教學，企圖要使「台語」成為「獨立」於漢語白話系統的獨立語言。

考察現代民族國家形成的歷史，共同語（common language）的形成與普及都帶有強制和「暴力」性質。但國民黨來台後推行國語的官僚之國語思想和政策，力主推行國語首應禁絕日語而維續閩南方言，力言閩南方言是學習國語（普通話）的必要橋樑。這是要大大出乎盲目抨擊國民黨來台初期對「台語」的粗暴、歧視的人們意料之外。

這裡刊出散見光復初期負責推行「國語」於台灣的官員、學者有關「國語」與閩南方言的辯證關係的文獻，並附加曾健民先生的解說。我們相信具體歷史確據是破除意識形態原教義的不二法門。

初刊二〇〇一年十二月人間出版社《人間思想與創作叢刊5．因為是祖國的緣故……》（曾健民編），署名編輯部

1　本篇為「文獻」欄目「國語政策和閩南方言」專輯編案。

為核電被曝工人代言的攝影家[1]

今(二〇〇一)年的「無核害之未來」(Nuclear-Free Future Award)的教育部類獎，頒給了日本資深紀錄攝影家樋口健二。總部設在德國慕尼黑的「世界鈾害公聽會議」(World Uranium Hearing)對樋口健二做了這評價：「自一九七二年以來，(樋口)系統性地記錄了日本商業核能產業，對祖國日本和全世界就核能所內含的危險性，敲打警鐘，長達二十八年，」並決定頒獎表揚。

樋口健二對於由國家和大企業聯手造成的核能電廠的「犯罪」，經由記錄「消失在黑暗中的核電工人」的攝影作品，發出控訴的怒聲。但他的工作卻長期遭到日本主流大眾傳播的抹殺。一九八七年，樋口受邀參加在紐約召開的「第一屆核被害者世界大會」，在會上發表了日本「核電被曝害工人」的紀錄攝影作品，引起加拿大核能問題攝影家羅・德・崔達西的注目。樋口此次得獎，正是這崔達西所提名。

「無核害之未來」獎，是設在澳洲的薩爾斯堡，由一位克・嘉德在一九九二年發起的「世界鈾害公聽會議」，在一九九八年正式設立的。「公聽會議」對北美印地安人和澳洲原住民因被驅使去挖掘鈾礦受到曝害，罹患各種癌症，後來又以被挖空的鈾礦坑權充核廢料掩埋場的國家與企業的惡行，進行調查聽證，卓有反核威信和影響力。「無核害之未來」獎分成四個部類：(一)抗爭運動；(二)教育活動；(三)解決問題；和(四)生平實績。樋口以他八冊反核電紀錄攝影集、在歐美展出反核攝影作品、經由英國電視第四台播出日本「核電吉普賽人」紀錄片，並在德國一家雜誌上以巨大篇幅刊出其反核理念與工作。凡此，使樋口被認定對反核教育與啟蒙活動貢獻卓著而得獎。

頒獎地點在愛爾蘭的威克斯福特郡美麗的卡爾遜海角，在長達一週的野外音樂祭裡，歡欣的音樂、演講和頒獎節目發出人類嚮往和平、正義、安全和友愛的強大心聲。

樋口健二在一九三七年生於日本長野縣。五九年到東京，從六六年開始，他看到日本資本主義高度發展過程中「弱小者」的被害，開始以攝影機追蹤環境、公害和核電所造成對於人與環境的破壞。然而，這些揭發和控訴現代社會之非理的照片，不為日本主流雜誌報紙和電台所接受，長年過著拮据、艱難的生活。但樋口一面以「作品換不了錢的攝影家」自我調侃，一面堅持「為社會的變革而拍照」的原則，絕不迫於生活壓力而轉向。而在漫長艱苦的生涯中，夫人樋口節子的理解與支持，不但使樋口感念不已，在這次受獎式中也得到觀禮人士的讚譽。

一九八六年，樋口健二在台灣《人間》雜誌發表揭發日本核電危害的作品（《人間》六月號）。一九八七年（《人間》三月及十一月號）和八八年（《人間》二月號），他專程來台灣，在《人間》同人的協助下，採訪台灣核電被曝工人的被害，在台灣和日本都引起廣泛的關切。這次樋口苦行僧似地為弱小者代言的事業受到世界進步輿論的獎賞，《人間》共享了至大的喜悅。

作於二〇〇一年
本文依據打字稿校訂

1 本文依據打字稿校訂，打字稿開頭標註「攝影：樋口健二／文：陳映真」。

祭黃繼持先生

八〇年代初，我初出囹圄解除了出境限制不久，在香港初識大兄。您和香港的一些朋友創辦《八方》時，您對我在港一次講話做了深入、有見識的回應和討論，自此之後，我雖屢次過境香港，總也沒有入港與您聯繫，總以為近在咫尺，相會不難。

去年九月，初聞您身罹惡疾，即刻與內人專程到香港看您。十二月，過境香港時，又專程入境相會，還蒙您執意留下我夫婦與鄭樹森兄晚飯。兩次見到您，立刻感受到您病況凶險。然而，您仍然雙目炯炯，極有精神，表現了您面對生命最後一段旅程的豁達和無比的勇氣與智慧，令人驚異和敬佩。

這一段時間中，電傳往返，竟都以昂揚的意氣商定與樹森兄、蒼梧兄共寫一本書。我這才知道十里洋場的香港學術界竟有您及像您一樣對馬列文論深有素養的知識分子。繼持兄，您真不愧為一介真正的知識分子，真誠的人，從而也才理解到半生中您經受而甘之若飴的大寂寞。

今年元月初，我從一次意外凶險的重大手術中倖活下來。療養病後的身體時，突然接到您謝世的消息。如果不因病體，我和內人一定會親去香港與您告別。

西望雲天，不勝哀思。嗚呼，哀哉！

二〇〇二年三月

初刊二〇〇四年九月洪範書店《陳映真散文集1・父親》

《戴國煇文集》新書發表會上的發言[1]

戴夫人林彩美女士、主持人、各位傑出的演講人、各位貴賓、各位女士先生：

戴國煇先生謝世已經一年多了。今天，藉著戴教授七十冥誕和戴教授文集出版的機會，我們在這兒聚集，覺得對戴教授感到錐心切膚的思念。

現在我要藉此機會，講一點戴國煇教授對我的影響和啟發。

我和戴教授的遇合，是先從拜讀他的文章開始的。

一九七五年夏，我剛從綠島回來不久，就經由一位前輩的介紹，讀到他一篇日文寫成的論文。時間久了，我竟已記不得原論文的題目。

文章中，他把鴉片戰爭後中國的動亂與屈辱，看成是中國在帝國主義時代中，掙扎著奔向近代和新生的侵略與反侵略、革命與反革命過程中的胎動、分娩的流血與痛苦。

這段從亞洲史、世界史，和包括台灣在內的中國近代史的高度看待問題的視野，給予我很大、很難忘的震動。後來，我在一篇自剖的文章〈試論陳映真〉中，直接表達了這個看法，在戒嚴時代，卻無法註明出自當時仍在國府黑名單中的戴教授的原文。多年以後，和戴先生相遇，告以情況，他以笑臉表示了他的諒解。

一九八三年，我第一次獲准出境，在美國愛荷華市初會了戴國煇先生。令我吃驚的是，他以一個卓有名望與成就的大學者，降尊約我和他做一場關於剖析當時甚囂於台灣塵世上的「台灣結」、「台灣人意識」等問題的對談。也是在那一次，我領會了戴教授以豐富、客觀的社會科學素養剖析和看待問題的力道，十分欽佩。

後來，我讀到他自己恪守「出生、民族、學問」三大尊嚴之論，也十分佩服。他對於人所不能自由選擇的出生，例如他自己出生為在台灣的客家系漢族，自有尊嚴，深以為傲。出生聯繫著民族這樣一個蘊含歷史、文化的存在，因此他不斷宣稱自己作為中華民族一員的光榮感。至於學問的尊嚴，戴先生認為知識分子在社會分工中擔負明辨是非的責任，應善盡學術研究，批判錯誤與虛偽的職務，不能曲學阿世，損害學術的尊嚴。在我們民族分裂的時代，早自六〇年代，戴教授對於民族分裂主義既能有同情的理解，但畢其半生，沒有停止過對民族分裂主義鮮明、嚴厲的批判，而絕不媚於逆流。在民族分裂的歷史時代，一貫堅持民族統一和團結的知識分子，在本省籍學者中，是極為突出的存在。

最後，戴國煇教授思想中十分寶貴的遺產，是被害者固然要批判加害者，但是被害者自己也應該有自我反省與自我批判的自覺的這樣一種思想。

戴教授旅居日本三十餘年，卻一慣不憚於批判日本對台灣殖民歷史所造成的傷害。但他絕不只對外糾彈加害者，他對被害者內部存在的黑暗，例如他對包括台灣人士在內的不肖中國人在偽汪政府、偽滿洲國中的醜惡歷史加以揭發。當二二八歷史被神聖化，台灣人在二二八歷史中一概被打扮成潔白神聖的被害者，戴教授卻在糾彈造成二二八不幸事件背後國府的惡政之餘，也揭發了部分台灣人士紳、特務、政客在事變中與權力結合以圖私利的歷史。戴教授認為在被害者自身內部存在著與加害者共犯的構造的史實，若不加以嚴肅清算並從而超克之，被害者就再無從提升自己、完成自己。這種真誠嚴格的自我批判和反省的態度，令我十分敬佩。[2]

一九九五年，戴國煇教授滿懷著為台灣和中華祖國做貢獻的雄圖壯志回到了他的故鄉台灣。然而不料他走了。走得太早、太突然。料想他不能不帶著極大的遺憾離開了我們，而他的離世確實是留在他身後的我們的至大的損失。但就我個人而言，他對我的思想和創作上的影響與啟發，卻是歷久彌新的。

謝謝大家。

二〇〇二年四月四日

本文依據手稿校訂，未署名

1 本文依據手稿校訂，稿面無標題，篇題為編輯所加。本篇發表於二〇〇二年四月五日「戴國煇七十冥誕紀念會暨《戴國煇文集》新書發表會」。

2 手稿稿面在本段落後空白處另有文字：「台灣開拓史中漢人對原住民的犯罪的深切反省。」無標示插入位置，或為因應現場發言所需而記。

生命的關懷・序

讀了陳中統兄《生命的關懷》的書後，不由得想起了我們同在一個中學讀書的少年時代。

早在那青澀的少年時代，中統兄就對他的同儕表現出他過人的魅力。他對朋友的熱情，關懷備至。他說話詼諧，總是引人開懷。他也拉幫和校外生打架，但那時候的學生「好漢」打架，沒聽說用刀用暗器，更沒聽說嗑藥飆車。他不十分用功，但功課總是不差。他在學校附近一家湯圓攤子請我們吃紅豆湯圓，自己則躲著訓導和教官抽菸。女孩子特別喜歡他，但別看他看起來逢場作戲，他也幾次為情苦痛憂悒，甚至也曾為情剃去三千煩惱絲，理個光頭，背著書包，踽踽行走。

那時我既不會打架，也不會抽菸。然而我們卻成為少年莫逆。一九五七年，台北爆發了劉自然事件所點燃的群眾反美運動。我們學校居然由老師帶隊到美使館去抗議。適巧那天下午我倆遲到，沒跟上大隊，靈機一動，我們拆下教室裡的布告牌，製作了抗議標語，參加了人山人海的抗議現場。這就可見我們的調皮和少年兄弟的情分。

中學畢業，他上了台大，不久又聽說他到高雄醫學院去了，就此七、八年間，倘若沒有記錯，我們竟不曾相見。一直到一九六三年他到台北實習，我去醫院看他，我在一旁看著他巡病房時，看到他不論和老、少、男、女病人無不笑語詼諧，親切診問：看著那些病苦之人因他的出現所綻開的即使不免疲憊的、熱切的笑顏，我想起了眼前的這個陳中統醫師在少年時代就已經表現出來的喜人、暖人的魅力。

未幾，中統兄忽一日告訴我，他已經準備好了出國留學。臨別之際，我告訴他我的家境不可能也讓我到國外留學。「你是我的好朋友，我就把我一雙眼睛和一個頭腦寄在你那兒，希望你在自由的日本，也能替代我多讀、多想，」我說。

原來在那時候，我已因耽讀舊書攤上買來的禁書，思想早已左傾。然而即使是知交，在那時代，我也不曾向中統兄透露我的思想。我那一番送別的話，是想到我在台灣讀了幾本書（其中有幾本是日語寫的）就使我豁然改變了思想，料想在「自由」的日本，只要中統兄有追求之心，也一定會在思想領域上大踏步前進罷。

一九六五年秋天，中統兄回來探親，在一個夜晚，他向我透露了他主張台灣獨立的立場，也給了我一些宣傳品。這是我萬萬不曾料到的結果。然而，由於更容易理解的原因，我還是沒有向他表白我與他完全相反的政治立場和道路。

一九六八年夏天，我和一些讀書小組的朋友們突然被捕。經過半年的秘密偵訊和審問，在一九六八年十二月被判徒刑十年定讞。

越年，我在軍法處看守所押房裡聽到新送來的政治犯說起警總保安處押著一個「到日本讀書的醫師，名叫陳中統」時，十分震驚。未幾，我在外役分送犯人向福利社購買的日用品時的點名聲中，聽見了「陳中統」三個字。陳中統兄從保安處送看守所來了。

記得我立刻請福利社代我送去幾樣生活用品。不久他也回贈。由於押房離得近，常常聽見他用日語對我打氣。「保重啊！」他說。

一九七〇年一個料峭的春日，我和一批人在嚴重軍事戒備下被送台東泰源監獄。被徙遷的囚人隊伍帶著行囊走過監獄中庭，猛一抬頭，竟然看見在大樓押房窗口上趴著的中統兄。「保重啊！」不顧違反監紀，他用日語對我呼喊。我笑著向他揮了揮手，被推上了一輛軍用大卡車。

這以後，我在一九七五年出獄，中統兄在一九七九年出獄。在幾次高中同學會中我們又重逢了。他看來依然結實煥發，頭髮卻理得很光鮮整齊。他仍舊對朋友熱情洋溢，關懷備至。他也依舊喜歡（即使當著他那賢慧的夫人）講葷笑話，妙語如珠。但他卻對於我和他不同的政治見解表現出一種動人的、體貼的尊重。我們各不掩諱各自不同的觀點，卻也絕不以政治話題使我們自少年時代以來的真摯的友情受到損害。人與人的關係，摯友與摯友之間的關係，對我們而言，永遠擺在政治立場之前。

而這就集中地表現出陳中統兄熱誠、友愛、懇切而善良的喜人的風格。

是以我懷抱著少小以來最深的友情，欣然遵囑，為中統兄的第一本書作序。

二〇〇二年五月

初刊二〇〇二年六月書香出版社《生命的關懷》（陳中統著）

收入二〇一〇年十二月印刻出版社《生命的關懷》（陳中統著）

本文按印刻版校訂

馬克思主義思潮與台灣知識分子

序杜繼平新著《階級、民族與統獨爭議》[1]

馬克思主義思潮流傳到二十世紀二〇年代至三〇年代的台灣，造就了一些台灣人馬克思主義知識分子、思想家和革命實踐者的歷程，在一九三九年出版的《台灣總督府警察沿革誌》第二卷（漢譯本《台灣社會運動史》，台北：創造出版社，一九八九）中，有比較豐富的資料。書中指出，馬克思主義思潮從兩個來源滲入台灣。在新俄革命成功和第三國際的強烈影響下，二〇年代日本的知識界和文化界急速左傾。當時留學日本的一些台灣青年知識分子受到日本左派個人或團體的影響而左傾，把馬克思主義思潮帶回台灣，起了一定的影響。另一方面，五四運動後，受到一九一七年成立的蘇聯和一九二一年建立的中共，以及中國左翼反帝風潮（例如五卅運動、北伐革命）的影響，當時留學大陸的台灣青年知識分子也受到思想衝擊，把馬克思主義思潮帶回台灣，也起到一定的影響。留日馬克思主義青年比較著名的有彭華英、連溫卿、蘇新和楊逵等，受到中國革命和馬克思主義思潮影響的，比較突出的有翁澤生、許乃昌、林木順、謝雪紅、潘欽信、蔡孝乾、王萬得等人。

台灣馬克思主義者，以馬克思的知識思想體系，寫成理論文章，成為台灣馬克思主義文獻的並不很多，但也還是不少，是台灣馬克思主義思想史上的重要傳統和文獻。

據連溫卿指出，早在一九二一年五月十五日，在東京發行的《台灣青年》上，就有彭華英寫文章介紹「旋風似的社會主義學說之發展」。一九二三年七月，《台灣青年》又刊出秀湖寫的〈台灣議會主義和無產階級解放〉。一九二四年四月，在上海的台灣左翼青年辦的刊物《平平》，有文章抨擊台灣資產階級的議會請願運動，並且主張「(一)對內謀全民族的極鞏固的團結；(二)對外和勞農俄國以及日本被壓迫階級與朝鮮、中國等處的被掠奪民族結成國際的聯絡……做革命的鬥爭，這樣我們才能到完全的解放……」

一九二六年八月，在《台灣民報》上，陳逢源和留學中國大陸，並曾被中共選派前往莫斯科學習的許乃昌之間，爆發了有關「中國改造(革命)論」的爭論。

陳逢源的文章題為〈我的中國改造論〉。他依馬克思《政治經濟學批判》著名的序文中有關歷史和社會的辯證唯物主義的公式，先強調社會進化的行程有一定的客觀規定性。因此，資本社會比封建社會進步。雖然當前世界資本主義已屆其衰亡的末期，但資本社會「非達到極點」，「斷沒有社會主義之實現」。未來社會主義社會非經資本社會之洗禮不可。

陳逢源繼而指出，當前中國社會一部分已進入資本主義（如上海、漢口等），但大部分仍停留在封建社會。眼前中國的道路有兩條，一條是蘇聯社會主義道路，一條是日本的資本主義道路。日本資本主義的發展已經「弊端百出」，所以日本的將來只有走蘇聯的道路。

但陳逢源說，一方面中國資本主義受到帝國主義和軍閥的摧殘，一方面在一次大戰後看見「中國工商階級的興起」。所以他主張中國要先走資本主義道路，以強大化的工商階級削弱軍閥，統一中國，發展資本主義以改造中國。

同年十月，許乃昌也在《台灣民報》上發表長文〈駁陳逢源的中國改造論〉。他強調馬克思在《政治經濟學批判》序言中所稱，當物質生產力與生產關係發生矛盾時，「社會革命的時代便展開」這一論述中的革命、突變、變革的一面。親身在大陸體驗了一九二七年清黨前夕聯俄容共、國民革命時期的許乃昌，力陳中國的改造端賴國民革命。他認為中國已淪為「資本主義列強的公共半殖民地」，成為「帝國主義列強商品市場、原料供應地、資本的投入所」。而沿海地區的中國工商業，無非是帝國主義、官僚主義和買辦主義資本的工商業。封建餘孽軍閥分別受帝國主義列強的支持和操控，中國內戰無已，貧困破產，再也不可能走日本資本主義改造、發展自己的資本主義之路。而當時聯俄容共進步的國民黨提出的國民革命論，主張聯合先進國被壓迫人民和世界被壓迫民族打倒帝國主義和帝國主義工具的封建軍閥、官僚資本和買辦資本，保護民族工商業，扶助工農階級，由無產階級取得領導權的國民革命，改造中國。

針對陳逢源的扶助中國工商階級，許乃昌指出了中國資產階級的「反動性」。他認為中國資產階級和帝國主義資本固然有一定矛盾，但也有彼此互相溫存的一面。他們對中國工農階級的崛起心存疑懼，在一九二五年五卅鬥爭中，中國資產階級叛賣了革命。陳逢源企望中國資產階級救中國是妄想，而中國的改造，只能依靠中國的工農階級。

受到二〇年代殖民地民族、民主革命浪潮的鼓舞，殖民地反帝鬥爭的聯合可能使殖民地解放運動不經資本主義階段直接向社會主義改造「跳越」的思想，一時流行於當時第三國際的思維中。受此影響，許乃昌特別強調「社會組織」（即社會生產方式）的可跳越性，主張資產階級性質的國民革命有可能在無產階級領導下，直接向社會革命「跳越」。許乃昌認為，當時中國社會的性質，既已不是封建社會，也不是資本社會，而是「帝國主義時代特殊的殖民地中間形式」的社會，頗類後來一般所稱的「半殖民地．半封建」社會。許乃昌批評陳逢源的社會演化觀的「機械唯物史觀」。許乃昌主張社會發展行程各國各民族不完全一樣，不能機械地套用公式，而「必須聯繫一國社會特殊形式和國際政經關係」。如果中國國民革命勝利地打倒了帝國主義，匯合世界無產階級革命，消滅了世界資本帝國主義的支配，則落後國（殖民地）的資本主義自無發展餘地和可能，於是資產階級性質的中國國民革命就會「自然發展為社會革命」。許乃昌接著引用了列寧所說勝利的無產階級進行組織化宣傳，在蘇維埃援助下，「則落後國沒有蹈襲資本主義發展階段之必要……而進入蘇維埃組織……達到共產主義」的話。

許乃昌說，鴉片戰爭後，中國傳統封建宗法社會正在解體。「一九二一年後，外國商品大量輸入中國，外國工廠和銀行林立……」中國社會不是封建社會，不是資本社會，「也不是由封建社會向資本社會過渡的社會」，而是「帝國主義時代特殊中間形態的社會」，所以既不能像蘇聯一步走向社會革命，也不可能走日本資本主義化道路，而須經由國民革命的過渡進入社會主義。

同年十一月，陳逢源發表長文〈答許乃昌氏駁中國改造論〉。他仍然強調革命只有在生產力和生產關係發生矛盾，向來的生產關係成了新生產力發展的桎梏時才發生。他引用馬克思的話「當物質存在條件懷孕於舊社會母胎內滿期之前絕不會發生社會革命」的話。因此中國社會的改造，仍須鼓舞「國民精神」（民族主義），以打倒封建軍閥，廢除不平等條約，促成中國資本主義之發展。陳逢源以實際數據比較了一八九一年至一九二五年間中國紡紗工業的巨步發展，說明在第一次世界大戰列強內鬥的空隙下，中國民族資本主義的發展。陳逢源反對許乃昌以社會革命改造中國之論，因為依當時國際形勢，中國一旦豎起赤旗，必然外部招來列強干涉，內部也引人民疑懼。至於國際無產階級的團結，先進國與落後國無產階級間利益也不一致。陳逢源更以革命後蘇聯不得不實行妥協的「新經濟政策」，開放農村自由市場，中農階級滋生；「以經濟上的讓步替代政治的讓步」，這是不估計社會性質，「只靠暴力推翻舊政權」的結果。他也批評革命後的蘇聯行一黨專政，「斷非無產者的天堂」。陳逢源一再強調「中國不能實行共產主義」，一再強調以民族主義(「國民精神之振興」)「求國家之統一」，打倒帝國主義列強與封建軍閥，廢除不平等條約，接受「資本主義的洗禮」，實行資本主義，再以社會政策救濟資本主義的弊端……

同年十二月五日，蔡孝乾也在《台灣民報》發表〈駁芳園(即陳逢源)君的中國改造論〉，指出當時中國問題的根本，是鴉片戰爭後帝國主義對中國的豆剖瓜分，「於是才有辛亥革命、五四和五卅」。在帝國主義壓迫下，中國不可能發展。而當時中國的一點工商業，無非帝國主義或買辦資本，中國走資本主義是不可能的。他也以五卅運動為例，說明中國資產階級動搖性和反動叛變。「當前中國的生產關係比革命前的俄國還落後，無產階級受到多重壓迫，因此必須打倒帝國主義，打破現在的生產關係——無產階級革命才能改造中國。」

一九二七年二月，許乃昌寫〈給陳逢源氏的公開狀〉，指出陳逢源的「共產赤化」論是反共法西斯主義的國家主義論，是反共宣傳，「資本家的辯護人」。他引用馬克思在《資本論》序文：「科學的批評的一切判斷，是我們所歡迎。然而對於我所未曾讓步的所謂輿論的偏見，那偉大的夫魯連斯的格言依然可以適用於我：『你行你自己的路，任別人說他們要說的話吧。』」許乃昌最後說，「我們絕不怕有根據的批評。但對於那些有產階級的『輿論偏見』可以不必管它了，」結束了這次冗長的爭論。

這場論爭的兩造，固然有左、右，社會主義、資本主義，革命主義和改良主義的區別，但早在台共先後兩個政治綱領之前兩年至五年之前，台灣思想界就發生（全部或部分）使用馬克思歷史唯物主義語言，討論社會變革（「改造」或革命）理論中關於社會（生產方式的）性質、變革運動的性質、變革的主力、變革對象和變革運動的方針政策等諸問題，是台灣的馬克思主義理論發展史上十分重要的文獻。其次，已故台灣史學者戴國煇曾向作者提示，陳許間「中國改造論」之爭，是項莊舞劍、意在沛公。爭論的表面雖然談中國的「改造」，其實骨子裡也是躲避日本偵警爭論殖民地台灣革命的兩條路線——資產階級的資本主義改良論的道路，還是無產階級社會革命的道路。果然，則這次爭論在台灣馬克思主義思想史上之重要性就不言可喻了。

台灣馬克思主義思想史上第二個重要文獻是台共一九二八年政治綱領和一九三一年的政治綱領。雖然這兩個綱領都有日共、中共和第三國際在起草、審定上的影響，但畢竟也是台灣馬克思主義者參加起草、審定的文獻。二八年綱領中有關勞動運動、農民運動、青年運動、婦女問題和赤色救援會等方針策略的提綱，是由林木順總結起草的。現在就兩個綱領關於台灣社會（生產方式的）性質、變革（革命）運動的性質、階級分析、變革對象和變革主力等各方面的理論認識，做最概括性的介紹。

一九二八年綱領

（一）社會性質：殖民地台灣社會「一方面存在著（日帝資本）占支配地位的高度資本集中，同時又存在著台灣本身落後、幼稚、依附性的資本。在台灣農村存在著非資本主義（封建）經濟要素」。用現在的話來說，就是「殖民地半封建」社會了。

（二）變革運動的性質：封建的地主・佃農關係、總督府獨裁政治、日本金融資本與台灣封建地主階級的結合……凡此皆規定了台灣革命的「資產階級民主革命」性質，即反對日本帝國主義和反對封建主義的民族・民主革命。

（三）階級分析：二八年綱領將台灣社會階級劃分為九個，即日帝大資產階級；「反動資產階級」（指台灣本地以地主為基盤的、有濃厚封建成分、依附於日本金融資本的大資產階級）；「進步資產階級」（指從地主階級演化出來的城市工商資產階級），日本帝國主義資本阻礙他們的充分發展，又身受歧視與壓迫，使他們帶有一定的革命性，但也有妥協動搖性；小資產階級，指的是小商人和小企業經營者，經濟地位不穩固，在日常中受日帝經濟壓迫而瀕於破產，故有較資產階級熱烈的革命性，但也帶有動搖性，其他教員、知識分子也屬於這個階級；大地主階級是日本帝國主義的反動走狗，依靠對佃農的現物榨取而存在；中地主，指占農村人口八％

而擁有二八・八％土地的地主階級，有資本主義傾向，但也與進步資產階級有聯繫；自耕農階級，他們占農村人口三〇％，占有二三％土地，因農村工業的發展、土地集中、日帝強徵土地而日益零落，瀕於破產，淪為農業無產者與貧農，故有其革命性；貧農和農村工資勞動者，他們蒙受日帝和本地地主階級的雙重壓迫，是農村中最低下的階層，農村工資勞動者指農村工廠工人、農場僱工及從農村分化出來的自由勞動者，而集結在農民組合旗下的農民，是自耕農、農村工人和貧農，正與日帝展開殊死的鬥爭；工人無產階級，占全人口三〇％，在世界不景氣中，提高了政治與組織的自覺，但尚未結成獨立的階級勢力……

「二八年綱領」雖然把台灣社會階級細分為九種，強調由工人階級領導、團結貧農和其他帶有不同程度革命性的小資產階級，進行「資產階級性的民主革命」，以完成反日帝而自日帝取得民族解放與獨立，並打倒封建主義，完成資產階級性質的民主革命，最後向社會主義過渡。綱領批評當時文協左派和工農運動的骨幹多為進步小資產階級和青年學生，有「左」傾現象，對殖民地台灣社會殖民地半封建性認識不足，從而主張直接進行社會主義革命的傾向，加以批評，力言台灣革命是台灣無產階級為領導核心，結成廣泛的統一戰線，展開「資產階級民主革命」。

但是特別受到一九二七年中國革命受資產階級叛變出賣所遭受的慘烈「清黨」的鎮壓與迫害的歷史經驗影響，二八年綱領仍然對台灣資產階級的革命性之動搖和薄弱性，加以強調，警惕資產階級在革命中走向反動。饒有興趣的是，和許乃昌一樣，二八年綱領既強調革命的資產階級民主性，又不憚於強調革命最終向社會主義必然轉化的展望，理由是：革命由台灣工人階級領導、中國與日本革命的社會主義展望（以及蘇聯的壯大），等等。

一九三一年的綱領，雖然更多地受到主要是中共，其次是國際的影響，但相對地台灣馬克思主義者已進一步有了自己起草各項提綱的能力。例如三一年綱領中政治提綱、勞動運動提綱、農運提綱、青運提綱和婦運提綱，分別由蘇新、蕭來福、陳德興、吳拱照和莊守起草。趙港、王萬得也是當時主要的馬克思主義者。

和二八年綱領相較，受到當時中共激進化的影響，三一年綱領把台灣的階級分析簡化為日本獨占資產階級、地主階級、依附性或買辦資產階級、小資產階級、工農階級和「勤勞大眾」。對於台灣社會性質，綱領認為台灣是「高度發達的日本人資本主義與殖民地落後的自然經濟、小手工業」的結合體。較諸二八年綱領，三一年綱領對台灣大小資產階級採取更消極和不信任的態度，強調了台灣資產階級對日本大資本的依附性、買辦性和地主階級根性。因此雖然綱領規定台灣革命的性質仍是「資產階級民主革命」，但將資產階級（「小資產階級」除外）完全排除在革命的主力——工農、小資產階級和勤勞階層……之外，主張「孤立資產階級」，直接實行「土地革命」以消滅地主封建勢力，並且在「農村與工廠進行激烈的階級鬥爭，打倒日帝，建立台灣工農民主政權（蘇維埃）」。然而綱領又認為當前革命的性質「仍為資產階級性的工農民主革命」，是進入社會主義革命必由之路。而與許乃昌、二八年綱領一樣，三一年綱領更熱烈地提出台灣革命在島內外革命形勢下最終向社會主義革命移行的展望。

一九三一年，日軍發動侵攻我國東北的戰爭，日帝在島內展開對於各反帝、反殖民社會運動的全面「檢束」（起訴）。文協、民眾黨、農組和台共先後遭到徹底的法西斯鎮壓。但從黨和其他陣線四散的力量，逐漸移轉到台灣文學戰線，繼續和敵人進行曲折的鬥爭。直到一九三四年左右，台灣文藝界仍熱烈探討大眾語、大眾文學這些左翼文學理論。從台灣馬克思主義文藝理論史的觀點看，一九四三年皇民文學派西川滿、濱田隼雄、葉石濤，和反帝民族主義派世外民、吳新榮、台南雲嶺和伊東亮（楊逵）關於評價台灣新文學中現實主義的爭論中，楊逵的文章〈擁護狗屎現實主義〉最見突出。一九四三年，日本當局要全面將台灣新文學納入文學為侵略戰爭服務的「台灣文學奉公會」，西川滿在《文藝台灣》發表了〈文藝時評〉，辱罵台灣新文學批判現實主義傳統是「狗屎現實主義」，頌揚日本文學的唯美主義傳統，最後又大力宣傳為侵略戰爭服務的皇民文學。楊逵的駁論提出審美的階級性（農民、農業、農作物對「屎」的評價），更以靈活的辯證唯物主義討論了浪漫主義和現實主義的對立統一。楊逵說真正的浪漫主義是從現實出發，並對現實懷抱熱烈的希望，盡力去改革現實中的醜惡，發揚現實中存在的亮光，凝視現實，克服現實中的「否定要素」，培養否定要素中的肯定要素，轉換否定與黑暗為肯定與光明。而真正的現實主義，也是立腳在（敢於改造、敢於勝利的）浪漫主義……楊逵文章說理深刻，處處發揮辯證唯物論的智慧，義正詞嚴，在戰爭末期日本法西斯氛圍逼人的時代，勇於鬥爭，捍衛了台灣新文學的批判現實主義傳統。這是台灣馬克思主義文學論中相當重要的文獻。

抗日戰爭爆發後，身在大陸從事抗日活動的台灣人革命家李友邦，在一九四一年發表了題為《日本在台灣之殖民政策》的小冊子，以歷史唯物主義的方法，分析自十九世紀後半以迄四〇年代初的台灣社會經濟性質。他和前此台灣社會性質論的分析略為不同的是，他強調鴉片戰後台灣封建經濟的崩潰，占優勢的日帝資本已經一掃農村自然經濟，將台灣經濟納入日帝的國民經濟。但他也指出日帝在台保留了封建主佃榨取關係，日帝和台灣封建大地主階級相溫存的關係。李友邦也指出台灣本地資產階級反帝革命意志的動搖性和軟弱性，與受薪小資產階級參加革命的可能性。然而李友邦的變革理論最終卻強調殖民地台灣內部在日帝強化支配下，民族矛盾的絕對性，以「各階級共同的（民族解放）利益為基礎」，引導民族（反帝）運動之發展，最後先打倒日帝而自日本獨立，然後與中國革命合流，使台灣復歸於中國，完成民族的解放與統一。《日本在台灣之殖民政策》，今日視之，可能還有進一步討論的空間，但無疑是台灣馬克思主義者有關殖民地台灣社會性質論的不能忽略的文獻。

一九四五年日本戰敗，台灣自殖民統治下解放。從一九四五年底到一九四九年末，大陸和台灣之間很快地納入當時全國的政、經、文化和思想的共同的潮流。舊台共人員如蘇新、謝雪紅復甦，在文化和社會運動中活躍。一九四六年中共省工委來台，吳克泰、周青、陳炳基、葉紀東等年輕的共產黨人在中國新民主主義革命下活躍。在這個時期，台灣的變革運動自然成為中國大革命的一部分，自然沒有特別發展台灣一省革命理論的需要，而仁人志士，無不投入大革命的實踐中，後來有的在四七年二月事件後西渡大陸，更多的人仆倒在五〇年代白色恐怖的暴風中。台灣優秀作家呂赫若、簡國賢、朱點人、徐瓊二等人毅然奔向了革命實踐，潛入地下，最後都壯烈犧牲。

但出人意表的是，一九四六年到一九四九年間，台灣的馬克思主義文藝理論，有了高於日據期的豐碩成果。一九四五年底開始，有些進步的大陸文化人來台，和台灣本地進步知識分子共同從事進步文化宣傳啟蒙的工作。在文學上，一九四六年開始配合大陸進步文藝機關的號召，紀念魯迅，論述魯迅。在創作作風和創作方法上，宣傳文藝作家深入人民群眾的生活，主張對日據下台灣文學進行為了再出發的反思，提倡大眾的、人民的文學，提倡現實主義的文學和宣傳民主鬥爭的文學，並確立了台灣文學是中國文學組成部分之論。這些理論家有楊逵、范泉、賴明弘、樓憲、張禹、王思翔和龍瑛宗。

一九四七年十一月開始，在《台灣新生報》歌雷主編的《橋》副刊上展開了一場延續到一九四九年春天的，關於如何重建光復後台灣新文學的熱烈的討論，參加議論的有省內外作家和文化人、文藝批評家，很大一部分人都使用或素樸、或深刻的馬克思主義批評的方法和語言，而其中最重要的是本省作家楊逵和省外作家羅鐵鷹的論文。

一九四八年六月二十五日，楊逵發表〈台灣文學問答〉，對當時台灣文學界共同關切的若干問題提出了思想深刻的回答。楊逵說，中國各省各地都沒有特別標榜各省各地的文學，但在四八年當時，卻有提倡「台灣文學」概念的必要。這是因為五十年殖民統治為台灣帶來一定的社會、歷史和生活的變化，造成光復初期省內省外人士之間的隔閡。光復後，有識之士，莫不為消除此隔閡而努力。深入台灣人民的生活，表現當時台灣人民的遭遇、苦惱、思想和感情的「台灣文學」，甚有必要。

楊逵認為「台灣文學」不能與中國文學對立而論，因為「台灣是中國的一省，台灣文學是中國文學的一環」。然而台灣「託管派」、「親日派」、「拜美派」要發展他們的文學，就與中國文學對立起來。這種文學是「奴才文學」，不得人心，不能發展。

二二八事變以後，特別是國府當局常常說台灣人民受日本奴化教育，才對陳儀集團的統治有了二心。這種說法很引起省內知識分子的反感。楊逵的回答說，自有階級和（帝國主義）民族壓迫，壓迫階級和民族就對被壓迫階級和民族進行「奴化教育」，以利統治。但有人為自己私利被奴化了，但「絕大多數人不被奴化」，而且起而反抗，支持抗日鬥爭（領導過幾萬農民組成的「台灣農民組合」的楊逵當然對此有深刻的體會）。楊逵說當時的台灣「託管派」、「拜美派」就是被奴化的人。楊逵說，國府法西斯獨裁統治和長期隔閡，「使台灣人民無從接觸」當時大陸「很高的文化」（指民主革命思潮）。省內省外有識之士，應該力爭深入省內與省外人士間的交流與團結，「到人民中去，支持和理解台灣人民。這正是當時『台灣文學』的任務」。

就是這樣，緊密聯繫了一九四八年全中國國情，楊逵提出了「台灣文學」寫什麼——寫台灣人民的生活與現實；寫誰——寫廣泛台灣人民的生活與苦惱；為什麼寫——為了反映台灣社會和歷史真實，增進省內外同胞的民族團結，為了反對獨裁政治、反對親美崇日和分離主義的「奴才文學」。在有關「台灣人民思想被日本奴化」的問題，楊逵以歷史唯物主義和階級論，論證統治階級（或民族）的奴化教育自古有之，但不都能達到奴化的效果。拒絕奴化、果敢地為解放而鬥爭的史實所在多有。

一九四八年七月三十日起，駱駝英（羅鐵鷹）在《橋》副刊連載了長文〈論「台灣文學諸論爭」〉，為這次的廣泛論議做了總結。文章的要旨如下：

（一）四〇年代當時「中國革命的歷史特點，規定了中國文學反帝反封建的任務」。文學應該在四八年當時「反帝民族革命時代」中，在民族民主立場上、在反（美）帝、反封建原則下構成廣泛的統一戰線。

（二）駱駝英說，一方面台灣直接受到日本統治五十年，台灣新文學反帝反封建的精神實倍於大陸文學，而予以高度評價。但他也同時認識到殖民地台灣孤懸海外，孤獨無援地面對日帝壓迫，所以台灣文學除了表現反帝抵抗的精神，也有少部分表現出悲觀、絕望的消極精神。

（三）他提出要把台灣的「特殊性」與內地中國的「一般性」做歷史唯物主義的辯證的認識。駱駝英從台灣社會經濟史觀點，回顧了鴉片戰爭以至馬關割台的歷史，來說明台灣是中國半殖民半封建社會的一部分而不是自來獨立的社會被日帝割占，也是日本帝國主義長期侵凌中國人民之歷史的一個組成部分。四八年當時的台灣社會，因四五年光復而成為中國半殖民半封建社會的一環，因此台灣社會既有其歷史發展的「特殊」性，也是中國「半殖民・半封建社會」的普遍（一般）性格的具體顯現形態。要看到一般性，同時也要看一般中的特殊，即一般與特殊的辯證統一。而台灣社會的特殊性，「必然而且應該向內地人民普遍覺醒的一般性（指當時民主革命）轉化」。在一九四八年內戰形勢急轉直下的背景下，話中的思想，不言可喻。

（四）關於台灣文學要繼承「五四」還是超越「五四」精神的問題，駱駝英也以歷史唯物主義的方法提出了回答。他說，中國社會自「五四」以來，社會經濟有很大變化，但中國社會形態——

半封建・半殖民地社會的本質基本沒變。一九二七年後中國的工人階級逐漸覺醒，中國社會發生了量與質的變化。工人階級在各地建立了工農政權，一九四八年當時，中國革命「已經臨近了決定性的勝利」。因此台灣新文學「應該不但承繼五四精神和五四以來一切優良的傳統」，回到五四「反帝反封建」、「民主與科學」的原點重新出發。

（五）在台灣左翼文藝思潮史上，駱駝英在這篇文章中深入、系統地介紹了馬克思主義文藝理論。他討論了「消極浪漫主義」、「積極浪漫主義」和「革命浪漫主義」，討論了現實主義以及現實主義與積極浪漫主義相結合的革命的現實主義……他也討論了馬克思主義文藝創作理論中關於文學作品中的階級性、個性和典型性問題，使台灣馬克思主義文論相對於三〇年代的素樸、簡單，提高了很多。

一九四九年四月六日，國民黨當局先發制人，全面鎮壓受到大陸上的學生民主運動影響的、以台大和師院為中心的進步學生，和學運有聯繫的楊逵、《台灣新生報・橋》副刊主編歌雷及文藝論爭主要角色孫達人被捕下獄，雷石榆遭驅逐，隨之茫茫無際的五〇年代反共肅清撲面而來。台灣馬克思主義者、傾向者、組織、哲學、政治經濟學和文藝理論被連根剷除，反共法西斯主義在內戰與國際冷戰雙重結構下成為窒息性的反共「國家安全」體制，全面破壞了台灣馬克思主義的傳統。

從一九五〇年，一直到一九七〇年的保釣運動前後，台灣被編入美國遠東反共反華的冷戰前線。極端的反共主義和經由美國「援助」體系、留美體系，美國冷戰意識形態和右翼自由主義經由美國宣傳、教育和意識形態機器所培養的大量台灣親美精英長期統治台灣。在文藝界，戰後美國冷戰意識形態之一翼的，以美國為中心而擴散的「現代主義」、「抽象主義」、「超現實主義」，在四七年迄四九年台灣左翼文論被粉碎後血腥的泥土上，逼開陰白顏色的花朵，支配了台灣的文學與藝術。三〇年代以來台灣和大陸發展的進步文學和文論傳統被全面禁絕，台灣文壇變成了外來文學的殖民地。

一九六〇年代末，以美國為中心，連帶在歐洲、日本等地爆發了左傾的學生和校園運動，標榜反對美帝國主義、反對越戰、反對歧視黑人，主張改革高教課程，增進校園內進步課程和言論的自由，也主張重新認識中國、越南、古巴和中南美洲的革命。在進步學生和教師、知識分子的推動下，風雲迭起。受到其影響，台港留學北美的部分學生受到震動，逐漸形成星散的馬克思主義研究小組，重新研究和認識中國革命及三〇年代左翼文學。因此，一九七〇年保衛釣魚台運動發生後，運動很快地左右分裂，是自然的事。在釣運左翼，產生了比較系統深入研究馬列主義的個別的知識分子，在文革結束、保釣運動歸於沉寂時，還有個別的幾個人至今日猶繼續沉思馬克思主義和中國革命諸問題。對於這些人，應該提到許登源、金寶瑜、蔡建仁和李義雄、林孝信等人。在熱火朝天的文革中探索馬克思主義、毛澤東思想的這些知識分子，在八〇年代展開的大陸「開放改革」等重大的生產模式的轉變引起了他們批判的關心。重新審視中國社會主義，再思與捍衛毛澤東主義，討論毛澤東以工農聯盟發展中國經濟的方針、毛澤東以群眾運動作為中國社會主義革命的策略、毛與劉鄧關於「勞動改革」(labour reform)的不同觀點、毛澤東關於社會主義社會中資本主義復辟的理論、中共黨的階級性質……這些思想探討，一直延續到九〇年代。對於中國社會主義變化的憂思，不可避免地使他們重思左派與民族、國家的關係，及民族與階級、國際與國家諸問題，終至於發展為部分保釣左派與(中國)民族主義、國家認同相悖而形成一種台灣一島社會主義變革的強烈傾向。在另一方面，從九〇年代中後，特別是金寶瑜的論文中，表現了她對資本全球化與第三世界、國際貨幣基金會、世界銀行和世界金融獨占資本主義的批判的分析。而蔡建仁、林孝信返台後孜孜矻矻致力於運動實踐，相對較少發表論文。

在七〇年代的台灣文藝界，受到北美保釣左派的曲折的影響。前文已經說過，保釣左派利用在北美比較「自由」的環境，和各大學東亞研究機關豐富的藏書，方便許多人去尋找中國革命和三〇年代左翼文學作品與理論，從而改變了世界觀、人生價值，也改變了對文學藝術本質、創作對象、作品創作方法的觀點，逐漸否定了新殖民主義的外來「現代主義」、「超現實主義」而重新回到為民眾寫、寫人民群眾、重視文學的中國民族傳承，強調了作品的民族風格、民族形式的左派文論傳統，對台灣政治、經濟、文化的對外附庸化，提出強烈的批判，而對六〇年代末台灣社會經濟性質，也提出了素樸卻重要的「殖民經濟」論。雖然總地說來，在法西斯戒嚴時代，鄉土派文學理論未成體系，質樸而無法深入展開，但從台灣文藝思潮史看來，一九七七年到七八年的鄉土文學大論戰實際上接續了中斷了二十年的「文學寫台灣人民及其生活，文學講民族形式和風格；台灣文學是中國文學的一環……」這在一九四七至四九年台灣新文學論議中提出的左翼文學理論的傳統，衝破了五〇年代白色恐怖後文學領域上內戰／冷戰意識形態，在沉重壓力下，戰勝了反共文學和外來新殖民化文學，影響深遠，是台灣左翼文學及其理論的一次奇蹟般的復甦。

從一九五〇年代大肅清後，台灣少數士紳與來台省外右翼民主人士發展的資產階級民主運動，與一九四六年到一九四九年全中國的民主運動（反蔣獨裁、反美反日、反內戰、要求和平建國）的性質完全不同，自始就帶著反（國民黨法西斯）獨裁、親美、親日、反共、不反美日帝國主義、以「民主自由」的台灣充當外國勢力反共冷戰前線等這些特質。謝雪紅一再告誡「反蔣也要反美」的卓見，不見容於這些台灣戰後歷代資產階級民主化運動。發展到「美麗島事件」之後，乘七〇年代後國府外交合法性破滅之時，突變為反民族分離主義。台獨論議一時成為意識形態霸權，但至今尚沒有見到他們以嚴謹的社會科學知識建構的系統性的理論著作。

前文說過，保釣左派在北美洲尚見餘緒，並且在理論上留下了一些不能磨滅的跡痕。在上述極概括性的台灣馬克思主義思想史上，二十一世紀出台的年輕一代馬克思主義者杜繼平的定位，就初步表現在這本文集《階級、民族和統獨爭議：統獨左右的上下求索》了。

我以為這本書在台灣馬克思主義思潮史上，至少有這幾方面的特點：

(一)作者廣泛、全面通讀並研究了大量馬恩列的著作系統，徵引廣博，據以分析和批判重要的知識和思想問題，是三〇年代以來台灣馬克思主義者留下的文獻中所少見。

(二)和戰前甚至七〇年代的台灣馬克思主義知識分子不同，杜繼平也深入研究了各家激進的發展社會學派，在傳統馬克思主義基礎上，添加了諸如西方馬克思主義、依附理論、世界體系論等新的裝備。例如本書中從世界體系論分析和批判了台灣民族分裂主義，就有新的視角。而即使在大陸，在八〇年代之前，馬克思主義的研究也很少與戰後世界上以馬克思主義為基礎發展出來的新的社會科學理論和學派有碰觸的機會。

(三)在馬克思主義研究的基礎上，為了批判和理解，杜繼平也一絲不苟地通讀一些右派的、自由主義的，在當代國際學界中哲學、社會科學領域起作用的西方論著。而且因為這樣，杜繼平才能廣徵材料，揭發和批判台灣分離主義「理論家」歪曲、斷章取義、濫用西方右派、自由主義派、反馬克思派的理論為分離主義服務的學術詐欺，揭破何六九對於西方自由派關於「公民民主主義」論等問題的一知半解。本書中〈做一個理直氣壯的左翼統一派〉就是這一類文章的代表作。在〈跳蚤「左派」的滿紙荒唐言〉中，也揭發了陳芳明對馬克思主義、後現代主義、後殖民主義的認識錯誤甚至無知，擊中其知識詐偽的要害。

（四）杜繼平廣徵博引馬、恩、列的原典，說明和論證了馬克思主義對於階級與民族的關係，階級運動與民族獨立、國家統一運動的關係，關於無產階級只有以一個統一強大的國家為條件成長、發展、奪取國家政權，關於國際的聯合只能以各個獨立民族國家為條件，以及關於左翼將祖國、愛國主義這些概念拱手讓給反動右派的危險性等重要問題。這些論述很及時地為文革後台灣新舊左派只談階級、忌談民族與國家、忌談愛國主義和民族主義、忌談建設統一獨立的中國，甚至有人不同程度地向台灣一島社會主義傾斜的思想迷亂與苦悶，提供了新的參照架構和深刻的啟發。我個人就覺得受益不淺。

（五）從一九五〇年迄今，美帝國主義干預中國內政，培養台灣分裂主義，使台灣成為反對中國人民、反對東亞人民的冷戰戰略前線，在台灣淪為現實上美國新殖民主義保護區的現時代，作為台灣的馬克思主義知識分子，杜繼平和其他一些避談民族統一的「左」派不同，始終旗幟鮮明、針鋒相對、不假辭色、果敢堅決地對台灣反中國的民族分裂主義進行猛烈的鬥爭，揭穿台獨派諸「理論」的誤謬，暴露其為美日新帝國主義的扈從奴才根性，表現了一個馬克思主義者和現實及歷史中矛盾核心緊密聯繫的批判精神，以及勇於面對歷史的反動做堅決、及時鬥爭的氣概，震動人心，令人讚佩。

（六）杜繼平對當前中國從社會主義的蛻變（transition from socialism）懷抱嚴肅、認真的關注，並在一九九二年到一九九九年在大陸留學，親自觀察、體會、調查了這一場巨大變化。對於這個變化，杜繼平毫不曖昧地、批判地認定當前大陸的生產方式已經資本主義化。他不苟同把一九四九到一九七九的社會主義建設說得一團漆黑的論調，實事求是地對中共建國後的前三十年的思想、方針、建設給予科學的評價。但另一方面，他並不因當前大陸經濟的資本主義化而只談階級，不問民族，或向一島社會主義傾斜。正相反，他清楚認識到中國民族統一、建設獨立強大的國家對於包括台灣無產者在內的中國無產者形成更強大的階級，促進台灣和祖國大陸新的變革的重要性。

相應於大陸經濟社會的重大變化，當前的大陸也正在展開「新左派」和「自由主義」派的深刻理論爭議，台灣的左翼知識分子終究不能自外於這一場或下一場論爭。像杜繼平這樣的新生代台灣馬克思主義者，應該自覺地刻苦學習和鍛鍊，早日成長，以與大陸學界以「等身高」的地位，共同探討國際獨占資本主義必欲全面支配和剝奪全世界的歷史時代中，包括台灣在內的中國再變革的前程，從大陸經過一九四九年的大革命、三十年社會主義建設、旋又與世界體系「接軌」的歷史和社會經驗出發，為世界被壓迫人民探求新的解放與發展的理論與實踐的方針。中國的馬克思主義者沒有理由不像印度、中南美、中東所產生的幾個國際性的、批判的發展理論家那樣，適時出現中國的、屬於全世界被壓迫各民族與人民的變革的、批判的發展社會學派。這就不能不寄厚望於像杜繼平這一代年輕的包括台灣在內的中國馬克思主義的學者了。

無可諱言，特別在「蘇東波」巨變和中國社會主義實踐的蛻化之後，馬克思主義在全球範圍內相對正處於退潮的時期。但同樣地絕不可忽視的，是馬克思主義在當代各派學術、思想領域中，仍然具有強大的威信和深刻的學術理論影響。但，由於歷史原因，台灣的馬克思主義理論和實踐傳統，不能不說一般的薄弱。因此，把杜繼平這初收的理論果實，擺在台灣馬克思主義思想與實踐史中去評價，本意在對杜繼平和少數一些在當前台灣的這裡和那裡結成小規模馬克思主義讀書、研究小組表示敬意，並且為了像我這一代已老的「左」派，由於用功不足、實踐無力而給今日青年留下一個思想空虛荒蕪的局面，使他們步履艱難，表示深深愧對後之來者的懺悔、自責，與對他們的努力的感謝。

二〇〇二年六月廿二日　病中

初刊二〇〇二年七月《左翼》第二十五號
收入二〇〇二年九月人間出版社《階級、民族與統獨爭議：統獨左右的上下求索》（杜繼平著）

1 本篇收於《階級、民族與統獨爭議：統獨左右的上下求索》時篇題為〈序〉。

反對言偽而辯——陳芳明台灣文學論、後現代論、後殖民論的批判・序

從事學術研究，很難於不受到研究者主觀的政治傾向、意識形態立場的影響。但研究論文畢竟不能等同於政治宣傳品，應該有尊重邏輯和知識的科學精神，和真誠嚴肅的治學態度。

陳芳明在台獨派台灣文學的「研究」方面，產量較多，寫書較快。但總體看他的文章，借用年輕一代基進學者杜繼平對他的評價：「思想庸妄錯亂……學殖淺陋事小……還缺乏起碼的知識真誠。為文論事，言偽而辯，權盡曲解事實與所引材料之能事，」「憑藉台獨教條，肆意強暴台灣史料，以曲為直……」。杜繼平的評議，語義猛峻，但相信大多數讀陳芳明論文的態度嚴謹的學者，應不會以為酷評。

收在本書中呂正惠教授的〈陳芳明「再殖民論」質疑〉，以數理邏輯上的「歸謬法」，以嚴謹的推理和詳實的客觀忠實與史料，論破陳芳明以台灣戰後政治為「再殖民」的虛構與嚴重的謬誤。其次呂正惠也從陳芳明為了替台獨政治和史觀服務，而玩弄二元對立的「書寫策略」，揭發

其「言偽而辯」。陳芳明把（陳儀）復台的（惡質）民族政權和日帝總督統治等同起來，從而「建構」台灣人／中國人、官方／民間、台灣特性論／中國共性論、台灣方言／國語政策……等二元對立的論述，而為達到此目的，並斗膽、恣意強暴史料、篡改史實，到了肆無忌憚的地步。對此，呂正惠特別以陳芳明處理《橋》副刊上建設台灣文學論爭時對昭昭甚明的史料之歪曲、斷章取義，和對前賢楊逵光復初期文藝思想的蠻橫、無忌憚的曲解、斷章取義，加以痛切撻伐……

杜繼平的〈跳蚤「左派」的滿紙荒唐言〉是針對陳芳明與陳映真就有關歷史唯物主義關於「社會性質」（社會生產方式之性質）的爭論文章中，以全面、嚴謹的馬克思主義訓練和學養，痛切批判陳芳明對馬克思主義歷史唯物論的徹底無知，而猶厚顏不知以為知，大膽詭辯到荒腔走板的地步。在批評陳芳明長期偽裝為懂得「馬克思主義」的「左」派之後，杜繼平接著批判陳芳明在有關謝雪紅、台共黨史和台灣史諸問題上的恣意歪曲，曲解台灣史、台灣無產階級運動史，把他主觀唯心的台獨反民族意志強加於客觀史料，放膽顛倒是非、混淆黑白、顛倒曲直，揭破了陳芳明一貫的學風。

曾健民的〈戰後再殖民論之顛倒〉和〈台灣光復初期歷史辯誣——可悲的分離主義文學論〉是從他近五、六年來蒐集、研究光復初期（一九四五—一九四九）的具體、客觀史料，來論破陳芳明的一些關於光復初期史的台獨派刻板化、謊言化的教條。〈戰後再殖民論之顛倒〉首先以社會科學對殖民主義的通論，批判陳芳明主觀唯心主義、毫無科學性的「再殖民」論。他並且引用光復來台推行國語的官僚的文章、報紙社論率皆主張以禁日語——而不是禁台灣通用閩南方言來推行國語，甚至以閩南語為基礎推行國語之論，批駁陳芳明光復初國府強制禁日語，並強制推行國語，而使一代台灣人「失語」之論。曾健民並以日據五十年前仆後繼的在台灣之祖國復歸運動史，批駁所謂光復來台接收的政權——姑不論其如何惡質——都在理論上說成「外來政權」之誤謬。〈台灣光復初期史辯誣〉也是以大量光復初期報章雜誌和文學作品原資料，指出陳芳明恣意以竄改、斷章、惡用材料、扭曲光復初期諸前賢的文章、作品與思想，據以偽證光復＝再殖民之論。曾健民也瀝選台獨派和美國人在冷戰背景下蠻橫歪曲《開羅宣言》，炮製「台灣地位未定論」。曾健民論證殖民政權和民族政權——儘管這個民族政權如何惡質——在本質上的區別，以指責陳芳明將陳儀政權等同於日帝總督府權力的爛言。他並引用大量的文獻資料，揭發陳芳明恣情竄改、揑造、歪曲史料，為其台獨政治服務。曾健民也以具體史料，論證光復初期台灣進步的省內外文化工作者在輿論、文學、美術、戲劇和文化各領域中蓬勃的合作、交流與論議關於如何使台灣文化和藝術復歸於中國，來論駁陳芳明和一般台獨派大論總是把光復初期台灣文化界、言論界在陳儀當局的「台灣人被日本人皇民化、奴化」的暴論的威壓下一片荒蕪，噤默無聲……類此強詞歪曲史料，欺天下耳目的伎倆繁多，不一而足。

本書所收陳映真針對陳芳明野心之作《台灣新文學史》（未成書，論爭時正在《聯合文學》月刊連載）中關於他宣稱要以「台灣社會性質」為準繩對台灣新文學史進行史的分期，並從而「以後殖民史觀」「建構台灣新文學史」。從而對陳芳明的那篇〈台灣新文學史的建構與分期〉（《聯合文學》一九九九年八月），寫了〈以意識形態代替科學知識的災難〉（《聯合文學》二〇〇〇年七月）指出陳芳明對馬克思主義歷史唯物主義中所稱「社會性質」＝「社會生產方式性質」理論的完全無知，從而批評了他的台灣社會性質「三階段論」＝殖民地社會（一八九五—一九四五）、「再殖民社會」（一九四五—一九八八）和「後殖民社會」（一九八八—）立論之歷史唯心主義和對起碼的社會科學之無知。在二〇〇〇年八月號《聯合文學》上，陳芳明寫了〈馬克思主義有那麼嚴重嗎？〉加以回應，自此一來一返，陳映真寫〈關於「台灣社會性質」的進一步討論：答陳芳明先生〉（同前揭，二〇〇〇年九月）、〈陳芳明歷史三階段論和台灣新文學史論可以休矣〉（同前揭，二〇〇〇年十二月）和〈駁陳芳明再論殖民主義的雙重作用〉（《人間思想與創作叢刊5・因為是祖國的緣故……》二〇〇一年秋冬（二〇〇一年十二月））。

陳映真在論爭中揭發了一貫以「左」派自居的陳芳明實際上對馬克思主義哲學和政治經濟學驚人的、完全的無知，也生動地暴露了他那一貫不忌憚於強以不知為知，被詰問他所不知的知識時，他也不憚於裝聾作啞，就更不必說他斷章史料、蹂躪史實、作踐學術真誠的學風。對於陳芳明這種學術詐偽，本書不同作者幾乎都不約而同地從他們的論文中取得一致的評價。陳映真和陳芳明長及一年許的「爭論」，陳映真的論文四篇皆收在本書中，而陳芳明的回應三篇，也收在今年四月麥田出版社出版、王德威編、陳芳明著《後殖民台灣》一書中，讀者可以比照閱讀。陳芳明在這本新書中寫〈我的後殖民立場〉為序文，集中地表現了他關於後殖民文藝批評的錯誤認識，將在以後的機會加以批評。

這次批評陳芳明的論爭，基本上沒有引起學界的廣泛反響與參與，這是有其原因的。但我們以為爭論至少取得了這些成果：（一）介紹了以馬克思主義歷史唯物主義的方法去分析和認識台灣自日據以來的社會經濟歷史，以及與之相應的、包括文學在內的意識形態本質。這在五〇年代以降反共、自由主義學派為主流的台灣，是繼四七年至四九年及七七年鄉土文學論戰後的左翼文論的發展；（二）以馬克思主義的社會科學和光復初期大量台灣文獻，論破台灣光復後社會為「再殖民」社會的非科學性和欺罔性；（三）揭露了陳芳明治學為文的品格。

有關台灣史、台灣新文學史的反帝、民族統一派與扈從外來勢力的反民族分離派鬥爭，正方興未艾。我們將繼承楊逵以分離派、「拜美派」文學為「奴才文學」的、鮮明的民族文學思想路線，堅持和文化、文學的反民族論周旋到底！

二〇〇二年七月一日　病中

初刊二〇〇二年八月人間出版社《台灣新文學史論叢刊3・反對言偽而辯——陳芳明台灣文學論、後現代論、後殖民論的批判》(許南村編),署名許南村

全球化浪潮下第三世界文學的前景[1]

夾處在民族解放與冷戰體制下二十世紀第三世界文學的處境與歷史經歷

一九二〇年代－一九四五年

（一）中國自鴉片戰爭後逐漸淪為半殖民地、半封建國家。台灣在這個淪落的總過程中，先與中國淪為半殖民地半封建社會。一八九五年，日清戰敗，台灣再淪為日帝下的殖民地半封建社會。

（二）和在帝國主義時代淪為殖民地的社會一樣，中國展開為自救、自求解放的運動。一九一二年辛亥革命，一九一九年五四運動，一九二四年的北伐革命……都是帝國主義下追求民族解放的全民族運動。

二〇〇二年七月

(三)眾所周知，五四運動的重要一環，是新文學運動。五四新文學運動打倒舊的語言和文學，主張使用市民階級的白化漢語。在思想上，以文學作品反對封建主義、反對帝國主義、改造國民性，宣傳包括馬克思主義在內的新思潮。第三世界的現代文學，都是在帝國主義時代作為反帝救亡啟蒙運動的一翼而發展。一九一八年魯迅〈狂人日記〉以後，中國新文學的蓬勃發展就是生動的說明。

(四)殖民地台灣新文學運動受到祖國大陸五四新文學運動之影響而迅速發展。它也和五四運動一樣，歷經反對舊語文，介紹中國和世界新文學，開始以中國白話文創作文藝作品，產生了自賴和以下幾代新文學作家。

作品的主題，也是反對帝國主義和封建主義的統治。一直到一九三一年日帝全面鎮壓台灣反帝社會運動後，在文學戰線上還為了宣傳民族文學，大眾文學和大眾語(＝台灣話文)而展開熱烈的活動。

(五)一九三七年，中日戰爭爆發，日帝全面禁止漢語白話，但以日語創作的台灣作家仍然從事曲折的抵抗。楊逵一生的作品可為代表，甚至在日本全面進入法西斯戰爭時期，以楊逵為首的幾個作家還很勇敢地公然為捍衛台灣文學的批判現實主義而與日本皇民文學派進行鬥爭。

皇民化時期台灣也出現過少數幾個皇民文學家，不過人數少、作品少、作品品質低下，不足論列。

一九四五—一九四九年國共內戰構造與國際冷戰構造形成期與文學

(一)一九四五年戰後不久，國共和談，全國渴望和平建國。一九四六年國民黨發動全面內戰，中國全境發展反獨裁、反內戰的民主化運動，運動波及台灣(一九四七年一月沈崇事件學生反美運動；二月，民主自治運動及鎮壓；一九四九年四月學生民主運動被鎮壓……)。

(二)一九四五年台灣光復回歸「國民黨」中國(韓國為全民族全國殖民地化，戰後獨立運動因冷戰而使半島分裂為南北韓)。

在一九四五年底至一九四七年間，大陸有若干進步文化人、藝術家、評論家、記者來台灣，與台灣進步文化人合作、交流、辦刊物，為發揚「良性中國化」，批判國民黨「惡性中國化」展開熱烈的討論。

(三)一九四七年，二月暴動，三月鎮壓。這些進步省內外人士部分避難西渡大陸及香港。

一九四七年十一月至一九四九年四月，省內外文學家、文論家、文化人展開「如何建設台灣新文學」論議。其主要內容：

（1）反省日據時代台灣文學的局限與成就。

（2）強調台灣文學為中國新文學之一環，並為如何建設成中國新文學之一環而熱烈討論。

（3）台灣文學特殊性和中國新文學的同一性之辯證法的統一。

（4）介紹以歷史唯物主義為核心的大陸左翼文學理論，深入討論了現實主義、浪漫主義和新現實主義，及個性、階級性及典型性問題。

（5）辯證唯物地解決所謂「台灣人受日本奴化教育」等問題。

（四）一九四九年，國民黨敗退台灣前夕，四月六日鐵腕大舉逮捕愛國民主學生（台大、師院）及民主文學家、楊逵等共數百人，史稱「四六事件」，白色肅清揭幕。

（五）韓戰暴發，台灣編入世界冷戰前線，台灣現實主義的、民主主義的左翼文學作家、哲學及社會科學全面遭到徹底破壞。一九四九年戒嚴體制後，大陸新文學及台灣新文學即台灣日據下批判現實主義文學全面遭到禁止，違者投獄。

（六）代而起的是反共抗俄文藝、現代主義繪畫和現代主義文學（詩），自五〇—七〇年代統治台灣文壇。

（七）五〇年代後台灣文壇特色，在深受來自美國學園，美國文化機構輸入的文藝思潮的左右。五〇年代 modernism，九〇年代後 postmodernism。

（八）一九七〇年後的變化，以下再說明。

韓台文學歷程比較

日據時代

台灣：一八九五—一九一五年，武裝抗日，圖復歸中國，付出慘烈犧牲而失敗後，在非武裝抗日時期文化抵抗運動誕生了台灣新文學。

出刊了《台灣青年》、《台灣民報》等刊物，在日據下力保漢語語文，以漢語白話創作、評論，形成民族的公共空間。

朝鮮：一九一九年，三一獨立運動慘烈反抗與鎮壓，換來日帝相對性懷柔統治。報紙、雜誌容許刊行下，以韓文創作，發展抵抗文學。

- 作家皇民化問題、作家的轉向問題？
- 對「國民文學」的反省作業？

戰後民族分裂對立與國際冷戰結構疊合的時代

(一)民族在外來勢力介入下分裂對立。

(二)極端反共、國家安全主義下的軍事獨裁統治。

(三)在獨裁統治下經濟發展了的資本主義，與社會不正義等代價。

(四)左翼現實主義抗議文學的禁絕與斷裂。

(五)台灣：modernism、surrealism 成為冷戰意識形態的統治(一九五〇—七〇年代)下，居於主流、霸權地位的文學。

(六)南韓的情況？

(七)一九七〇—一九七二年保衛釣魚台運動使海外部分留學生的左傾化(台灣)：

(1)受六〇年代末美國學園左傾影響。
(2)重新認識中國革命。
(3)閱讀三〇年代中國文學作品。

（以上三項）海外影響到島內

(八)一九七〇—一九七三年現代主義詩批判：

提出民族形式、民族風格、大眾語言等問題，反對及批判外來惡性西化(現代主義)文學。

（九）一九七七—一九七八年鄉土文學論爭：

提出：大眾文學（語言、主題）和「在台灣的中國文學」論。

主張：民族形式、民族風格（vs外來文學）。

提出：台灣社會殖民經濟論（理論性尚素樸）。

（十）韓國純文學論與參與文學論鬥爭？

戰後反軍事獨裁與文學

（一）台灣：

（1）一九五〇—七〇年代反共抗俄文學，逃避現實的modernism，現實上受到反民主權力當局支持成為主流文學。

（2）非主流小說中的現實主義（樸素現實主義）：

鍾理和：寫土改後農村。

黃春明：寫對農村庶民的深切關愛，《莎喲娜啦．再見》、《我愛瑪莉》……對在台日美外來勢力的諷刺。

王禎和：寫在外國跨國公司中的農村出身小人物；寫越戰休假中心台灣的諷刺。

（3）但並沒有直接描寫民主鬥爭的文學作品——韓國情形？

（4）跨國資本文化衝擊作品：黃春明、王禎和、陳映真。

（二）與韓國的差異性：

（1）韓學生運動自六〇年代就曾打倒李承晚政權，自日據以來就有強大愛國主義、民族主義、民主主義和民主變革的傳統。

學生愛好文學，也是文學家的來源，造成戰後韓文學在愛國主義、民族主義和民主主義強有力傳統。

（2）八〇年光州事件後，韓國學生對民主化運動、反美統一運動提高了一大台階，使文化、文學、藝術運動也有進一步發展。韓國現當代文學反獨裁和愛國主義在七〇年代形成強有力傳統。金芝河、高銀、黃晳暎及評論家白樂晴等在七〇年代民主化鬥爭中的文藝界占著核心地位。作家常因創作民主文學被投獄。民主化運動與民族統一運動緊密結合。光州事件後，學運與社會科學運動、大眾文學運動緊密結合，民主文學影響力深厚。

（3）戰後台灣民主化運動本質上反獨裁，但親美、反共、不反帝，和文藝界關係甚遠，異於日據時代之文學與反帝民族、民主運動並列前進的傳統。台灣戰後民主化運動，不談民族統一，國民黨獨占了民族統一論議，違者入獄。

（4）一九七七年鄉土文學論爭使左翼文學復甦，但到了八〇年代，台灣民主化運動親美反共的本質使運動變為分離主義運動。台灣文學的分離主義論勃興。

（5）政權改易，分離傾向愈明。積極推動文化、文學、歷史教育的去中國化。台灣文學系所大量設立。

全球化與第三世界文學的前景

（一）「全球化」在本質上是國際獨占資本主義的全球化。電腦、通訊科技使全球性生產行銷管理及國際資本金融流動成為可能。使資本能以全球而非一個民族國家為市場，進行全球性投資、生產、行銷、廣告、流通與消費。

（二）意識形態宣傳上力言自由貿易、自由競爭、自由市場、自由流通和消費，使生活向上提升，共同富裕、自由的選擇、自由、民主。實際上資本主義體系由嚴格的等差組成。發達、強大國一次發達，次強大國與落後弱小貧困國間階序森嚴。支配與被支配，貧富強弱差等難於超越。

發達富裕強大國憑對資本、科技、金融操控，資源、媒體、資訊、通訊、強大殺人武器的獨占，享有「全球化」最大的利益。其他地區、民族、國家、地域，則貧困、環境崩壞、失業。全球性兩極分化益烈。

（三）強大國以世界性戰略維持全球化秩序，使別人付出代價：從屬化、民族分裂離散、宗教種族衝突、核武儲備及核廢垃圾場、戰爭危機及軍事基地化、喪失獨立民族經濟等。

（四）尤有甚者，全球化商品行銷造成各地域、民族傳統文化的消亡、文化認同的混亂，和文化、文學的極端商品化、庸俗化。以世界為範圍極高度發展的資本主義所造成極度商品拜物主義導致文學、藝術、心靈的枯萎。

（五）但飽受苦難、貧困、內戰、外來壓迫……的地域、民族和國家的思想家、文學藝術家更有能力和需要思索人的本質、人的自由與解放等問題。幾十年來，第三世界的思想家和社會科學家、文學家、藝術家，為此做出了巨大貢獻，表現了對於人與世界的終極性關懷。

（六）因此，在「全球化」下，第三世界的、地域的作家、文化人一方面有受到強大國思想文化意識形態在當地精英代理人支配、影響的隱憂，但也有發展與創作有意識地抵抗和超克虛構的全球化現代性、保衛各地域、民族的傳統，高舉人的自主、自由、解放與團結的思想和文學作品的條件。

（七）東亞地區自戰後存在著民族分裂對峙、冷戰前線化、國安體制下獨裁、外國軍隊的駐在、外國對各地域政治、外交、經濟的支配、地域性飛彈戰爭系統等共同問題和苦惱，東亞各國、各地區作家和文化人就可以形成團結，共同論議和創作，加以抵抗。

其他位居全球化世界體系邊緣的第三世界思想家、學者和作家、藝術家也可團結一致、形成批評強大國，尤其是美國為中心的全球化論壇，創造出超克資本主義全球化的空虛的現代性的論述和作品。

（八）在此意義上，韓國當代最具深刻人文關懷的傑出作家黃皙暎先生的來訪，並出版漢譯新作，有重大意義。

二〇〇二年七月二日

本文依據打字稿校訂

1 本文依據打字稿校訂，打字稿開頭標註「黃皙暎對談　2002/07/05　19:00」。本篇為與黃皙暎對談之提綱，對談紀錄〈認識亞洲鄰居：韓國文學與文人〉初刊二〇〇二年七月十四日《中國時報》第二十三版，收入全集本卷。

〔訪談〕認識亞洲鄰居

韓國文學與文人[1]

對於可敬的鄰居「韓國」，除了足球、韓劇，您還知道什麼？韓國作家黃晳暎應邀擔任北市駐市作家，為「重歐美輕亞洲」的台灣文化界開了一扇窗！何謂「民眾文學」？文學創作與閱讀是否有國民性格的差異？韓國與台灣是否仍是第三世界？請看這場精采對談的精華摘錄……（編案）

在這場週五夜晚舉辦的座談中，位於台北國際藝術村的現場，擠滿了剛結束一個星期來的辛苦工作、匆匆趕赴盛會的讀者、韓國留學生、韓僑，以及作家藍博洲、五〇年代白色恐怖受難者林至潔等人。

被稱為韓國最具諾貝爾獎得獎實力的作家黃晳暎一身黑衣勁裝，與抱病前來，仍聲若洪鐘、令人肅然起敬的作家陳映真，分坐沙發兩頭，各自暢談他們對於文學影響政治與社會的想法，主持人台北市文化局局長龍應台用一貫一針見血的談話風格，以台灣與韓國同經日本殖民、戰爭、民族分裂，也同樣受到歐美全球化的強力支配為討論基礎，向兩位作家提出各項問題，包括：對於皇民文學的看法、願不願意被稱為民族主義者、是否反省到中國與北韓也可能形成美國之外的帝國主義……等。

陳映真以事先準備的提綱侃侃而談，他認為台灣從殖民地時期，就受到中國大陸五四運動的影響，產生了賴和以下的幾代新文學作家。一九三一年後，台灣跟隨反帝國主義社會運動的文學戰線，民族、大眾文學也活動熱烈，甚至直到一九三七年中日戰爭爆發，以楊逵為首的幾個作家，還很勇敢地捍衛台灣文學的批判現實主義，公然與日本皇民文學派進行鬥爭。陳映真說，在韓戰爆發後，台灣被編入冷戰最前線，加上國民黨的戒嚴，所有左翼的文學作家與作品全面遭到破壞。現在，即使冷戰結束，在甚囂塵上的全球化口號下，第三世界、地域性的作家，應該團結起來，有意識地共同議論、發展與創作文學作品，抵抗資本主義虛構的所謂「全球化」、「現代性」，解放並保衛各民族的傳統。

向來喜歡提出異議的黃晳暎，則於對談一開始反對「第三世界」這個用詞，認為這個名詞是帝國霸權、軍事獨裁者所界定的，應該要找出更好的替代用語。他也提到，韓國皇民文學氾濫的情況，比陳映真告訴他的台灣皇民文學危害要嚴重得多，甚至到現在，兒童的教科書裡還可以見到這些作品，政府中也還有殘存的皇民文學勢力。他認為韓國只是抗議日本歪曲史實是不夠的，重要的是韓國人必須自己反省這些親日的行為。至於，是否是民族主義者，黃皙暎說自己並不是西方霸權定義下、為了自己民族利益不惜壓迫其他民族的所謂「民族主義者」，而他寫作的方向也是朝民眾文學方向前進，而非民族文學，至於南北韓統一的問題，他認為是民主而非民族的範疇。陳映真則說，除去外界固有的成見與定義，他算是一個民族主義者，因為面對強大國家的民族主義，弱小民族更需要民族主義來克服自我的對立。

另外，就日漸強大的中國與北韓是否有帝國主義之嫌的反省，黃皙暎主張以建立各地區的市民認同、建立市民社會，來部分代替統一的概念，也期許以此達到民主主義、主權在民的理想。陳映真則表示，所謂帝國主義，是十九世紀發展起來的現代資本主義、工業資本主義，指的是帝國主義國家需要殖民地來取得勞動力、原料以及傾銷的市場，現在則已邁入了殖民地主義、帝國主義之後的第三個階段。今天，在台灣甚至於在大陸，有不少知識分子在歌頌這個全球化，認為自由貿易、自由市場、自由消費、自由投資就會帶來自由的選擇，民主跟自由就會自然來到。實際上，資本主義形成的世界體系是等級差別非常嚴格的，先進的大國家，跟次先進、次大的國家、跟大量的貧困國家之間有不可踰越的藩籬。大的國家是靠著對科學技術、資金跟金融操作技術，和現代化殺傷武器的獨占，來取得所謂的全球化。實際上，在全球化的兩極對立落差，貧富差距越來越大。因此在這個階段學界有一詞叫新殖民主義或新帝國主義，從這三個範疇來看，北韓並沒有對外輸出資本去掠奪別人的國家，中國也是一樣，如果不把台灣當作中國的一部分來看，而是把台灣和中國經濟分工當成一個民族的內部分工來看的話，陳映真認為，帝國主義恰恰是台灣而不是大陸，因為台灣向大陸進行資本跟產品輸出，向大陸進行資本主義，並且榨取大陸超廉價的勞工。

陳映真說，在這樣一個全球化的構造裡面，東亞地區有共同的問題的構造裡面，東亞地區有共同的問題，有民族分裂離散、有被美國當作戰略前線基地化、有對美國政治經濟外交附從、有戰爭危機等等的問題。所以東亞地區的作家、思想家和學者，可以共同團結起來，來從事創作與思考，抵抗虛構的全球化，來維持這個地區固有的傳統語言文化，形成弱小者的全球化，第三世界邊緣地區也一樣。實際上，陳映真說，今天印度、東南亞、中南美洲、中東，已經出現了世界級的批判西方帝國主義的學者與思想家，全世界反對虛構的、大權主導的全球化的，關心這一個議題的作家、思想家、學者，團結是很重要的，陳映真說，從這一點看起來，今天台灣能夠邀請到優秀的韓國作家前來，意義非常重大。

座談現場讀者反應熱烈地加入對談者的討論，冷靜博學的主持人龍應台則適時地切入重點、援引恰當的提問，而滿頭白髮、散發思想家氣度的陳映真，除了一字一句吸引著台下許多與他追隨同樣理念的聽眾，也事先預備了詳細的講綱供聽眾取閱研讀。至於，受邀前來擔任台北市駐市作家的黃晳暎，更是展現了親近市民讀者的友善態度，不僅力挺老友陳映真的發言，在講述皇民文學、殖民主義對於被殖民國家近代化是否有貢獻時，他以「賊把房屋裡的財物都偷光了，只剩下梯子給主人」為例，有趣又生動地說明了不可誇大歌頌帝國霸權在殖民地留下的「建設」，也逗得與會聽眾爆笑連連。整場座談再延長約一小時、欲罷不能的氣氛下，於接近週末子夜時圓滿地結束。

第三世界不再存在？

問：黃晳暎先生開宗明義地說，韓國文學認為亞、非、拉美過去同樣面臨近代化的問題，他也提到未來寫作方向也大概以在地化、以描寫敘述地方性、區域性的、在地的各種傳統出發，來作為對抗全球化與反省全球化的策略。但韓文作家除了面臨冷戰時期留下的民族統一問題之外，事實上，韓國幾年前就已經申請加入ＯＥＣＤ，已被世界認可進入工業化國家，進入了富國俱樂部，也就是說，韓國近代化的命題已經完成，目前，亞、非、拉美在整個世界的體系中地位已各有不同，黃晳暎先生真的認為未來文學上的策略，以地域性的亞、非、拉美概括代替第三世界，或描述在地的傳統文化，就能夠簡單有效地解決全球化或其他的嚴重問題嗎？

黃晳暎：以前第一世界是資本主義先進國家，第二世界是社會主義國家，但冷戰體系已經結束，已經不存在這個地區，所以過去我們說的第三世界已經結束，已經不存在這個地區，所以過去我們說的第三世界是指這兩個世界之外的世界，既然第二世界已經不存在了，我覺得第三世界這個詞也已經沒有意義了，並不是要以地域性的概念代替第三世界。冷戰後，全球已被資本主義全球化了，所以，第三世界也變得沒有意義了，但是，亞洲、非洲、中南美洲之前的特色還是存在，這些地區的情況在全球化之下變得更不好了，我們從阿富汗的例子中可以看到這些不利的條件是多麼嚴重。韓國文壇透過國際網路，對他們表示支援之意，雖然亞、非、拉美地區的事情我們不可能全部都管，但是，我們的基本立場是從亞洲開始，這是為了更具體化我們的作業。

重要的是我們內心的希望

問：二十世紀九〇年代，因通訊產業更新，引發了新一波全球化現象，所謂第三世界的文學家面臨普世性與在地性的激辯，是否對於第三世界的文學產生隱憂？作家心中理想的文學前景又是如何？

陳映真：現在非常樂觀的說法是全球化是未來世界的福音。可是，實際上馬克思很早就告訴我們，高度發展的資本主義帶來高度發展的商品拜物主義，使得人類的心靈、精神、文學、藝術面臨困境，先進國家雖然享有非常大的、人類歷史不曾有過的財富，可是我們也要看到另外一面，在充滿苦難、矛盾、民族離散、民族內戰、衛生教育的不普及、文盲這麼多問題的社會，恰恰好他們才有力量思索人的問題，思索人的本質的問題，思索人的解放跟自由等問題。

這也就是為什麼最近幾十年來，第三世界的學者，或者在關於發展社會學的理論上，像東方主義的興起，或者在文學的作品上，都取得了非常高成就的原因，因為只有處在如剛才聽眾所說的第三階段，這種地位的人，才能夠有力量、有需要思索人的問題、思索人的存在、人的自由、人的尊嚴、人的解放，從這裡出發的學術思想與文學，一定能戰勝飽食的社會所留下來的虛無、只寫情感的文學．只要文學存在一天，對人的關懷還是主要的文學課題。

黃皙暎：不管第三世界這個名詞怎麼來，我重視的是冷戰體系結束後，美蘇以外小國家的處境。就像台北站到台中站之間如果沒有其他小車站，並不是完美的事情。陳映真先生一直強調第三世界文學的意義，就是提醒大家不要忘記被排除在強大國之外的這些小國家。其實，台灣與韓國嚴格來說已經不屬於第三世界地區。但是，台灣和韓國還是受到很多外來的強烈干涉與支配，兩地的國民也都很努力建立市民的認同，這一點上仍有所謂第三世界的特性。雖然，現實上的社會主義已經結束了，但社會主義的命題還活著，還是活化的，為了更好的資本主義，我們不要忘記社會主義為人類帶來的一些命題。問題不在用什麼詞、概念，重要的是我們心裡的希望。在這樣的前提之下，我完全同意陳映真先生剛剛發表的看法。

文學創作與國民性格

問：聽作家談政治觀是很矛盾的感覺，雖然兩位的觀點我大都不贊同，但你們如此信仰自己的觀點，曾經為堅持的理想入獄，我覺得沒有資格質疑這些行為。但純就一位文學作品的讀者而言，我覺得意識形態強烈的作品不是那麼好看，有「太嚴肅了」、「很硬」的感覺，吸引力好像不是那麼強。

黃晳暎：可能我的作品翻譯成中文，因為社會環境不同，有些中文讀者不是那麼能理解或感同身受吧。我是韓國暢銷作家之一，所以我想我的作品應該是很好看才對啊。我有個韓文別名叫「愛開玩笑的傢伙」，在喝酒的場合，我特別愛說笑，我的小說也大部分很好玩，我希望台灣可以翻譯我那些更容易讀、更富趣味性的作品。

陳映真：讀者對文學有不同的哲學，有人認為瓊瑤的小說好看，個人的閱讀品味不同。我在這裡要補充一點，在韓國，黃皙暎先生的小說可以賣到四十幾萬冊，這是全世界各地所沒有的現象，其中的原因，除了韓國的文學與整個政治、社會運動有密不可分的關係。八〇年代中期我訪問韓國的時候，第一門課就是「韓國的當代文學」，因為沒有任何一門學科像韓國文學能夠讓人認識到韓國與韓國人民，所以他們很早就在校園裡面的知識分子中，培養了一大群對深刻文學作品的愛好者，這些人即使離開學校去工作，也會一直支持文學作品，這種情形中國只有在三〇年代有過，他們從文學作品去尋求各種人生問題的解答。今天在台灣，則是別人有同志文學我們就有同志文學，別人有性別文學我們就有性別文學，別人有後現代我們就有後現代。另外，我的作品還不及黃皙暎先生暢銷，在台灣，除了通俗作家外，能賣上幾萬本的小說家並不多。但我一直有個理念，那就是：口號、標語、政治理念不能變成小說。就像你在打籃球，然後抱著一個球全場亂闖，你說這是一個小說，你寫的首先就要是一個小說藝術。我個人是抱著這樣的理念來創作，至於寫得成功不成功，那是別的問題。

東亞傳統與現實主義文學

問：我想聽聽黃皙暎先生談一談寫作上的問題，譬如對於人物的描寫、文字的修辭，或者結構的掌握各方面。

黃晳暎：我不認為我跟陳映真先生與唯美主義有點距離。我完成一部小說之後，其實大家最常問的問題就是這是一部戀愛小說還是鬥爭小說呢？人的生活不只是鬥爭和戀愛，還有休息、工作維持生計，人的生活包羅萬象，如果一定要細分，我和陳先生可以算是現實主義作家。問題是怎樣豐富現實主義的作品，我看著柏林圍牆倒塌時，一邊想如何用之前慣用的現實主義形式描寫，後來改了一種方式寫。世界變化時，世界中的人也跟著變化。當時我想到一句話，那就是「把現實主義的內容架構在東亞的形式上面」。這意味著說以前的現實主義作品，重視客觀描寫、客觀的文體，或是透過事物的外表來呈現出世界，這樣的手法要改，需要一個變化。所以，我想到，東亞國家的傳統民眾遊戲或是韓國傳統的假面具，裡面一些場面轉換的方式，把這些方式移到現實主義描寫的手法，將東亞主義的傳統建築放在現實主義的作品裡。這次在台灣發表的《悠悠家園》，作品中沒有人稱的區分，男女主角一個是在過去，講過去的事情，一個在現在，講現在的事情，兩個主角已經沒有人稱的區分。對自己是第一人稱，對於對方就變成第二人稱，對於外部世界就變成第三人稱，掌握整個小說世界，但是我在這部作品裡，很重視人物的內面，心理描寫和外部世界的描寫同樣重要。在《悠悠家園》之後，我在韓國出版了《客人》，這篇作品裡我常是描寫韓國傳統的神明附身，有點像台灣的「乩童」，我在那篇作品裡借用那些手法。這個新的形式在韓國被廣泛討論。昨天，我跟侯孝賢導演見面聊天的時候，他也同意會用台灣或中國的傳統形式，呈現一些他想要說的故事。

黃晳暎：我的民眾文學觀

問：請問黃晳暎先生離開都市到鄉村去認識人民，重新從他們的生活中去尋找寫作材料、生產文學作品的過程，我覺得這是所謂的民眾作家很重要的一部分，在台灣農村與韓國一樣日漸荒廢的今天，我們很需要您為我們和現在從事寫作的台灣作家，帶來這樣的經驗分享。

黃晳暎：我拉近民眾的經驗很多，不知道從何說起，先說一個故事。七〇年代時我偽裝成一名勞動者去工廠就業，工作的地方是一個日本企業的下游工廠。那時，我因為戴眼鏡的關係，去求職屢屢被拒，因為戴眼鏡的人通常被認為都很會讀書，我講話時常提到英文，也是當時常被拒絕的原因，所以我想，想跟大眾拉近，最重要的事情就是和民眾講同樣的話，持同樣看法也很重要。

和我不同的另外一個例子是我的一位朋友，這位運動家現在是在野黨的一位國會議員，他看起來好像不良分子，所以在貧民街沒有受到排斥。

我的做法是讓民眾知道自己解決事情的方法，現實主義的小說要走的路也是這樣，讓讀者當起自己生活的主人，不是口號，是實際上的根據。就小說情節讓讀者自己思考解決之道，這才是現實主義作家要走的路。

我這次來更了解台灣，也反省自己，為什麼到現在韓國的進步知名作家沒有更熱切了解台灣作家與知識分子的情況，我希望以後能有更密切的聯繫。

初刊二〇〇二年七月十四日《中國時報．開卷周報》第二十三版

1 本篇為二〇〇二年七月五日陳映真與黃晳暎之對談紀要。根據篇首說明，對談題目：全球化浪潮下第三世界文學的前景；對談者：黃晳暎、陳映真；主持人：龍應台；翻譯：陳寧寧、崔末順；記錄、整理：丁文玲；攝影：盧禕祺；主辦：台北市政府文化局；合辦：《中國時報．開卷周報》、印刻出版公司。

如炬的目光

讀蘇新先生遺稿〈談台灣解放問題〉[1]

一

感謝曾健民兄不懈地努力追尋一九四五年到一九五〇年間台灣光復初期史料，使台灣著名革命者、思想家蘇新發表於一九四九年三月的時論稿〈談台灣解放問題〉得以出土了。

一九四七年二月事發後，蘇新和謝雪紅等出亡香港，不久在港成立「台灣民主自治同盟」。迨一九四九年三月發表此文，中國內戰總的形勢早已發生巨大變化：解放軍已在遼瀋、淮海及平津三大戰役取勝後進入北京。蔣於前一年十二月「下野」。「代總統」李宗仁率團赴北平近郊西柏坡與中共進行和談。估計蘇新文章發表不久，台灣民主自治同盟就要取海路北上入北平了。

這篇文章再次表現出蘇新對台灣前途問題的眼光之高遠敏銳。早在五十三年前，蘇新就洞燭美帝國主義及其僕從要把台灣從祖國分裂出去，據以為反對中國革命，反對包括台灣人民在內的中國人民的反動奸計了。

蘇新在文章中花了不少篇幅論證台灣島在歷史上自古以來是中國的領土，而在台居民在民族上絕大部分屬於漢族。蘇新不惜詞費地把這不辯自明的史實概述一遍，對照文章後半部蘇新對美帝國主義及其島內的僕從必欲霸占和侵略台灣，以「阻止台灣落人中共之手，確保太平洋的反蘇、反共、反中國人民的這條前哨線」，呼籲警惕台灣內部少數反動派面對全國解放的壓力暗中蠢動的台灣「分離、託管、獨立」以及「反中國」陰謀的文字，就能理解蘇新以史實捍衛中國對台灣顛撲不破的法理主權的用心。當然，隨著中國革命勝利的發展，隨著國民黨腐敗、反動統治在全國範圍的崩解，美帝國主義干涉中國內政，武裝侵奪台灣的陰謀也在急速發展。遠的不說，一九四七年三月美帝在港總領館就利用少數一批不肖台民，炮製了一個「台灣民主聯盟」，以它的名義，向聯合國要求「台灣自治、聯合國監督」。同年七月在美國外交特務人員的引荐下，第一代台獨運動頭頭廖文毅在大陸面謁來華美國魏德邁將軍，齎呈《處理台灣問題意見書》倡立台灣分離主義。

及一九四九年元月，美國眼見中國內戰已經急轉直下，國民黨敗亡，台灣解放成功指日間事，美國「國家安全會議」緊急向白宮建議阻止中共解放台灣，以免成為蘇聯在西太平洋據點，一定要設法將台與解放在即的大陸隔離起來。並且為了方便美國的干預，首倡所謂「台灣地位未定論」，詭稱戰後台灣僅由國府「實質占領」，否定國府對台灣的主權享有，而台灣最終的法律地位，則有待來日對日和約中決定！

同年二月，美「國安會」建議當局在台灣培養取代蔣介石的「非（反）共華人政權」，並與台籍親美反共領袖人物接觸，以使在「符合美國利益時」，策動並利用「台灣自主運動」，把台灣從中國分離出去。三月，同國安會又建議「一旦台灣局勢告急」即進行「台灣獨立」，策動美國的「友邦」向聯合國提案由聯合國「託管」台灣，「實行公民投票」達成「台灣自決」。

隨著東西冷戰形勢的激化和中國內戰中民主勢力的節節破竹似的勝利，美帝國主義必欲侵占台灣島的野心也變得更明目張膽，引起台灣革命者深切的警惕和明敏的戒心。一九四八年六月，楊逵首先在〈台灣文學問答〉一文中最早發出台灣有「拜美派」、親日派，有人搞台灣託管運動，公開嚴厲指斥為美日帝國主義，為台灣分離運動服務的文學是「奴才文學」！二二八事變後潛港組織「台灣民主自治同盟」的謝雪紅，也迭次向台灣人民呼籲「反蔣也要反美」。一九四九年一月，楊逵公開發表《和平宣言》，開宗明義，就呼籲台灣人民反對「台灣獨立」的圖謀，一九四〇年代中後，台灣幾位革命先行者們，以如炬的目光，早就看穿了美帝國主義干涉中國革命，無恥霸占台灣的陰謀，從而不遺餘力地為反美拒獨大聲疾呼。一九四九年三月蘇新的這篇文章，尤其鮮明地提出在解放台灣的鬥爭中，反對美帝國主義、遏止民族分離主義的任務之重要性。今日讀之，仍然具有強烈的、重大的現實意義，既令人感佩，也令人感慨無已。

二

在蘇新這篇文章中提出以反對美帝國主義為台灣解放革命的重大任務，絕不是一般論，而有重要的理論意義。長期以來，沒有見過有關四〇年代中後台灣新民主主義革命的理論文件，但蘇新此文雖然寫得簡約，卻足以窺見當年在中共台灣省工委領導下台灣解放運動的理論認識。

蘇新說：「台灣社會的性質，雖然有某些程度之異，但基本上還是半殖民地半封建的社會，這點與中國其他任何省分都沒有差別。」鴉片戰爭使台灣在全國由封建社會淪落為半殖民地半封建社會的總過程中也從封建社會變成半殖民地半封建社會。日帝割台後，台灣自半殖民地半封建的中國社會成為日帝殖民地，社會性質又進一步淪為「殖民地半封建社會」，直到一九四五年日帝敗走，台灣復歸於由帝國主義、地主豪紳、官僚資本和買辦資本統治的半殖民地半封建中國，台灣人民和社會同被納入這個半殖民地半封建社會，同受其統治。中國共產黨在科學地規定了中國是個半殖民地半封建社會的基礎上，明確了中國革命的對象是帝國主義和封建及半封建的統治勢力是大地主階級和官僚資產階級；革命的主力是中國工人和農民的聯盟，及以之為核心和革命民族資產階級、小資產階級等組建的革命的統一戰線；革命的性質是最終向社會主義過渡的資產階級性質的新民主主義；而革命的任務，自然是「反對帝國主義、反對封建主義、反對官僚資本主義……」。因此，蘇新認為，作為半殖民地半封建社會之一部分的台灣社會的解放鬥爭，其性質和任務和全國的解放「一樣」，只是在一九四九年二、三月間台灣所面對美帝國主義嚴峻威脅下，主張「尤其是在目前，由於反動派賣國政府的出賣，台灣殖民地化的危機日趨嚴重……反對（美）帝國主義的任務是應該更加重視的」。

蘇新在文章中特別討論了日據下台灣資本主義性質問題，認為殖民地台灣社會的性質斷不是資本主義。他認為殖民地「台灣的（本地）資本經濟雖確有某些程度的發展，但本質上是依靠（即依附——作者）日本本國（大資本）的『殖民地經濟』，沒有獨立性；也不是正常的資本主義發展，所以不能因為在（殖民地）台灣資本主義有某些程度的發展就以為台灣基本社會性質是資本主義」。

這一段話應該有針對性，看得出有人主張日據下台灣已經資本主義化，社會性質大不同於大陸者，從而欲「另找台灣解放的道路」。我們知道六〇年代的台獨運動中，就有人主張日本統治下的台灣社會資本主義化了、「現代化」了，並已形成資本主義現代城市，台灣人新興市民階級登台，產生了不同於傳統中國人意識的、現代化「台灣人意識」和文化，謂之「文化民族主義」，並以此為台灣分離運動的「理論」。另外蘇新也在文章中指出，半封建的、小農制的地主佃農關係，即「小規模的舊式農業」和「封建剝削制度」的土地經營普遍存在，來駁斥混淆，「國有」土地所有權的集中與土地經營權集中的不同概念，似乎也在說明台灣社會並不是資本社會，同時批判某種經由「國有化」大量日產土地而不必經由新民主主義變革，「另找台灣解放的道路」的主張。

三

蘇新這篇短文也留下一些理論課題。一直到今日有一些人總是一般地說國民黨來台接受日帝時代公私產業為「國有」產業是舊中國「四大家族」的「官僚資本」。蘇新也持同樣看法。這些產業與自清末官民資本以迄四〇年代大陸「四大家族」為核心的「官僚資本主義」是否相同，頗有疑問。先不說四九年後四大家族中孔、宋兩家避寓外國，來台陳家政治、經濟上兩皆沒落，「四大家族」成昨日雲煙。今天看來，台灣資本主義的「公營」(在法律產權上的「公有」性)與私營的二重構造，以及近年中公營資本被李登輝時代的國民黨財閥逐步明中暗裡侵蝕而私有化，以及綠色政權執政後爭先恐後侵奪公營企業的經營權而綠色化，以及公營企業在五〇年代以後長期將其剩餘為公共設施、巨型火車頭產業(如石化)投入龐大資金……都說明不能以傳統的官僚資本去看待。

其次，蘇新說到一九四九年三月當時美國帝國主義資本在台灣「鐵路、水利、水電、鋁業、水泥、礦業等」各廠礦的投資，似聞所未聞。美帝國主義資本對台灣的滲透和大規模、系統的支配，似是在五〇年韓戰爆發後，美帝在對台政策上終於確定扶蔣、支台、反華圍堵之後。蘇新何所據而云然，值得研究。

四

蘇新文章最突出的先見，是他看到美國必欲對台灣進行殖民地統治，台灣受美帝國主義「殖民地化的危機日趨嚴重」。而美帝「拼命地加緊」對台「軍事侵略」的目的，在「阻止台灣落人中共之手，確保太平洋的反蘇、反共、反中國人民的這條前哨線」。

歷史證明了蘇新的先見之明。一九五〇年六月，韓戰爆發，美帝國主義封斷海峽，致祖國自此長期分裂，使台灣成為從阿留申群島、日本、韓半島、台灣和菲律賓這一條圍堵中國的島鏈和「前哨線」之一環。而台灣也自此成為美帝國主義的新殖民地，自蔣氏政權迄今日陳水扁台獨政權，台灣新殖民地性只有變本加厲之一途。

當然，台灣不是一般意義上的美帝新殖民地。首先，它不是一個自來獨立自主「國家」的新殖民地化，如菲律賓等。它在主權上於今日國際社會中鮮明昭著地是中國領土的一部分。但由於冷戰歷史的遺留，雖然和中國訂定三個公報，但至今美國對台灣依然進行政治、經濟、外交、軍事和文化的全面支配，並以《台灣關係法》使台灣直如美國屬地。近年來，美台不斷升高軍事勾結，把台灣綁在美國圍堵和進攻中國可能引起戰爭的最前哨，成為民族自相殘害的犧牲品。五十多年來，「台灣不能解放，而任（蔣、李、陳）反動派盤踞」，作為反華、反民族基地，「為美帝所控制」……「這對於新中國的建設和保衛」造成「極大的威脅」。今天重讀蘇新這一段語重心長的儆語，對於這一位著名台灣人革命先行者如炬的目光感佩無已，更有一份沉痛的感慨。

我們感慨的是，五十餘年來，二二八民主自治鬥爭後，台灣反蔣反獨裁鬥爭運動的歷史，始終缺乏反對美帝國主義的意識，反對長期受到欺騙，誤將鼎力扶持國府獨裁反動統治的美國看成台灣民主運動的朋友和依靠，在美蔣長期挑撥下，失去聯合大陸人民解放自己的眼界，甚而進一步「主張分離、託管、獨立，而製造親美的幻想」……製造「反中國」思想，至有今日「錯誤而且反動」的局面。

美帝國主義對台灣的新殖民地統治，以及以此為基礎的兩岸分裂對峙，和台灣當前依附性獨占資本主義的統治，是當前台灣社會的主要的和基本的矛盾，深刻認識這些矛盾，高舉反對美帝、要求國家自主統一，和以工人階級與進步市民為核心的反帝、民族自主化統一及反獨占的新的民主鬥爭，正是今後台灣變革運動迫切的理論與實踐的課題。重讀革命先行者蘇新佚而復出的文章，不能不深感到一九四七年二月事變後台灣反對美帝及其反動扈從的工作和理論的嚴重落後、空白和荒蕪，亟有待於今後急迫的建設與發展。

初刊二〇〇二年九月《左翼》第二十七號

1 本篇為「重見蘇新佚文」專輯文章。

從陳純真先生生平說起

紀念溘然長逝的陳純真老師[1]

陳純真先生是台灣新文學史上著名小說家、新詩人、舊體詩人、思想家和社會活動家陳虛谷先生的四男，一九三五年十一月二十八日出生於彰化和美。

出於對日本戰後進步電影的嚮往，一九五九年，二十四歲的陳純真先生到日本就讀早稻田大學演劇科，開始了他其後對人文電影執著不懈的追求。

不久，日本戰後思想史上激盪的反對「六〇年安保」國民運動爆發，基於對過去日本軍事擴張歷史的反省，日本學生、知識分子、文化人和一般國民起而反對把日本人民綑綁在美國遠東反共侵略戰爭政策的《日美安全保障條約》之續訂，在知識界、文藝界、市民、工人中引起廣大反響。

就在這激盪的「六〇年代安保」反對運動中，陳純真先生的電影思考和製作勞動受到深刻的啟發和影響，自不待言。一九六四年到六五年間，陳純真先生先後投入松竹出品、野村芳太郎導演《君が愛》的副導演，和三船製片出品、小林正樹執導的《上意討》的副導演工作，鍛煉了自己。

在六〇年代初的台灣，以若干年輕一代作家為中心的文學同人刊物叢出，《筆匯》、《現代文學》、《文學季刊》、《文季》、《歐洲雜誌》和《劇場》雜誌在軍事戒嚴的荒原上兀自綻放著自己培養的花朵：尉天驄、黃春明、王禎和、七等生、雷驤、白先勇、陳若曦和施淑青。恰在此時，一九六九年，陳純真先生幡然歸鄉，任台灣電視公司導播，同時又在中國文化學院、世界新聞專科學校當教師，擔任電影、戲劇等相關課程的講授。

就是在這一階段，他向學生廣泛、熱情地傳講人文電影的理念和實際，和年輕的、以拍電影為夢想的學生、副導和導演結成溫暖的友情，懷抱著不滅的理想，共同探索和努力。陳純真先生在思想與藝術上律己、責人皆嚴，富於反省和自我批判的精神，兼有人師的溫暖、鼓舞和寬厚，又有朋友的熱情與真誠，所以很受學生、同儕的愛戴和敬重。

一九九五年，陳純真先生因屆齡自台視退休，其後時而受肺癌、攝護腺癌所苦。然而面對生與死的挑戰，陳純真先生表現得泰然自若，依舊深刻、熱情地關懷包括台灣在內的全中國的前途，照樣真心關懷朋友的苦樂安厄，痛切關注不斷沉淪的社會。他勇敢、正直，以極大的毅力和思想信念，孤獨地忍受冤謗而絕不屑為自己辯解，獨自吞嚥歷史的苦辛也絕不求人理解。

二〇〇一年十一月，醫診發現攝護腺癌擴散。強忍極大的苦痛，二〇〇二年十二月中旬進入昏迷狀態。十九日下午八時三十分，平靜地在家族環侍下，溘然長逝，得年六十七歲。

這麼短的故人生平介紹，必然無法滿足在座每一個人對故人深深的懷念。這是家屬秉承故人遺願，絕不在身後誇耀自己的嚴厲囑望寫出來的梗概，再略加修飾補充的結果。

現在，在音樂聲中，讓我們默默地坐在這裡回想著我們與純真兄、純真老師的遇合、交往的種種時，也讓我們彼此分享我們與他相處時留下難忘的感動、驚喜、激動，甚至感傷，讓他在我們從這兒離開後，在我們的心中活得更真實。

那就讓我先開個頭。

我被捕入獄的次年，純真兄才從日本回台。所以第一次和純真兄見面，當然是我流放回來的一九七五年之後。確切時間倒忘了，只記得他在台上演講，我慕名進場時講話早已開始了。講的內容，是說電影的靈魂是思想。要深刻表現思想時，電影的技巧、構成、詞法才有意義。他的普通話似乎不很流利，但他以「人的釋放」代替「人的解放」，以「改造」代替「革命」的說法，在戒嚴時代的當時，很激蕩了我心中的血潮。

最近有兩件事我不能忘。純真兄病重了，還勉力地翻譯了一篇關於三〇年代日本左翼電影史的文章。刊出前，我校了兩次，每每流淚，感到他正用生命的餘溫向冷漠墮落的電影工業吶喊。其次是他抱病主催在土地改革紀念館舉辦夏潮人文電影學苑的「台灣新電影與歷史記憶」營隊。

當時我人在北京養病，純真兄幾次打長途電話，興奮地告訴我工作的進展。他感謝當年新電影導演和評論人的熱情支持，他感謝年輕聽眾認真做筆記。他還因此抱病做了兩次講話，每次講了都送關渡急診。我在遙遠的、寒冷的北京拿著話筒流淚……

初刊二〇〇二年十二月三十日「夏潮聯合會」網站

1　本篇為陳映真在陳純真追思會上的發言稿。

齷齪殘暴的「武士道」和天皇意識形態 1

李登輝是日帝統治台灣時期遺留下來的深重精神傷害的、可恥可痛的活遺物。幾年來他寫的書、他的發言，已經盡情地暴露了他狂亂、不知羞惡的漢奸思想，早就不值得刻意浪費筆墨，加以批駁。去年十二月，他在日本右翼團體「日本李登輝之友會」的講話稿，也是滿紙荒唐言，實不必花費精神對待。這裡只借題談幾個問題，當然順便論破李登輝的謊言。

先說「武士道」和醜惡的天皇意識形態。

古日本「大和王朝」建立的同時，就以「系出天神」的天皇制國家進行統治。日本的「神國」論，有完整的神話體系和傳說，不像中國王朝「奉天承運」之類的空泛。一直到戰前，日本「神國」欺世愚民的神話還公開寫在日本史和各級學校歷史教科書中。因此，日本「武士道」的倫理情懷，就如表現在日本發動法西斯侵略戰爭時傳唱遍及全國民之中的、詞為「征海則以水浸屍，征山則以草裹屍，效死於大君之側，誓不生還……」的歌，體現了「武士道」所謂「明生死」、

二〇〇三年一月

「辨公私」、為「悠久大義」之「皇道」、「天壤無窮之皇運」、「千古不磨之國體」，把南洋、中國、沖繩人視為非皇民的草芥狗畜，歇斯底里地在侵略戰爭中橫加濫殺、強暴、活體解剖、殘酷奴役。甚至驅使自己的大批青年，坐上自殺飛機高呼「天皇陛下萬歲」去送死。這令人毛骨悚然、野蠻至極的天皇意識形態，正是日本帝國主義的最上層意識形態，也便是這至今為日本右翼和它在台灣的僕役李登輝無恥謳歌的、以「武士道」為本質的天皇意識形態。

而以天神建國的神話立國的日本，居然以它獨特的政教合一制（所謂「祭政一體」）的半封建餘緒進入資本主義現代化，並且早熟地奔向以天皇意識形態為頂點的帝國主義。迨這天皇國家在世界反法西斯戰爭中敗北而瓦解之後，又狡詐地利用戰後世界冷戰局勢，變裝為「象徵天皇」，在美國操持的日本戰後民主主義下厚顏無恥地延命，從而迴避了來自日本國內外徹底的批判與清算。到了今天，日本在「武士道」天皇論發動的對華十五年侵略戰爭，對朝鮮、台灣的殖民統治暴政，對廣大南洋的殘酷蹂躪，在中國的活體解剖、細菌作戰、強擄奴工，對「慰安婦」的摧殘，對二戰中西方俘虜的殘酷奴役和殺害等等罄竹難書的戰爭犯罪與暴行，卻被李登輝和日本軍國主義者極力美稱為「公」、「義」、「勇」、「仁」、「誠」、「禮」之極致的「大和魂」、「武士道」和所謂「日本精神」所一概強詞否認，堅不負起任何滔天瀰海的戰爭犯罪責任。和同樣在法西斯侵略戰爭中犯下滔天罪行的德國在戰後嚴肅、認真對待自己的戰爭責任的態度與具體實踐相比，日本右派與李登輝吹噓「日本精神」和「武士道」的無恥言論相較，「日本精神」、「武士道」和「天皇主義」之齷齪、虛偽、視廉恥如無物，真是令人齒冷。

再說到自稱「二十二歲之前是日本人」，深受日本教育下「日本精神」薰陶的李登輝的「武士道」的「倫理素養」。

無可否認，不斷強調的「公」、「私」之辨，「生」、「死」分際，自我宣傳為締造了台灣民主、自由和「尊法精神」，吹噓知恥、誠實、義勇、負責的李登輝的實相，無非欺世盜名的可恥行徑。

最近不久，報紙上揭發了證明李登輝在任總統時，使用非法、秘密金庫的絕秘文件，暴露了李登輝利用職權，操持國安局秘密帳戶，橫領三十五億台幣，賄賂日本和美國、南亞等國際政要，為在國際上喪失合法性的台灣賄買「外交」和「安全」。隨著台灣在國際社會中的合法性的不斷風化，在購買武器艦艇，維持「外交」關係，推動「元首」訪問外交時，不能不以巨額金錢賄買、分贓回扣、色情招待等不堪聞問的手段進行下流的交易。但是把自己宣傳成因「日本精神」、「武士道」教育而大公無私、光明正大、誠信高潔的李登輝，卻長期瞞天下人的耳目，越過國家法紀的監督與追究，橫領公帑，與國際墮落政客和貪腐的軍火商苟且敗德，而且事態揭發後，也絕不效「武士道」切腹以謝天下！

此外，李登輝在「民主先生」光環下留下的遺產，是今日已從國民黨滲透到民進黨議員和官僚體的龐大骯髒的「黑金」體系。為了維持國民黨的地方政權，李登輝把國民黨政權中、晚期發端的黑道與金權的綜合體最大程度地發揚光大，是不爭的事實。一個以「日本精神」自稱傳布日本武士道「高潔」、「信義」的倫理的李登輝，在領導國民黨中央時，泰然地擴充和發展黑金體制，泰然地讓台灣大資產階級蜂擁進入黨中央，讓他們在立院擁有過大的代表權（over representation），使台灣政治淪落到黑暗齷齪的深淵。但這樣的人竟而口是心非地宣傳「武士道」的復興，其實也不奇怪。君不見「武士道」、「日本精神」策源之國日本政壇的「汙職」事件時傳，而財團與權力的苟合，恰恰是日本戰後政治每況愈下的特質。

李登輝和大部分親日台獨派都犯了貽笑大方的錯誤，以為日本殖民統治下的台灣人都曾是（文明開化的）「日本人」。黃靜嘉律師的研究指出，殖民母國人和殖民地人法律上並不平等，並不同為殖民母國憲法下的國（公）民。終五十年殖民統治，日本帝國憲法和日本國會通過的法律，從未施行於殖民地台灣（和朝鮮）。在台灣施行的只是以「律令」或「敕令」為主的殖民地法（「外地法」），這就根本上規定了受日本帝國憲法和法律涵蓋的日本國民（日本人）和僅僅適用殖民地法的台灣（或朝鮮）殖民地人在法政上與殖民母國人的尊卑之別和不平等。殖民地阿爾吉亞人、印度人、印尼人在法政上只是法國、英國和荷蘭的殖民地人——日本人說是相對於母國人「內地人」的「外地人」。世上自古的鐵則：是奴才就不是主子！

李登輝等一些人為什麼老是津津樂道自己在日統下是日本人?除了法律上的無知，就是出於嚴重的台灣人劣等感。被殖民者在現實生活上懾於殖民者的「文明開化」，深以自己民族為落後和羞恥，就跟著殖民者編派自己民族的醜陋與「落後」。以李登輝為例，他就迭次在日本人面前惡罵中國民族與文化，說中國人「拘於面子」、不愛乾淨、「中華世界傳統政治制度」是「皇帝型權力構造」，其政治文化是「徹底的維持與強化政權的文化」的「人治」政治(但李登輝則在惡質的「中華政治」下當了十年官僚，終致取得大位!)，「公」與「私」不分，又說國民黨對台強加「中國化政策」，致台灣「腐敗蔓延，人民道德顯著下滑」……這種道德上極力崇揚殖民者，又相對極端蹧踐自己民族(廖文毅上書美國的《台灣發言》中亦然)，然後努力要按照殖民者的形象、思維與生活改造自己，千方百計要躋身於統治民族，以殖民者的偏見和歧視鄙視自己的民族，即以後殖民論之所謂的「他者」(異己者)來鄙視自己的民族，就好像一個被殖民黑人精英，先把自己的臉和手腳擦上白粉，回頭去鄙視甚至欺凌自己的黑種同胞一樣。而李登輝的「日本精神」論和「武士道」論，恰恰顯出他精神的卑下、懦弱和驚人的荒廢。

有謂:「物必自腐而蟲生。」有李登輝、金美齡、許文龍這一代老皇民餘孽，才讓小林善紀、中嶋嶺雄、石原慎太郎、藤井省三這一批狂肆無恥地公開要把台灣分裂出去，和台灣反民族分子唱和反華反動的日本人在台灣張狂跳樑。在戰後冷戰和內戰夾縫中蝟生滋長的老皇民反民族分子的存在，應該引起我們痛切的反省。

二〇〇三年元月十八日

初刊二〇〇三年二月《海峽評論》第一四六期

1　本篇為「李登輝皇民化史觀批判」專輯文章。

以反省之心 1

資本家承租或購買土地，修建廠房，購買生產所需的各色生產資料如生產機械裝置、原料、能源、用水，並僱用工人從事各種生產過程，銷售產品，從中獲取利潤，積蓄財富，再從事擴大再生產。在這個過程中，地租（價）、機器、能源和用水等，在成本會計中都能精算分攤在產品中，唯獨工人在勞動過程中創造的遠遠大於其工資的價值，以「利潤」的形式，為資方所掠占。而為了把這掠占於工人的利潤最大化，資方總是儘量延長工時、降低工資、提高勞動強度、降低或根本不投資於勞動安全裝置，讓廣大工人在完全不安全的環境中受害致死、致殘；也不投資於環保裝置，使勞動現場工人最先、最直接飽受有毒廢氣、粉塵的毒害，進而把汙染擴大到廠外的土地、水和空氣。

因此，工人雖然是一個「人」，但在資本主義生產體制下，他（她）們只不過是金錢（工資）廉價買來的「物」（商品），是資本主義生產過程被「非人化」和物化的生產資料。本書中無數的證言和控訴，都揭露了資方、老闆的冷血殘酷，令人有「為富不仁」的感慨，但實際上，資本家和老闆，只不過是「資本的人格化」，反映了資本制生產過程中資本只知渴嗜利潤、草菅人命的冷酷性罷了。因而，一旦工人因惡劣的工作條件，因超大的勞動強度下致死、致殘，對資本和老闆而言，那只不過是生產過程中的「報廢品」、「不合格品」、「不堪用品」，而絕不是令人震悼哀傷的一個活生生的「人」之死亡或致殘事件，也因此老闆們拒絕賠償、脫產卸責，在和解索賠談判中推卸道德與社會責任。當工人因工死而不瞑目時，能說出「（死去的工人）不閉目又如何，埋掉他就沒有事了！」的令人齒冷的話。

讀著書稿，幾次熱淚盈眶。想起資本制生產的四、五百年間，每一個社會「現代化」、「經濟發展」、「繁榮進步」過程背後，隱藏著多少甚至有甚於本書證言的血腥、悲慘、哀慟的廣大世界各族工人階級的遭遇和命運。而國家、司法、各種勞動法、保險法、勞委會、各級政府有關勞動的官僚及其機構，不論「政黨」如何「輪替」，莫不與資方沆瀣一氣，對在職業現場勞動過程中致死和致殘的工人表現出令人戰慄的冷漠、推託、不關心的態度。而工人職災致死、致殘後與資方經年累月的補賠纏訟，更是貧困、生計艱難，無法律知識的工人們痛徹心腑的二重傷害。職災死殘事件的全過程，赤裸裸地表現為資本與勞動間酷烈的階級壓迫和階級戰爭。廣大台灣工人同胞，不論在「民主化」前或後，在「政黨輪替」的前與後，以及今後「綠」、「藍」陣營如何朝野流轉，他們被資本「非人化」及「物化」，從而一旦淪為資本制中不堪的「報廢品」和「不合格品」的殘酷命運，卻永無改變的一日。

「工作傷害受害人協會」卻是力爭要改變這個宿命的、由社會運動家和工傷受害者組成的團體。長年以來，他(她)們動人的工作，令人十分敬佩。我想，這本工傷受害者的證言集，其目的絕不只在呼籲工人在勞動職場中要更加「小心」安全問題，也絕不只在表揚受盡傷害、痛苦的受害人終於戰勝了屈辱和自卑重建了自己，還應該在經由揭發、控訴、批判和鬥爭，要求頒布強迫資方強化勞動安全設施的法律，強化資方充分負起勞動災害法律上、道德上的補賠償責任。因為沒有法律強制下完善的勞動安全條件，工人再「小心」也無法避免毀滅性的勞動災害。而過分強調少數幾個苦苦從工傷的傷害和殘疾中自我重建的事例，雖然有鼓勵受害人新生的作用，但也會在不知不覺中為殘害工人的、普遍性的不安全勞動環境和資本的草菅人命免除罪責。

我感謝工傷受害人協會團隊的辛勤動情的勞動。他(她)們的工作反襯了我們這飽食的社會對於工傷被害人的冷漠，控訴了知識分子、作家和政客的偽善、無知。當我們讀到頸椎重傷致殘的捷運工人郭武雄這樣說：

台灣四十年來的經濟奇蹟，對有些人來說，是美好的、富足的，可以向全世界炫燿的，然而，以一個伴隨台灣經濟成長的台灣工人來說，我的境遇是灰色的。一生辛勤工作的代價卻是賠上了我的健康……

我們就感到長期放任我們社會中不安全到不可置信的地步的勞動生產條件體系存在，而不聞不問的我們自己之深為可恥！如果一個社會對其中的弱小者任恣地施加不公義、掠奪和壓迫，這個社會就不配，也不能得著公義、自由與真實的民主。

以反省之心，敬以為序。

二〇〇三年三月五日

初刊二〇〇三年四月大塊文化《木棉的顏色》（工作傷害受害人協會策畫，何經泰攝影）

1 本篇為《木棉的顏色》書序。

美國霸權主義和朝鮮半島的南北危機 1

近年來北韓給人們這印象，破棄一九七四年北鮮與美國緩和緊張協議，宣告恢復獨立開發核能，並在軍演中向日本海發射大浦洞飛彈，揚言不惜一戰以捍衛國家主權……

但實際上朝鮮半島緊張危局有歷史原因，日本戰敗，美蘇私下協議以三十八度線為界分別占領半島南北，美結合南韓地主、右派及日統期舊士紳官警，扶立親美李政權，建「大韓民國」；蘇聯則扶助北鮮親蘇左派成立朝鮮人民民主主義共和國，韓民族因美蘇冷戰對立而分裂對峙。蘇聯勢力一九四六年退出北鮮，韓戰後，美依《美韓協防條約》在韓留駐重兵至今，設立聯合司令部，並自一九七九年後每年春天舉行聯合軍演，貯存核武，揚言阻止北鮮「南侵」，強化了半島上民族對立。

一九九四年，北鮮與美在《日內瓦協議》緩和緊張，北鮮答應放棄自力開發核武，換取美不侵攻北鮮、提供發電用重油、弛緩對北鮮封鎖等承諾。但小布希上台後，公然宣告北鮮坐擁重殺傷武器，列為「邪惡軸心」，公然宣告對任何「邪惡軸心」搞「先制攻擊」的合法性，毀棄一切美與北鮮達成的緩和協議。加上此次美國悍然侵攻伊拉克，北鮮深憂「伊拉克後」的威脅，遂公開宣布恢復自力開發核武、試射飛彈，準備好對帝國主義「先制攻擊」的防衛。南韓新總統盧武鉉宣布支持美對伊侵攻，也自然加深半島對立緊張的情勢。

最後，朝鮮半島人民對日有宿仇，而戰後日本一向緊隨美國外交軍事政策，成為美軍事擴張之後勤基地，南北對立，就勢必涉及韓日民族的歷史矛盾，加深東北亞人民和平生存權之危機。面對美霸權主義一意孤行的戰爭政策，跨國界的人民和平反戰運動正方興未艾……。

初刊二〇〇三年四－七月《勞動前線》第四十期

1　本篇發表於二〇〇三年三月三十日「新民主論壇第八屆討論會：美國侵伊戰爭和亞洲區域情勢」。

代序：母親的叮嚀——拜見詩人臧克家先生[1]

祖國的分裂，使祖國的現代文學也沿著封斷的海峽拆散了。中國三〇年代的文學作家和作品，在台灣都背上汙名和罪名，被徹底禁絕。

像離散的孩子尋訪行方不明的母親，從一個偶然的機會開始，二十歲的我在台北市一條小小的舊書店街巷，一本一本地找到魯迅、巴金、茅盾……的書，背著人偷偷地閱讀，卻不曾找到一本三〇年代大陸詩人的本子。

大學二年級，我加入文學青年的同人雜誌——由尉天驄兄主編的《筆滙》。就在那時，在談論中我第一次聽到三〇年代大陸詩人的名字如：何其芳、李金髮、臧克家……但都不曾讀過作品。對臧克家這個名字我記得特別清楚，因為他的「臧」姓於台灣青年而言十分「獨特」。其後，我終於讀到朋友秘抄的臧先生的短詩〈反抗的手〉，長久以來，也只記得最後的一行：「上帝……也給了奴隸們一雙反抗的手。」

1 二〇〇三年三月

一九九七年三月初，我和台灣的一些青年朋友籌備紀念二二八事變五十週年文藝晚會時，有朋友找到臧克家先生一九四七年三月八日寫的〈表現〉，副題是「有感於台灣『二二八事變』」。臧克家先生在當時的上海這樣寫：

五十年的黑夜，／一旦明了天，／五十年的屈辱，／一顆熱淚把它洗乾。／祖國，你成了一伸手／就可以觸到的母體，／不再是只許壓在深心裡的／一點溫暖。

五百天，／五百天的日子／還沒有過完，／祖國，祖國呀，／你強迫我們把對你的愛，／換上武器和紅血／來表現！

猶記得，讀完全詩，我的目眶霎時就蓄滿了熱淚。

台灣因日據而淪為殖民地，並不是以一個自來獨立的民族或國家淪為殖民地。甲午戰敗，它被強權從半殖民地半封建的中國母體「割讓」為殖民地，因此，和其他全民族、全國家淪落為殖民地的地方（例如朝鮮、越南、印度）不一樣，它有一個魂牽夢繫、暗自「壓在深心裡的」、「溫暖」著殖民地寒冷「黑夜」和支撐著殖民地人民忍受「屈辱」的祖國——中國！在五十年的「黑夜」和「屈辱」中，多少台灣的仁人志士，心中呼喚母親祖國，為自己的解放奮力抵抗。

一九四五年八月，日帝戰敗，台灣光復，島上的六百萬同胞歡欣鼓舞——為了五十年的「黑夜」和「屈辱」的時代中只許「壓在深心裡的祖國」而今「成了一伸手就可以觸到的母體」。不料來台接收的國民黨很快就暴露出它的腐敗、反動和獨裁本質，光復接收成了「劫收」，經濟崩潰、社會不安、失業擴大，光復的喜悅和希望很快就變成苦痛與幻滅。民憤在迅速積蓄，終於在一九四七年二月二十八日，離光復後僅「五百天」不到，因為台北市軍警暴力「取締私菸」事件，引發為全島性的反腐敗反獨裁統治、要求民主自治的民眾運動。臧克家先生的詩句「祖國，祖國呀！／你強迫我們把對你的愛，／換上武器和紅血／來表現！」就十分生動、深刻地表現了當時台灣人民的悲憤和勇氣，反映了台灣人民對一個民主、正義、和平、安康的新的祖國的企盼。

據臧克家先生的夫人鄭曼女士說，臧克家先生在戰後的一九四六年到了上海，任民間報紙《僑聲報．文藝副刊》的編輯。一九四七年二月，報紙停刊，臧先生靠寫作為生，時年四十二歲。臧夫人說，抗日戰爭勝利之後，大陸人民也是萬人歡騰。但是旋踵即經受了國民黨對「孤島」上海的「劫收」和腐敗、獨裁的反動統治。「當時臧克家不是中共黨員，但和絕大多數作家、知識分子一樣，對勝利後的生活經歷了由希望、喜悅到幻滅、憤怒和反抗的歷程，自然地產生了進步的傾向性。」臧克家夫人說：「因此他理解了台灣人民的鬥爭，對台灣人民的悲憤和崛起，感如身受吧。」

在上海得知二二八事變和血的鎮壓（三月初）不數日，臧克家先生就寫了〈表現〉，對台灣人民蜂起抗暴、強烈要求和平與民主自治的正義行為，表達了熱情的理解、深切的同情和堅定的支持。〈表現〉是當時中國人民對二二八起義表達同情與聲援的僅有的文學作品，至今仍具有深刻的現實意義。

這使我想起早在一九四五年自四川來到台灣，和省內外進步文化界團結一致，推動進步的木刻藝術和現實主義新興美術運動，終於在一九五二年仆倒在國民黨白色恐怖刑場上的優秀木刻藝術家黃榮燦。他在二二八事變中，偷偷拿起木刻刀，創作了著名的作品〈恐怖的檢查〉。作品描寫了二月慘案的現場，表現了台灣人民在血腥暴力前的勇氣、憤怒和抵抗。這幅控訴國民黨政府對台灣同胞施加法西斯暴行的神聖作品和畢加索、戈耶夫等大師沉痛指控國家權力對人民施加恐怖與暴力的經典作品，同其光輝。

我也想起了著名編輯、散文家范泉先生。早在抗日戰爭勝利之前，身處「孤島」上海的范泉，就自修日文，搜集了五十多種有關台灣和台灣文學的資料，對台灣文學、戲劇、少數民族傳說神話有難能的素養。光復後不數月的一九四六年元月，范泉就在《新文學》創刊號上發表了〈論台灣文學〉，在台灣光復之初的文壇上激起震盪，終於引發了一九四七到一九四九年間在《台灣新生報．橋》副刊上的一場關於如何重建台灣新文學為祖國新文學之一環的熱烈議論。一九四七年三月六日，為了抗議國民黨政府在台的惡政，同情和聲援台灣民眾二月的蜂起事變，范泉先生又發表文章〈記台灣的憤怒〉。以此為起點，他更加努力研究和譯介台灣作家及其日語作品，從中深入體會到因受到日帝殖民統治傷害，在台灣日據下充滿憂鬱和悲愁的文學中潛壓著的抵抗和尊嚴。范泉先生對台灣作家楊逵、楊雲萍、龍瑛宗有深入的理解，並給予高度評價。他呼籲中國大陸文化界對失而復歸、受苦受辱的台灣文化、文學和心靈的理解，時至今日，猶有深長的啟發。

當然，我也想起二二八事變前夕渡台的福建青年作家歐坦生（丁樹南）。他在台灣寫成後寄稿發表於范泉在上海主編的《文藝春秋》上的兩篇小說〈沉醉〉和〈鵝仔〉，抨擊了光復後來台的不良官僚對台灣同胞的歧視、愚弄、欺騙與壓迫，從而受到楊逵的高度評價。我們也能想起更多自大陸東渡台灣的名字，如文化人、評論家許壽裳、黎烈文、李何林、王思翔、周夢江、樓憲、揚風，文學評論家、作家、編輯人歌雷、雷石榆、羅鐵鷹、孫達人、木刻藝術家黃永玉、朱鳴岡……他們都在二二八事變前後渡台；還有那些台灣省籍的、以楊逵為中心的進步知識分子——在二二八慘變後，為力爭民族同胞間的合作與團結，做出了感人的貢獻。而包括臧克家先生的〈表現〉在內的有血有肉的歷史事實，表明台灣二二八事變中，台灣人民並不孤立，他們得到了大陸無數進步與正義的同胞知識分子的聲援與支援。這些事實無疑有力地揭穿了「台獨」

分子所謂二二八事變是台灣人對大陸人的壓迫與加害的反抗，是台灣人尋求脫離中國而「獨立」的起點這種罪惡宣傳混淆是非的真面目。

九月十三日，經由中國作協李榮勝兄的聯繫，獲得病中的臧克家先生的允許，到他的家中拜見詩人。在客廳坐下不久，我就看見穿著一身黑色中山服、形容清瘦的臧克家先生，在家人的攙扶下，滿臉笑容地走進雅致的客廳。我連忙起身迎向前去，用雙手緊緊地握住先生的手。雖然在病中，先生的臉色光潔幾乎看不出病容。我激動地告訴他〈表現〉怎樣打動和激勵了我。「我們兩岸的人民，都源於同一個祖先，」他不住地說，「兩岸的同胞，應該團結起來……國家應該統一起來……」

我想起了〈表現〉中以「母體」喻祖國的意象。這位五十五年前寫下〈表現〉的老詩人不斷重複的話，彷彿就是分裂的祖國母親的款款叮嚀。先生和先生的家人都說，臧先生自臥病以來，多在病床邊會見來客，絕少正襟出來在客廳接見客人。然而，我絕不敢把這位中國文壇前輩的盛情掠為己有。我毋寧相信他抱病正裝接見我的本心，是他想會見五十五年前就深切關懷的、祖國離散的兒子台灣吧……

初刊二〇〇三年三月台灣社會科學出版社《新二二八史像——最新出土事件小說、詩、報導、評論》（曾健民編）

1　本篇為《新二二八史像——最新出土事件小說、詩、報導、評論》書序。

二〇〇三年三月

物必自腐而後蟲生[1]

馬偕醫院一周姓醫師到日觀光途中發燒，回到台灣才判斷疑似感染ＳＡＲＳ，引起日本全國不安。駐台日本年輕記者在馬偕醫院記者會上當面嚴詞指責馬偕當局，用語、姿態咄咄逼人，刊在報紙上的現場照片，至今令人感到屈辱難堪。

如果判定周醫師確然為ＳＡＲＳ患者，因其在院內醫療工作領域不曾接觸ＳＡＲＳ患者，旅遊前又無病徵，其非出於故意，十分明白，但從結果上來說，絕對是一件令人遺憾之事。

ＳＡＲＳ是一種世上未曾有過的新病毒，其起源並非來自貧困、落後、公共衛生惡劣等人為條件，至今找不到抗疫血清和藥物──雖然大陸醫學界日前發表已能複製ＳＡＲＳ冠狀病毒，在研究抗疫上邁出新的一步。這是全球人類應該共同合作面對的新型疫病，日本政府和駐台小日本記者卻借題發揮，對台灣抗議、譴責，如主人之斥責下人。而我們的「外交部」和馬偕當局終於被迫低頭，公開道歉，卑躬屈膝，令人不忍一睹。

周醫師帶「煞」遊日，絕對是無心造成的遺憾。但日本在一九三〇年霧社事件中使用毒氣彈鎮壓台灣原住民抗日崛起，對台施行五十年殖民統治，在中國大陸七三一部隊以中國人活體當細菌戰實驗「材料」，在日本侵華戰爭中使用毒氣彈，更犯下罄竹難書的戰爭犯罪，時至今日，日本政府和人民何曾說一聲道歉？在不得已情況下，對其由國家、天皇、軍部蓄意的犯行頂多說一聲「反省」和「遺憾」，我們的記者、「外交部」卻一向唾面自乾，噤若寒蟬。

日本人可以無忌憚侮辱台灣的言詞，絕不敢施於大陸或南北韓，甚至馬來西亞。何以故？蓋「物必自腐而後蟲生」。台灣有一些親日、媚日的皇民遺老遺少，平時無限美化日本統治台灣的歷史，和日本右派齊唱侮華、反華曲調，實際上造成甚至日本右翼對台灣人民深刻的侮慢與不齒，總體表現在這次那小日本記者發飆怒斥我馬偕醫院為抗ＳＡＲＳ而鞠躬盡瘁的高層大醫師。而皇民老人猶以斥責周醫師為「亂來」，某口必稱「台灣人的尊嚴」的、由皇民老人領導的政團，對日本記者的斥責，只能「低調反應」，卻受辱而不以為辱！反而一有機會就將矛頭指向大陸。日前民進黨醫師立委洪奇昌秉實直言，大陸防治ＳＡＲＳ的諸多明快措施「值得借鏡」，相形之下，是有面對真實之勇氣的發言。

約作於二〇〇三年五月
本文依據打字稿校訂

1 本文依據打字稿校訂，稿面標註「To：聯合報・民意論壇」、傳真時間二〇〇三年五月二十日及傳真號碼，應為《聯合報・民意論壇》而作，但查當月報紙並無此文。

文學的歸鄉

在《周嘯虹作品集》首發式上的講話

我一直以為，作品受到自己同胞的愛讀，受到自己民族文壇的評價，對於一個作家而言，其榮耀快樂遠勝於獲得外國人的獎項，想周先生亦有同感。今天，周先生的作品集在大陸首發，面向廣大同胞讀者，可喜可賀，我個人榮幸地分享這份喜悅。

自一九五〇年起，由於內戰和外力的干涉，我們的民族分裂了。長期的分裂，造成了民族內部的對峙、敵視、仇恨，更造成了民族文化、文學上的裂痕，也形成了相互間的不理解甚至誤解的局面。

民族的長期分裂，使得無數家庭上演了親人離散、骨肉難聚的沉痛悲劇。這種悲劇絕不僅僅限於一九四九年大陸來台人士。一九四六年有一批台灣青年被迫、被騙送到大陸打內戰，另有些人為了求學、經商，或為了愛國，在一九四九年以前來大陸，皆因一九五〇年後的兩岸隔絕，家族長期離散，飽嘗思鄉思親之苦。

因此，我總以為，我們的民族一日不統一、不團結，就是殘缺、殘廢的民族，就是可悲、可恥的民族。

周先生的文學反映了民族分離時代的、離散的悲情和思鄉的情懷，也反映了他對長期客居的第二故鄉台灣和人民的深厚情感，反映了生活，描繪了時代，表現了五十年民族分裂的沉哀，也就是表現了對於民族團結與統一的渴望。

趙遐秋教授的總序，也十分感情地說出了一個分裂、離散的民族的哀愁，與周先生的作品互相呼應了。

我也讀了姜穆先生為散文集寫的序。誠實地說，我是第一次從姜先生的序中了解了在台灣的外省籍軍中作家的辛酸、坎坷和艱難，很觸動了我的感情，也激發我進一步理解這一代在台作家的心願。

周先生是個孝子。夫人陳春華女士說要把這兩本在大陸首發的書拿回老家獻給她九十多歲的婆婆。事實上，周先生這兩本書在北京的首發，是他文學的歸鄉，也是他對母親中國的獻禮。

再次祝賀周先生大作在北京的出版，並祝願他再攀文學生涯的新的高峰。我也為昆侖出版社出版周先生的書，促進民族理解與團結，表示祝賀與敬意。

初刊二〇〇三年六月《世界華文文學論壇》（南京）第二期、總四十三期

反對「不准反美反戰」和「只准聊以反戰不准反美」！

此次反對美帝侵伊運動的反思

今年三月，美國撇開聯合國安理會的異議，公開踐踏《國際法》，不顧全世界各族各國人民的反對，悍然打響了侵攻伊拉克的戰爭。戰爭爆發的前夕開始，全球各地人民反對美國侵略戰爭的示威行動和輿論鵲起，透過媒體傳播到台灣來。台灣精英知識界，以李遠哲為首，發表了反戰聲明。在「勞權會」、「反帝學生組織」、「夏潮聯合會」等的發起下，台灣青年學生和一些社運團體組織起來，發動了幾次到台北市美國在台協會的反美反戰示威，人數一次比一次多，到三月二十二日達到了高潮。一九五〇年以後從來沒有反美意識與行動的台灣青年學生，這回才第一次張開了眼睛，以驚訝和憤怒的眼光注視著他們不曾認識過的美國——蠻橫傲慢的帝國主義美國。

主流政治的台獨派眼看反美反帝的星火在燒，大為驚慌，開始在網路上寫文章滅火，流露出捍衛美國主子，為美國侵略罪行辯護，高呼不准反美反戰，給反美反戰的人戴上親共「反台」

（獨）的帽子，奇談怪論傾囊而出，生動暴露了「台獨」右派的、法西斯的、親美和反民族的反動本質。現在，我們大略整理了「台獨」派親美、反反戰論和「策略」性不反美論的幾條，逐一辯其謬誤。

「適當、適量地使用暴力是正確的。」美國打伊拉克，使伊拉克人流血死亡，但卻得以從海珊的暴政下「解放」，獲得「民主」和「自由」。「相信」伊拉克「解放」後，伊拉克人民會過得更好，成為中東世界中「民主」的樣板，就如美國打敗日本，卻締造了戰後「民主」的新日本。

所謂「適當」、「適量」的暴力論，意思是「善良的暴力」。這是標準的美國強盜邏輯和修辭。美國把南美黑人、巴勒斯坦人對英美支持的白人恐怖統治和以色列法西斯擴張的、絕望的自殺性抵抗稱為「恐怖主義」，但是對其所全力支持的反共法西斯獨裁政權，如解放前的南非、當下的以色列法西斯和韓國朴正熙、全斗煥、盧泰愚政權、台灣蔣氏戒嚴體制，以及七〇年代瓜地馬拉、阿根廷、伊朗親美軍事政權等由國家機器發動、有組織的非法逮捕、拷訊、投獄、暗殺、槍決、集體濫殺（動輒百、千、萬人）說成是「維護民主體制」所必要的「善良的暴力」（benign violence）。

而在現實上，美國在世界各地操作的「善良的暴力」，其血腥、其人權蹂躪之慘烈，受害規模之眾，遠非巴勒斯坦、法帝宰制下阿爾及利亞、南非的小規模（諾・卓姆斯基稱為相對於美國操持下國家暴力的「大盤恐怖主義」〔wholesale terrorism〕），弱小民族絕望的自殺攻擊是「零售的恐怖主義」〔retail terrorism〕）絕望性自殺性抵抗所可比擬。然而所謂「適當」、「適量」的暴力之不道德、血腥與恐怖，今日卻被「台獨」派用來美化美帝國主義侵略伊拉克暴行的「修辭學」！

其次，美國對外侵略、搞政變、占領、干涉內政、任意組成親美傀儡政權，果真就帶來「民主」、「自由」的好日子嗎？光是二次大戰後，美國以武力侵略、干涉他國內政，推翻外國合法政府，恣意更換改組他國政權，至此次明言打倒海珊出兵伊拉克，至少有十二次以上。而這些美國支配下的政權，莫不是嚴重蹂躪人權的獨裁法西斯政權，對美債台高築，經濟破產……此外，美國在戰後亞非拉世界「援助」、「結盟」、支持了無數反共軍事獨裁政權，荼毒其人民，造成廣泛傷天害理的人權蹂躪事件。一九五〇—一九八七的台灣白色恐怖統治只是其中一小例而已。

一九四五年，美軍軍事干預分裂東西德、南北韓，在南韓長期支持獨裁政權。韓戰爆發後，美軍當局在日本施行「軟性」的白色恐怖，將日本左翼從各政府、學校、機關、團體中加以「追放」（驅逐去職）。在韓國，美國支持獨裁政權以《國家保安法》和反共條例施行軍事法西斯統治，製造濟洲島慘案（一九四八）、麗水良民屠殺（一九五一）、光州大屠殺（一九八〇）。

台灣的故事就不必說了。五〇年代台灣白色恐怖，是在美國默許下槍斃了四、五千人，投獄萬餘人。從六〇年代到八〇年代，美國以中情局的滲透、顛覆、暗殺、武裝侵略、政治干預、經濟支配和禁運，干涉別國內政，篡奪各地民選的政府，製造對美國言聽計從的扈從國家（client states），先後炮製了二十多個第三世界親美獨裁軍事政權，到處嚴重蹂躪人權，摧毀民主……而一直到今天，在這歷歷罪證之前，美國仍大言不慚地宣傳它是民主、自由、人權等「普世價值」的傳播者和捍衛者。而相信這偽善的宣傳者，在台灣，不問是「綠」是「藍」，大有人在，至今還在以「適當」、「適量」的暴力論為美國侵略和戰爭罪行塗脂抹粉！

有人竟說：「對野蠻人要用野蠻的方法！」

這也是幾百年來西方殖民主義罄竹難書的強盜邏輯之一。西班牙人、美國人都曾以傳染病菌（例如天花）數十萬百萬計消滅殖民地抵抗的土著民（如印地安人）。正是「文明」的西方，最先發明實踐了最早的生化戰，使用了非人道「大量殺傷武器」，在北美、中南美進行滅族性濫殺，而其邏輯恰恰是「對野蠻的人要用野蠻的方法」論。連布希都不好意思說的這種大膽無恥的飾辭，台灣竟有人忙著來為它的主子洗刷侵略戰爭的罪愆。

而所有的自以為「文明開化」的大國在戰爭中所為的人道主義犯罪，莫不以此「對野蠻人可以使用野蠻的方法」這個邏輯為藉口和動力。南京大屠殺、七三一部隊暴行、慰安婦體制，莫不是「文明」日本對「野蠻」的「支那人」正當的暴行。美國三K黨對黑人的暴行，德國奧薛維許集中營的暴行，以色列對巴勒斯坦民族解放運動的血腥鎮壓，舊南非白人統治階級對黑人的種族隔離殘酷體制，各親美軍事法西斯政權對左翼工農、教士、學生、教授、共產黨人、社會主義者、社運人士的殘酷白色恐怖鎮壓，皆莫不如此！而不能忽視，今日少數台獨原教主義極端分子對外省人、對左翼民族統一派也在孕育著納粹式的仇恨，公開稱大陸中國為「支那共匪」，發散著納粹法西斯的濃重腐臭味道。

海珊是個「野蠻」的人，他的政權是獨裁、「殺人無數」的「野蠻」政權，伊拉克民族「封閉、落後」，當然「野蠻」，所以「不配擁有現代化大規模殺傷性武器」，可得而誅之，為伊拉克再造民主、文明的政治與生活，所以美國侵略伊拉克堪稱「替天行道」，不能反戰，更不准反美！

一般說來，海珊獨裁、排除異己、生活「奢華腐敗」，是包括許多反美反戰的輿論都同意的。但也要考慮到美英間諜、殺手十幾二十年來公書要取其項上首級，推翻其政權。而海珊畢竟不是毛主席，有可以信賴的億萬擁戴他的人民群眾以為干城，畢竟擺脫不掉傳統回教統治政治的極限……

但是也不要忘記，八〇年代，美國和海珊的伊拉克有鎮壓蘇聯及中東左派革命在中東發展的長期同盟。一九八四年，美國為煽動伊朗和伊拉克自相殘殺，鼓動「兩伊戰爭」，伊拉克就對伊朗使用生化武器，美國視若無睹。但從一九八五年到一九八九年，雷根和老布希總統卻仍然批准包括了炭疽菌在內的幾種生化殺傷菌和化學材料給海珊。一九九四年美國國會文件證明，在明知海珊於一九八六年會使用以美國生化材料製成的生化武器殺害伊拉克北境的庫德族的基礎上，大批對海珊的伊拉克輸出劇毒性生化武器材料菌種和化學物質！事實說明，今天被美國及其世界各地僕從指控坐擁大量殺傷性武器和生化武器的海珊曾是美帝國主義的親密盟友，在美國生化科技支持下坐大的反共獨裁者，而一旦其羽翼豐滿，不聽指揮，美國就能厚顏無恥地以海珊「獨裁」、「野蠻」地「擁有大量生化武器」為藉口侵略和屠殺伊拉克。

另外，美軍在打下伊拉克後，公稱其政治任務是「教育伊拉克人民不再愛海珊」(to learn not to love Husein)，這不是很耐人尋味嗎？

當然，說到文明，奧圖曼大帝國土耳其世界阿拉伯文明的中心地巴格達古文明的璀璨，是美國只有兩百多年歷史的蠻子所遠不能比擬。此次美軍對巴格達古文明博物館的劫掠和放任伊拉克莠民破壞偷竊，使一切中國人回憶到八國聯軍侵略對中國古文物的劫難。人們哪，是誰，是什麼叫「文明」與「野蠻」？這問題召喚我們深沉的思考。

「野蠻者可以施之以野蠻」論者舉了實例，說孫中山倒滿的暴力，警察鎮壓匪徒的暴力，美國在二戰末期出兵參戰反法西斯戰爭的暴力的正當性。這當然可以進一步分析。

對待「暴力」，要辯證地看，也要唯物地看。則「暴力」從歷史唯物論上看，自然有革命的暴力（巴黎公社、孫中山反滿）和反革命的暴力（美中情局推翻阿燕德政權、親美獨裁政權對國內進步勢力的鎮壓）；有正義的暴力（抗日戰爭），有不正義的暴力（法西斯在全世界的侵略）……

警察是國家機關（state apparatus）強制性暴力機制之一，其目的在維護階級統治的秩序。當打擊各階級公認的不法，警察的威暴可以代表正義。但在白色恐怖中，偵警特務迫害政治異己，踐踏人權，便代表統治階級的反革命暴力了。美國直等到第二次世界帝國主義戰爭末期才參加了反法西斯戰爭，之前則大賣軍火發財。但美國武裝介入反法西斯世界戰爭是有功的，但在戰爭中坐大的美國，卻在戰後冷戰體制中依恃其強大武力形成世界性新帝國主義而全面反動化。到了今天，它公開宣言「預防性、先制性攻擊」，如果回憶納粹德國的擴張、日本襲擊珍珠港事件也莫不是由「先制攻擊」出兵侵略開端，一個比納粹德國和法西斯日本更強大、邪惡的帝國美國的登場，就不能不引起人民深刻的警戒！

美國是台灣的盟國，是台灣安全所繫，要反對美國發動的侵伊戰爭很令人「為難」，對美國「不好意思」。要反戰，應該反中共對台灣的軍事威脅。可以反戰，不宜反美！

韓戰後，美國以強權抹煞新中國，不予外交承認，強使國際社會以「中華民國」代表全中國，並令其安坐聯合國常任理事國，直到一九七二年台灣才被逐出聯合國。一九七九年，美國承認中共，再也不承認台灣是一個「主權國家」，在《台灣關係法》下，台灣充其量只是美國保護地區。在WTO中，台灣也只是一個與香港一樣的「關稅區」。一九七九年前，台灣還勉強可以說是美國的一個虛擬化的「同盟國」，而今「國」已不「國」，連美國都公開說台灣不是一個主權獨立的國家，台灣的一些人還硬要貼上去說自己是美國的「同盟國」，叱止別人不准反對「盟國」美國和它所發動的侵略戰爭，妾婦之情，令人難堪。

現在有很多人不承認自己是中國人，一面又強調「中華民國自一九一一年就是一個主權獨立的國家」，這等於台獨不能不承認台灣「主權」上屬「中華民國」，它絕不曾也不是自來獨立於中國的、獨立建過國的「國家」。否則，一八九五年割台時日本依據什麼以清王朝為對象訂《馬關條約》割台？一九四三年中美英（以及後來參加的蘇聯）又何所據而發表以「三國之宗旨在剝奪日本自一九一四年第一次大戰開始以後在太平洋所奪得或占領之一切島嶼；在使日本所竊取於中國之領土，例如滿洲、台灣、澎湖列島等，歸還中國」為重要內容之《開羅宣言》及其後的《波茨坦宣言》？依據這兩個宣言，一九四五年公開以中華民國為對象在四川成都與台北受降書中，中國自日帝手中收回了台灣和東三省，正式將東北和台灣收回中國主權版圖。

韓戰爆發後，美國為占用台灣為其遠東冷戰前沿基地，炮製了強盜式的「台灣地位未定」論，從而與蔣氏政權訂立「協防」條約，派兵進駐台灣，並以大艦隊封斷海峽，公然非法占領台灣，干涉中國內政，造成民族分裂的形勢。但從現實上，「中華民國」從此在經濟、政治、外交、軍事和文化上徹底從屬於美國的政策與利益，成為美國的附屬政權，從此而後，每況愈下，即使「台灣人」李登輝執政，一直到「政權輪替」後的今天，台灣就從來不是一個「主權獨立」的國家，而只是一個美國的跟班小子。七〇年代，日美等國先後撤銷對台灣外交承認，台灣在國際上因堅持其所沒有的身分，力主獨立於中國之外而在國際社會中喪失身分的合法性。

然而，有人一直堅持，即使為強權玩弄於先，又復摒棄於後，仍然要為強權的鷹犬，甘為別人的戰略利益分裂中國，卻在這個分裂對峙的結構上任人施加軍購的訛詐，耗竭公帑，置島內民生困疲於不顧，唾面自乾，緊跟早已不認自己身分的老主子，不但背負沉重的軍購負擔，這回還要出來背負主子背德的侵略責任。妾婦的悲涼，竟一至於此！

至於大陸東南沿岸的「四百枚」飛彈，瞄準的主要是國外必欲分裂中國、霸占台灣的「新保守派」、「鷹派」帝國主義和少數它們的僕從。如果台灣有人一定要貼上一向分割別人的民族與領土，遂其分割統治的帝國主義者（中東、非洲悲慘的現狀就是帝國主義為分割爭奪殖民地的歷史結果），就要不怕成為包括台灣人民在內的中國反帝衛國戰爭的陪葬人，絲毫怪不得別人。把這次反美反戰的邏輯硬套上「中共威脅」，誰都可以看清擁美攻伊從而擁美反華才是他們的真心。

有「政論家」阮銘說，這次國際媒體對美國攻伊戰爭的報導，鉅細不遺，使人能「零差距」目擊這場戰爭，使攻伊戰成為「透明的戰爭」，使反戰論說不攻自破。

阮銘是原中共中央黨校高幹，六四前夕去美，從此墮落為先靠美國、後靠台灣的津貼度日的反共反華「政論家」，販賣反共擁美反華言論為主。這個轉向變節的共產黨員，根本不懂美國大眾傳播產業在文化和心理冷戰中起到的重大作用。吸取了六〇年美國媒體在越戰中炫耀美國大量屠殺越共和越南人民的報導引發了美國和全世界的反戰風潮的經驗教訓，十二年前海灣戰爭的報導，就開始受到中情局、軍方和新聞管理當局的嚴格限制，開戰中禁止記者現場採訪，待戰事結束，美國連夜以推土機將三分之二伊拉克軍民屍體「清理」後，才讓記者進入現場。這次侵伊報導也基本如此，看到不少電腦製作的畫面，和少數一些伊拉克莠民「歡天喜地」向美軍「歡迎」、拉倒海珊銅像的畫面，人數基本上也不滿百。美軍搶劫伊拉克歷史博物館、民眾婦孺在占領軍不予理睬下的疾病、傷亡和人道危機、放任暴民搶劫以示伊人之「野蠻」的畫面卻絕不見於ＣＮＮ傳媒畫面……都說明所謂「零差距目擊」、「透明戰爭報導」云云，都不過是為美國侵伊美化與正當化的奴才之論。

作為統一戰線「策略」的「反戰不反美」論的檢討。

網路上對這次美國侵伊戰爭的言論中，最醒目的、最叫人嘖嘖稱奇者，莫過於「反戰不反美」論，其理由也有若干不同。

台獨派有兩說，一說老美保障台灣安全，是台灣的「盟國」不可以反，不准反，只能依「和平為普世價值」之義反一點兒戰，為伊拉克戰火中的「兒童」（父母百姓、衛國保種的伊拉克民眾士兵就該死了）「祈福」……另一種說詞更反動，既不准反美也不許反戰。不准反美反戰，因為美國是老大哥、主子，而攻伊是為了「解放」伊拉克……這些暴言，前此都經過我們揭發批判了。

另外有一種「反戰不反美」論者，據說是有「策略」思考的。這些人是高校校園比較進步、比較常涉入社運的老師。他們大約以為台灣民眾心目中美國太「美」了，不容易有反美認識，一旦喊出反美口號，群眾不來；有一些人考慮到五〇年代以降一貫反美的是左翼統派，提反美口號，就怕被群眾戴上「統派」帽子，而「統派」據說是台灣社運的「票房毒藥」。有個當過官的「社運領袖」當面指責一個最早發動反美攻伊的組織：「中國打台灣時你們反不反？」，不准統派鬧反美鬥爭的傲慢氣勢和架子，叫人稱奇。

他們心裡想的是「聯合一切可以聯合的力量（左統派絕對除外），打倒共同的敵人」。這叫統一戰線。統一戰線應該目標明確，原則正確。先說目標。一九三七年日本打響侵華戰爭，中共不久就推出抗日民族統一戰線。以抗擊日帝侵略為目標，拉起全民抗日各黨派、個人、團體的共同戰線。如果有人在當時因為顧忌國民黨內有親日派，顧忌國民黨必欲「先安內（剿共）後攘外（抗日）」，不敢喊抗日，呼籲結成「反戰統一戰線」，中國抗日會是什麼一個結果？再舉一例。一九四五年底展開的新民主主義運動，是以反內戰、民主化、和平建國為目標而團結一切和平建國的力量組成反對內戰、和平建國的共同戰線。這個共同戰線雖然沒有提及打倒、推翻國民黨，卻達到了團結一切非共民主黨派人士、學生……的戰線，打擊國民黨堅持內戰、堅持獨裁的政策，取得勝利。

共同戰線要目標明確和正確，也要求有堅定正確的領導，否則戰線就會淪為群眾的尾巴。戰線的領導既要求從群眾中來，當群眾的學生，也要求在群眾和形勢要求上做好群眾的先生，教育群眾牢牢抓住正確的鬥爭方向。不能因為低估群眾在攻伊戰爭中對美帝的疑慮和反感，放棄教育群眾認識和反對美帝的方針，放棄了五十年來台灣民眾從來不知反美這個現狀的顛覆之機會。在反美又反戰問題上要旗幟鮮明，寸步不讓，認識清醒，在團結實踐上又要講活潑靈活。堅持原則卻不因而導致團結的破裂；堅持自由靈活甚至妥協卻不以犧牲、模糊原則為交易。這是唯物辯證法。

現在反思，那些咄咄逼人的「策略性反戰不反美」的精英，到底因犧牲或出賣原則而果真「擴大」了多大的戰線？他們為了爭取到一個獨派台灣美術史「學者」精英簽名反戰，不惜以放棄反美、不惜悍然排拒左統派，他們為這次台灣反美侵伊運動付出了大量的勞動，而為之沾沾自喜。這是目無民眾的、機會主義和唯精英主義。而歸根結底，這是島內左派怎樣看島內的結構矛盾——階級矛盾大於民族矛盾還是其相反——這個重大問題上的矛盾在此次反美反戰這個具體問題上的反映。

而關於這個問題的爭鋒，已經迫切地擺上島內左派的議事日程表上了。

初刊二〇〇三年七月《左翼特刊》
收入二〇〇三年十二月人間出版社《人間思想與創作叢刊6・告別革命文學？——兩岸文論史的反思》(陳映真編)，二〇〇六年台灣反帝學生組織、勞動人權協會《二〇〇三年「反對英美侵略伊拉克戰爭」紀實》(試印本)

寫在本書台灣版出版之前[1]

從二〇〇〇年開始，人間出版社比較集中精力於出版有關台灣文學的論述、史料和史論方面的書，其目的在對於台灣文學論述自二〇〇〇年以來逐漸成為主流政治的霸權論述的重要成分，並透過高教領域獨占，為「政治正確」服務的教學和傳播的當前情況，做平衡、匡正的工作。截至目前，我們已經出版了《台灣新文學史論叢刊》共四冊，分別是第一卷由呂正惠、趙遐秋兩教授合編，呂正惠教授、趙遐秋教授、曾慶瑞教授、樊洛平教授、斯欽研究員和曾健民先生合著的《台灣新文學思潮史綱》；第二卷呂正惠教授著《殖民地的傷痕》；第三卷是由許南村主編，呂正惠教授、杜繼平博士、曾健民和陳映真諸先生合著的《反對言偽而辯》；目前已出版的第四卷是何標先生編《張我軍全集》；第五卷由古繼堂教授主編，古繼堂、樊洛平、彭燕彬、王敏等諸教授合著，繁體字增訂台灣版《簡明台灣文學史》；以及本書即由曾慶瑞、趙遐秋二教授合著，台灣增訂繁體字版《台獨派的台灣文學史論批判》等。

二〇〇三年七月

一九八〇年代前後，大陸上隨著文革結束，展開「改革開放」體制後，解放後禁錮多時的台灣文學研究突然「百家爭鳴、百花齊放」。有關台灣文學史、台灣文學理論批評史、台灣小說發展史、新詩發展史的研究著述……如雨後春筍似地出版，遍地開花，其中更不乏煌煌巨著。

現在看來，這些蓬勃的研究著述成果，雖然存在著因政治、地理的分斷而來的資料上無法避免的限制，卻震驚了在台灣的分離主義學者。於是對於大陸台灣文學研究有這些批評：說這些著作是大陸對台「統戰」工具；說這些著作以共產主義歷史唯物主義的「教條」，強加於人，是政治教條，不是學術研究。最近，有人說大陸學者「企圖以強勢的中國論述收編台灣的歷史經驗。這種政治基調，正是日後中國學者竄改、誤讀、曲解台灣文學史的最高指令」。

二〇〇二年十一月，台獨派台灣文學研究教學重鎮成功大學台灣文學系主催下，開了一個「台灣文學史書寫國際學術研討會」。其中，台獨立場堅定，但待人總還謙和的林瑞明教授在他題為〈兩種台灣文學史：台灣 vs 中國〉的論文中，對於本社在台出版繁體字版《台灣新文學思潮史綱》有這峻刻的評論：

> 學術資料的交流當然無可厚非。但若是資料的交流……是為了鞏固集團論述霸權，而請對岸有心人士出手，鬥爭異己，這行徑就未免失之無骨，其心可誅了。

對於一貫貌若溫文、謙和的林瑞明教授，這是他對於我們出版了一本由「中國人」編寫台灣文學思潮史的書，忍無可忍的、嚴厲的漫罵和人身攻擊了。

但回看台灣新文學的歷史，儘管台灣新文學的發軔、成長，以至於成熟的歷程，多半發生在舊的和新的帝國主義下祖國兩岸被迫分斷的時代，外表看來似是「在台灣『獨立』（獨自之意）發生」，但是台灣新文學始終和祖國新文學保持著千絲萬縷不曾間斷的人的（作家、文藝理論家）、思想理論的、創作方法、創作範式上等種種複雜又密切的聯繫，至今不斷。

早在二〇年代初，中國五四新文學運動展開後不久，受其強烈影響，台灣也展開了新舊語文和新舊文學的鬥爭。而台灣的文學革命，透過留學大陸和日本的知識分子，直接從大陸輸入、幾乎全套搬用了陳獨秀、胡適之關於語文革新、文學敘述革新的理論，主導了台灣文學漢語文白鬥爭的內容和方向。特別在文學創作的敘述（narrative）上，直接引進和推介大陸新文學大作家的小說和新詩作品，如魯迅〈阿Q正傳〉、〈狂人日記〉、〈故鄉〉，郭沫若的〈牧羊哀話〉，冰心的〈超人〉和徐志摩的〈自剖〉。中國新小說和新文學，先經過了幾十年探索和實驗，大量迻譯吸收域外西洋小說才成形。台灣的現代漢語白話小說和詩，卻因能直接以中國新文學初期的傑作為範式（paradigm），省略了漫長的由文到白的實驗，直接產生了像賴和那樣第一代偉大的台灣新小說家。

到了一九三〇年代初，台灣左翼文壇和當時中國無產階級文學運動圈一樣，也產生了和大眾文學問題相聯繫的大眾語問題的論爭。這個論爭是兩岸左翼文壇內為了推動無產者大眾的文化和文學的關於語文策略的爭論。有一派人認為白話打倒了封建士大夫的語文即文言文，但在新時代中，市民階級的白話文對各地底層直接生產勞動者而言，是「新的文言」，他們日常使用的是各地不同的方言土白。為了發展廣大民眾的文化與文學，應該設法提倡大眾語，推到極至，就是方言土白了。在大陸，這一派的代表可舉出魯迅和瞿秋白，在台灣則有黃石輝、郭秋生等人。另有一派以中國方言繁多，不少地方的方言（如閩方言和粵方言）標音表記困難，主張在白話文基礎上，深入工農生活，向工農大眾學習「淺顯、易懂、新鮮」的語言。在殖民地台灣，為了在異族壓迫下力保漢語文，解決日本公學校教育下，台灣學童漢語失落、日語不通的「文盲」（見賴和、郭秋生論旨）化危機，力主反對讀音不一、表記紊亂又無公認共識的語文範本（如文藝作品），而反對「台灣話文」的建設，力主普及漢語白話，既保持漢文化和語文主體，又解決日帝公學校體制下「文盲」化的危機，代表人物有賴明弘、廖毓文和林克夫等人。

而注意到大陸大眾語文學運動而深不以為然的賴明弘，據曾健民兄提供的資料，在一九三四年十一月間寫信給當時客居日本的郭沫若，簡要介紹了組成「台灣文藝聯盟」時期台灣文學的概況之餘，表示他自己不能苟同當時大陸任白戈等人提倡的「非科學的、盲目的」大眾語建設論，並向郭沫若請教他對此問題的看法。郭沫若的回信表示賴明弘批判「大眾語文」運動的看法是「極正確的」，而「目前的中國正是『黃鐘毀棄、瓦釜雷鳴』的時代，讓他們去無事忙好了。縱橫中國的大眾和他們是沒有關係的……」（《台灣文藝》第二卷第二期，一九三五年二月一日）。這說明台灣三〇年代話文論爭與同時代中國左翼文壇在問題意識上的聯繫。

此外，三〇年代中國「左聯」東京分部的大陸詩人和評論家雷石榆和台灣文壇、文藝界張深切、吳坤煌、王白淵的私人和集體的往來，並共有文藝活動，也是台灣文學史上周知的史實。

至於光復後，緊接一九四七年二月慘變後的十一月展開、為時一年多的「關於重建台灣新文學」的、在《新生報．橋》副刊上的論議，在台的省內外作家、評論家以有熱情、有理論思想縱深的論議，共商重建光復後台灣新文學的歷史，就無需在此辭費了。

七〇年代現代主義詩批判和鄉土文學論戰，受到同時期海外港台、留美知識分子保釣運動左翼的影響，是十分明顯的。他們在北美各大學東亞研究機構尋找新中國崛起的歷史，也尋找三〇年代大陸左翼文學的作品和文論，從而改變了文論的範型，開始學習歷史唯物地看文學的諸問題，因此在鄉土文學爭論中抗拮官方反共文論時，表現出素樸的文學社會學和歷史唯物主義為方法論的文論。當時尚未向台獨轉向的王拓，就大段抄用了香港保釣左派雜誌《抖擻》上的文章，論述穿西裝的日本資本如何替代穿軍裝的舊殖民者登陸台灣，西方的個人／集體、民主

／專制二元對立的思想大舉入侵台灣，卻使反帝民族主義思想在台灣被「割斷」，終使台灣文學盲目模仿和抄襲西方文學……文獻俱在，可以覆按。

因此，自日據以迄今日，在民族因強權干預而分裂的兩岸，台灣文學和大陸文學一直都存在著緊密的個人的、思想文論上的聯繫，成為台灣新文學史上一個絕不能忽視的傳統。一九八七年後，兩岸恢復有限度的交流，而大陸學界對台灣文學的研究和相關著述的繁榮達到了空前盛景，是極為自然的結果。本書繁體字版的在台刊行，放在這個歷史傳統上看，根本就不存在林瑞明教授所說的兩岸文學「跟一個中國一點關係也沒有」的問題，更沒有「統派隔岸借力」的問題。

這本書顧名思義，是針對台獨派幾個有關台灣新文學主要的「原教義化」的論說的批判。因此，自然容易讓人戴上「中共官方和中共學界對台灣本土文學的打壓」這樣一頂政治帽子。說來好笑，事實卻恰恰相反。

先說書名。原書稿書名本來是《文學台獨批判》。在大陸出版前曾廣徵大陸台灣文學研究學界關於本書內容各方面的批評意見，結果阻力竟而意外得大，意見無非主張要溫良恭讓、對葉石濤批過頭了、行文口氣讓人想起文革批鬥文章……頂著這些壓力，連書名也不能不改為大陸版的現有書名《「文學台獨」面面觀》。「鬥爭」、「革命」這些用詞看來在大陸都不好用了。台灣版的書名

《台獨派的台灣文學論批判》是我社自定，無非坦蕩磊落，名實相符，不掩藏自己的旗幟。

還有能使島上台獨派一樂的新鮮事。據最近南京某高校老師來信，《華文文學》二〇〇二年第四期發了一篇文章，為葉石濤鳴不平，說他老人家不是台獨派。大陸「學者」不知，葉氏日文版《台灣文學史》的譯者澤井律之在翻譯本「解說」上都說，葉氏有關台灣文學性質論，長期說「台灣文學是中國文學的一支流」，甚至也是「中國抗戰文學的一部分」，說台灣文學是「在台灣的中國文學」，是「在台灣的中國人所創造的文學」。但這些說詞在單行本全被葉石濤刪除。澤井說這是葉石濤跟著八〇年代中期後台灣政治「自主化論」成為主流的腳步而改變說詞的。

同來信上說，同一期的同雜誌還刊了某「權威」學者文章，力讚台灣師大教授許俊雅在日據台灣文學研究上「功勳卓著」！而許教授的台灣文學研究之台獨傾向，在台灣是眾所周知的。更妙的是，同雜誌今年第二期「台灣文學研究」專欄上有文章吹捧西川滿，主張這位當年皇民文學的奴隸總管西川的作品應納入台灣文學！這簡直是大陸學者有關西川滿評價與台灣反民族分離派隔海唱和了。新世紀的奇觀，莫過於此！

然而我們卻不好意思跟著郭沫若說，今天大陸某些台灣文學研究界的言論是「黃鐘毀棄，瓦釜雷鳴」，讓大陸學界去「無事忙好了」。平心靜氣想，大陸知識分子對島內「文學台獨」的認識需要有一個過程，但也不能不責備他們用功不足，研究怠惰。其次，這原本首先就是島內在地覺悟了的台灣文學同人自己的鬥爭任務。大陸讓那些右翼的、糊塗的學者和刊物「自由」發言，也是「好事」，但我們也希望對「台獨文學」有正確認識的、有覺悟的大陸學者也有自由發言的餘地。而正是當前這渾迷的形勢，加速了我們出版入手已久的這本書稿的出版。而台獨派準備丟到我們頭上的「為中共統戰」、「為中共收編、矮化台灣文學」、向大陸「隔岸借力」的帽子，我們一頂也戴不上！

最後，我們感謝作者曾慶瑞教授和趙遐秋教授優秀辛苦的勞動。我們也感謝大陸九州出版社慨允授權我社在台灣出版繁體字修訂版。

我們也特別感謝台灣清華大學中文系教授呂正惠和台灣民間研究者曾健民醫師慨允將他們的重要論文，即呂正惠〈陳芳明「再殖民論」質疑（節錄）〉和〈三〇年代「台灣話文」運動評議（節錄）〉，以及曾健民〈台灣「皇民文學」的總清算〉及〈台灣殖民歷史的「瘡疤」——怎樣看葉石濤最近在日本的發言〉等四篇大論，作為本書的「附錄」壓卷，使這本書增加了在地鬥爭的思想和學術的重量。

二〇〇三年七月十日

初刊二〇〇三年七月人間出版社《台灣新文學史論叢刊6・台獨派的台灣文學論批判》（曾慶瑞、趙遐秋著），署名編輯部

另載二〇〇三年十二月《世界華文文學論壇》（南京）第四期、總四十五期

1 本篇為《台灣新文學史論叢刊6・台獨派的台灣文學論批判》書序，另載《世界華文文學論壇》時，篇題為〈寫在《台獨派的台灣文學論批判》之前〉，署名陳映真。

二〇〇三年七月

我的文學創作與思想[1]

編者按：被稱作世界華文文學諾貝爾獎的「花蹤世界華文文學獎」第二屆的得主已經揭曉：著名的台灣鄉土作家陳映真先生榮獲此項榮譽。十二月二十日，他將出席在吉隆坡舉行的頒獎儀式，並從上屆得主王安憶手中接過「花蹤」鋼雕獎座。

對於陳映真先生，中國大陸讀者是熟悉的。他的小說〈將軍族〉被選入各種台灣文學的教材，感動過一代又一代的讀者；他主持《人間》雜誌，提倡報告文學，從社會弱小者的立場來記錄、見證和批判台灣社會；早在上一世紀八〇年代，他在理論上就敏銳地批判跨國資本、消費社會以及日見枯萎的台灣社會風氣；直到前年，他還發起了關於台灣文學史屬性問題的論爭……本刊所載的是陳映真先生最近在台灣中研院做的一次演講，由《印刻》雜誌編輯陳文芬女士提供錄音，李娜整理。為第一次發表。

不知道陳先生會在獲獎時說什麼話，只記得在他親手創辦的《人間》雜誌發刊詞上寫著：「因為我們相信，我們希望，我們愛……」

今天我受邀到台灣的最高研究機構來談我自己，一方面覺得很榮幸，另一方面也覺得很惶恐，因為你們不要看我塊頭這麼大，其實我挺害羞的。特別是要講自己的時候。我寫了不少文章，很少寫自己，很少說我的小說如何如何、我的小說是要表現什麼、我的小說是怎麼怎麼樣的。我等一下還要說到，我有個大毛病，就是對我自己的創作很不重視，不重視到很少把刊出來的東西剪貼整理。我有時候看到別的作家的年表可以寫到他在幼稚園的時候寫了一篇文章被老師貼到牆壁上（笑），我一方面覺得很羨慕其自信，一方面覺得我應該是比較缺少那種所謂的「作家意識」的人吧，或者說是「作家意識」比較脆弱吧。所以今天坐在這裡，我就想起一幅名畫——我已經忘記那畫的作者是誰，畫的是一個解剖學的場面，中間有一個屍體，好幾排的學生在那坐著見習。今天我坐在這裡也罷了，還要自己解剖自己（笑），我覺得很有點為難。不過如果我的自我解剖能夠對於台灣文學的研究有貢獻，不是對我的研究，而是對台灣文學的研究有貢獻的話，那麼，作為一個屍體也是很有點用處吧。所以我前兩天開始想了一下，我想從兩個方面來說。一個是我的文藝思想的形成，就是我成長的過程。第二個就是我的作品的幾個母題的歸類。我的知識學問所限，我只能講這些，也不可能講很多很大的道理。

眾所周知，我在二十幾歲時偶然闖入了大陸上一世紀三〇年代文學的禁區，讀了魯迅、茅盾和巴金，還有舊俄作家的作品，而且是由於偶然的原因，我受到魯迅很深刻的影響。我的父親那一代——到現在很多人說，台灣的知識分子在光復以後就進入到國民黨統治的新的殖民地時代了，光復以後，台灣人就跟大陸鬧不好，其實從我家庭的歷史來看並不然。我爸爸小時候是一個很優秀很聰明的孩子，可是家裡非常窮，跟那個時代的很多窮小孩一樣，他要追求出路的。他從公學校畢業（公學校就是專門供台灣人讀的小學），畢業以後，因為成績很好（這種故事在台灣好像還不少），老師就捨不得他不能夠再上中學，就跑到我爸爸家去，想對我祖父母做工作，一看家徒四壁，實在沒辦法上學，這個老師就送給他一本字典，告訴他，以後可以翻字典、工具書，自己求進步。就這樣，他一輩子很善於學習，很會自己想辦法學習，講學習的方法。他年紀大的時候，比較有福氣，我有一個弟弟一個妹妹在美國，生了孩子要跟爺爺通信，可是寫來的信都是英文，這下把他難倒了。他是個很虔誠的基督徒，就把好幾本英文、日文跟中文的《聖經》排比起來，他對《聖經》很熟，他就用這樣的方式學了一段時期，寫了第一封英文信給我看。我看了大吃一驚，當然難免有一些小錯，可是爺爺跟孩子交流感情的內容卻都表達了，他居然就一句一句地這樣用英文接著寫下去。說到我的父親，是因為他給我的影響實在是很大，就是這個父親，光復以後，他當桃園國民學校的校長，我曾經在一篇散文裡寫到我的父親。我是我三伯父的養子——，因為我是雙胞胎，真正的陳映真是我哥哥的名字，他在九歲的時候就沒有了，現在我哥哥比我有名，幸而還能夠讓我哥哥這樣跟我一起活到現在。在這樣的情況底下，我記得很清楚，五〇年代的時候，我爸爸的那個小學就失蹤了很多老師。後來我爸爸跟我講，當時的年輕老師總有點幼稚，常常把馬克思的政治經濟學夾到腋下，表示他很進步，我爸爸因為是窮人家的孩子，所以他也受到了三〇年代左翼思想的影響，可是他力勸這些年輕的老師不要這樣做，太危險了，但還是有好幾個老師失蹤了。我爸爸是那樣一個坦誠的人，那時當有人被抓的時候，什麼人都不敢走近，可是作為校長，他常常去看被捕的老師的家庭，去看他父母，看他的妻兒，以至於引起當局的懷疑。還有一點，我父親因為很會找辦法學習，所以那時桃園國民學校國語文的教育是非常有名的。他用表演唱歌、說唱、演戲的辦法教國語文，他那時演了一齣戲，我當時還看不太懂，我只記得很奇怪，那些人物怎麼都會用重量的名稱當名字，什麼七斤嫂等等。後來才知道是魯迅的作品〈風波〉。他當時為了教好中國的白話語文，到處去找外省人、能夠說標準白話漢語的老師來協助教學。所以那個學校的語文教學全省有名，教案也受到很大重視。

我講得太多了，大概年紀大了。我要說的是我的父親跟當時的知識分子一樣懷著很高的熱情學習中國普通話。他們看楊逵先生編的那套書，長長的，我還看過那個版本，分成兩欄，是中國三〇年代著名小說。上欄是中文原文，下欄是日文譯文，有很多的故事，其中包括魯迅的〈阿Q正傳〉。我的父親就是用那種方法來學習國語文，學得很好。因為他對音樂有興趣，所以他的音特別準，這就引起了國民黨的懷疑，說這個台灣人國語怎麼這麼好，他一定去過大陸，有問題，就從旁邊調查很久，最後證明無事。我們不要忘記光復以後一九四五到一九四九年間，大陸跟台灣知識分子的文化交流是非常頻繁的，現在的人無法想像。一九四六年內戰爆發，當時也有所謂民主刊物，像《文粹》、《觀察》，台灣都買得到。黃榮燦先生還曾經籌備在台灣設立三聯書店，這對當時台灣知識分子的左傾化都有很大影響。我們研究台灣文學史的人都知道，一九四七到一九四九年一年多，在《台灣新生報》的副刊《橋》上，有過「如何重建台灣新文學」的熱烈的、有思想深度的爭論，在這個爭論中有外省籍的知識分子也有本省籍的知識分子，在三月屠殺以後，還熱情洋溢地帶著悲憤的、帶著力爭同胞團結的決心、帶著重建台灣文學，使它成為中國文學不羞愧的一部分的這樣一種志向。人間出版社已把這個原始材料都蒐集出版了。所以我的父親以他的好學一定讀過很多這樣的東西。我記得很清楚的一幕是五〇年代的時候住在學校宿舍(日式)，我半夜上廁所，好幾次在廚房裡看見有幽幽的火光，我知道爸爸媽媽又在那裡燒書了，他把書拆成一頁一頁燒了，就是所謂三〇年代的禁書。這以後，我家裡別無長物，就是我父親一大堆藏書，什麼《夏目漱石全集》、《芥川龍之介選集》呀，大正年代以來日本出版界就一套一套出版的世界名著的全集。我就拿來看，我不懂日文，就看插圖。有一天我在翻書，有一本紅皮的小書，還不到二十五開的小書，就是魯迅的《吶喊》，我就不告而取，看了半天，老實說，當時我才小學六年級，快上成功中學的那一年——看不懂，只有一個故事，給我印象很深，是寫一個老頭的故事，當有人打他的時候，他就詛咒，說，這個年頭變了，兒子打老子，那就是〈阿Q正傳〉。隨著年齡的成長，我差不多每年都會讀那部《吶喊》，而且隨著年齡的成長，我越來越了解《吶喊》的每個故事的思想內容，這就影響到我上大學後到台北牯嶺街去尋找三〇年代的舊書。有魯迅，還有別人，我就在那兒找，差不多三〇年代重要的作家我都找到了，茅盾啊這些人的都找到了。有時買不到了，他們就拿什麼經濟學、政治經濟學啊什麼的給我看。我心裡想，我看這種書幹什麼？有一次他們給我看一本艾思奇寫的《大眾哲學》，任何青少年都認為他自己一定會懂得哲學，所以我就買回來了。買回來一看，對我的影響非常非常大，好像一夜之間這個世界都改變了。我的青少年時代當然已經開始喜歡寫，不是寫故事，而是有幾個好朋友，喜歡寫文章的朋友，常有書信來往，每次寫的信都有七、八頁或八、九頁，總是寫：「當我看見一片落葉從我的窗前飄落的時候，我的心是多麼的酸澀。」但自從看了那些書以後，我接到這些朋友的來信，就覺得很無聊。我也不敢說「你很無聊」，所以回信就變成很痛苦的一件事情。我不斷地用我做家教掙來的錢在牯嶺街的舊書攤上買書。這是我的命運，也是偶然。我覺得人生是一連串的偶然串成的，不是我這個人天生的怎樣，其實我是個很平庸的學生，由於偶然的機會，從魯迅、巴金、茅盾然後進入——他們沒有三〇年代文學舊書賣了，就給我《大眾哲學》看，我就好像把眼睛揩明亮一樣，覺得整個世界都不一樣了。我就開始買我以前不想買的，什麼《政治經濟學教程》啦、《聯共（布）黨史》啦。在六〇年代我又買到一本英文本，叫《The Selected Works of Marx and Lenin》第一卷。然後我看到目錄的第一篇就是〈共產黨宣言〉，嚇了一跳，我知道有這麼一篇文章，可是我覺得我一輩子也看不到這篇文章。我記得我找到那本破破爛爛的書的時候，手都在發抖，一看是莫斯科外語出版社出版的。我的世界開始很大地轉變。我看到那些舊書——台灣的知識分子常常有種習慣，在購讀的書上會簽名、蓋章，購書年月什麼的——我看著那些書就想著那些人。我那時已經知道，有一個時期，這些舊書的主人可能早被肅清，已經不在人世間了，因為那時年紀小，不住地一個人想像這個人可能早先是怎樣的。有些人讀得很用功，有眉批。有的人前面的二十頁看得很用功，二十頁以後就沒有了。

舊書就這樣地改變了我的一生。可是我現在回想起來，那是很痛苦的一件事情。如果我是生長在三〇年代的中國，看到這些書，我覺醒了、覺悟了，我就會看到無數的影子在那兒奔跑，無數的影子在那兒呼喚，奔向讀書會，奔向延安。可是我是在台灣。我越是讀這樣的書，越是變得跟別人不一樣，我就變得越來越孤獨。就像我剛剛講的，我把以前熱情洋溢地互相寫信的朋友都丟掉了。我感到危險，感到害怕，也感到思想成長的亢奮和興奮。最近好像有一個研究生的論文——有人寄給我，我還沒有讀——研究台灣現代小說裡關於死亡的主題，其中列了一個表，說陳映真的故事裡死亡的次數最多（笑），我也常常被問起「為什麼你動不動就把你的人物弄死」？我想我今天可以說——可是作家說的不一定是研究的標準，不能說人家陳某人這麼說了，你還能扯什麼——我想最大的原因來自我自己的覺醒—孤獨—絕望—幻滅的思想經驗，我常常寫一個懷著一種非常曖昧、模糊不清的理想的人物，終於自殺或是死掉，我想這就是台灣特殊的條件下——我現在講話比較自由——找不到黨吧，找不到同志吧，找不到一種隱秘間新生的力量，所以我越是有理想的火花，越覺得絕望，越覺得我為什麼生長在這裡。我絕不是「不愛台灣」，但為什麼我不生在大陸，參加熱火朝天的社會主義革命和社會主義建設運動？這樣一種挫折感成為我少年時代和青年時期作品裡死亡意象的一個根源。我剛剛講過從魯迅、茅盾、巴金，一個偶然的機會，就碰到左翼政治經濟學，碰到馬克思主義，碰到左翼文藝批評，像盧那察爾斯基、像普列漢諾夫，都是日文本——順便說一句，我的英文、日文都不好，外面有一些謠傳，說我的英文、日文很好，其實不然，不是我謙虛，可是我查字典還可以看書，其原因不是老師教的，是我渴望看懂這些禁書。我當時找到很多日文岩波文庫的書，像列寧的《國家論》、《帝國主義論》。日本的檢查制度很有意思，書讓你出版，可是很可能一頁兩頁的連續打叉叉，我手裡就有那種版本，很奇怪的「言論自由」。為了看懂那些書，就硬著頭皮，有的略讀，看上下文大概懂就算了，實在有一關過不去了，我就乖乖地查字典，就這樣，我把日文、英文稍微學好了。就跟所有的思想過程一樣，思想發酵到一定程度，就會產生一種實踐和運動的饑餓感，就是覺得老這樣讀書，什麼都不做，很可恥。然後我又不敢把這樣的思想告訴別人，但每一個青年都有自己最要好的朋友，我就跟最要好的畫家吳耀忠(已過世)，形成了一個很小的讀書小圈子，後來當然被國民黨特務滲透，很便宜就把我們賣掉了，坐了幾年牢。我要講的是，這都是偶然性，不是我的天資特別好。你們可以考察我學生時代的成績，特別是數理，一塌糊塗。我曾經熱烈地想過，要當一個醫生，不是想賺錢，是那個時候，東方出版社出版了一本書，《史懷哲自傳》什麼的，那本書雖然不好讀，但影響很大，我想我不能到非洲當醫生，至少可以到台灣山地原住民部落當醫生。但是有一件事情阻擋了我，就是我的數理太差，每次考試都十幾、二十幾分，我知道是絕望了，可是如果數理好一點，我的命運可能就不一樣了。那麼這就是決定我以後的文藝思想、文藝創作實踐的一個很重要的原因。可是我這個人又不是真正的橫眉怒目的那種革命型的人，我這個人很懶散，讀書不求甚解，我的文學青年的個性可能是比較強的，我後來想，比起現在能自由讀馬克思的年輕人來說，從文學出發的左傾，從藝術出發的左傾，恐怕是會比較柔軟而且比較豐潤，不會動不動就會指著別人說，是工賊、叛徒，是資產階級走狗，說魯迅的阿Q破壞了中國農民的形象，像那種極「左」的。我想我比較不會走向枯燥的、火柴一劃就燒起來的那種左派，所以這一連串的發展我只能說是一種偶然。我到坐牢的時候起就想到一個問題，人生其實是一個圈子，偶然性的一個又一個圈子，互相扣在一起。如果扣上的圈子是別的圈子，我也有可能變成一個買辦階級，因為我曾經在外國公司上過班，不料從總部來的一個老外，對我特別欣賞，破格提升我為「sales manager」（銷售經理），把我嚇壞了，那一年剛剛好聶華苓女士那邊的「國際寫作工坊」讓我去，我就心裡有一個底子，我反正不能接受你這個銷售經理，我要到愛荷華去，可還沒去，就被抓到外島蹲著了。

影響我比較大的有三個作家，一個是魯迅，一個是芥川龍之介，一個是契訶夫，這三個人除魯迅後來變成一個很有戰鬥性的作家以外，他們都有一個共同性，他們都不是那種橫眉怒目式的、「四人幫」式的作家。芥川有一種神經質、一種說不出的鬼魅的味道，都不是正牌的、左翼的青年所應該嚮往的作家。契訶夫也是一樣，他絕對不是一個革命作家，雖然他是屬於那種很苦悶的俄羅斯年輕的知識分子，遠遠地聽到革命的動靜聲在響起，他還是坐在客廳裡有一搭沒一搭地跟他的知識分子同僚在聊，寫盡了革命前夜俄羅斯自由知識分子的彷徨和苦悶。我非常喜歡他這種風格。說到魯迅，他是中國革命文學裡一面很大的、大到可以蔽天蔽日的旗幟，可是魯迅迷惑我的，除了他的思想，他的對於舊中國的人民的關懷、對國民性改造的熱情以外，他的現實主義的魅力，不僅來自於他的現實主義本身，還來自於他早年受到的俄國象徵主義的影響，像《狂人日記》那樣的小說，成為中國第一篇白話小說，是中國文學史上的一個很大的奇跡。我一直到今天都是魯迅迷：他不但文字好，連他的標點符號，我都覺得充滿了生命力。除了他的現實主義、革命主義之外，還有他的散文詩，在他的小說裡面，那種象徵主義的手法，使他的現實主義更加豐潤，在審美上更加豐富。

其次我就談一談，因為這樣一個過程，所以三〇年代的文藝思潮，像文學為誰、文學為什麼、文學怎麼寫，這些問題深深影響了我。所謂民眾、民族的文學論，一直到今天都是我很深的關懷。所謂民眾文學和民族文學，是半殖民地半封建中國的改革運動中，民族民主社會變革的主題，用洋人的話說就是革命，民主，為了要把人民從封建枷鎖中解放，民族，是為了反對帝國主義的壓迫。當然我也反省到，即使包括魯迅在裡面，巴金、茅盾在裡面，他們的作品要給真正的、直接生產勞動者來讀，還是讀不懂的，可是我覺得，重要的是作家的志向、思想、態度。他的創作是為誰創作，要創作什麼，要寫什麼，要用什麼樣的語言風格形式來寫。凡此，對目前的時代來說是老掉牙的問題，可是對我一直還是個重大的創作信念，雖然我寫的東西肯定所謂的大眾也看不懂，不要說大眾看不懂，大學生、研究生也不見得喜歡我的作品，讀的人也很少，但我仍然相信，文學不應按外來的處方箋來開藥，就像我們經濟按別人的訂單出貨。文學的根本性質，我覺得，是人與生活的改造、建設這樣一種功能，我非常希望我的作品能給予失望的人以希望，給遭到羞辱的人撿回尊嚴，使被壓抑者得到解放，使仆倒在地上爬不起來的人有勇氣用自己的力量再站起來，和戀愛快樂的人一同快樂，給予受挫折、受辱、受傷的人以力量，那樣的文學才有意義。台灣戰後文學有一個很大特質，就是過分受到外來思潮的影響，在台灣戰後資本主義遠遠還沒有發展到所謂壟斷資本主義時代的五〇年代。它就跟「反共抗俄」的文學當作雙生兒，以現代主義、超現實主義的形式出現在台灣的文壇。一直到現在，很多的命題，像後現代、像身體、像性別、像情欲、像多元，這些東西，我覺得作為一種知識，加以研究，當然是有價值的，可是我也注意到，我自己喜歡畫畫，連我們的藝術界，也有大量的留美的老師回來，帶來了一大堆觀念，現在的畫家，可以畫不好素描，他可以把一千個可口可樂空瓶怎樣弄起來，布置成一個藝術品。這樣的作品，我當然願意承認它的存在，可是我一直覺得所謂的多元、自由絕不是沒有原則的多元，是在各有各的主張的基礎上，允許別人的主張存在，而不是什麼主張都沒有的一種虛無的狀態。現在的台灣文學界的批評都有一種定論，說陳某人的早期作品是現代主義作品，對這個，在各位面前，我不敢班門弄斧，可是我有一點不同的意見，我不認為現代主義是一個羞愧，他們的根據大概是在早期的作品中我用了比較多的象徵手法，有很多的死亡意象，有很多絕望、虛無、蒼白的東西，實際上我是一個很樂觀的人。年輕時有過幾個很聰明的同學，後來都讀哲學系了，後來怎麼，我也不清楚，他們中的一兩個，常常會有一段年輕時期，很害怕自己會自殺。一種死亡的內在驅動非常強，強到不敢看到刀子、不敢看到繩子的地步。這是青年期的哲學思想的一種發酵吧。可是我從來沒有那樣的時期，我調皮、搗蛋、喜歡玩，可是為什麼我的青年期的小說裡出現那麼多死亡的意象呢？我剛剛也說出了一部分，那另外一部分呢，特別是大陸對台灣文學的評論常有的一個問題，就是「現代派作家」跟「現代作家」好像分得並不很清楚，用洋人的話說是「modern writers」和「modernist writers」應該有一個區別，前者是文學史分期概念，後者是創作方法的概念。所以用大陸的分法，白先勇、聶華苓都被歸成現代派的小說家，這個我有點意見。當然叢蘇、王文興、七等生那又是另外不同的討論了。實際上在座的各位也知道，對所謂現代主義的藝術、文學的討論和辯論，時間的跨度是很長的。二〇年代或者三〇年代一直到七〇年代，我看的書這樣告訴我，地理的跨度包括蘇聯、舊東歐、英、美、法、德、中國、中南美洲、東南亞，甚至到六〇年代、七〇年代的韓國，都有現代派文學、現代主義文學跟「參與文學」、「社會主義現實主義文學」以及第三世界的用自己的土話寫的相等於「鄉土文學」的文學之間的長期爭論。我個人覺得，是不是現代主義，不能僅僅看技巧的問題。比方說，我剛剛所講的，中國的第一篇了不起的白話小說魯迅的〈狂人日記〉，實際上就有很多所謂的現代主義的質素在裡面。比方說潛意識，或者不正常的心理學，特別是他的很多散文詩是如此。可我們絕對不能說魯迅是一個現代主義的小說家。

我查了一下我自己手邊的資料，對於現代主義採取反對或者批判態度的、指出現代主義的幾個特色，我這裡很快地把它說一說。第一點，現代主義往往把人和他的個性與社會對立起來，個人跟社會的斷絕和對立，把個人的福祉跟群體的福祉對立起來，就是極端的個人化。第二點，現代主義沉緬在極端的個人內心的心理的世界，誇大了官能、肉欲的重要性。以官能和肉欲證明個人的存在，強調極端化的個性跟極端化的自由，以悖德的描寫、反社會的描寫為前衛、為革命，其實他自己不見得有自己新的道德論和人與人關係的理論體系。現代主義對於人、對於勞動、對於生活、對於社會和歷史完全冷漠、給予嘲笑，把文學藝術與具體的生活在分工上完全對立、割裂起來。把生活和社會的聯繫完全切斷，現代主義基本上主張人的本然的孤獨和非社會性，用存在主義的語言來說，人是被拋棄的一種存在。除了他自己——藝術家自己——沒有別的現實，現代主義認為生活是沒有條理、沒有意義的，不可理解也不可能理解的。人不能改變和改造世界，世界也不能改變、改造人。由於現代高度發展的資本主義的生活，帶來了人精神上的頹弱，因為精神的頹弱，而耽溺在各種各樣的迷幻藥劑和毒品裡。對於音感、色覺、味覺、肉欲的混合和顛倒，從一個聲音感覺到一種欲望、從某一種顏色感覺到一種味道。他們認為這個才是真實的現實，而現實主義所描寫的那種生活上的現實，是表象的。現代主義嗜好恐怖、恐懼、焦慮、孤獨、死亡、屍體、血，甚至腐臭這樣的意象，加以誇大和變化，等等。所以我一直認為，現代主義的判準不僅僅是從技巧上來看。我覺得首先要看這個作者講不講作品的「意義」，有沒有一個意圖、意旨。現代主義是追求藝術、文學的絕對的純粹性的。他們嘲笑任何作品企圖要表現的「意義」或「意念」。五〇年代搞現代派的朋友告訴我，一幅抽象畫，就像一曲音樂一樣，你不要想從那個抽象畫裡面去理解，而是要找尋一種自然科學似的「純粹」。它排斥意義，當然什麼使命啊、解放啊、改造啊，就更不在話下了。雖然這麼說，我覺得現代主義有它的合理性。第一個合理性來自它的社會根源，我想評論界、文藝社會學上的評論大都認為現代主義是西方資本主義從自由競爭的資本主義發展到壟斷資本主義的產物。這個時期高度發展的資本主義、高度社會化的資本、社會化的勞動、社會化的消費，這樣的一個社會變成現代的社會，現代的城市，人口向城市擁擠，那麼對於人產生了強大的逼迫，使人想要逃遁、想要迴避、憎惡這樣的城市和人群。精神上的空虛、消費社會對於欲望的滿足，與滿足以後的空虛不斷地反覆迴圈所造成的。所以，從西方發端的現代主義有它的合理性。我們把現代主義引介過來就很值得討論。壟斷資本主義時代的文化現象，我個人覺得有兩個方面，一個就是東方主義，是以帝國主義偏見的眼睛所看到的東方——落後的第三世界的意象或描寫；另外就是描寫自身在高度發展的資本主義裡面受到擠壓的精神上的傷害。現代主義的第二個合理性是，我個人認為，現代主義也分兩種。一種是進步的現代主義，特別是像聶魯達、阿拉貢和畢卡索，畢卡索的〈格爾尼卡〉雖然手法是現代主義，可是他對於佛朗哥的批判、對共和軍的同情，以及他的〈戰爭與和平〉（一九五一年還是一九五二年的），標題我忘了，描寫了中國知識分子所不熟悉的韓戰時期發生的美軍對韓國平民百姓的集體屠殺，是一種抗議性的作品。我想你們應該記得那幅畫，有人射擊、有人抱著小孩子。雖然他手法上不是古典、傳統意義的現實主義，可是我個人認為，這樣的畫，因為有意義、有關懷、有對正義的企圖與企求，有對於人的尊嚴的一種信念，所以我不認為他們是現代主義。可是一直到最近以前，我看了鄭樹森的《小說地圖》以後，有點大吃一驚。我原以為現代主義大都是以西方世界的作品為主，沒想到在遼闊的第三世界現代主義也非常之多。我企圖為這個現象找個答案吧。第一個我從世界資本主義的發展或者是殖民地的世界史去察考，這些第三世界國家的作家，我也碰到過幾個，南韓的黃晳映是一個，還有另外一個黑人作家索因卡。索因卡算是對西方很批判的一個作家，可是他的創作不能不用英文，而且他的手法也相當的「現代派」。我想有幾個原因，因為他們殖民地的歷史很長，從十六世紀開始。我們中國從十九世紀中葉鴉片戰爭以後才淪為西方半殖民地的。我們中國，特別是台灣吧，有很深厚的中國文化文學的底子，五十年的統治或者一百年的統治，要把原來的文化文學消滅掉是很不容易的，可是對於一個在帝國主義世界有四百年歷史的殖民地呢，當然就培養了不少的，即使是反對派的殖民地精英。他們用宗主國語言寫作，用宗主國的方法寫，面向西方發達國家的學園和文學精英寫作，所以他們的讀者極大部分恐怕是西方校園裡的精英。很顯然地，歷史原因造成他們用現代主義的手法表現。我問過索因卡：「像你這樣的小說，你反對殖民主義、反對霸權主義，那你的同胞看得懂你用英語寫的小說嗎？」他給我的回答是很有啟示的。第一，他說，看得懂，因為他們讀英文的在地精英知識分子不少；第二，他們的文學有另外一塊，就是給文盲或者英文不是那麼好的人，專門為他們寫的作家的作品。我說那是什麼？他說就是各種土語寫的作品。另外一塊就是「廣播文學」，那就是訴諸於聽覺的文字。因為他們有很多文盲人民不能讀。這使我想到一個故事。我在一九八三年到愛荷華的時候，第一個會是讓來自各地的作家說說他們自己的文學。有一個非常優雅的南非老太太，在我眼裡看來是個白人。她不斷地說明她是南非的作家，不斷地說明她不能像別的地方的作家那樣寫作，不能僅僅為了早晨盛開的玫瑰花而去寫一朵玫瑰花，她不可能為了一個像花朵一樣粲然的嬰兒的笑容去寫一首詩，她寫的時候，不能只考慮這個字跟那個字，這個詞跟那個詞所結合起來的效果，她必須考慮到，當她在一個秘密的集會裡朗讀給那些群眾聽的時候，他們聽得懂還是聽不懂。她說他們這些人的作品在南非沒有一個出版社敢出版，倒是外國人偶爾來拿他們的作品翻譯成別國的語言，在外國的校園、外國的討論會裡去討論，可是他們的同胞完全不知道。我聽了感動得很，我說哪裡有白人有這樣的胸懷。所以她講完了以後，我第一個上去跟她握手，我說，我非常受到您的話的啟發，我沒想到南非有你這樣一種白人作家。老太太非常優雅、慈祥地對我笑一笑，她說：我不是「white」，我是「color」——她說「color」還是什麼我忘記了，反正她是介於有色人種和白人之間的混血，在南非他們都不算是白人。在那麼早，一九八三年，她說，「Chen, I can tell you,」我們一定會勝利。我說我希望你們勝利。為什麼，因為這樣的悖德、這樣的壓迫是沒有繼續存在的道理的。一直到南非解放以後，我都還記得這個老太太。我才知道我自以為很激進，卻其實也很講究這個字跟那個字，這個詞跟那個詞結合起來的效果。可是有一些地方，有些作者，為了寫給她的民眾，不是為了指向外國的校園和精英，而是為了她自己受踐踏的老百姓，從她的詩裡面得到力量，她必須用聽覺去思考，然後在秘密的結社裡面，讀給他們聽，然後群眾流淚了，或者握起拳頭，重新站起來。我原不知道世界上還有這樣的一種作家，給我的衝擊很大。

這裡也說一說我（在愛荷華）第一次看到的一種矛盾。我不會喝酒，可是他們都很會喝啤酒。那時我第一次看到中國大陸的作家，茹志鵑、王安憶母女，還有吳祖光，我當然是很興奮。我也第一次看到來自東歐社會主義國家的作家，可是一談起來就覺得不太對，完全跟我想像的不一樣。我，還有一個來自菲律賓的、比較左傾的作家，跟他們談，東歐的作家很羨慕西方的作家能夠自由地描寫性啊、個人的生活啊、某種頹廢啊什麼的。這種說法讓我們大吃一驚。我那個菲律賓的朋友簡直是破口大罵，說：「你怎麼可以有這樣的想法，」搞得東歐的作家說：「你好像我們的政治局委員。」(笑)反正爭執是非常激烈的。他們喜歡偷偷地看好萊塢的電影，我們說好萊塢的電影是垃圾。反正就是這樣。可是到了後來，不知為什麼，有一個人用他自己的語言唱起〈國際歌〉，這個〈國際歌〉立刻引起了共鳴，不同國家的作家用不同的語言，搖搖晃晃地站起來，一起唱〈國際歌〉——好在那個時候我已經會唱中國版的〈國際歌〉了——唱得大家滿面熱淚。我就不曉得為什麼剛剛還爭執得那麼厲害。

最後一點，我要講我的文藝思想。我剛剛說過，我很不重視我自己的文學，這是我的一個缺點，不重視到有點說不過去。其不重視的原因可能也受到少年時代的影響，以為文學其實也沒有那麼偉大，文學其實是表達我自己的思想(這個思想是包括政治在裡面)的一個工具。文學工具論是很多人不能忍受的一種說法，可是我要在這裡很坦白地說，我是文學工具論者。既然說是工具，首先是因為我有所思，我有話說，所以我寫成論文，所以我跟人家打筆仗，所以我寫小說、辦《人間》雜誌。不管用什麼形式，只是我自己的思想的表達。不過話雖這樣說，我還是覺得玩各種球有各種不同的規則吧。你說你在打籃球，你總不能抱著個球滿場跑。那麼你說你這是小說，就要盡全部的力量把它寫成像一個小說。在藝術上要能過得了關，要不然像三〇年代的「戀愛＋革命」的那種文學，是行不通的。我不寫那樣的文學，是因為那樣不能達到我的目的。舉例子來說，〈鈴璫花〉吧，我在寫〈鈴璫花〉的時候，躊躇甚久，因為當時還沒有解嚴，我的坐牢的經驗裡面，聽了很多很多這樣的故事。以前年紀小的時候，只從耳語聽到的那些被抓走的人物，到了監獄裡面看到時他們都已經坐了十八、九年的牢，本省人有，外省人有，少數民族也有。他們告訴我他們的同志，他們的妻子，他們很年輕時就離別的愛人。甚至我活生生地看到十幾年含辛茹苦帶著孩子、湊一點錢跑到綠島來看丈夫的妻子。我有一個朋友叫Take（日本名字），他因為是少數民族，十幾年從來沒有人來送東西給他吃。有一天我們的牢房門打開了——因為是鐵門，所以聲音很刺耳——「某某某，有接見！」他不相信，就沒有站起來，繼續想要下圍棋，班長就生氣了，說：「有人接見！」他就很奇怪。因為牢房裡面熱嘛，都沒有穿衣服，只穿短褲頭，他就穿了衣服、褲子出去了。我們都很好奇，不到三十分鐘，他回來了，拎著一個小小的包裹，裝著水果啊餅乾什麼的。他的身體非常好，那時候他年紀大概四、五十歲，是那種倒三角形的體格，牙齒是雪白的，他那樣子進來，眼睛含著淚水，可是嘴角卻笑得很開心。他用日本話罵人，「Bakayalo他媽的，沒有爹在家的孩子竟然也能長這麼大！」他的孩子終於當完了兵，找到了事情，第一次來接見他的爸爸。他就很高興把東西跟我們分享。牢裡有一種文化，就是分享的文化。不能說是共產主義吧（笑）。很多外省人，特別是外省人，所以有人說外省人對本省人如何如何是沒有道理的話。外省人都是軍工教，再好的朋友都很難來看你，因為看你就要登記，一登記在機關裡的升遷就有問題，極少的有兩肋插刀的朋友──反正我幹到上尉，我不想往上升了，我可以來看你，過年過節來看你，那是極少數的。這樣的情況下，他們的日常生活就會成為問題，比方說，衛生紙、肥皂，還有調味品啊、味精啊、辣椒醬啊，我們可以買，因為大鍋飯煮出來的麵像漿糊一樣，你不弄些調味料不好吃。可是政治犯，真正的政治犯都有一點自尊──「我這個給你」，我也不好說，你也不會接，所以就形成一種文化，我就故意說：「我怎麼糊塗了，填單子填錯了，多買了一包衛生紙，你拿去當枕頭墊著吧。」這個還得有很好的交情，他才會接受，他懂。然後他用什麼來回報我呢？我們牢裡有時候有包子，他說，老陳，你喜歡吃餡──世界上還有不喜歡吃餡的人嗎？──我不喜歡吃餡，我就喜歡吃這個麵皮，我是北方人。我就趕快說：「餡都給我。」用這樣的方式來交換，使他能自由無愧地接受我以後要買給他的東西。所以當我要寫這個故事的時候（指〈鈴璫花〉），是一九八三年，還沒有解嚴，遠遠還沒有解嚴，我的顧慮很大，可是心裡面的寫作的呼喚很強。我看過德國關於納粹集中營的很多藝術作品，這樣的苦難除非變成一種藝術作品去昇華去反省，我們共同的受傷害的歷史，才能夠得到療癒。何況我在裡面聽到了很多動人的故事，動人到沒有人相信。我寫〈山路〉的時候，很多人說，你這個故事太理想化了。因為他用現在的生活來看，那樣的感情是不可理解的。可是在十九世紀末到二十世紀以來的世界無產階級運動歷史裡面，這樣的故事多得不得了，在越南、在中國、在朝鮮半島，多得不得了。於是我第一次考慮到藝術性的問題，儘量地把它寫得藝術一點。藝術一點有兩個目的，第一個越是藝術性高，它的歧義性越大，它解釋的空間越多。哪一天有人來找，說你哪一段這一句話什麼意思的時候，我就可以解釋得更多一點。第二個是藝術性越高，它就變成一種糖衣——這個聽起來很工於心計——讓人家能夠接受這故事。不過後來很安慰，雖然我不太相信，有讀者說他看我的〈山路〉、〈鈴璫花〉都哭了，我一看他才幾歲，他怎麼會為這個東西哭。當然不是很多，可是我聽到了兩三個。起先懷疑，其次我就有點安慰，即使寫給他一個人讀，我覺得值得。所以我覺得一個作家要言之有物，要有思想，要有主張，可是呢也要有審美。實際上馬克思、恩格斯的書信裡很早就說過，對於那些「革命＋戀愛」的作品也提了很嚴厲的批評。他們說：「一定要尊重藝術品本身內在的、非常細緻的、相對的自主性，不能用套公式的方法，不能教條地去創作。」這句話我讀到的時候並不早，可是我讀到的時候是晴天霹靂，我覺得這兩個人太了不起了，我為他們兩個坐牢好像有點值得。

那麼另外再講一個，你要搞現實主義，難免要搞一點調查研究。比如說我寫〈忠孝公園〉，我做了一點調查，讀了一點資料，讀了一點日本軍在菲律賓的暴行，讀了台灣軍人、軍伕在日本編制裡邊的所作所為，讀了關於情報局、保密局跟整個滿洲國、國共內戰結束然後變成國民黨的特務系統，一直到台灣之後的資料。我讀了不少大陸因為當過國民黨特務被關起來的人寫的回憶錄。因為是搞現實主義，不能憑空杜撰，那麼我寫小說，特別是後期的，總是要寫筆記，我要表現什麼，角色甲是個幾歲的人，哪一省的人，他是幹嘛的，等等，寫了很多筆記。後來我參觀中國大陸現代文學館，非常驚訝地看到茅盾的筆記，比我要詳細得多。他是要批判上海民族資產階級的革命性和軟弱性啊什麼的，都寫得很清楚。可是我要告訴大家，這種寫作方法是非常枯索的，按照藥單子開藥、按照訂單出貨。可是非常非常奇妙地，每次我寫完小說，再跟這個筆記本一對呀，大概只留了三分之一左右，我準備了很多，本來要大顯身手的卻被完全丟掉了。寫的時候——我不願把寫作神秘化，什麼天才啊，神來之筆啊，不過有一件事情是真的，它會忽然之間來，忽然之間來了一段對話，忽然之間告訴你故事的方向，忽然之間覺得故事應該怎麼安排。這樣的突然，以至於你必須趕快在稿紙的旁邊把它記下來，怕待會忘掉了。我想寫作的樂趣對我來說就在這裡，就是那種突然來的火花、靈感。我一方面很不願意把寫作神秘化，一方面我必須證實寫作過程中的確有這樣的情況存在。而且往往別人比較讚賞的部分，不是我寫筆記的那個部分，而是突然來的那個部分，比較受到讚賞。我不研究文藝創作、研究文本啊什麼的，可是我必須說，它太迷人了。有人說我與陳芳明論爭，其實「余豈好辯哉？不得已也」，而且論戰了半天也沒什麼用，主要是語言不一樣，我所使用的歷史唯物主義的方法和詞語不但讀者不懂，陳芳明更不懂。實際上那些知識都是三〇年代的高中學生用功一點的都滾瓜爛熟的知識，可是我們在這裡的大教授看不懂的在百分之九十九以上。這個也不是說不好，這是歷史的結果。這是一個民族分裂、歷史割斷的結果。白色恐怖不只是抓了人、殺了人，它摧毀了整個時代的思想、哲學、社會科學、審美體系。所以這是無可奈何的事情。寫實主義不見得要橫眉怒目，在寫作的過程中會出現很多很奇妙的經歷，這是我常常有的體驗。所以我其實不喜歡理論，不喜歡論爭，比較喜歡創作。可是為什麼要搞那麼多的理論和論爭呢？實在是不得已。就是因為我們的社會科學界沒有一個隊伍去解決這個問題，解決台灣社會的性質，「social formation」即台灣資本主義社會構成體的問題，或者沒有人解決戰後台灣資本主義的發展的分期的問題。像這樣的理論問題在八〇年代的韓國、在三〇年代的中國，有一大批人在做。我就看他們的書就好了嘛。可台灣沒有。我又是一個在思想上沒有出路的時候，沒有辦法寫作的人。所以就皺著眉頭，找一些書苦讀了半天——當然也有樂趣，可也浪費了我不少時間。

最後我要講的，我剛剛已經講過了，就說我非常缺少作家意識，特別缺少大作家的意識。有時候我常常會讀到對我的小說的評論，因為對方很客氣，正面的評論比較多，但那種比較正面的評論文章，我讀了三分之一就覺得很彆扭、很不好意思，就很少去看完。不是說看不起的意思，而是說——這個理由有幾點：第一個，我也知道中國跟世界文學史裡面的一些巨匠，他們，一尊一尊的巨匠站在那裡，我抬頭的時候，如果我戴帽子，帽子一定要掉下來——那麼偉大的作家，想起這些作家，魯迅、陀思妥耶夫斯基，我就覺得我怎麼斤斤計較要跟人家說我這段在寫什麼、為什麼這樣寫，沒有什麼太大的意思。因此呢，也不是矯情，我就不怎麼太喜歡忙著把自己的作品翻成外文。我想我們的青年都不太看你的作品，你翻成德文又怎麼樣？怪沒意思的。所以對於得獎啊、翻成外文啊，我基本上不太熱衷，這不表示我謙卑或者是什麼美德，絕對不是，絕對不是，不要相信這些，就是我的個性吧。

這是我講的第一部分，第二個部分，如果有時間我就講，如果沒有時間就算了。可以啊？這樣吧，我把第二部分以最簡單的方式在二十五分鐘內講完，時間到了你就把我打斷。……喝水，啊，對對，渴死了。講一講也好，可以節省等下發問的時間。

就講主題。我是個……「主題先行」是罵人的話，可是我公開承認我是個主題先行的作家。我剛剛講過，我有話要說我才寫小說，很多人認為搞文藝創作不應該這樣，應該為了藝術而藝術。第一類主題我剛剛講過了，童年時代的思想覺醒和伴隨這覺醒而來的絕望和幻滅的感覺。我常描寫一些理想主義者的幻滅和墮落，比方說〈故鄉〉裡的哥哥從南洋回來了，他是個醫生，你說那個時候醫生有多值錢啊，而他跑到一個煉焦炭的工廠去當醫生，後來居然墮落到開賭場之類的。這理想與理想的頹廢、虛無，甚至幻滅、絕望這樣的題材，像〈我的弟弟康雄〉、〈鄉村的教師〉、〈蘋果樹〉、〈故鄉〉、〈一綠色之候鳥〉，那個時候隱隱約約覺得好像象徵某一種不知道什麼東西。你可以說是理想，是一種夢想，說不清。太陽照耀著屋子，一群人圍著快死的女孩在懺悔，然後那女孩子靜靜地死掉了。這是一類，第二類呢，就是對大陸來台的族群，就是我們所說的外省人，一直到今天我都非常關懷。這關懷的故事，我已經大概在文章上說過了。光復不久，我們家後院搬來了一家人，租一個日本式的小房間，一個哥哥、一個嫂嫂、一個小姑、一個剛剛生的小嬰兒。來了不久——他姓陸，我記得，大陸的陸——哥哥就跑到南部糖廠去上班了。記得有天我上學發燒，所以早退回家，覺得街上非常冷清，幾乎每個牆角站著一個人，一個陌生人。進家的時候，我有一個習慣……因為那個小姑姑沒有工作，整天就跟我那個姐姐筆談，變成很好的朋友，而且她也很疼我，我平生學到的第一個很深奧的詞，就是「神態」，她指著我跟我姐姐說：「他神態很好。」，寫在報紙上面。我根本就不知道什麼叫「神態」。就是這個大姐姐呢，被帶走了。我每次回來一個習慣動作就是跑去找她，這次當我跑去找她的時候，我家人就用很小的聲音說：「不要去不要去不要去，」當時我有點發燒，所以迷迷糊糊地就去了，正值她要出門的時候，摸摸我的頭，就被帶走了。過了不久兩兄妹都被槍斃了。我講這個就是說明，第一個是從大陸來的這些人和我們很不一樣，講話也不一樣，上榻榻米也不知道要脫鞋子。所以我常常寫關於他們的事，像〈文書〉的人物是一個來台灣鎮壓「二二八」

事變的憲兵隊的老士官。當然在那個時代我沒有敢明寫。另外〈貓牠們的祖母〉，就寫一個台灣的老奶奶跟孫女住在一起後來就招贅了一個外省的下級軍官，他們的生活情況，跟一堆貓生活的故事。〈那麼衰老的眼淚〉就是寫一個外省籍的人，僱了一個台灣籍的女傭，雖然他們已經圓房了，可是因為各種原因老不娶人家。她娘家裡有個兄弟就很不滿，就把她帶走了，帶走了以後，那個老先生就掉了眼淚。〈將軍族〉就不用說了。〈一綠色之候鳥〉也是寫一群知識分子——教授——的社區裡面，也是有人把女傭收來做妻子，非常要好，後來這個女傭忽然死掉了。〈第一件差事〉描寫一個大陸的流亡學生千辛萬苦往上爬，事業有成，跟另外一個台灣的有錢人家的女孩、在跨國公司做事的女孩的一段情人關係。那個人忙了半輩子，覺得沒有路走了，就自殺死掉了。〈某一個日午〉描寫樓上一個沒有出場的老頭子，凶得不得了，動不動就用拐杖撞地板，樓底下一個兒子和台灣籍的媳婦，很害怕他。他整天夢想著要乘一座船回到大陸去。這種比喻太明顯了，所以姚一葦老師力勸我不要發表這篇作品，結果我坐牢以後，我的朋友尉天驄兄就為我換了一個筆名在香港發表了。〈累累〉是我當兵的時候，第一次進入全部是男性的一種粗獷、野性的世界，看到的外省老兵的故事。

第三個是關於中落的家庭——說中落不對，因為我們家也沒什麼錢，有錢才能說中落吧。我的養父死了，在我高中那年，我就留在台北，全家就遷到台中——我的生家，為節省開銷。

留下我一個人孤單單，在台北過著非常貧窮孤單的憂愁的青少年的生活。那個時候我就會回想起自己的老家，鄉村的老家啊。所以像〈家〉啊、〈故鄉〉啊、〈祖父和傘〉啊，這樣的故事，我想都有這樣的色彩。

第四，我回顧起來，我對精神病患好像也很有興趣。我估計是不是受到魯迅的影響。〈淒慘的無言的嘴〉、〈文書〉其實也是。後來那個人瘋掉。我想世界上有個通例，寫瘋子呢，往往是瘋子比正常的人更正常。「救救孩子」這話是從瘋子的嘴裡講出來的，沒有人把它當回事，而講出來的道理之批判、啟蒙，是非常大的。〈淒慘的無言的嘴〉寫一個在精神病院裡的一個人看到一個被殺的妓女的故事。〈蘋果樹〉、〈賀大哥〉是我坐牢以後寫的，那是我看到整本的關於美軍在越戰的美萊村大屠殺以後，我也用精神病學的方法寫。可是我坐牢前，有一個〈六月裡的玫瑰花〉也是寫越戰的。在當時，我們台灣的知識界受到美國的影響比較大，認為美國在越南的戰爭是為了「捍衛一個自由、民主的越南政府」。當全世界都在批判越南戰爭的時候，台灣很少有批判的聲音。我要指出一點，台灣的文學作家往往在一些問題上比較敏感，比方說，寫越戰的，還有我的好朋友黃春明，寫跨國公司也好、洋買辦也好，反映了六〇年代台灣經濟跟外來投資關係所形成的人的關係。在當時台灣的社會科學界，很少人談到現代化和新殖民地化的問題和新殖民經濟這類問題，越戰也是一樣。黃春明的《我愛瑪莉》，還有，王禎和的好些作品也寫美軍到台灣來度假玩女人的題材。我覺得台灣文學家的敏銳性是很值得佩服的，除了我以外。

另外就是對於當時知識分子的一種諷刺吧。這種諷刺也不痛不癢。在〈唐倩的喜劇〉裡，我以唐倩來諷刺當時台灣知識界流行的各種外來流行論述，什麼存在主義啊、邏輯實證論啊，唐倩就像是一個工具一樣，周旋在幾個流行的派別之間，跟不同的派別的泰斗談戀愛，最後跟一個在美國做生意的談，就把從前一堆情人一腳踢開，變成美國公民了。像〈最後的夏日〉也提到了在中學教書的老師的思想、心理狀態。〈某一個日午〉、〈上班族的一日〉也描寫一些知識分子精英在跨國公司的勾心鬥角。

有一篇我倒很想說一說，我對於基督教的看法。我青少年時代是一個很虔誠的基督徒，每天在找自己的錯，然後百般地求耶穌赦免我，我想這樣的體驗對我是有好處的，就是省視自己軟弱一面的習慣，雖然我已經幾十年沒有上教堂了。隨著我思想的轉折，我逐漸用不同的眼光去看問題。〈加略人猶大的故事〉，耶穌出生於拿撒勒那樣一個被耶路撒冷人所鄙視的、貧窮的、最沒有文化的底層的社會，出生在那裡，並且在那裡向低賤的勞動者傳道，向妓女傳道，跟被別人所排斥的痲瘋病者、瞎了眼的人、稅吏傳道；對那些有知識有學問有財富的法利賽人卻大聲地斥責。這使我覺得耶穌不是聖誕卡上那個大大的眼睛看著你的「溫柔的耶穌」，而是一個「激進的耶穌」，所以當他被釘在十字架上的時候，當然可能有神學上的意義，可是我覺得他是作為一個顛覆了一個時代思想的思想家的身分被處死。在那個時代，當一個人敢說上帝愛每一個人——這個是現代的基督徒說得像順口溜一樣的，可是我覺得在那個時代當一個人說神愛每一個人的時候，除非他是個神經病，否則那是一個驚天動地的、叛逆的語言。神應該只愛那些神揀選的人，神只愛那些法利賽人，那些有正統的宗教特權的人，怎麼可能愛每一個人，怎麼可以愛一個痲瘋病人，怎麼可以愛一個稅吏，人人憎恨的稅吏——羅馬帝國在以色列行包稅制度嘛，稅吏是眾人所瞧不起的，怎麼可以愛妓女，讓妓女用她的頭髮洗耶穌的腳？我從綠島回來有機會看到那個著名的歌劇電影《Jesus Christ Superstar》，非常的激動。《Jesus Christ Superstar》裡面的耶穌是非常懦弱的，可是猶大的形象跟我所寫的形象很像，是一個改造者，一個想要解放人的人。但我終於按照《聖經》的文本去寫猶大，因為我非常愛我的父親，我怕我父親看了這個故事難過，說這個兒子離經叛道。這個問題一直到現在還是我很大的關懷，就是基督教跟社會主義的關係，跟人的解放的關係。這個就不在這裡講了。

其次一個主題，大家都很熟悉，就是跨國企業中的中國人的生活和心靈的扭曲，如〈上班族的一日〉、〈雲〉。我想第一次寫工會、女工的鬥爭，這些都是在戒嚴時期寫的，還有〈萬商帝君〉。另外一個我已經講過了，是我對越戰的關懷，美國侵略越南的戰爭的關懷，所以我對這次伊拉克戰爭也非常關心。有〈六月裡的玫瑰花〉、〈賀大哥〉，賀大哥因為在美萊村犯了他永遠沒有辦法釋懷的罪，所以他就得了精神病，換了一個人一樣跑到台灣來做善事，後來被他的豪門的家找回去。另外一個主題就是關於五〇年代的白色恐怖。五〇年代的白色恐怖，我不是要寫共產黨員的偉大，其實不是的。我想見證，就在那樣苛刻的時代下，有一群年輕的人，把他們的一生只能開花一次的青春和生命獻給了他們的信念和理想。這樣的一種人性的高度是事實上存在過的。這個運動後來的墮落、後來的變質，就像基督教會後來的墮落、變質一樣，那是另外一個問題。另外一個原因我想就是這樣的一種歷史的傷痕，應該有藝術作品把它昇華起來，不應該變成一種族群的仇恨啊，或者對國民黨的仇恨啊，問題不在這裡。因為五〇年代的肅清共黨「red purge」，老實說，五〇年代以後到八〇年代，美國為了維護它的冷戰利益，在全世界犯下了比台灣更為嚴重的人權蹂躪的罪惡，酷刑拷打、暗殺、集體屠殺、失蹤、政變，不可勝記。有人研究一九四五年到一九八〇年間美國對外出兵干涉大概有四、五十次。干涉不要緊，常常是為了支持一個反共的獨裁政權干涉人家內政，所造成的人權問題非常的嚴重。所以這是個世界史的問題，不只是國民黨一個黨的問題。那麼知識分子應該關心。我有個主張，就是歷史主義。國民黨犯過這個錯誤，一部分外省人也不能不參與。我想我後來寫戒嚴體制的反省，比如說〈夜霧〉、〈忠孝公園〉，想說的是，那是歷史所造成的，可是我們應該正視這個歷史，當歷史過去的時候，我們應該清理這個歷史，然後從這個歷史裡面學習經驗和教訓，並且超越之，讓我們不要重新犯這個錯誤。

最後我要講一點是，我十分關懷今天可能是比較多的人不表贊成，或者覺得奇怪的一點，就是我對於我們民族內部，因為內戰的構造和國際冷戰的構造所造成的民族分裂對立，同民族之間的仇恨、同民族之間的憎惡。我最近看到網站上面有人把中共寫成「支那共匪」，「中」變成「支那」，「共」變成「共匪」，散發著一種納粹的臭味。我沒有憤怒，我只覺得有些悲涼，一個民族在外力的干涉下，因為歷史的緣故，國共的糾葛、東西冷戰的糾葛，為了維護「美國秩序下的和平」(Pax Americana)，來逼著一個民族自相仇恨、憎惡——日本人叫作「近親憎惡」——這種悲劇，而且更大的悲劇是很多人不以此為悲劇或者荒謬，這一點是我很大的關懷。作為一個作家，我想直到我們民族和解團結之日，我會常常懷著這樣一種關懷的。這是我的文學主題裡總的一個結，一個母題群。謝謝你們的耐心，對不起，我講得不好。

初刊二〇〇四年一月《上海文學》第三一五期

二〇〇三年八月

一　陳映真本名陳永善，他的死去的孿生哥哥叫映真，他為了紀念哥哥，改名用映真。

1　本篇為陳映真於二〇〇三年八月在台灣中央研究院中國文哲研究所的演講紀錄，李娜整理，為《上海文學》「走近陳映真」專號文章。

文學寫作何去何從？

兩種世界性的文學[1]

文學獎常是精銳盡出的年度創作擂台，從中可以看出不同流派的創作方法、社會面相的投影、人性的反思。本年度「聯合報文學獎」短篇小說決審委員陳映真先生評閱入圍小說，提出很多屬於整個世代的問題，「聯副」特邀請他在文學獎公布前夕撰文發表，供關心文學發展的人，有一次深沉再思的機會。

陳映真為小說創作典範人物，最新作品〈忠孝公園〉連同其他五冊小說集，由洪範書店印行。——編者

記得幾年前受邀參加當時《聯合文學》舉辦的小說新人獎評審，其後似乎也參加過「聯合報文學獎」小說獎的評審。之所以應邀，是極想理解當下文學青年作家創作藝術的情況和成就。但是幾次參加評審，極其訝然地發現幾個特質：一是小說敘述從傳統的、包括台灣在內的中國現代小說敘述大舉易變——拋卻十九世紀到二十世紀小說一般習見的現實主義，統一有機的情

節，深入有說服力的心理摹寫，細微可徵的背景和時代氛圍建構，以及對現實的生活和人的社會性、道德性關懷。取而代之的，是對於生活、人、物質和社會的真實描寫稀薄了、膚淺了；沒有統一可信的情節，沒有了對人物的塑造和描寫，沒有對小說中環境背景實體的描繪。在題材上，充滿了當時蔚為流行的情欲、同性戀、雌雄一體、「後設」書寫和赤裸裸的商品、名牌崇拜。每次評閱，中篇都在兩、三萬字一篇，讀得筋疲力竭，對不斷出現的生澀、模仿的主題，反胃欲嘔。

今年的情況和往年略見異同。現實主義創作方法幾乎完全不見了。沒有確切可認知辨識的人物之塑造，沒有了邏輯聯繫的情節與結構，沒有閱讀後可以體會的作者所要表達的意念。很多作家採用旁若無人的獨白，以第一人稱觀點，漫無敘述目的地做可以永無止境的喁喁敘說。語言文字一般的平庸。大部分的作品沒有明晰的意念或主題，但一般的沒有了前些年流行的同性戀、雙性同體、情欲的模仿與量產。比較特別的是，不知是偶然或有意，鬼魅的情節多了。其他的，不深刻地提到了（不能理解的）集體罪行（謀殺）和「贖罪」，現代人的孤獨、虛空、語言的不可溝通、倦怠、處理得粗糙的「戀母情節」、被虐慾。有些題材思想又相互矛盾，如對從現代社會中脫落的破落者的冷酷（而不是同情）。對現代精英化、市場化教育的憎惡又最終與之同流共犯，等等。

當然，眾所周知，兩次世界大戰後，在戰爭帶來的大幻滅中特別是五〇年代產生過「反小說」或「新小說」，完全否定了十八世紀以降小說的現實主義，使用大量的內心、心理深層的獨白，廢除對人物心理的全知的分析與刻畫，捨棄統一有序的情節與結構，表現世界性大戰後人在心理、生存和自我（與彼此）認同的失焦。小說的語言與結構全面實驗化，人物失去信而可徵的質素……這只要想起卡夫卡、喬伊斯、福克納、吳爾芙這些六〇年代初我這一代外文系文藝青年一知半解的閱讀、模仿過的作家，現在也覺得也不是什麼「新」的、神秘的東西。

但是問題還在那兒：為什麼新近會吹起這一股據說也沒人特別提倡的，類如五〇年代法國「新小說」的並不見更高明的翻版？

評審鄭樹森教授和唐諾先生與我都沒有人把這次入圍決選的作品和上述的「新小說」做任何歷史的、思潮的聯繫。我們都推想，電腦世代與現實人生的長期隔絕，每天與電腦面對喁喁獨語，其中的主語經常只是第一人稱的「我」；而即使用了第三人稱的敘述觀點，其實也不免是「我」的化身。作者們的閱讀經驗一般的有限，從而語文一般的貧弱。長期在隔離和虛擬世界中思維，小說就不免於失去了叩問生活、關心他人的命運的主題。兩次大戰後的反現實主義的、實驗性創作方式，多少寓有對人的英智、理性、科技和啟蒙的大懷疑和大幻滅，以及類如存在主義的現象（vision）。但參加決選的這幾篇，一般的缺少「現代人」（生存在資本和消費的高度社會化、人的生存意義的不在，一切過去神聖的事物與關係的市場化；從而虛偽化、世俗化中的人）至大的、痛徹心肺的悲哀……

然而，難於否認，我個人是客觀地屬於「老一代」「古板」的、堅持現實主義寫作方法和「為人生而藝術」的作家。也因此，自數年前因評審而有緣深讀年輕一代文學作品後，直覺感到隨資本主義高度發展後文學消亡之必然。

然而，參加「聯合報文學獎」小說獎評審後的翌日，我參加了台北市政府勞工局主辦第三屆台北市外勞詩選的評審，和羅智成先生等幾位台灣新詩界的俊彥同讀數十首中譯過的在台印尼、菲律賓、越南移住勞動者寫的決選詩作品時，心靈激動，受到深刻的啟發和教育的經驗，至今難忘，甚至對於「文學是什麼？」、「文學為誰？」、「文學寫什麼？」和「怎樣寫？」這些根本問題，有了深沉再思的機會，對文學在資本主義全球化的明與暗中繼續發展的可能性，加強了信心。

這些在台外勞詩篇像一面明鏡，照出富裕、飽食的台灣醜惡的一面：長達十一小時以上的勞動時間，種族歧視，仲介者的貪婪與壓榨，「老闆」的剝奪。在這些強抑著忿怒而猶強自保持自尊的聲音中，我們形象地看到了廣闊東南亞鄰居兒女們眼中的自己，震動不已；也有少數詩篇由衷、真摯、善良地表現外勞看護工對慈祥的「阿公」、「阿嬤」僱主的愛和感恩，也令人動容。有很多詩篇自勉忍受苦楚和侮辱，企望能最終改善家鄉中家族的生活與命運；當然有不少詩篇表達對故鄉、親人、子女的刻骨思念和祝福，嘆息自己把小兒女丟在故國，來到陌生的社會帶主人的小孩，把年邁的父母留在故鄉，來台灣照顧別人的父母。苦難和無助使她（他）們更加仰望宗教的慰藉，不少詩作中，各自祈求基督、阿拉和佛陀保守自己勝過人在台灣受僱勞動期間所面對的萬般辛酸和試煉。

在評審會上，特別為評審人安排了一些作品用印尼語、塔加洛語和泰語朗讀。雖然聽不懂，但語音玲瓏抑揚，極富情感和音樂性，聞之心動。

早在一百三十多年前，馬克思就在著名的《共產黨宣言》中預言了資本主義世界市場的開拓，「使一切國家的生產和消費都成為世界性的了」。今日，資本式生產的更高度全球化，也帶來包括文學藝術在內的精神產品的全球化。五〇年代和世界文化冷戰同步而「全球化」的現代主義；九〇年代隨西方校園經由各地留學精英、當地媒體向全球傳播的「後現代」諸文學，都可作如是觀。

然而，資本制生產的全球化（即馬克思所說的「世界性」）自然也是資本制生產內包的矛盾——即財產的私人占有和生產的社會化矛盾的全球化。資產階級飽食的、精神空虛的、帶著創造的自我否定的「世界文學」（馬克思），也必然在它的對立面促成世界性在地和移住僱傭勞動者抵抗的「世界文學」吧。

在這些滯居台灣「外勞」的民眾文學作品的吟味中，讓我懷著更深的敬意想起台灣偉大的作家楊逵先生。他的一生，不憚於苦口婆心，號召作家「用腳寫作」，號召深入人民群眾的生活中，寫人民的生活，為人民寫，以人民喜見樂聞的形式和題材寫，而且身體力行，留下了為受辱者、受蹧踐者的尊嚴代言的光輝作品。

移住勞動者的文學給予我思想、感情和審美的衝激和教育，使我從城市精英文學的蒼白、沮喪中得到了希望和力量。現在似乎有一些人正在急著扳倒楊逵先生這面旗幟，急著沖淡甚至以「多元」為言否定現實主義在台灣現當代文學傳統中的地位，我看全是徒勞的企圖。「世界性」所有制的更替，也是兩種「世界性」文學的更迭的本源吧……

初刊二〇〇三年九月十五口《聯合報・副刊》E7版

1 本篇為「二〇〇三年聯合報文學獎特輯：新世紀文學明星」專輯文章。

以腳蹤丈量台灣島的漢子

一九七五年，我從流放七年的外島回來，驚詫地，甚至從皮膚上感受到，即使依然在嚴苛的戒嚴體制下，兀自有一股莫之能抑的人文、文化的創造力早已在暗暗地生發、湧動著。學生保釣愛國運動、台大民族主義爭論、現代主義詩的反省和批判、雲門舞集登台、農民雕刻家林淵的出現、民間素人畫家洪通的驚奇，一直到果敢的台灣文學左右鬥爭——那一場不易忘懷的第三次台灣鄉土文學論爭……這些人文、文化事件的叢出湧起，激動了在長期戒嚴體制下麻木了的心靈，更激動了從長期囹圄中返鄉的人。

也就是在這個時節，我從好友蔣勳的口中知道了梁正居、關曉榮的名字，後來又知道了王信女史。在他們的紀錄攝影作品的教育下，我才第一次認識了這個獨特、強而有力的攝影部類。而梁正居的腳蹤遍及省內的村村鄉鄉、山山水水；關曉榮的毅然辭去謀生之職，住到基隆八尺門的原住民平地社區；王信最早深入蘭嶼人民的生活從事紀錄創作的事蹟，總是使我想到一九三〇、四〇年代包括台灣文藝界在內的全中國文學界在「大眾文學」的旗號下，號召深入人民群眾的生活，反映人民與社會生活的苦惱與矛盾的創作實踐。

而就是梁正居這位在刻板印象中只拿照相機的紀實攝影家，今天卻忽然也拿起了筆寫散文，在二〇〇三年五月出版了《啊～美麗的寶島》，配上他獨特的插畫，似乎很引起文壇的注意。

梁正居另一本《魔幻台灣》主要寫的是他居住的台灣中部一個「愛蘭台地」及其周邊地區十幾二十年來的變化之所見所思。在一九五〇年代後期，我家在小鎮鶯歌，在東鶯里派出所後面有一個小山丘，人稱「後壁山」，山丘頂上有一個鄉人稱為「水螺」的空襲警報器，是日據時代留下來的，但光復後，偶然也在「防止共匪來犯」的演習中，驚心動魄地嚎叫過。而當時青少年的我，也時常一個人到後壁山上以相思樹為主的林中穿梭徜徉，自然也看過穿山甲、不知其名的鳥巢裡青綠色的鳥蛋，也在日軍留下的山中備戰陣地頹圮的亂石中，看到過兩條面目凶惡的龜殼花，聽著聒噪一整個白晝的蟬鳴，也看過一小群鷩豔的長尾的鳳蝶……。

但那畢竟是一九五〇、六〇年代之交了。不久養家的父親亡故，我一個人留在都會台北上學，自此就和後壁山的生態斷絕了，淪落首善的都會，過著感傷和寂寞的青少年生活。

然而，看梁正居的文章，才知道這十七、八年間，他所居住的台地上，還有一個充滿豐盈的生機——卻又日漸遭到殘害的生態與環境。他在台地上看到過鴞、隼、大錦蛇，看到成群的白鷺、夜鷺和水鴨，看到美麗素淨的野斑甲，看到台灣大山雀、大紅嘴，更不用說聒噪的白頭翁。他看到，台地的樹林和灌木叢裡的花蛇、龜殼花、過山刀和百步蛇，它們在他的筆下，都像是與人各安其所的朋友。他也看見各種蜥蜴。他也看到鄉人稱為「土龜」的穿山甲……這些生物系，或是台地上歷劫殘留的自然居民，或是台地和台地周邊農村因為農業宿命的沒落、資本貪婪的侵蝕，使農業「服務業化」——休閒農場、城市中產階級的「別墅」社區、民間旅遊設施、櫛比鱗次的「販厝」區——而大舉「開發」後，原來的周邊生態環境系統崩潰，倉皇來台地避棲的。

梁正居緬懷將近二十年前田園牧歌式的生態風光，正是驚心動魄地凸顯了自一九六〇年代以來持續甚至變本加厲的「經濟開發」對於自然生態深可見骨的戕害。在梁正居的散文中，絕不是對於已逝或即將毀滅的「田園牧歌」的夢幻的描寫，而是讓我們彷如眼見地描寫了疾駛的水泥攪拌車、無堅不摧的怪手車、穿徑走道的拼裝車、風馳電掣的十輪砂石車，和可以把整片山丘和林木推平的推土機……所發出來的震耳的聲音和排氣的惡臭。看來，不論是「外來政權」的時代，或以「熱愛這塊土地」為統治訴求的時代，以對最大利潤的追逐為強大、唯一動力的資本的邏輯，徹底摧殘台灣的生態系統者，竟絕無畛域、「族群」之別，只有變本加厲，每況愈下！

梁正居的散文動人之處，和他的攝影作品一樣，散發著對於台灣的自然、生活和人民永不知疲倦的熱情、關注與好奇。正是這永不止息的、真誠的關注和好奇，許多走訪過數次的地方，對他來說都是新到的地方，看日出日落，木生草長，看鳥獸蟲蛇啼鳴飛爬。在台地山村，梁正居成了人民紅白喜喪「幫忙拍照」的朋友。他以台灣土白和鄉親攀談，他和他的全家都和台地的本地社區生活打成一片。他揹著相機踏足丈量過的島嶼上的土地和角落，遠遠超過成天把「主體性」、「台灣這塊土地」念咒似地掛在嘴上的政客、知識分子所熟悉的範圍。

梁正居，遼寧省新民縣人。站在他面前，如果有人想要跟他談某種主流政治的原教主義，自然難於開口吧。然而腳蹤踏遍了台灣島各個角落的梁正居自然有他的意見。這只要讀一讀他寫的〈制式的苦笑〉、〈台地地動日記〉、〈田野日記〉等就知道了。而且你會覺得他的話難於駁破，因為他的邏輯不建立在空泛的「學理」上，而是雄辯地構築在幾十年來在島上萬里行蹤中的台灣生活與人民的情誼上。我忽然想起一九七〇年代末、八〇年代初曾經震動了讀者，向島內的生態環境總危機張開眼睛的三位「生態書寫」作家——馬以工、韓韓和心岱。眾所周知，其中的馬以工和韓韓也是「外省仔」作家。要把「愛不愛台灣」和畛域掛鉤，在現實上說不通。

最後說到梁正居的插圖。

一九八七年，《人間》雜誌把我刊在同雜誌上的小說〈趙南棟〉以單行本出版，其中的插繪就是梁正居之作。我是一直到書印成之後才看到梁正居的插畫，初看大吃了一驚。他為以一個一九五〇年代大肅清中「暗暗地死」（魯迅語）去的一代青年為主題的，不免於沉重的中篇小說，以毛筆為工具，以漫畫加速寫的技法、連環畫的表現方式創作，至今印象深刻。一樣是濃黑的框，用毛筆勾勒的小說情節景觀，很能強力地表現小說的沉鬱的重量，閱之稱奇。

現在再看他為自己文章畫的插畫，基調不變，可謂一幟獨樹。他每一幅畫的黑粗框，我看是來自攝影暗房中沖洗照片時的黑色框影。畫中的景觀、景深和視角，我看也來自攝影機觀景窗天生的「真實」。當然，描寫技法又有濃厚的漫畫式誇張，在誇張中既有幽默，又有諷刺和抗議，總體地表現了梁正居文字表現和插畫藝術的濃厚的民眾性，樸實、鮮活、明明白白，筆觸構圖甚至令人想起一九三〇、四〇年代「新興木刻運動」的作品。

我為正居兄文學作品的出版道喜。也為難能地支持正居兄幾十年的創作生活的他的家人大小，致以深切的感謝。辦《人間》雜誌時，知道正居兄生活局促，創作勞動至極艱辛，而雜誌社稿費羞澀，一直沒有勇氣向他邀稿，致整套《人間》缺少了正居兄的作品，至今思之，猶自扼腕！

二〇〇三年九月

初刊二〇〇三年九月二十四日《聯合報・副刊》E7版

葉石濤：「面從腹背」還是機會主義？

一

葉石濤有關台灣文學的議論，長期以來一貫自相矛盾，前言反對後語，論旨反覆無常，莫衷一是，從來沒有過始終貫通統一的主張、立場、觀點和思想。這些白紙黑字、文獻皆在的論說，本來只能當兒戲文章，不值得研究推敲。無如由於兩個原因——即葉石濤當前已經成為既受台獨派權力的榮寵，儼然被台獨派台灣文學研究界奉為宗師，插旗成幟，更為日本右派支持台獨文論的學界百般獎掖。另一方面，開始於一九八〇年初中國大陸研究台灣新文學蔚然成風，長年以來，由於海峽隔斷，資料的蒐集不能全面，很容易受到葉石濤陽為「愛國主義」的許多說法所蒙蔽，再加上由於近年來大陸年輕學界自八〇年代以來「全面否定前三十年」的特殊學風的影響，少數一些不乏認真治學的學者，有意迴避「反對文學台獨」的「政策」，力圖在論說上另闢「自主」的研究蹊徑，馴至為反撥而反撥，在一定程度上揚揄葉石濤。

然而問題的癥結在於實證的資料。二〇〇〇年十一月，日本東京的「研文出版社」出版了由中島利郎和澤井律之合譯出版的日語版葉石濤著《台灣文學史》。這本書，其實是一九八六中文版同作者的《台灣文學史綱》。通史性的寫法與史綱者不同。但日譯本的《台灣文學史》和原《史綱》最大不同，不是體例與構成，而是葉石濤自己把原在《文學界》雜誌連載的《史綱》中到處出現的「台灣文學是中國文學的一個支流」之類、熱情洋溢地強調台灣新文學的中國屬性的文句全部刪除、竄改，而改筆力言台灣文學脫卻中國的「自主性」、「獨立性」，並且「低度評價台灣文學中的中國民族主義，並對中國民族主義傾向較強的」文學刊物「《文季》系統的作家，採取了否定性的處理方式」（澤井律之，第七章註十，《台灣文學史》日譯本，頁二七一－二七二）而已。

日譯本《台灣文學史》卷末的「解說」分三部分。前兩個部分為：（一）「關於葉石濤」，寫其生平；（二）「台灣文學史之成立」，寫葉石濤台灣文學史論之形成，由澤井執筆；第三部分「葉石濤的文學史觀」由中島利郎執筆，寫葉石濤如何使台灣新文學史觀「從中國文學的枷鎖中解放」，「表現了台灣作家隱藏已久的真情，宣言了不受任何囚限的『台灣文學』的自立」！

在「台灣文學史之成立」一節中，澤井從一九六六年葉在《文星》雜誌發表〈台灣的鄉土文學〉說起，指出當時葉石濤猶稱台灣作家為「本省籍作家」並強調因「本省」過去「特殊歷史背景，亞熱帶季節風型的風土，日本人遺留下來的語言、文化的痕跡，因為與大陸隔絕狀態下形成孤立狀況下的風俗習慣，使台灣與大陸並不完全一樣」，所以作為一個作家，「發掘這些特質，探掘個體的特殊性」，其結果「應能擴大我們中國文學的領域」。

澤井也引用葉氏在一九四七—一九四九年在《台灣新生報．橋》副刊上所進行重建台灣文學論議時寫〈一九四一年以後的台灣文學〉一文時，對日據以降台灣文學的消極評價。澤井說「此時葉氏尚未強調台灣文學的特殊性」，並引用葉氏原文為證：「無疑的，在日本帝國主義的彈壓下，台灣文學走了畸形的、不成熟的一條路。我們必須打開窗口，自祖國文學導入進步的、人民的文學，使中國文學最弱的一環，能夠充實起來。」

澤井還指出，葉石濤在不同文章中經常說，在戰後初期，甚至二二八事件的前與後，台灣人「絕對沒有要把台灣與中國分割開來的想法，而台灣知識人大多明確自覺台灣是中國的一部分」。

一九七七年葉氏發表〈台灣鄉土文學史導論〉時，雖指出台灣有「與漢民族文化不同的台灣獨特的鄉土風格」，具備了台灣鄉土文學前提條件的「台灣意識」，但澤井說此時的葉石濤也還沒有把「台灣意識」同中國切割開來。他把「台灣意識」定義為「居住在台灣的中國人共通的，遭到殖民統治和壓迫的共同經驗」。澤井說，這以後葉石濤轉向於把台灣從中國分離出去，建構使台灣文學自立的台灣文學史觀，但澤井懷疑寫〈導論〉時的葉石濤，似乎還沒有到達分離的想法。澤井指出，當時的葉石濤還「可能因為受到七〇年代台灣思潮的左翼傾向和葉氏在戰後一時左傾的根源，在〈導論〉中也依然強調台灣文學『反帝反封建』的特質」，而且把台灣文學的史源上溯到清代郁永河的《稗海記遊》。澤井說這「可能不是把台灣文學做『國家歸屬』，而是把台灣島史與台灣文學史做重疊思考的『萌芽』」。

澤井說，八〇年代台灣政治條件鬆動，先有八三年陳映真寫〈山路〉、〈鈴璫花〉等以白色恐怖為題材的小說。一九八四年林瑞明發掘《台灣新生報．橋》副刊有關光復後重建台灣新文學論爭的（部分）材料（但隱瞞了類如楊逵抨擊了台灣獨立、台灣託管論的重要文章〈台灣文學問答〉等文章——作者按），一九八二年彭瑞金發表〈台灣文學應以台灣本土化為課題〉（《文學界》一九八二年四月），陳芳明在一九八四年自海外寫稿在台灣發表〈現階段台灣本土化論〉（《台灣文藝》），出現了把台灣文學從中國分離出去，把台灣文學當成獨立實體的「台灣文學本土化論」，搶先於葉石濤的《史綱》。相形之下，一九八五年《史綱》初稿在雜誌《文學界》發表時，葉石濤還堅持「台灣文學是中國文學的一部分」的原則，文中不時出現「台灣文學是中國文學的一個支流，是大陸抗日民族運動的一部分」；說台灣文學是「在台灣的中國文學」；台灣文學是「在台灣的中國人所創造的文學」。但這些記述在一九八六年單行本出版時全被作者刪除改寫。澤井說，葉石濤之所以刪改初稿，是為了「配合八〇年代中後『本土化論』勃興的步調而寫的文學史」。

「改寫」的部分，澤井舉了一個實例，原初在《文學界》連刊版《史綱》第七章第二節中對《文學》季刊、《文季》雙月刊等中國民族主義一派作家作品的評論，修改後單行本版中說「（《文學》、《文季》作家們）以大陸的變遷來衡量台灣現實的看法，儘管繼承了日據時代作家關懷現實的傳統，但在政治體制上，今日『大陸』非日據時代的『祖國』，所以他們的思想缺乏現實的基礎，無法落實」。文中楷體字部分，在原《文學界》版中，分別是「遵守祖國之命的傳統」和「他們的思想和政府既定方針相抵觸，而產生了紛爭」。

二

到了九〇年代迄今，葉石濤的台獨文學史論和文論就更加肆無忌憚了。最近（二〇〇二年），葉石濤在日本擁護台獨的學界中公開揚言，一旦台灣「獨立建國」，由於楊逵、龍瑛宗都是「大中國主義者」，他們在台灣文學史中的評價和位序應該「重新評價」，列為不合「台灣文學作家」之資格的地位。其狂亂囂張，令人瞠目。

澤井作為葉書的日譯者，卻在卷末的「解說」（相當於一般學術論著的「導論」〔introduction〕）

中，依據文本的仔細校讀，指出葉石濤台灣文學史論一路變化的過程，最終得到這結論：「葉石濤刪改（原《文學界》版）《台灣文學史綱》初稿，是為了配合八〇年代中後『台灣本土化論』的勃興而寫的文學史。」

這是治學態度嚴謹的、有學術責任心的學者對讀者的交待。一個為了配合某種主流政治潮流而不惜全盤刪修篡改長年來不斷地宣講的「台灣文學是中國文學（之一環）」論，而且宣講之熱烈、積極，比起統一派的文論只有遠過之而無不及的人，卻在台灣政治氣氛轉變到已無任何政治風險的時候，不顧「轉向」、全盤自我否定的尷尬，翻修自己的核心文本，以「配合八〇年代中後『台灣本土化論』勃興」的腳步。這樣的一本書的學術和思想的信用，澤井顯然胸有定見，並以之宣告於讀者。

有人說葉著《史綱》（刪改後的版本），是在宣布解嚴前一年的一九八六年底定稿，解嚴（一九八七年八月）前半年公刊，足見葉石濤之大無畏。但是在現實上，早在一九八六年九月底，「民進黨」突擊式建黨成功。十月，國民黨中常會通過了要「革新」《國家安全法》、「解除戒嚴令」和「開放黨禁」的議題，「美麗島」案在押受刑人也分批釋放（一九八七年一月）。一九七二年台灣被逐出聯合國，喪失了一個「主權國」的地位，國民黨對台統治的合法性受到一九五〇年以來最大的衝擊，夾帶著民族分裂主義的台灣資產階級反蔣獨裁的民主化運動蜂起。葉石濤十分謹慎地審時度勢，才毅然修改《文學界》版本，拋出了第一部台獨論的台灣文學史——《台灣文學史綱》。也正因為機會主義者的極端審慎，正如澤井律之所說，在台獨文論的公開發表上，葉石濤的單行本《史綱》出版時間就落在彭瑞金、陳芳明的台獨文論之後。

一九四〇年代初，日帝當局在偽滿洲、朝鮮、台灣和日本本土推動了為尊天皇、協贊侵略戰爭的「大東亞文學」、「國民文學」、「皇民文學」運動，不少台、鮮、滿、日作家紛紛轉向，屈服在日帝淫威之下，至今仍為未經清算的歷史傷口。對這股陰暗的歷史，想必是澤井律之所熟知的。而一九八〇年代以降逐漸「勃興」的，在台灣的反民族文學論，在若干日本右翼扶贊台灣民族分裂運動的台灣文學研究界公然的介入下，對於我而言，是台灣的第二次皇民文學運動，問題十分嚴峻。因此，讀到澤井律之的「解說」，眼光不覺一亮，知道日本學界確實還有是非分明、態度謹嚴負責的諤諤之士。

三

相對於澤井律之，中島利郎一向是立場、色彩鮮明，毫不隱諱其煽動、支持台灣反民族文論的日本學者，作為日譯者之一，他在葉著《台灣文學史》「解說」第三部分「葉石濤的文學史觀」

中的思想見解，摘要述評如下。

中島指出，葉著《台灣文學史》從明末沈光文以降三百年寫到當代（而不限於前此之以清代的郁永河始——作者按）。但中島接著說，以明鄭沈光文為台灣文學肇基之說，「不始於葉石濤，而始於黃得時」。中島筆鋒一轉，大發謬論，說台灣經荷、西、鄭氏、清朝、日本及國民黨以至「李登輝以前」，「台灣人都沒有主權」，也沒有「作為民族血肉及精神的文字語言」。因為明清時用中國文言，至歷史的現代，台灣人被「強制使用統治者的語言——日本語及北京話」。中島說，及至台灣成為日本殖民地，「台灣才開始形成現代市民社會，逐漸產生抵抗日本人的『台灣人意識』」，「但當時還不是在戰後形成對抗中國、作為異化的『台灣人』意識」。

中島和一切台灣反民族分離派一樣，把「荷、西、鄭氏、清朝、日本和國民黨」統治一律看成「外來政權」的統治，因此台灣在歷史上從來是「沒有主權」的，可任意得而併據的「無主之地」。這就是帝國主義及其僕從所稱「台灣地位未定」、台灣需要「正名」的暴言。澎湖至少在宋代已歸福建晉江縣管轄，至元代正式設立巡檢司，至明代漢人開始較多地遷居台灣島。台灣自古是中國的土地，至為明確。及至十六世紀重商主義期歐洲向外殖民時，荷蘭人曾一時據南台灣為殖民地，但不久被明鄭驅逐，台灣重歸漢人政權。明鄭亡，台灣歸於清王朝，大陸漢人移民台灣者陸增，島嶼開拓日盛，農業和商貿不斷發展，行政機構不斷強化，終於在警惕到列強對台灣的野心形勢下，在一八八五年下詔正式建省，以強化台灣之建設，抵禦外侮。不幸一八九五年日帝割占台灣為殖民地，至一九四五年日帝戰敗，台澎光復，重歸中國版圖。

台灣的漢族移民，因地緣之故，以閩南、客家人居多。日常語言，甚至到了四〇年代「皇民化」時期，廣大台灣農村及城市中下層，都是閩南語、客家語的世界。而在讀書界，二〇年代新文學運動前，也是全中國通用的書面文字——中國文言文——的世界。台灣雖來不及和祖國共有形成現代民族國家的歷程即淪為日帝殖民地，但大陸語文革命後的新的書面語——漢語白話文，卻成為一九三七年日帝以權力禁斷白話前台灣政治公共領域（political public sphere）和「文學公共領域」（literary public sphere）活潑流暢的書面語文。中島就不能不在文章中承認在日本戰敗的前夕的一九四三年，黃得時寫〈台灣文學史序說〉時，仍以自己為漢民族自居。中島也不能不承認「在文學上，台灣（新）文學成立後初期，台灣知識人都認為『台灣文學是中國文學一支流』」，而「台灣知識人皆以北京話作為文學用語」。一九二〇年代台灣是在日帝統治下，台灣作家選擇「北京話」白話文作為「文學用語」，是哪個「統治者」所「強制」的結果呢？難道是日本總督府「強制」了二〇年代至一九三七年間台灣作家、評論家使用中國的北京話？而所謂日統期下「抵抗日本人的『台灣人』意識」既然「不是對抗中國、作為異化的『台灣人』意識」，這其實就是中華漢族意識。這是日本統治當局在《台灣總督府警察沿革誌》的〈序說〉中也不能不感慨係之地承認的事實。

而中島及其他日本及台灣的台獨系學者所津津樂道的、殖民地化後台灣的「現代市民社會」之形成，固然和日帝在台畸形化殖民地資本制生產有關，但也不能忘記，以漢族意識為根本，使用祖國北京白話漢語文為出版、論說和文學創作語文的「出版資本主義」為媒介，存在於家庭私領域和國家機關的公領域之間，真正獨立、批判的政治的、文學的公共領域，才是殖民地「現代市民社會」的真髓。中島利郎，特別是藤井省三妄言日統下日語教育之「普及」形成了台灣現代的、市民社會的公共領域，是有意抹殺市民公共領域的要素在於對支配權力的批判與議論的獨立性與資產階級民主制的關聯。皇民化時期的日語識字和說寫普級率被誇大（學校、機關、皇民化階層以外的台灣廣泛庶民社會，終日占期間，一貫是閩南語和客家話的汪洋大海），而殖民地台灣日語圈的國家軍國主義支配性，戳破了日語教育＝日語成為台灣共同語＝殖民地台灣現代市民公共領域的形成，從而成為日後「台灣民族主義」的根柢之說，被中島以下的一段話自我否定了。他說，「在抗日戰爭時總督府禁斷漢語之前，台灣新文學運動中台灣作家使用的創作語言皆為北京話，象徵了台灣作家抗日、反日的精神，因此使用漢語創作的作家的內心，是作為漢民族而抵抗大和民族，隱求紐帶於大陸的感情。」

其實，既使在漢語白話被禁斷後，以日語創作的作家如楊逵、龍瑛宗、呂赫若、張文環等人，也莫不在極度惡劣的環境下，以「求紐帶於大陸」的感情與覺悟，進行屈折的抵抗。

中島接著介紹了黃得時在〈台灣文學史序說〉中，有關台灣文學的研究對象問題的「五對象」論。眾所周知，五對象包括了出身台灣（即台灣人）、終生在台灣生活與創作；出身台灣，其創作活動也不在台灣；不出身台灣（不是台灣人），在台創作期間短，終又離開台灣；不出身台灣，亦未在台灣生活與創作，但寫了與台灣相關的作品……中島說，葉石濤對黃得時擴大台灣文學作家研究對象的說法表示「折服」，從而主張把荷蘭治台文獻、來台日本殖民作家的日語作品「歸為台灣文學的範圍」，從而提出以台灣文學脫中國化找根據的「台灣文學多語言、多民族」論。

對於這種歪論，只要問一問中島和葉石濤敢不敢向中國大陸、南北韓的現代文學研究界提出要求把當年在偽滿、朝鮮活動的大搞「國民文學」、「大東亞文學」、「皇民文學」的作家寫進中、朝（韓）文學史，就知道問題的荒謬和寡廉鮮恥。廣大舊日本殖民地現代文學史中作家「轉向」問題，在殖民地的日本御用作家作品的後殖民批判，才是我們這些日帝舊殖民地文學史迫切的研究課題。

但中島對台獨系學界在一九九四年召開公開高舉皇民作家周金波的所謂「賴和及其同時代作家——日據時期台灣文學會議」中，以及嗣後葉石濤努力譯介出版其業師西川滿，打破了「戰後

（台灣）鄉土派作家對將日本殖民作家與鄉土作家並列的抵抗」，表示稱許，而對於葉石濤繼續譯刊皇民派殖民作家濱田隼雄、龜田惠美子、河合三良、慴井基郎，讚稱是葉石濤台灣文學史觀「世界化」（即脫中國化）的視野。

英國文學史有專節介紹在殖民地印度出生、生活、創作的帝國主義作家瑞．吉甫林，但印度文學史卻找不到把吉甫林當成印度文學家的論述。日本文學史、中國和朝、韓現代文學史也絕不能找到描寫東北、蒙古、朝鮮生活的日本殖民御用作家的章節，而即便是日本文學史中，也絕找不到西川滿、濱田隼雄一類人的文學地位。義大利文學史、德國文學史也找不到法西斯蒂和納粹作家。被反法西斯世界鬥爭棄若汙物猶恐不及的戰爭協力「作家」，卻只有在台灣的獨派和日本來台的右派「學者」放肆地哄抬，思之心痛、可恥！

中島和台灣的反民族派一樣，扭曲一九四七年二二八事變，五〇年代白色肅清和七〇年代鄉土文學論議的歷史和思想意義。他說，光復後，經歷二二八及白色恐怖，「加速了對大陸的精神異化」，產生了「第二種」（離反中國的）「台灣意識」，而在文學上，中島認為經過七〇年代鄉土文學論爭，促成了離脫中國文學的「台灣文學」這個概念的確立。

事實上，正如澤井律之所說，連葉石濤自己都多次說過，二二八事變之前或之後台灣知識分子和人民都不曾有過與中國分離的思想。中島應該知道，一九四七年三月大屠殺後八個月，在《台灣新生報．橋》副刊上的重建台灣文學的一年多的論議，充滿了台灣、台灣文學與中國、中國文學不可分，省內外文學者要力爭彌合二月事件的傷痕，呼喚民族團結；楊逵更敏銳地提出了反對台灣獨立和台灣國際託管的外國陰謀。而一九五〇年代初的白色肅清，是二二八事變後，大量經由二月慘變而覺悟的在台灣的省內外青年、工農奔向中共地下黨，在韓戰爆發後遠東冷戰構造形成過程中遭到殘虐屠殺和投獄，它的背後絕不是什麼離脫中國的「第二種台灣意識」。至於一九七〇年代現代主義詩批判和鄉土文學論爭，是在保衛釣魚台運動左翼影響下，台灣文論的向（新）中國指向和理論上的向左迴轉，是一場文論上的左右鬥爭，今日反民族文論家當時都沒有人參與這一場險惡的鬥爭，和「第二種台灣意識」更扯不上關係了。

而中島認為葉石濤便是在這脫中國化的「台灣文學」意識趨於明確時的產物。在與澤井律之不同的意義上，中島也指出了葉石濤改寫原先充斥著「台灣重回祖國」、「台灣文學是屬於中國文學一環的文學」；雖然五〇年以後「台灣文學和大陸文學完全隔離而獨自發展」……但其「（中華）民族主義傳統和現實主義風格皆未改變，因此台灣文學是中國文學緊密的一支流」的說法的、《文學界》一九八六年版的原序，在一九八七年葉石濤為單行本《史綱》的出版所寫的新序全部「刪除清算」。但中島語帶稱許地說，葉石濤現在已經明確主張要從脫卻中國的「台灣文學」的「自立」，建構其獨自的世界觀，「表現了台灣作家隱抑已久的真情，宣言了不受任何囚限的『台灣文學』的自立」，從而走上台灣文學（脫卻中國）的「世界化」。曾經在台灣施行苛烈的殖民統治的日本的「學者」中島利郎，在毫無歷史反省的意識下，肆無忌憚地發出這樣的暴言：「『台灣文學』是集居在叫作『台灣』的島嶼上的人們所創始與發展。產生了三百年來只有『台灣文學』所能有的個性與個別性，既不是中國文學，也不是日本文學，而是除了台灣的土壤之外不可能產生的文學……」其為台灣反民族文論的逆流公然煽風點火，已經到了狂妄的極致了。

四

對於葉石濤二十多年來關於台灣文學性質論的混亂，澤井律之斷定了《史綱》或《台灣文學史》是「為了配合八〇年代中後『本土化論』勃興的步調而寫的文學史」，那也就不啻說是一部政治上、文論上機會主義的書，當然不能成為嚴格意義上的學術著作。

中島利郎和台灣在地反民族文論家一樣，對如何解釋葉石濤理論的矛盾多變，苦於無法圓其破綻，但說來說去，只有為葉石濤加上「面從腹背」——在戒嚴時代無法說出自己的本音，甚至不得已而說出違心之論——的遁辭。

事實上，幾乎有一代當前的反民族文論家，在七〇年代末以前全都說過「台灣文學是中國文學之一環」的話。八〇年代初他們紛紛向反民族論轉向時，已經留下了大量令自己尷尬萬分又無法否認的「台灣文學是中國文學之一環」論，但都為自己、為彼此找到「戒嚴時代面從腹背」的遁辭。

在暴力強權下，表面屈從，但腹心中堅持反背，是一種可敬的抵抗。日本皇民化暴政下，有像楊逵那樣絕不放棄可以利用的機會和題材，寫包藏反抗意志的作品者；有不理會戰爭教條，自顧寫台灣的中國生活風俗傳統的葛藤的呂赫若、張文環；有寫殖民地知識分子的苦惱與頹廢的龍瑛宗；也有停筆不寫，以緘默抵抗，或偶爾虛應故事，虛與委蛇的。

因此，如果要說葉石濤是戒嚴體制下「面從腹背」，而實際上自有台獨原則信念的人，他可以封筆，也可以「虛應故事」。但葉石濤留下來的「台灣文學的中國性質論」不但說得多，說得掏肝挖肺、熱烈亢進而且斬釘截鐵，但對此至今連個像樣的反省和交代都沒有，而且還性急地要打倒楊逵和龍瑛宗，顧盼自雄，得意之極。

「機會主義」和「面從腹背」之間有一條絕不可混淆的界限。說葉石濤是無原則的機會主義者，他卻早在七〇年代就受到「左獨」派史明的台灣史觀深刻的影響，經過精心包裝，第一個在島內提出所謂「台灣人意識」的概念。

但如果要說葉石濤不是一個機會主義者，只要想到日本戰敗前夕他在西川滿門下充當少年打手，對台灣抗日派老前輩的「狗屎現實主義」恣意批判，光復後又略見「左」傾，痛詆台灣文學之「不成熟」，強調台灣文學「是中國文學最壞的一環」，後來逐步發展到「台灣文學是大陸抗日民族運動的一部分」。把台灣人說成「在台灣的中國人」，他說得比陳映真還早。這樣的一個人，有誰能擔保海峽形勢改變，民族團結和平統一成為時代趨向時，他會講出什麼樣的論調來。

是機會主義的變色蟲，就絕不能是在逆境中面從腹背的台獨打手。葉石濤是變色蟲還是志士，歷史和人民自有公斷罷！

二〇〇三年九月

初刊二〇〇三年十月十日「人間網」

收入二〇〇三年十二月人間出版社《人間思想與創作叢刊6．告別革命文學？——兩岸文論史的反思》（陳映真編），署名石家駒

本文按人間書版校訂

沒有統一論的「反台獨」論終歸失敗

評《聯合報》「沒有統獨之爭」的社論[1]

《聯合報》分別在九月十二日和十三日，以社論的地位，大肆宣傳台灣不存在中國統一論和「台灣獨立」論對峙，說「統・獨之爭」是獨派民進黨創造的「假命題」。《聯合報》說台灣只有「台獨」論和光譜廣泛的「反台獨」論的對立，在台獨民進黨的宣傳下，許多不贊成祖國統一，又反對台灣「獨立」建國的反獨派被迫「忍辱戴上統派的紅帽子」！

《聯合報》不惜抹煞甚至汙衊主張外力支配下使祖國分裂固定化和長期化，重新宣言兩岸為統一的民族共體，力求分斷民族的和平、團結的民族統一志願者群，藉以開闢一個「維持現狀，反獨又拒統」的選票空間，以集納某一個陣營的選票的用心，明眼之人，一望便知。然而沒有明確地認識和主張兩岸同屬一個不可分割的民族共同體，力圖民族和解與團結的「反台獨」陣線，其思想、政治和倫理的基盤又在哪裡呢？

沒有民族統一論的「反台獨」論，終於不能不只是「另類」的民族分離現狀的固定化和長期化論，它與激進的或者「漸進」的民族分裂主義就沒有什麼本質的差別。

十五世紀以來，歐西經歷重商主義殖民擴張，發展到工業資本主義期對世界市場的割占，戰後三十年間，世界資本主義體系「輝煌」的躍進，形成一個「文明開化」、「光輝燦爛」的歐西世界，而以非歐西世界全體的衰落、沉淪和暗淡為沉重的代價。二次戰後，世界兩大體系的對峙，使美國取代英國成為資本主義世界霸強，以軍事基地之遍布、反共軍事防衛條約網、美國軍事和經濟「援助」，支持以反共國安體系施行戒嚴或獨裁的扈從國家，維持、強化某些國家和民族因冷戰意識形態對立的分裂……來建構「美國制霸下的秩序」(Pax Americana)。從資本主義的世界史的框架看，克服兩岸的民族分裂，其實是以東方(廣義，或曰南方)的沉淪為代價的西方的(或曰北方)的躍升中，自鴉片戰爭以降中國民族解放史未竟的事業。對於這嚴肅的歷史課題，任何機會主義、便宜行事主義不但無力解決這民族史的課題，也是對這重大課題的褻瀆。

因此，以抹煞、解消民族統一論為言的「反台獨」共同戰線所集結的陣地，就不能不是一群對一九四九年政治巨大變革不加省思，執著於內戰史中的「中華民國」，沒有北伐時代先進的三民主義綱領，既反攻勝共無力，又憎惡奪去了政權的「台獨」反民族勢力，依靠美國武裝維持海峽「和平分裂」的形形色色的個人、階層和集團，散發著舊世界的、機會主義的、便宜行事論的霉味。而正是這些人的主要一部分，自五〇年來充當美國在遠東「遏阻」新中國的冷戰戰略前線，在台灣施行排他性絕對統治，殘暴鎮壓一九四五—一九五〇年間台灣與同時代大陸人民的反獨裁、和平建國的民主化國民運動，並在五十年以後的「國家安全體制」下進行極端的反共、憎共——從而反華、憎華的宣傳教育，根本性摧殘了台灣人民磅礡光輝的愛國主義傳統，種下了今日反民族的巨大反動的遠因。當然，正如世界體系論的創始者沃倫斯坦的反省，不僅僅是中國，世界的左派都犯下了「先奪取政權，再以集中（而不是民主）的國家權力進行社會和文化的改造」的錯誤。「文革」極「左」化自有內在和外在複雜的原因，也造成巨大的人和物質、精神的傷害，但受創最深者卻莫過於中共黨的自身。但無論如何，文革的極「左」化，也挫折了廣泛台灣人民對祖國政治和社會的期望，最終不能成為抵擋八〇年代以後台灣反民族運動的力量。

前文提及，從世界史的眼光看，我們民族隔海峽而分裂對峙，最根本的原因，在於Pax Americana的利益和需要。王曉波曾經引用過美國中央情報局在眼見為保持「中華民國」在聯合國席位的努力已經心力俱絀的一九七一年所做的報告，主張（一）美國要推動其所充分支持的、漸進的「台灣化計畫」；（二）從而建立一個「台灣人所控制的代議制政權」；（三）美國可運用「台灣人所掌握的政權」，設法就台灣之法律地位與中國「對話」；（四）讓台灣人接受在「中國範圍內的高度自治」；（五）或造成一種政治局面，使中國同意一個「友好的台灣獨立」！

這個「計畫」之怵目驚心，是它在現實上正逐步在歷屆台灣當局的配合下逐步實施、實現中。事實上，從四〇年代初開始，美國情報機關都在寫類似的報告和「民意調查」，促使美國當局促成、打造一個親美、非共、從中國分離出來的台灣，為美國的戰略、政治和文化經濟利益服務。而一個沒有堅持民族統一綱領的「反台獨」陣線，就會發現美國的計畫是「台獨」派和「反台獨派」都樂於接受的安排——只要把「外省人」也包括在「計畫書」中的「台灣人」之中！

米・鮑(Michael Beau)，一個資本主義世界史學者指出了二十世紀末開始的世界資本主義的「地殼變動」——亞洲資本主義的躍升。日本、「亞洲四龍」、中國大陸、印度、泰國、馬來西亞、菲律賓都在不同程度和史無前例地以高成長率躍進，其中龐大中國的快速發展，尤其令人驚詫。相形之下，歷經五、六個世紀的耀眼發展的先進歐西，包括美國在內，則呈現了分裂、分解和滯後。史家已經頻頻宣告擴及「大海彼岸的歐洲地區」，即歐美之外的亞洲圈，已經逐漸成為世界經濟發展的生長點。

在資本主義成為唯一生產方式的當今世界體系，資本制生產方式在舊的母體中仍有發展餘地的「社會主義」中國，不能不向資本制生產——市場社會主義轉軌。新興資產階級、市場、商品和資本的邏輯，正是現代統一的民族國家形成的驅動力。中國民族克服舊世界殖民分割歷史，完成祖國統一和強盛，是當面中國兩岸各階級的共同職分。看不到這物質運動的歷史趨勢，汲汲於眼前「藍」、「綠」的消長，抹煞和解消在台灣的民族統一運動，勢將不旋踵而面對幻滅和失敗的挫折。

初刊二〇〇三年十月《海峽評論》第一五四期

1　本篇為「反台獨之後」專輯文章。

關於我們的人間網[1]

刊行於一九八五—一九八九年間的《人間》雜誌，以其結合紀錄攝影、深度報導和報導文學的綜合性高度人文關懷，為社會弱小奮鬥仗義代言，表現了生活中人民的苦難、堅毅和對於幸福的渴望，在當時造成強烈、廣泛的文化、思想和人文震撼，至今餘波、餘溫猶在。《人間》在今天依然代表著在精神荒廢的現時代中堅持人的自由和解放，對生活與人懷抱信心、希望和關懷的人文精神。

《人間》休刊十幾年過後，台灣的社會、經濟和政治發生了構造性的變化。一九八七年李氏繼位後，台灣獨占資產階級大舉蜂擁進入政權、立院等權力核心，一個以本省產地大資本為核心的「產業—官僚—政客」三方面連結的，包括本省人與外省人的政商「金融寡頭獨占資產階級」形成，替代五〇年自大陸撤台的舊中國大地主、買辦、官僚階級殘餘的武裝反共流亡集團統治著台灣。二〇〇〇年「政權輪替」，是這個支配構造的變本加厲、延長而不是其否定和斷裂。金融寡頭更加囂張，大舉「化公為私」，貧富兩極差距空前擴大，失業、失學和貧困愈為嚴重，在惡質的族群反目的煽動下，一方面掩蓋了社會階級矛盾，一方面煽動著危險的同族同胞間的納粹式憎惡歧視。而兩岸民族分裂構造在台獨原教義意識形態政治下僵持化，埋葬著外力干預下民族內戰的禍根，和台灣經濟最終因關閉與大陸自然而形成民族經濟一體化分工之途，而走向人為的衰敗，六〇年代以來的一點家當，盡毀於一旦！

在這樣的歷史時期，「人間網」面向時代的召喚，要和廣泛為台灣與中國憂思的知識分子、市民及廣泛人民一起思考和探索……歡迎您光臨上網，更歡迎批評和指導。

初刊二〇〇三年十月十七日「夏潮聯合會」網站
本文依據手稿校訂

1 本文依據手稿校訂，手稿無標註寫作時間，按「夏潮聯合會」網站刊登時間定序。本篇初刊「夏潮聯合會」網站時，篇題為〈人間網開網了!!!——http://www.Ren-Jian.com〉，署名人間網。本篇為網路版第一部分，其後第二部分「《人間網》開網詞」的內容如下：

《人間網》已經開網！為秉承著著名深層報導雜誌《人間》的人文精神為宗旨的，「人間網站」宣布開網！內容有：「《人間》雜誌全卷四十七期拔萃」、「人間調查報告」、關心兩岸聯繫的「源、緣、園」、「人間論壇」、「林深靖專欄」、「台灣新文學論壇」、「思想與創作」、「和平與進步」、「東亞冷戰與國家主義」、「大陸信息」、「人間出版社書訊」等。圖說、調查、紀錄、報告、深度論述、批判與評論。本網站非開放性；設有郵箱renjiannet@mail2000.com.tw。討論文章經篩節後選專區回應。歡迎適合各欄目性質文章來稿，謝絕已經上網刊過的文章。

回歸民眾、回歸生活、回歸現實

二〇〇三年第二屆夏潮報導文藝營總結演講

各位老師和同學們：

在做報告前，先與大家分享這個月以來我參加了「聯合報短篇小說獎」以及台北市政府勞工局外勞詩評審工作的感想。連續兩場的評審工作給我很大的教育跟衝擊。

「聯合報短篇小說獎」，選出來決審的十六篇小說，大概都有一個共同的特色，就是作者的獨白。作者喃喃地講述著充滿混亂、斷裂、無意義的、虛空的「故事」。這種獨白的形式來自西方基督教傳統，藉由個人向上帝禱告的過程，以心靈的獨白，把內心的、心理上的問題交託出來。所以在西洋文學史的傳統裡，我們看到獨白的形式遠比中國文學要來得多。而這次「聯合報短篇小說獎」在每篇字數不超過六千字的小說預選作品裡，大多沒有情節，沒有結構，沒有故事所賴以立的背景，甚至人物也是模糊不清的，所表達出來的感情不是倦怠、欲望、空虛無聊、百無聊賴，就是晦澀的內心糾葛。

這種沒有主題、沒有角色、沒有結構、沒有情節的小說，在近代世界文學史上其實早已有之，不是什麼新東西，就在兩次世界大戰中間，以及戰後的五〇年代在法國有一種叫作「反小說」或者「新小說」的文類，恰恰好都是喃喃獨白，既不是要描寫一個或兩個主要的角色來說一個故事；也不是千方百計地創造出一個情節，營造出一個結構，描寫故事的背景、人物的性格、對話，表達作者講故事背後的意念；反而是沒有主角、沒有人物、沒有情節、沒有結構、沒有明顯的意念，晦澀難懂。這樣子的小說曾經在三〇年代和五〇年代在西歐流行過，並且透過西歐向其前殖民地的第三世界擴散，形成各種形形色色的「現代主義」。

事隔那麼多年，忽然之間台灣的小說也變成人物、情節和意義都不見了，表現的是一種空虛的、倦怠的、完全喪失生存意義和目標的感情，生活對他們來說雖然不像坐牢，卻差不多像坐在牢籠裡一樣地挨著時間，生活成了難挨的苦役。這與我們都理解的三〇年代跟五〇年代所謂的現代主義的「反小說」、「新小說」，來自於人類經過兩次世界大戰的摧殘，使得原本認為人是按照理性而活，是按照科學規律而活的信念完全被否定，開始產生對理性的懷疑和幻滅，變得虛無，對於高度發展且危機動蕩的資本主義，對於新興城市機械的、囂鬧的生活和階級分化、貧困的問題，雖感到憎惡，卻不相信變革的可能而躲到最內部心靈裡面的世界，所以產生了像卡夫卡、吳爾夫、福克納這樣深刻表現壟斷階段資本主義下人類心靈的荒蕪和悲痛的作家。

那些一長串、一長串的獨白都是互相不連貫的、潛意識裡面最混沌的部分，比方說作者看見一隻淺黃色的蝴蝶從窗外飛過，忽然就回到他強褓時期，恐怕還不到兩歲，作者的姑姑在小嬰兒床前換內衣，而那個內衣就是和這隻蝴蝶的顏色一樣，就這樣扯個沒完。法國一位很有名的作家普魯斯特，他的小說《追憶似水年華》裡，幾百萬字就都是這種內心的牽扯、聯想、回憶和潛意識這樣一種帶著灰色的超現實傾向。

為什麼這樣的文學創作方法會在目前不約而同地變成台灣年輕小說創作的潮流呢？包括我在內的三位評審有過一些討論。我們覺得當下年輕一代因為自小生長在電腦的世界，電腦的使用就是把門關起來，所有的資料、資訊透過網際網路都可獲得，長期和電腦對話。其次是幾十年來台灣的語文教育產生很大的問題，讀不到我們的祖國所留傳下來的無論是古文或白話文較優秀的文學作品。因此，年輕一代的作家，總是以第一人稱，愛寫什麼寫什麼，愛怎麼寫怎麼寫，漫無目的地書寫，這與三〇年代和五〇年代的現代主義有略通之處，但卻缺少三〇年代、五〇年代那種人在世界的毀滅性戰爭以後幻滅的愴痛，也缺少在高度發展的資本主義體制下，人被擠壓而虛無，和對社會的對立憎恨，以及絕對的個人化導致對生活、人群的恐懼和憎惡。

這樣一種上無傳統、閱讀範圍不多，又很少讀到有定評的文學傑作，使得台灣年輕一代的小說作品，不問問題，也不提問題，更感覺不到問題；沒有別人，只有任恣的自己，沒有生活，沒有人，沒有思維，這是很危險的現象，並且是十幾篇都這樣不約而同！

另一場由台北市政府勞工局主辦的外勞詩評獎活動，當然這些參加決審的作品都是提早送到我的手上讓我讀過的，讀這些外勞詩作和讀我們年輕一代算是千挑百選過的小說，感覺是完全不一樣的。讀這些詩讓我非常的激動，覺得很受教育，因為我自己沒寫過詩。年輕應該是寫詩的時候，但當時正值台灣詩壇一片現代主義聲浪，我個人在思想上對現代主義有排斥，所以沒想過要寫詩，我也有很多現代派的好朋友，見了面大家互相調侃，但還是你寫你的，我寫我的。後來我關心台灣的現代詩，特別是鄉土文學論戰以後的新詩，鄉土文學論戰以前的現代詩當然都是晦澀的作品，從晦澀回歸到現實的那個短暫的時間裡有過好詩，譬如吳晟、詹澈、施善繼、蔣勳等都有很可喜的現實主義詩作。

因此，當我讀到這些外勞詩的時候，從頭讀到尾後使我非常的感動。台灣的外勞現在大概有三個來源，印尼外勞、菲律賓外勞以及泰國外勞，因此投過來的稿子用三種語言寫成，但我只能讀翻譯過的作品，這裡面當然會有翻譯有點問題，或是譯得不太好的詩作，可是一個好的作品即使是不好的翻譯，也可以感覺到原作的感情思想與美好的力量。外勞詩雖然已經翻譯過了，讀起來還是很動人。為什麼動人呢？因為這些詩篇，像一面很明亮的鏡子，照到我們自己的臉孔。這些詩描述在台外勞弟兄姊妹在長時間的勞動所帶來的憂鬱和無盡的疲倦，描寫他們從工廠鐵門門縫外面看到的，是假日別人在外面放假的生活與羨慕的心情。

事實上，因為某些因素我認識了一些菲律賓籍移入勞工，從他們的嘴裡我才知道，他們的境遇是非常不公平的，他們勞動時間完全地違反我們的《勞動法》，每天工作起碼十一個小時，有的時候超過十二個小時，工資非常的低，萬把塊錢，只有靠加班才會超過兩萬。像這樣的情況也在這些外勞詩裡面，非常生動地表現出來，描寫他們勞動的勞苦、疲倦，委婉地描寫了日常受到的歧視、漫長的勞動時間、低工資、思親等等主題。像有一首詩裡頭就提到，如何懷念故鄉的老父親、老母親，但為了生活把父母放在故鄉，來到這個陌生的土地上，照顧著別人不要的、不願意照顧的老人家；或者是想念著自己的孩子，吐露著母親離開了自己的兒女，卻來到台灣照顧別人的小孩。

另外還有一種我們很熟悉的主題，如同六〇年代有很多日本歌曲改編的台灣歌，歌詞是新填過的，內容是「媽媽你就要多忍耐、愛人你要忍耐，我現在離鄉背井來到台北，努力打拼是為了我們幸福的未來，我們共同忍耐，等待幸福的未來」。像這種主題也常常出現在外勞詩裡面。還有一個主題就是對宗教的信仰，東南亞來的外勞大概都有三種信仰，一個是回教、一個是基督教、一個是印度教信仰，他們最終只能寄希望於信仰，希望上帝、佛陀或者阿拉，能夠保護他們渡過在台灣千辛萬苦的試煉，能夠賺點錢，回家以後改善家鄉的生活，改善族人的生活。

馬克思說宗教是貧窮人民的鴉片，雖然還是有討論的餘地，可是在這些作品中卻很明確的，在台灣沒有安慰，沒有任何撫慰，找不到任何力量又不能夠反抗的外勞兄弟，宗教的傾訴成為另外一種虔誠的感情，藉以自持尊嚴，忍耐萬般的苦澀。

從這些有的是悲忿、有的是慍怒、有的時候敢怒而不敢言的作品裡面，我感覺到就像看見一面鏡子照到了我們臉上最醜陋的部分，我們不知道我們眉毛長得這麼難看，我們不知道我們下巴長得這麼醜陋，透過外勞的眼睛，透過這種委屈的、略帶憤怒的眼睛，甚至略帶哀求的聲音，看到了我們自己，我因此也受到了很大的震動。當然也有少數一兩首、三四首詩，會歌頌被他照顧的台灣阿嬤，述說著阿嬤如何教育她怎麼做人，如何寬待、愛護、安慰我們的外勞姊妹，看到這樣的詩，我們也覺得很安慰，當然這是比較少數的。

另外也有極少數的作品表達了一種，即將離開台灣前給台灣朋友一個忠告的作品，他說：台灣是個很好的地方，很美麗的地方，也是很難忘的地方，可是不應該歧視外來的人。有一兩行詩的意思是說，「也許我們的膚色，有白色、黑色、棕色的不同，可是請不要忘記，在皮膚底下血管流著的血液，顏色一樣都是紅色。」像這樣深刻的語言，讀之令人難忘，甚至我還讀到一首戰鬥的意念比較強，認為這種社會的不公平繼續積累下去，那麼被壓迫的人一定會發出他們不得不發出的聲音。

這兩種完全不同的評選經驗，給我完全不同的感受。我在評選「聯合報短篇小說獎」的時候，幾乎很難選出可以入選的作品，一邊讀一邊打分數，後來根本不打分數只打叉叉，也就是說這篇根本就不考慮入選。為什麼呢？第一，作為一個評審，從審美的觀念看，這些小說不能算是教科書上界定的小說，不能稱為小說，所以根本就不用考慮入選；第二個我考慮到以我的名字推薦的作品，就是對社會的一種鼓勵，小說可以這樣寫，陳某人也推薦這樣的小說入選，這樣就會起很不好的影響。可是在評審外勞詩的時候，我給的每個人的分數都很高，滿分是二十分，當然並不可能是二十分，我總是給十七八分，少數幾首較差的詩也超過十分。當然我看的不僅僅是美學審美的條件，主要的看到他吐露的心聲、思想和感情對我的衝擊；我看到的是這些外勞詩給我的啟發，給我的感動，給我的教育，像一面鏡子一樣教育我們，照到我們自己原來的面目，使我們知道我們是如何對待我們亞洲、東南亞鄰居的兒女。看到這些詩，從他們眼中認識了我們自己，引發了很多反省和感想，也感覺到這些人的善良和真誠，當他們在讚揚一些比較能夠體貼他們的僱主跟阿公、阿嬤的時候，吐露出來的感情之真誠，也讓我們體會到這些外勞心靈的純潔和善良。

兩次評審給我感覺，認識到文學的確有兩種，一種是吃飽打嗝無聊沒事做的文學，另一種則是為了生活掙扎勞動，拼了命想要為自己和家人謀取更好的未來、更好的生活的文學。十九世紀的帝國主義用武力擴張勢力範圍，占領別人的國家和民族，獲取他們的資源、市場與廉價的勞動力；現在由於交通和國際仲介公司的發達，相反地我們不必派軍艦開大砲去征服印尼、菲律賓甚至是泰國，就能夠使他們的超廉價勞動力自己跑到我們的境內，變成我們境內的被殖民者來領取低於我們自己勞動者的工資，增加台灣資本的勞動剩餘和利潤。

在這樣的構圖裡面，我們怎麼樣定位自己？作為報導者，作為文學創作者，作為影像工作者，怎麼看待自己？就變成一個很嚴肅的問題。「聯合報小說評審獎」和台北市政府的外勞詩文獎的兩次非常尖銳對立的經驗，給與我很深的感觸和教育，而我們這幾天在一起思考、討論的報告文學，恰恰也是弱者的文學，是為弱者發聲、為弱者代言的一種文類。為什麼要為弱者發言？是因為我們拒絕承認弱者是現代化、先進化社會的報廢品、不合格品，而加以蔑視、加以忽視和加以抹煞。我們也拒絕將弱小者，當作不適合現代化的，對世界社會「無用」的東西，而要承認他們跟我們一樣是人的這樣的立場去拍照、去記錄、去寫。談到今後我們這條路要怎麼走，就涉及到比較嚴肅的問題。的確這條路是艱難不好走的，第一個提出來勉勵大家的就是，要有一個覺悟，這條路是不好走的路，可是一定要堅持下去；第二是閱讀好的報導文學、影像作品，就像我們這幾天看的這幾部紀錄片，因為好的作品裡面告訴讀者從什麼立場去看生活和人，怎麼樣去結構，怎麼樣鋪呈情節，怎麼樣描寫人物，怎麼樣說一個故事，生動地說一個故事。

其次，我認為坐在家裡絕不會有好作品。報導文學一定要出門，所以剛剛我說到電腦的危害，讓我們年輕一輩在智力、語文、審美表達能力還在成長的時期，就被圈在電腦虛擬的世界。當然電腦也有好處，查資料、要資料都很方便，我們辦《人間》雜誌的時候，查資料要到中央研究院，要到圖書館，要到各大學的圖書館借，現在只要透過網際網路輸入關鍵字，就有一大堆用不完的資料，所以這部分還是要利用。可是另外一定要從電腦的囚房解放出來，一定要出去跟人接觸，跟生活接觸。據說你們在分組討論時，討論的最多的是不知道該怎麼樣去接近人民群眾，不知道要怎麼接近生活。沒有到現場、沒有出門，就沒有作品，就沒有感受，我們都是受過教育的人，只有到豐富的生活現場裡面，才能夠改變你自己，才能認識真實的生活跟真實的人，從而才能得到教育所不能讓我們得到的成長和改變。

我們的報導文學能不能改變世界？能不能變革世界？也是這幾天大家一直在討論的問題，答案不是那麼樂觀。這麼大的一個政治、經濟和軍事強權所建構的世界，強可強到像美國一樣，在經濟上、軍事上，強大到史所未有的大帝國的程度，不僅僅是在軍事上、經濟上支配了這個世界，也透過電影、透過文化、透過精神產品來支配全世界。我們要用紀錄片或是報告文學或者是其他的報告作品來推翻這樣的世界，基本上是很困難的，可是這也絕對不是絕無可能的，這就看整個歷史的潮流，當資本主義生產方式的全球化，一方面象徵著這種生產方式還可能有廣闊的發展空間，只要它有廣闊的發展空間，就不容易被摧毀，可是既然說是空間，就不是無限的，就有它的極限性，當資本主義生產方式的世界化或是全球化，擴張到最後極限的時候，它就會摧枯拉朽地趨於崩壞。那樣的時候人們的意識、人們的思想也會跟著改變，報導攝影、報導文學或是紀錄片的作品，就在這樣的歷史時代產生催化，促進變革，迎接一個更合理、更公正世界來臨的選擇與可能性，永遠是有的。話說回來，從事報導的工作絕對能改變的是什麼？是我們自己，我們的世界觀，我們對人的看法、對生活的看法、對歷史的看法，都會產生根本性的改變，從而成為現有世界秩序堅定的反叛者和批判者。在改變世界以前先改變自己，就會有一些基本的力量，因此總結地說起來，我們《人間》雜誌也體驗過這樣的改變，同仁們的改變我想他們在這幾天都有跟大家交通過、分享過。

我們的報導工作不只是因為對攝影有興趣、對寫作有興趣，就走上這條路，必須有廣闊的人文關懷和人文素養，雖然不需要成為一個社會科學家，可是在採訪拍攝的過程當中要逐漸擴展我們的知識和關懷的層面，擴展我們對社會科學的認識，這樣的報導、作品才會有人文社會科學的深度。我常常說不同的人、不同素養的人去採訪同一個地方、同一個題材，他的結果也會完全不一樣，有深淺的不同，有廣狹的不同，因此我想最後一個建議就是實踐，要創作、要多看作品、要出去採訪，然後這些我們討論的報導理論、報導經驗或者原則，才會對我們產生有意義的幫助。

最後在我們這個課程裡面，我想到台灣很了不起的作家，他的名字叫作楊逵。楊逵是台灣最早而且是唯一宣傳和鼓動報導文學的作家，在台灣文學史上他幾乎是唯一的一個人，不斷地介紹外國進步的報導文學的理論，在台灣提倡報導文學，但可惜的是在日帝皇民化的運動下，這種批判性的文類沒有辦法取得發展。話又說回來，在日據時代的皇民文學時期，日本當局也動員作家下鄉，去描寫為「聖戰」而努力的國民建設，就是所謂的御用文學。楊逵作為一個著名的文學家，也難免被派去當作一個典範，可是台灣的作家是非常有骨氣的，像楊逵、呂赫若雖然都寫了這樣的文學，如楊逵寫了一篇〈在生產的背後〉，實際上他骨子裡是寫他自己對勞動者和生產者勞動的讚美，並不是讚美這些勞動者為了皇民化、為了大東亞共榮圈、為了聖戰而在努力，又如呂赫若也寫了類似的小說跟報導，有心的人細讀就知道他另有所指，看見呂赫若的反抗意識。

楊逵講過非常有名的話。他鼓勵四〇年代年輕的作家，要「用腳去寫作」，他的意思是要我們走出去，要走向群眾、走到生活裡面、走到人民群眾裡面去寫，「用腳寫作」就是我們報導文學的一個非常重要的精神。總括起來就是多讀、多賞析、多出門做調查研究，然後「用腳寫作」，這就是可能我們今後要走的方向。

初刊二〇〇三年十月二十、二十三日「夏潮聯合會」網站

《蒙面叢林》讀後[1]

一

友人吳晟兄的女兒吳音寧，送來她深入墨西哥東南契帕斯山莽中著名的「查巴達民族解放軍」基地的紀實文學作品《蒙面叢林》。那天，我竟一口氣讀完了長達近五萬字左右的報告，在思想和審美上都很受觸動之餘，我也感到發現了一顆晶亮的年輕報告文學家新的星圖，而滿懷喜悅。

楊逵先生早在三〇年代中後，就寫了幾篇熱情介紹報告文學的理論文章，意在鼓舞台灣文學工作者，到人民生活的現場中去觀察、調查和生活，並以文學的形象思維表現社會、生活和歷史中隱藏的矛盾，激發改造的覺悟和行動。可惜的是，一直到戰後很長一段時期，台灣的文學界一直不曾有人回應過楊逵先生的呼喚，使得台灣文學史至今缺漏了報告文學的傳統。

二〇〇三年十月

因此，一直到今天，關於報導文學這一文類的界定，儘管有過大報設置報告（導）文學大獎，有少數幾位熱心的教師在大學中認真開課，但至今眾說紛紜，莫衷一是，甚至還弄不明白報告文學和深度報導等新聞書寫間的差異。在創作實踐上，近十幾年來雖有《人間》雜誌上幾篇令人難忘的作品，例如潘庭松的〈空虛啊，空虛！〉、李文吉的〈李天和葉美惠〉、官鴻志的〈不孝兒英伸〉、鍾俊陞、曾淑美等的〈雛妓奴隸籲天錄〉、陳品君的〈你是中國人嗎？是。你是外國人嗎？是。〉等等，和藍博洲的〈美好的世紀〉以及從此開端的他的長期有關台灣人中共黨員，在五〇年代白色恐怖下的愛與死的系列報告，文采豐美，調查翔實，傾向性鮮明，揭發了五〇年代國民黨在台灣大舉撲殺「異端」者的陰暗歷史，堅實填補了一九四六年到五〇年代，台灣懷抱工農階級自覺的青年，如何把畢生只許開花一次的青春，獻給了中國和全世界進步事業的歷史空隙。

但藍博洲一個人的耕耘，還不能很快帶來台灣報告文學的繁榮。《人間》雜誌在一九八九年因財政困難被迫休刊，寫作隊伍也因失去作品載體而暫告停筆。雖然昔日《人間》的戰士們最近有藉「人間學社」重披調查報告的文學和影像創作的動向，但藉著音寧此書的出版，說一說我對報告文學的一點粗淺體會，或許對發展台灣的報告文學有些許參考的用處。

二

「報告文學」究竟是一種文學的書寫，還是新聞的書寫？這樣的提問似乎至今未有明確的答案。

我的淺見是，報告文學是文學書寫。它肯定姓「文（學）」，不姓「新（聞）」。

但報告文學和一般其他文類——例如小說、散文、詩歌、戲劇有什麼差別？

一般文學最突出的特質是「虛構」。即使是現實主義和自然主義文學，也是現實人生的模寫，人物、情境、結構的材料自現實生活中來，卻往往經過創造的過程而高於現實，比現實更富於意義、想像和創造。但報告文學最大的誡命卻是不能稍有虛構，不允許離開所調查、報告的事實、人、時、地、事件的真實半步。一般文學的虛構世界受到高度的評價，但報告文學的感人力量卻來自於它高度的真實性和非虛構性（non-fiction）。一篇描寫人物生動、情節曲折、結構緊湊、背景鮮明、意念深刻的報告文學作品，一旦被發現有所虛構，立即喪失它作為報告文學的力量與評價。

那麼，報告文學和其他新聞報導有什麼不同？

報告文學和其他新聞寫作相同者，只有它的真實的報知（reporting）性。但其不同者，在於報告文學在嚴守客觀真實之外，可以而且必須運用其他文類，如小說、詩、散文的一切創作敘述技巧及手法：人物的塑造、心理的描寫、背景的摹寫，情節、結構的經營，生動的對話之引用，流利、美好而又精確的語言，合理的聯想與推斷，靈活的敘述觀點（第一人稱或第三人稱），等等，但唯獨不能「無中生有」，只能在現場、資料和調查研究基礎上，進行形象的思考與敘寫。

一般的文學形式如小說，講究先把作者的立場、意識形態隱藏起來，講究「不外露」、「不說教宣傳」；一般的資產階級新聞寫作論，也宣傳「客觀、理性、中立」。但報告文學從來不相信世上有類如自然科學的「客觀、理性、中立」報導。一切媒體一向受到媒體工業資本的權力、利益和政治立場左右，於是西方白人的通訊社，決定了伊拉克、北韓——以及音寧所報導的「查巴達民族解放軍」的印地安農民——是不是「邪惡」的力量，也決定美國侵伊戰爭是「解放」伊拉克，重建伊拉克恢復「人權」與「民主」，還是赤裸裸的霸權對弱小卻富有石油資源的伊拉克的帝國主義式掠奪。

因此，報告文學另一個特點：是它旗幟鮮明的「傾向性」和「徹底的」（radical）「黨派性」。但它不以空泛的政治意識形態和口號表現傾向性和黨性，而是以艱苦的調查、研究和田野體驗以及正反兩面的素材，在完好的形象思維和審美中去表現。

報告文學的這一特性：亦即鮮明而「徹底」的黨性、階級性，來自於它誕生的歐洲時代背景。十九世紀中葉以後，西歐資本主義經工業革命而進入大規模的工廠機械化生產，大量從破產農村湧入工業城市的貧困農民，成了資本砧板上的魚肉。資本不知饜足的剝削，以殘酷的掠奪，對貧困男女工人和童工進行敲骨吸髓的榨取。貧民窟擠滿了飢餓疲憊的工人階級，貧富差距擴大，終至引發了激烈的階級鬥爭，在一些國家甚至爆發了工人的武裝暴動。從空想社會主義到馬克思科學的社會主義思潮不斷激盪，至一八七一年，工人在巴黎武裝建立了第一個無產者政權(即「巴黎公社」，但不到兩個月即遭殘酷壓制而崩潰)。

一八八二年全歐各派社會主義者在德國集會，發表了由馬克思、恩格斯起草的《共產黨宣言》，統一了國際無產階級運動的綱領和政策。一九一七年，新蘇聯在地球上建立了第一個無產者的國家，使全歐的工人階級運動受到莫大的激勵，一時工人罷工、武裝起義搖撼了全歐。這時候，在激動的歷史現場中的記者、作家、社會活動家發現，四平八穩的傳統新聞報導書寫，已經無法傳播熱火朝天、激動人心、觸及心靈道德的歷史和時代的巨變。美國共產黨人約·李德親眼目睹了列寧和布爾什維克黨人攻取了沙皇的克林姆林宮，寫了《改變了世界的十天》。美國新聞記者埃·斯諾全程記錄了中共的萬里長征的史詩，寫了影響深遠的《西行漫記》(The Red Star Over China，一譯《中國的紅星》)，都是報告文學的經典之作。

第二次大戰全球反法西斯鬥爭，在蘇聯產生了許多人民保衛祖國的報告文學傑作。在抗日戰爭期間，中國報告文學家也生產了許多激勵抗日民族解放運動的不朽作品。報告文學不是請客吃飯、挑針繡花的文學。它誕生於風風火火的歷史變革的大時代，因此帶有鮮明的報知性、黨派性和文學性，透露著對美好、幸福生活的嚮往，表現變革歷史的決志……

三

吳音寧的中篇報告文學《蒙面叢林：探訪墨西哥查巴達民族解放軍》，在上述意義上，不能不說是繼藍博洲之後，出現在台灣文壇的報告文學新秀，初一出手，就表現不凡。

西方商業資本主義在十六世紀「地理大發現」時代，開始劫掠加勒比海中南美洲印地安人的自然資源——金礦、銀礦、奴工莊園的甘蔗、茶葉，並將土著民當成牲畜、奴隸，進行貿易並且課以沉重的貢納稅等——靠著血腥原始的積累而肥大。其中，墨西哥是受殖民主義和帝國主義之害最大、創傷最深的民族之一。從十六世紀開始，墨西哥人民在反反覆覆的殖民–反殖民、掠奪–反掠奪的鬥爭中屢仆屢起，即使在一八二一年取得「獨立」後，也被強權割去了今日美國猶他州、德州、加州、科羅拉多大部和新墨西哥州，並且疲於民族內戰和階級鬥爭。直到一九九四年，「查巴達民族解放軍」（取名自墨西哥印地安人民族與階級英雄查巴達。查巴達是一九一〇年代印地安農民革命家，他的游擊隊在一九二〇年被當局消滅）宣稱繼承查巴達的理想，豎旗反叛於墨西哥東南山區，吸引了墨西哥廣泛窮人的眼光，也在全球左派革命鬥爭低迷的當下，吸引了全世界左派革命者的注意和想像。

吳音寧，一個台灣出生的女子，便是在二〇〇一年，深入契帕斯山區，寫出了她的所見所聞，富有即時、鮮活的報知性。她對印地安農民革命同情關注的思想以及深厚的感情，使她的報告作品表現出台灣少見的「徹底的」黨派性，令人印象深刻。最後，她在描寫環境、人物、情境、對話時，文字流利、精準而生動，在情節、結構的布局和安排上，漫渙成章，幾無破綻。

當然，她對於查巴達民族解放軍的自治區描寫，肯定因為滯留時間太短，無法像斯諾一樣深入長征途中領導核心。而查巴達民族解放運動令人迷惑的特點——操作現代化電子郵信搞宣傳，以近乎商業上的「行銷」手段，使契帕斯山區成為某種政治觀光區，繼而在二〇〇一年二月，查巴達民族解放軍居然宣告而且實現了向墨西哥市的公開和平「進軍」！這簡直是只能出現在中南美「魔幻寫實」作品中的情節。

從六〇年代到八〇年代，中南美洲上美國所支持的反共軍事獨裁政權，對於境內的任何民族、民主革命的撲殺，是絕不手軟的。一九七〇年到一九七五年，瓜地馬拉屠殺了一萬五千人左派反叛勢力。一九七〇年一年中，阿根廷軍政當局屠殺了一千名左派分子。一九七三年，美國中情局和智利右派合作，以政變扳倒了民主選舉產生的阿燕德左派政權，隨之進行最廣泛、最冷血的「異端撲殺」，殺人無數，至今沒有確切的統計。其他巴西、烏拉圭、巴拉圭、尼加拉瓜等親美反共軍事獨裁政權，以《國家安全法》所殺戮的進步作家、科學家、學生、社會運動家、工農群眾，真是血流成河，白骨成堆。

那麼，如何去解釋充滿魔幻寫實和後現代詩人情調的查巴達民族解放軍「副總司令」馬訶士，在墨西哥的存在，就需要嚴肅深刻的、進一步調查和研究了。

初刊二〇〇三年十二月《印刻文學生活誌》第四期
收入二〇〇三年十二月印刻出版社《蒙面叢林：探訪墨西哥查巴達民族解放軍》（吳音寧著）

1 本篇為《印刻文學生活誌》關於吳音寧《蒙面叢林：探訪墨西哥查巴達民族解放軍》之專輯「蒙面的革命詩篇」文章。收入《蒙面叢林：探訪墨西哥查巴達民族解放軍》時，題為〈序〉，文末標註寫作時間為二〇〇三年十月二十五日，據此定序；結尾處並增加一段：

但是不管如何，吳音寧的《蒙面叢林：探訪墨西哥查巴達民族解放軍》，是近年來繼藍博洲的厚實報告文學之外，另一個令人驚喜的報告作品。雖然這初出手的一篇，還難斷定音寧今後的創作勞動，但在這個難以在年輕一代找到結合了變革傾向與文學藝術性相結合的作品的今日，音寧的《蒙面叢林》的出版，是令人欣快而鼓舞的。

警戒第二輪台灣「皇民文學」運動的圖謀

讀藤井省三《百年來的台灣文學》：批評的筆記（一）[1]

近十幾年來，日本有一撮研究台灣文學的學者們，不遺餘力地為把台灣文學「從中國枷鎖中解放」出來；為宣傳一種「既不是日本文學也不是中國文學」、表現了「台灣民族主義」的「台灣文學」，並且明目張膽地為台灣皇民文學塗脂抹粉，把當時為日本侵略戰爭服務的台灣「皇民文學」說成「愛台灣」、嚮慕「日本的現代性」的文學，而不是彰久明甚的漢奸文學。這些學者，經由留日獨派學者的仲介，從台灣政府機關拿錢開研討會、出版論文集，擴大其影響。而他們之中比較有影響者，東京大學大學院人文社會系研究科教授藤井省三是其中之一。

一九九八年，藤井出版了《百年來的台灣文學》（東京：東方書店），書中充滿了力圖把台灣文學從中國文學分裂出去的斗膽的暴論。

日本帝國主義在十九世紀末割占台灣五十年，並作為從二十世紀三〇年代初發動長達十五年對中國和南洋的侵攻劫掠作為日本「現代化」的歸結，在廣泛的中國、台灣、東南亞留下了日本至今堅不承認和承擔其責任的慘痛的爪痕。至今，這血漬的創痕仍深刻殘留在朝鮮、中國舊「滿洲」和台灣的文學中。而這一撮包括藤井在內的日本學者，不但沒有對這一頁暗黑的歷史稍有反省，甚至還以舊日本帝國「文學奉公會」的野蠻和傲慢，恣意渲染反民族的台灣文學論於今日。對我而言，這是繼四〇年代初「決戰文學」以來第二次皇民文學運動對台灣文學的威暴。是可忍而孰不可忍！

讀藤井《百年來的台灣文學》，隨手記了一些筆記，初步整理了批判的思考。

藤井台灣文學論的「歷史」的「社會意識形態」條件

藤井在序文「什麼是台灣文學」中，開宗明義就引用著名英國文學批評家泰．伊格爾頓的話指出，被指謂為「文學」的文本，和指謂其為「文學」的人之間，有一定的關係。「構成文學的價值判斷，受歷史變化的影響」，而「這價值判斷又與社會意識形態有密切的關係。這社會意識形態並不單是指個人的好惡，而是指有利於某特定的社會集團對其他社會集團行使權力、維持權力宰制的諸多前提……」

接著，藤井侮慢地指出，日本對台殖民時，台灣人只能講方言，沒有言文一致的語文，後來因日本語的普及才為台灣帶來「現代國語」。而一九四五年日本戰敗後，另一個「外來政權」給台灣帶來了對台民而言也是「言文不一致」的「國語」北京話！「但是，不論是以日本語寫的或北京話寫的」文學作品，只要有「與台灣等身大」（Taiwan size）的台灣「共同體意識」，或有「台灣民族主義的價值判斷的關係」，「我認為就可以稱為『台灣文學』」。藤井強調，只要台灣某文學的文本中存在著與中國分離的（台灣）「共同體意識」或（台灣）「民族主義」的「意識形態內容」，就能「定位在台灣文學的範疇中」！

文學的「價值判斷」確乎與「歷史的變化」和作為權力宰制與被宰制的「社會意識形態」關係密切。但藤井卻不提島田謹二的台灣文學論與亞夫的台灣文學論不同的歷史和意識形態根源；不提西川滿、矢野峰人主宰的《文藝台灣》之台灣文學概念與張文環主編的《台灣文學》以及稍後楊逵主導的《台灣新文學》之台灣文學的概念的不同歷史和社會意識形態根源——日帝殖民地歷史下支配與被支配民族與階級的意識形態。藤井更不提一九四七年迄一九四九年間《台灣新生報．橋》副刊關於重建台灣新文學的論議中眾多論客，尤其是楊逵對「台灣文學」所做的鮮明界定，即「台灣文學」是增進民族理解和團結、力爭台灣文學提高和發展為中國文學無愧的組織部分、深刻表現台灣人民及其生活、堅決反對為「台灣獨立」、「台灣託管」等國際陰謀服務的「奴才的文學」的歷史和社會意識形態根源——即國共內戰形勢根本改變，共軍渡江在即，國際上暗圖將台灣從中國分離出去的歷史，和自三〇年代後，繼抗日戰爭左翼文學運動和文學理論意識形態的根源……而藤井的台灣文學論，是日本對其作為「十五年戰爭」之結果的「現代」毫無反省，和戰後日本對美國帝國主義亦步亦趨，支持東亞反共親美（日）扈從政權，協同壓迫亞洲人民，至今堅持參與美國TMD、「安保條約新指針」和「周邊有事立法」，力圖毀棄和平憲法，重新武裝日本，協助美帝侵攻伊拉克，並長期以新中國為假想敵，堅不正視十五年戰爭對中國人民的加害，長期助長台灣分離運動……的歷史下，作為石原慎太郎、小林善紀、李登輝和金美齡之「學術界」代言的「社會意識形態」產物。

殖民地台灣的日語：是母語的收奪還是現代「國語」的賜與？

藤井說，十九世紀末日本占有台灣時，台灣人民講的是互不相通的閩、客語和原住民各部族語，即依不同的「地域」（指閩客）和血緣（指原住民）使用其「方言」。而「為台灣帶來現代的國語制度者，是在一八九五年以後五十年作為宗主國的日本。台灣島民通過全島規模的語言同化而日本人化。而與此同時，全島共通的（日本）「國語」便形成超越（閩客）諸方言和（原住民）血緣和地緣所構成的各種小型共同體意識的「與台灣等身大」的「共同體意識」。「可以說，這是台灣民族主義的萌芽」！

眾所周知，現代民族國家的共同語（另作「國語」〔national language〕或「普通話」〔common language〕）是現代資產階級民族國家的形成過程的產物，和資本主義生產方式的擴大，現代工商城市的興起，現代市民資產階級的登場、封建宗法體制解體、封建地方壁壘的撤廢而統一市場的形成，和為維護資本主義又積累和再生產體系所必要的現代資產階級又集中又統一的國家機關的形成有關。因此，十九世紀末葉，不要說日帝據占台灣的台灣——連帶地是包括台灣在內的半殖民地．半封建的中國，都還沒有現代意義的「國語」，藤井也說明治初期前（十九世紀五〇年代）、十八世紀以至十九世紀前半的歐洲也沒有現代意義上的國語或共同語。而且由於日帝占有台灣，造成台灣與祖國的分斷，不能充分、完全地共有一九一〇年代伴隨中國反帝民族．民主運動而迅速開展的現代民族國家建設的救亡和啟蒙運動，從而也不能完全共有中國現代共同語，即漢語白話文的建設和普及化運動。日本在台灣以強權將異族語的日語強加於台灣，壓抑台灣母語，藤井把這視為「為台灣帶來現代國家的國語制度」，而我們看到的卻是殖民者為同化被殖民者，以強權收奪和破壞被殖民民族的母語——即作為漢語七大方言中閩語和粵語下位的「方言片」之閩南語和客家語，而兩者都是自秦漢以降陸續南來的中國上古及中古漢語，其中的「唐音」，還至今殘留在日本語文中。

然而在實際上也存在著藤井所抹殺的事實。客家話、閩南話和北京話共同語之間，固然難於在聽聞上相通，但三者的語言距離絕不像藤井說的「有如英、德、法語的差距」，理由是在多方言的中國有歷史悠久、語文文化鞏固的共通的書寫文字。而中國「殊方異語」固多，但思維和表達方式——即語文構造型式與法則，主要詞語等率皆相同，是以四五年來台的國語推行官僚採取的是維護而不是消滅方言，恢復台語（閩南話和客家話）作為中國方言的地位，恢復內在於台灣方言的漢語思維和表達方式，並以此為基礎，推展漢語白話的共同語，而要消除的倒是日語——即異族語日本話的思維和表達習慣。

因此，聽覺上的中國「殊方異語」的使用者，可以很快、很好地學習使用漢語白話。講紹興方言的魯迅能寫出絕倫的白話文共同語小說傑作，理由在此。從一九二〇年代到中國白話文遭日本當局禁絕於一九三七年之前，台灣知識分子曾廣泛使用白話文從事評論和文學創作的歷史，藤井不應不知。這時期台灣人知識分子已經能用白話文進行深刻的理論論說，如陳逢源和許乃昌之間在一九二〇年代中期進行的關於中國社會經濟性質，從而中國改造（革命）性質，即著名的「中國改造論」的冗長深刻的論爭。而日據下台灣文學創作活動的語言，也以白話文為主。以《台灣民報》、《台灣新民報》和各民間文學期刊中大量的白話小說等文學作品，說明了講客語、閩南語的台灣知識分子，透過白話文在現代報章雜誌上發表、交換和傳播其思想，形成了儼然的、介於個人家庭等私領域和國家機關公領域之間，臧否殖民地時政的文學和政治的、現代意義上的、政治與文學的「公共領域」（public sphere）和台灣人的「印刷資本主義」。而其所形成的「民族共同體想像」，恰恰是反日、抗日、以復歸祖國為願念的漢族共同體和漢民族主義意識，而不是什麼「台灣民族主義」和「台灣意識」。這只要看一九三〇年代中後出版的《台灣總督府警察沿革誌》第二篇中卷《領台以後的治安狀況》序中的一段話就明白了：

「關於本島人的民族意識問題，關鍵在於其屬於漢民族系統。漢民族向來以五千年的傳統民族文化為榮，民族意識牢不可拔……雖已改隸四十年，至今風俗、習慣、語言、信仰各方面仍襲舊貌。」台人故鄉福建、廣東二省與台灣相距很近，相互交通頻仍，「本島人又視之為父祖墳墓所在……其以支那為祖國的情感難以拂拭，乃是不爭的事實」。而「改隸」之後，日本人雖對台民「一視同仁平等對待，使其沐浴於浩大皇恩」，但台灣人仍然「頻頻發出不滿之聲，以致引起許多不祥事件」。而殖民地台灣抗日「社會運動勃興之原因……除歸咎其固陋之民族意識外，別無原因……」

完成於一九三五年左右的《沿革誌》透露了日帝據台四十年絕不曾藉日語的「國語」化而全面「同化」了台灣人，使台灣人「以日語超越漢方言」，形成所謂「台灣民族主義」，而漢族民族主義卻牢不可破。當然日本人的殖民統治，和一切殖民地世界史中其他殖民地一樣，培植了一批講著破碎的宗主國語，奴顏媚骨，充當下層殖民地警察、公務員、買辦、差役之流的人。但他們一方面從不曾被殖民者「一視同仁」而仍遭鄙視、歧視如奴僕，另一方面則受到本地同胞的憎惡和嘲笑。台灣日據期重要作家賴和在他著名雜文〈無聊的回憶〉一文中深刻而又生動地談到了日本在台推行殖民地「新式教育」所包含的民族與階級歧見，指出「新式教育」在殖民地台灣培養出來的買辦精英知識分子既離脫了本民族同胞，受同胞譏誚，又無法真正擠身於統治民族中，從而呼籲殖民地知識分子回到本民族的群眾中，批判「新教育」的書本啟蒙，而強調在形式知識之上的「人的認識」的啟蒙。

但是藤井在他許多有關台灣新文學的論議中，總是一再誇大日據台灣的「日本語國語體制」的形成。他說一九三三年台灣人「理解日語者」占人口中的二成五，及推行皇民化運動的強權日語同化政策後，「理解日語者」提高到人口的六、七成，使「日語讀書市場擴大到三百二十萬人」，從而形成了哈伯馬斯所謂的日語的「公共領域」之登場。而「台灣總督府為了皇民化宣傳而促成皇民文學出場」！

僅僅五十年的殖民統治，要摧毀和消滅歷史、文化底蘊無比厚實的漢語系統，絕不像從十六世紀開始就陸續被殖民地化的其他亞、非、拉民族母語之強權消亡那樣容易。終台灣淪日五十年，眾所周知，除了在公領域或公學校圍牆內之外，是一片漢方言閩南語和客家語的汪洋大海。近年完全露出親日、反民族本色的葉石濤就曾說，受過日本教育、中小地主階級的他，在家庭私領域中絕口不使用日語。一九三七年日本侵華戰爭開始後，漢語被日帝強權禁絕，四〇年代初因應「皇民化」運動急就章式的「國語講習所」之遍設，在統計學上固然提高了藤井津津樂道的台灣人「理解國語」者的比率，但藤井心知肚明，這些「理解國語」者，除了極少數受到較高殖民地教育的精英外，其日語程度低下，助詞使用錯誤，根本無法讀、聽和寫知性的日本語文。曾有某研究台灣文學的日本學者私下告訴我，純就語學而論，日據下著名、優秀、被他稱頌的台灣日語作家，其日語也很少有人臻於完美圓融的水平，「但卻無損於作為一個傑出的殖民地的抵抗作家」。藤井應該有來台訪問的機會。當他含笑傾聽著圍繞在他身邊的皇民遺老熱情懷念日本治台的「德政」，狂妄詆毀「支那」，肆言「台灣民族主義」時，那些破碎、助詞用錯，發音有濃重閩、客土白基調的日語時，估計藤井感受到的不是這種低水平的「日語理解」能否形成所謂日帝下台灣人的「公共領域」，而毋寧是殖民者精英傾聽被殖民者用拙劣破碎的殖民者語言——「日語＝國語」時一種難以抑制的優越意識吧。

藤井把台灣現代文學史中白話漢語文學和日帝強加的日語文學等量齊觀，把當下台灣語文中的中國普通話相提並論，視為台灣的兩種「國語」，是不知日本對台殖民歷史之罪惡之可恥的暴論。皇民化時代的日語人口（嚴格意義下的「理解日語者」）原就極少，今日的皇民遺老如李登輝世代即將因生命的自然法則而消失，另一方面，中國普通話、白話文早已成為今日台灣的報刊、文學創作、政論、文論的語文——即使倡言「台灣獨立」的文學者、言論人都不能不用漢語白話才能充分表達其反民族文論。有人在閩南、客家方言的表音、表記和文法尚無法統一，現實上還沒有以閩、客土白寫出傑出文學作品、理論評論文章的當下，粗暴性急地在基礎教育階段以政權意識形態強行「鄉土方言教育」，正在嚴重破壞和降低幾代幼小者的語文能力，問題十分嚴峻。而外國人、前殖民統治者的藤井，還在為台灣的「第三個國語」（以閩、客方言為台灣獨自的「民族語」）出謀獻策，苦惱不已。藤井的傲慢和對日本奴役台灣的歷史之不知反省，令人不齒！

藤井的「二二八事變論」之真髓

前文提及，藤井的《百年來的台灣文學》，開宗明義，就引用洋人伊格爾頓、庸克和安德爾遜的斷章，規定表現所謂「台灣民族主義」、「台灣人共同體意識」的文學為獨立於日本和中國的「台灣文學」，為台灣的反民族台灣文學論敲鑼打鼓。

日本一些企圖在今日台灣鼓吹新皇民文學的右派學界，和台灣在地反民族台灣文學論者一樣，津津樂道一九四七年的「二二八」事變造成省內外人民間的民族反目，而發展至今一九七〇年代末第三次鄉土文學論爭之後，逐漸「芽生」了獨立於中國文學的「台灣文學」概念，而且終至成立了儼然「自主」的「台灣文學」。

先說藤井的二二八事變論。他說，光復後，二月事變的前夕，百分之九十五的台灣人「因為五十年間日本殖民下的歷史經驗，不能不對大陸(來台統治集團)感到扞格不適(日人所謂「違和」感)。而在社會上，一九四七年的台灣教育程度、「國語」(＝日語)普及率高於大陸，且「大陸是前現代色彩濃厚農業社會，台灣是工業生產過半的工業化社會」。兩岸社會、文化的不調和，加上來台統治的國民黨集團的暴政和失政，引爆了二二八全島性反國民黨暴動。

藤井為日本帝國主義殖民台灣大做翻案、美化文章，無非在說日帝統治為台灣帶來現代化＝現代法律、廉能政治、一視同仁、工業化……而「百分之九十五」的台灣人早已有以日語為國語的現代共同語，久沐日帝下「現代化」社會的薰陶，對於「前現代色彩濃厚」的國民黨統治集團不適應、心生反感……而終至於爆發了島民的反中國暴動。

眾所周知，馬克思在論及英帝國主義在印度的殖民統治時，科學地、唯物辯證地指出了殖民主義的「雙重作用」——即其「文明化作用」和「建設作用」(或作「再生」〔regeneration〕作用)。為了改造殖民地台灣為日帝獨占資本再生產機序的一部分和其工具，從結果上日帝非蓄意地為台灣帶來了一部分「現代性」。但台灣人民如果不等到日帝統治被日本無產者或台灣民眾推翻之前，就無法將殖民者在殖民地的「建設性」施為批判地據為己有、為我所用。而在具體歷史現實上，日帝統治只能使台灣停留在「前現代」的殖民地半封建社會。自以為熟知百年台灣文學的藤井，應該十分清楚，日據下台灣文學中的台灣生活，在賴和、楊逵、楊雲萍和陳虛谷、呂赫若等，除少數皇民化漢奸作家外的所有台灣人作家中，無不揭發殖民地台灣在物資和心靈上的被害，以企求自我解放與發展的「現代性」批判日帝凶殘壓迫性的「現代性」。而三〇年代中後的戰爭工業化中，工業生產部門的價值內包著龐大的農業加工——製糖產業的產值而有虛構。一九四五年後，因為日本戰敗和戰爭的嚴重破壞，台灣的工業在一九四七年基本上呈癱瘓停頓狀態，這只要看當時由大陸移入日常生活輕工產品，向大陸移出農業、食品產品的台灣經濟，就知道藤井有關光復前後台灣經濟的認識水平了。

因此，二二八蜂起的原因，不是什麼日本製的「現代化」台灣和「前現代」的農業的中國社會的矛盾，而是戰後全中國人民呼喚和平建國、反對內戰的反獨裁新民主主義國民運動的一個組成部分。藤井應該也知道下列的編年：

一九四五年的八一五日本戰敗。十月十日國共頒《雙十協定》同意力爭和平建國、民主化、高度地方自治、在野民主黨派與執政黨平等、合法。十二月一日，國民黨鎮壓反內戰學生運動。一九四六年六月，國民黨發動全面內戰，引爆全國各地反內戰反獨裁示威。七月，反內戰民主詩人聞一多、記者李公樸分別遭到國民黨暗殺。十二月二十五日，駐北京美軍強姦北大女生沈崇引發全國性反美反蔣示威。一九四七年元月九日，沈案反美示威蔓延到台灣，兩方高教學生參加。二月二十八日，發生二月慘變。五月二十日，國府大舉在南京、蘇州、上海等十六所大學鎮壓和逮捕反內戰、要求民主改革的學生近兩百，史稱「五二〇」事變……

從這極概略的編年為框架看二二八事變，其實不是藤井之輩的偏見中所謂「外來政權」對台灣威暴的台灣的反撥事件，而是台灣人民與大陸反獨裁、和平、民主、自治的全國民運動的共感與匯和。近兩年來新資料的發現和新研究的進展，越來越明晰地顯示了兩岸在一九四五年到一九四九年間進步的民主人士、群體和民眾間活潑的政治、思想和文化的互動，超過了島內和外國支持台獨派者的想像。

而其中最突出的實例，是一九四七年十一月到一九四九年四月的長達年許的、在《台灣新生報．橋》副刊上的有關重建台灣文學的論議。一九四七年，繼二二八事件的三月初血的鎮壓後的五月，發生了震動全國的「五二〇」鎮壓民主學生事件。六月，武漢大學五十個民主師生被捕。十一月，歐陽明發表在《橋》副刊上的〈台灣新文學的建設〉，拉開了在台灣集體議論重建殖民地後的台灣新文學為中國新文學之組成部分的漫長論議。但在實際上早在一九四六年元月，上海著名編輯和散文家范泉，就發表了第一篇省外文論家發表的〈論台灣文學〉於上海《新文學》，在台灣文壇上引起廣泛的波紋。數日後，台灣作家賴明弘發表〈重建祖國之日〉加以回應。資料顯示，早在四六年，台灣的報紙副刊就有不少省外進步作家和評論家熱心討論光復後台灣新文學的建設之道，並介紹三〇年代大陸左翼文學和抗日文學發展出來的進步文論，供作參考。而透過戰後初期大陸期刊報紙在台灣的流通、發行（公開或秘密的）；透過光復初期島內報刊的叢出，形成了兩岸間面向全國形勢和島內情勢的「公共領域」。從新發現的資料看，即使在一九四七年三月大屠後，不但沒有與中國割蓆分離的「台灣人共同體意識」，正相反，省內外進步的言論人莫不呼喚在二二八創痕後力爭在台省內外同胞的民族團結。

很多台灣知識分子（林萍心、籟亮、吳阿文、楊逵等）力說台灣人要自覺地脫殖民化，克服日帝下心靈被「日本人化」、「奴隸化」從而力求「良性的中國化」；林曙光和楊逵等人力言台灣、台灣文學是中國、中國文學不可分的一環；台灣文學精神是中國五四新文學「反帝、反封建」精神的賡續；頗有幾個外省評論家（蕭荻、姚筠、雷石榆、孫達人、陳大禹等）力言戰後台灣新文學建設的主體應是台灣籍作家，台灣新文學有絕不亞於大陸新文學的先進性；只有台灣作家才能寫出有台灣特色、台灣氣派、台灣風格的文學作品；更有不少台灣作家和評論家（楊逵、林曙光、籟亮甚至葉石濤等）在當時都自覺反思到日帝統治下發展的台灣文學之不足和極限性，和中國新文學的成就相較，有較大落差，共勉互勉要學習、進步和發展，力爭趕上祖國新文學的成就。

藤井不應該不知道台灣戰後這一段重要的文學思潮。如果明知台灣戰後文學公共領域存在和發展過這一中國指向的言說，而仍意圖從台灣派刻板的二二八論為前提，經由「第二代國語」（＝北京話共同語＝以日語自居台灣的「第一代國語」）論，炮製「台灣文學」＝「具有台灣人共同體意識」和「台灣民族主義」的文學的「理論」，則藤井的本心，無非在挑撥台灣島內省內外同胞的民族反目，為日帝對台殖民統治造成的民族分斷及其所造成的少部分皇民化台灣人的「祖國喪失」症免罪、美化與合理化，並進一步助長當前親日、反華、反民族的台獨文學論體系，從而至於發展台灣的第二次皇民文學！

「台灣文學」和「奴才文學」的分際

正如泰瑞・伊格爾頓指出，人們對某文學的「價值判斷」，受到歷史和意識形態——即支配／被支配的社會權力關係的影響。則今日藤井和中島利郎、垂水千惠們對「台灣文學」的「價值判斷」，也因此和上世紀二〇年代以降至三〇年代在殖民地台灣一寸寸建設起來的「台灣文學」概念，即台灣人文藝團體「台灣文藝作家協會」及其機關刊物《台灣文學》、文藝團體「台灣藝術研究會」（東京）及其有關刊物《福爾摩沙》（Formosa）、文藝團體「台灣文藝聯盟」及其機關刊物《台灣文藝》、張文環主宰的《台灣文學》和楊逵主編的《台灣新文學》中表達的「台灣文學」、「台灣文藝」概念上就完全不一樣了。如果西川滿、濱田隼雄等上世紀四〇年代初，皇民文學的吹鼓手的「台灣文藝家協會」及其御用刊物《文藝台灣》，表現了當時的舊皇民化歷史時代日本殖民統治意識形態，那麼今日藤井們的「台灣文學論」，是當前一貫拒絕反省和承擔日本十五年侵華戰爭和五十年對台殖民蹂躪，堅持緊跟著帝國主義在東亞以新中國為假想敵的新冷戰歷史和意識形態的產物。

而藤井們所誇飾的殖民地台灣的「教育普及」、「現代國語＝日語普及」、廣大的「理解日語」台灣人的現代公共領域之形成⋯⋯經不住日據下台灣文學主題的批判。歸結而言，日帝下台灣文學作品的母題——意識形態，是日本警察（日本殖民統治的總象徵）的貪欲、腐化和殘暴；是殖民統治者和台灣半封建地主豪紳階級結合，魚肉人民；是殖民地下多重壓迫下台灣女性的噩運和悲鳴；是殖民地台灣知識分子的苦悶和反抗；是殖民地半封建社會下農村的破產和生活的貧困化⋯⋯一九四五年日本在台殖民體制崩解，而即使在一九四七年二月事變的恐怖之後，在台灣・台灣文學的歷史屬性和民族認同上，表現在一九四七年十一月至一九四九年四月間的「重建台灣新文學」的長時間論議中，在台灣的省內外作家無不眾口一詞地強調「台灣．台灣文學是中國．中國文學的一部分」，連今日向反民族．分離主義轉的葉石濤都不能不承認在二二八事變前後，台灣知識分子都沒有民族分離意識的事實，則藤井們常說殖民地「現代化」、日本化的台灣和半封建國民黨惡政相遇合產生的民族「違和」感產生了「台灣民族主義」之論，只是他自己主觀的新的「皇奉會」意識形態罷了。

然而，一九四七—一九四九關於如何將日帝劫後的台灣新文學重建為中國新文學無愧的一項的論議中，楊逵先生在〈台灣文學問答〉重要發言裡，特別在二二八事變後一年四個月（一九四八年六月）的台灣歷史狀況下，對「台灣文學」提出了重要的界說，表現了他對當時「台灣文學」概念的「價值判斷」與「社會意識形態」。

問題的提起，是針對當時台大教授錢歌川說，在「語文統一、思想感情又復相通」的國內，「談建設台灣新文學（或）某省新文學，實難樹立其目標」，「論題略有語病」而來。

楊逵針對錢歌川所說，在一般論上，同為中國文學，無必要再依各省分特稱某省文學，表示同意。但楊逵指出，在一九四八年當時，卻存在特別提出「台灣文學」之必要的「目標」（目的）。因為（一）除了淪為日帝殖民地五十年，台灣自明清以來因地緣、政治的原因，長期與大陸產生半分斷狀態，以致產生「自然、政治、經濟、社會、教育、生活和環境」的改變，從而一定程度上也產生「思想感情上」的變異。（二）特別是光復後二二八慘變，使「內外省」人間產生隔閡，「很可悲嘆」。（三）而稍有見識的人，都同意「台灣是中國的一省，台灣不能切離中國」，所以都在努力彌合內外省之間的鴻溝（「澎湖溝」）。（四）但彌合民族間的隔閡的良機（光復當初台灣人民的熱情）已經失去，省內外的隔閡因國民黨治台當局的惡政而不斷在擴大。

為今之計，楊逵認為，凡欲致力於島內民族團結的人們都要拋開本本上和膚淺的台灣認識，要「深刻地了解台灣的歷史」、了解「台灣人的生活、習慣、感情而與台灣民眾站在一起」。而欲達到此目的途徑之一，就是要提倡、建設（經深入台灣人民和他們的生活、理解他們的苦樂、以他們為寫作對象、寫他們的命運和願望及苦惱的）「台灣文學」。在這個意義上，楊逵在認識「台灣文學為中國文學的一部分」基礎上，特別主張上述意義上的「台灣文學」建設之必要。楊逵並且具體舉出當時旅台省外作家歐坦生（丁樹南）發表在上海由范泉主編的《文藝春秋》上的小說〈沉醉〉為他心目中「台灣文學」典範性作品（〈沉醉〉見《鵝仔：歐坦生小說集》，台北：人間出版社，二〇〇〇年）。

因此，楊逵對「台灣文學」的價值判斷和意識形態，是一九四八年全國解放戰爭奔向勝利，新民主主義變革運動快速展開，中國人民和平、團結與進步勢頭大有發展的歷史條件下，堅持克服國民黨惡政造成的民族反感，增進進步人民的堅強團結，共創新中國的「意識形態」。而沉楊逵又進一步嚴厲指斥如果有人要搞為「台灣的託管派或是日本派、美國派」服務而「獨樹其幟」的文學，那是「奴才文學」，不得人心、「不得生存」！

早在二十五年前，楊逵先生就以無比敏銳的政治眼光，洞燭三十五年後今日在台灣大搞「託管派」（台獨派）、日本派、美國派文學的島內與外國團伙的陰謀。對於日帝把台灣殖民化的加害——一八九五年至一九二〇年對台灣反抗日軍占領的農民武裝的大屠殺；以一八九六年和一九〇七年「六三法」和「三一法」獨斷下制定的《匪徒刑罰令》的總督府獨裁高壓恐怖政治；蔓延全島的警、憲之軍專政體制；對台灣本地資本的強權壓抑，從而將殖民地台灣經濟對日帝獨占資本主義從屬化；教育的民族與階級歧視；糖業帝國主義對農村、農民的殘酷收奪；民族母語的剝奪和日語、日帝意識形態的強加，對台灣人民的制度性民族歧視，對被殖民人民的心靈和人格的創傷；在皇民化的法西斯洗腦下驅策台灣漢族和原住民族青年以「志願軍」、「高砂義勇隊」執行戰爭犯罪，大批送死……的罪惡歷史，藤井一派的學者視若無睹，不但沒有半點歷史責任的反省和自我批判，還喋喋不休地大談日語為日帝下帶來了統一的現代「國語」政策，大談通過強權日語形成了現代的廣闊「讀書人口」。他把皇民化運動時期總督府情報（宣傳）機關的戰爭宣傳體制也算進去，誇大戰爭末期台灣在「理解日語」的台灣「讀書人口」中形成了現代的、尤·哈伯馬斯意義上的「公共領域」和庸克、安德爾遜意義上的現代「民族共同體」的「想像」，最終為「台灣民族主義」、為「以台灣意識」的「價值判斷」和「意識形態」的、獨立民族的「台灣文學」論，提供論述策略。白日光天下，日本學界公然參與台灣反民族的政治、思想、文學活動，協助抹消台灣人民的中華民族認同，為日帝對台灣殖民歷史大唱頌歌，將日本殖民主義美化、正當化、免罪化……這是一輪新的、無忌憚的皇民文學運動，是嚴峻的歷史和思想挑戰，包括對台灣人民在內全中國人民的侮辱和挑釁！要求我們對之保持清醒的認識和堅定不移的批判與鬥爭。

二〇〇三年十一月十三日

初刊二〇〇三年十二月《人間思想與創作叢刊6・告別革命文學？——兩岸文論史的反思》（陳映真編）

1 此處篇名內之藤井省三著作《百年來的台灣文學》，為陳映真自日文翻譯而來，其後在台出版的中譯書名為《台灣文學這一百年》（二〇〇四年，台北：麥田）。

台灣的憂鬱・陳序

把一本討論我自己的作家論，在自己主持的小出版社出版，無論如何，總覺得靦腆。事實上，也正是這靦腆之感，使這本書在台灣以繁體字刊行的時間延緩了近乎十年。

而作者黎湘萍兄（以下禮稱略去）極懇切地希望我為這本書的台灣版作序，心中猶豫，遲遲無法下筆，就不難理解。直到初讀作者的台灣版序，受到了觸動，頗有感慨，終於找到一些想說、應說的話。

黎湘萍曾以「孤獨的義人」狀我。但《聖經》上多處反覆地說，世上「沒有義人，一個都沒有」。則我絕不是一個義人，而是一個多有缺點的、軟弱的凡人，是當然的事。然而說到「孤獨」，回想這半生，也確乎是行單影孤，彳亍著走來的。

在中國三〇年代文學，更不必說馬克思主義的哲學、政治經濟學、社會科學和文論體系是可以致人破身亡家的我的少年時代末期到青年時代初期，命運讓我在台北舊書店裡闖進了左翼

二〇〇三年十一月

文學和思想知識的嚴格禁區。我的思想和世界觀開始在飢渴的耽讀中發生根本性的大變化。但在反共法西斯的環境下，即使對骨肉兄弟和最親摯的朋友，都不敢透露我在知性和情感上的豹變。我開始感到同儕的來信或言談膚淺幼稚，我開始覺得人們話題中的書刊文章毫無意義可言。我開始避人耳目聽短波收音機，想像著遍地紅旗的祖國大陸，心神激動——但也在現實生活中日益感到孤獨、焦慮、恐懼和絕望。因為我知道，在反共戒嚴體制白茫茫的環境下，我永遠找不到同志，找不到組織，在全面恐怖清洗之後，革命早已經破滅，毫無希望。

後來我想到，如果在三、四〇年代，兩岸同樣讀過以艾思奇的《大眾哲學》為開端，接受了左傾啟蒙的青年們，感受就會與我迥然不同。在那時，一旦他們向社會變革的理想張開了眼睛，他們也會同時看見平時看不見的幢幢奔波的人影，在奔向讀書小組、奔向進步和解放的道路。他們會感到孤獨的個人在民眾中得到了力氣；他們看見了希望，即便在法西斯統治下無數「暗暗的死」中，感受到的也絕不是絕望，而是悲忿的力量。但在六〇年代初的我，就不能不陷於至深的孤獨、焦慮、恐懼和絕望。

而這恐怕就是我早期所作的小說中，總是表現著熱切又欲言又止的理想，而不旋踵又陷入希望的幻滅，又終至於最後的死亡的所以吧。

六〇年代中後期開展的「亞洲四龍」的資本主義化，不論在韓國、台灣、香港和新加坡，都是在亞洲冷戰構造下極端反共意識形態統治下，以各種反共、國家安全法的獨裁體制，在外（美日）資和對美扈從政權推動的資本主義化，日本經濟學界稱之為「獨裁下的發展」。反共．國安體制壓抑了資本主義化過程中的社會和階級的矛盾，使外來和本地資本得以無忌憚地積累和集聚；而台灣戰後資本主義的發展，又對市場和積累過程帶來的矛盾與痛苦起到鎮靜止痛的效果。因此，在「四小龍」的思想界一般地受到以美國反共、自由主義的支配，對於各自依附的、畸形的發展及其所帶來的人與自然的被害，發不出批判的反省。

沒有料想到的是，中國人民一場偉大的革命，在同一時期逐步向極「左」傾斜並快速擴大化。解放的思想馬克思主義異化為國家宗教。雖然在整個中國革命歷程和文革時期的中國尖銳批判了帝國主義，號召了第三世界反帝獨立的團結，嘲諷的是中國因大革命推翻了「三座大山」，在獨立主權下，不曾經驗過戰後美國新殖民主義在政治、經濟、文化上的統治；而從未完全資本化的中國社會在革命後又性急地從新民主主義奔向共產主義的歷程，使廣泛人民、幹部和知識分子只能在口號和教條化的反資本論述和反帝論述——而不是從具體的生活中去「認識」積累和市場的殘酷性和新殖民主義的壓迫。加上極「左」運動在廣泛知識分子心靈留下的個別、具體的深重的爪痕，在八〇年代全面否定文革的共同的社會心理下，思想理論界特別在九二年之後全面右傾化。反帝論、反資論和第三世界論在對「前三十年」的總的反動中幾被拋棄淨盡。

一九五〇年，在美國武裝守衛下，台灣在血泊中清洗了馬克思主義，迎來五十多年美式自由主義和市場意識形態的長期統治。台灣的思想、文化界於是被剜去了「左眼」，長年來習慣以「右眼」看世界，喪失了批判和反省的能力。而一九八〇年，作為「前二、三十年」的擴大化的極「左」傾向之反動，大陸知識和文化界的「左眼」，視力也迅速弱化。

而我的存在，自知只不過是兩岸五十年來社會與思想歷史錯位脫臼過程中偶然而唐突的產物。我的批判思維的資源，絕不源於我自己有什麼深邃的思想，而來自青年時代舊書店裡的不完整的禁書，後來又和韓國、日本、琉球和南非、菲律賓的進步知識界的思想與運動資源相接，也曾不甚認真地閱讀過一點英、日語進步思想和社科著作，不能掠為我個人的原創。此外，我在台灣經歷了怎麼也料不到大陸社會也要走大致上相同的資本主義「發展」道路和模式，而我對台灣發展歷程的省思竟而同時「適用」於大陸了。黎湘萍說我的話有「先知」和「預言」的性質和價值，完全是過高、過大的評價了。

然而，無可否認，兩岸社會的存在與思想的脫臼也使我在大陸知識界大致上也成了一個「孤獨」的存在。我經驗過個別的大陸知識分子直接、間接，委婉、直截、人前或人後，對我的「左派觀點」表示不可思議、不贊同甚至於嘲笑和憎惡。對於這樣的感情，始則不無驚訝，繼而也很能理解了。以大幅轉向的大陸生產方式為基礎的上層建築——思想、意識形態的裂變，在今後的加劇，是意料中事。新自由主義論、私有財產神聖不可侵犯論的法制化論、反對對美國侵伊的批判、資產階級「民主、自由、人權」論，真是不一而足。今日主張對「前三十年」歷史的再思，重新評估「前三十年」「另類現代性」的朋友們前去的道路上的崎嶇，可以想見。

回顧走來的道路，明晰地感覺到，我在台灣的半生，無非都活在對「美國制霸下的世界秩序」(Pax Americana)的反撥中。隨著戰後兩極對峙的尖銳化，美國以強大的武力在全世界戰略要點布置軍事基地，與各反共扈從國家訂立反共軍事「協防」條約，形成遏制社會主義社會的軍事條約網。美國並以經濟援助、合作的形式，變相輸出其獨占資本，並增進受援國對它的政治與經濟依附。美國以留學體制、人員交換、獎學基金制度大量吸收各國精英知識分子，在美國國內或原社會中形成親美精英資產階級知識分子層，蔚為己用。美國或以駐在各國的新聞、文化中心推動「文化冷戰」，美化美式資本主義及其制度和價值，打擊社會主義。美國以情報或武裝干預，加深各國左右分裂、民族內戰，扶持極端親美、反共的軍事獨裁體制，屠殺和監禁各國各民族反美自主勢力，依仗其強大的武裝和政治、外交和經濟力量，塑造自己為龐大帝國。冷戰「結束」，蘇東社會一夕崩解，美國更無忌憚地宣傳自己成為超大帝國，踐踏既有國際性協作組織和條約，片面把赤貧、反美國家汙名為「流氓國家」，主張恣意的「先制攻擊」，殺人國民，奪人資源，並強行推動為美國獨占資本服務的「全球化」。

一九五〇年，這「美國制霸下的世界秩序」的形成期，正值我小學六年級的十三歲。不知不覺間，大半生生活在這大「秩序」中，成為幾代人的宿命。民族反目、分裂、對峙、極端化的反共意識形態與高壓政治……多少人隨大「秩序」的潮流騰達，多少人在大「秩序」中「暗暗的死去」。擴大地想，毛主席堅信美帝國主義發動第三次世界戰爭之不可避免，在強敵嚴密封鎖下，對黨和陣營內部的革命的純潔高度敏感……從而招致「反右」和「文革」的極「左」化、擴大化，都未嘗不與這大秩序的「威暴」有一定的聯繫吧。

前不久，偶然讀到上海學者張耀寫的文章。文章引用了「世界體系論」的創始人伊·華倫斯坦對美國霸權的評價，說美國實際上是一個「沒有實權的超級大國、一個得不到尊重與服從的世界領袖、一個在它所無法控制的全球亂局中隨波逐流的國家」。正是同一個華倫斯坦，在去年初在台灣的一場演講中，對資本主義世界體系的未來做了悲觀的估計：世界自然生態將嚴重崩壞而波及生產；跨國資本在世界低工資地帶奪取剩餘的優勢有時而窮；國家政權保障和促進資本順利積累和集聚的功能即將萎縮，為平撫嚴重階級矛盾的「福利」政策成本陡增而使政策解體，國內和國際間民族與階級的貧富差距空前分化。

華倫斯坦替世界體系算的流年竟只有今後的五十年。個別社會和國際社會的亂局是他對五十年的描寫。蘇東解體後沒有了有明確綱領、嚴密組織的「反體系」力量，但令人稱奇的是沒有統一意識形態的個人、組織、社會團體，卻以民眾的泛反全球化的團結形態，對強權的國際協商發出越來越激烈的批判與鬥爭。

而經歷了偉大革命的勝利與挫折的中國年輕的思想界，實在沒有理由不在自己民族從屈辱中崛起，又陷入新的苦惱的歷史中沉思，探索自己的發展社會學，探索面對問題的新的文學創作與評論的道路。

我謙卑、清醒地把黎湘萍這本書對我過高評價的部分當成他對我最真摯的友情、鞭策與勉勵的表現。讀到他的台灣版大序前不久，我有機會讀到賀照田、趙稀方兩位先生關於八〇年代摒棄了「前三十年」後大陸文論的反思的文章，正好和黎湘萍的這篇新序聯系到一起，互為應求。我於是看見了大陸好學深思、富有知識原創力一代年輕學者的洞見和生命力。在我步入初老而大病倖癒的當下，看到了我曾為之憂惱的問題意識在祖國大陸清醒的知識分子中提起，半生快慰，莫過於此。

最後，我感謝黎湘萍慨允這本書在台出版，也感謝大陸三聯書局．哈佛燕京學術叢刊惠允授權出版，並從黎湘萍兄之囑，作序如上。

二〇〇三年十一月廿四日

初刊二〇〇三年十二月人間出版社《台灣新文學史論叢刊7・台灣的憂鬱》（黎湘萍著）

為重新遇合的那日

讀賀照田〈後社會主義的歷史與中國當代文學批評觀的變遷〉及趙稀方〈「西馬」、「現代主義」的理論旅行及新左派的視域〉

十多年來，從台灣看大陸的思想界，固然因為資訊材料的極端不足，但總體上有一個強烈的感受，那就是對概稱的馬克思主義思想、價值、方法論和詞語的避忌和全面性拋棄。西方資產階級學園使用的學術術語大量漢譯，和個別學者鑄造的新語，甚至新的歐化文體充斥在新刊的論文中。「左傾」、「左派」頓時成了貶損和嘲諷的詞語。另一方面，是全面抹殺和否定一九四九年革命的歷史、政治和社會意義。十年文革固然充滿了無數個人和社會的被害，但基本上看不見科學性的清理和總括。

因此，分別讀到賀照田先生（以下禮稱略）和趙稀方先生（以下禮稱略）的〈後社會主義的歷史與中國當代文學批評觀的變遷〉及〈「西馬」、「現代主義」的理論旅行及新左派的視域〉，鮮活地感受到大陸年輕一代好學深思的知識分子對於上述大陸思想、學術界諸現象的深刻反思，十分引人注目。

一、兩岸的二〇年代文論思想

賀照田以一九八〇年為界，回顧了大陸後文革＝「後社會主義」時代，思想界和文論領域「極力促成和前三十（一九四九至一九七九——作者按）年政治意識形態與美學意識形態的斷裂」後，由於「缺乏足夠反思中介的接下來的開展中，陷入缺少足夠真實歷史有效性的困境」，以「文學是人學」論向過去的「政治、社會意識形態對文學的壓制和干涉」，提出「人道主義」的反論，另外又以「文學是語言的藝術」論對過去的「反映論」提出了駁論，「成為八〇年代後幾年的文學思潮」，從而又以現代主義創作方法，力求擺脫現實主義創作方法，找「開掘自我」之路。迨九〇年代「後現代」寫作，「造成了當代文學界創作潮流和批評潮流的雙重疲乏」……

這引起我們對兩岸現代文學思潮史對比的興趣。

鴉片戰爭以後，包括台灣在內的中國淪為半殖民地．半封建社會。一八九五年，台灣在中國半殖民地．半封建社會化的總過程中又割讓給了日本，淪為殖民地．半封建社會。從一八九五年開始，台灣農民開展慘烈的游擊武裝抗日鬥爭，終在日帝對西來庵起義（一九一五）的苛酷鎮壓下結束了長達二十年的、前現代的農民抗日運動。同一年，中國大陸以《新青年》雜誌為中心，展開文化啟蒙運動，並發展了新舊語文和新舊文學創作方法的革命運動，至一九一八年魯迅發表〈狂人日記〉，以奇蹟似的成功的創作實踐，宣告了中國新文學在新語文、新敘述體裁和新思想上的勝利。

殖民地台灣在農民武裝抗日運動覆滅後，從二〇年代前夜的一九一九年開始，也開展了現代文化和思想的啟蒙，謀台灣之「革新」和「文化之向上」，推動改良主義的「台灣議會期成」運動，反對總督府的強權獨裁。一九二〇年並仿大陸的《新青年》雜誌，創刊《台灣青年》於東京，開展抵抗日帝統治的思想文化啟蒙，並進一步在一九二一年成立「台灣文化協會」，推動反殖民的文化社會運動。

以《台灣青年》和其後的《台灣民報》、《台灣新民報》為中心，受到中國「五四」新文學運動深刻的影響，台灣也在二〇年代初開始了新舊漢語文和新舊文學間針鋒相對的爭論，同時轉刊了魯迅、郭沫若等人的新小說、詩歌作為日帝下以白話文進行新文學創作實踐的範式。一九二四年張我軍發表了台灣文學史上第一篇詩作〈沉寂〉，至一九二六年，賴和與楊雲萍分別發表了比較成熟、深刻的小說〈鬥鬧熱〉和〈光臨〉，宣告了台灣新文學的啟幕登場。

而儘管兩岸新文化、新文學運動的時差約有五年，思想和創作母題因相近的社會經濟性質，一樣是「反帝」、「反封建」，和「民主」與「科學」。

兩岸文學思潮的三〇年代，也是大同而小異的。

二、兩岸的三〇年代文論思想

受到中國北伐革命和國際共產主義運動大氣候的影響，一九二〇年代中期前後，台灣的民族．民主運動逐漸向左傾斜。「台灣文化協會」和「民眾黨」左傾化，提出民族與階級解放的綱領。一九二八年「台灣共產黨」成立，台灣最大的農民工會「台灣農民組合」成了台共的強人外圍。一九三〇年日本發動「九一八」事變。三一年，全面鎮壓島內一切民族．民主運動的團體。

但從社會運動和組織的潰敗中流落出來的戰士們，迅即在三〇年代台灣文學陣地上找到了戰鬥位置。一方面受到大陸三〇年代左翼文學運動高潮期的影響，一方面受到日本無產階級文化運動組成的「克普」和日本無產者藝術聯盟「納普」的直接、間接的影響，三〇年代的台灣，比較進步的文學團體紛紛成立，並刊行機關雜誌，推動進步文學界的組織化，提倡大眾文學和大眾語（台灣話文），規定了文學發展的方針路線。

但相較於一九二七年北伐革命失敗後至一九三七年抗日戰爭爆發期間風風火火地發展起來的大陸左翼文學運動，格於日帝殖民地嚴苛的壓抑環境，台灣的進步文學畢竟無法亮出類如「左翼作家聯盟」、「無產階級文學」等鮮明旗幟，也不能發表昭然表現階級與民族解放為主題的作品（楊逵的〈送報伕〉、呂赫若的〈牛車〉是極少數例外），也無法大量翻譯來自日本與蘇聯的左翼文藝理論著作，更無法公開進行關於左翼文學內部的理論和路線論爭，並在這論爭中成熟化和成長。因此，整體看來，三〇年代台灣的左翼文學，受到殖民地的社會、政治限制，相較於大陸者，便有強弱、深淺的落差。

四〇年代兩岸文學思潮的對比，則顯示了政治與社會的較大殊異性。

三、四〇年代兩岸的文論思想

一九三七年蘆溝橋事變引發了中國長達八年的抵抗日本侵略的全面戰爭。而日帝殖民下的台灣卻逐步進入日帝下嚴苛的法西斯戰時體制，漢語白話文被更徹底的強權剝奪，禁止使用。到了四〇年代初，日本更猖狂推動「皇民化」運動，台灣文學也被迫為侵略戰爭服務，被強制套上「皇民文學」的枷鎖。台灣新文學陷入了空前肅殺和荒廢的時期。

然而歷史地回顧，台灣文學界除了極少數一、兩個各別的無名作家向漢奸文學投靠，都能在艱難的環境下做直截的或曲折而勇敢的抵抗。這與同時期朝鮮文學大量向法西斯轉向形成強大對比。一九四四年，有黃得時、楊逵在一個會場與日本御用文人西川滿、濱田隼雄為反對非官方台灣文學刊物橫加管制，發生公開的、頑強的爭議。前一年的一九四三年，發生了西川滿、濱田隼雄、葉石濤為代表的法西斯一邊，與楊逵、世外民、吳新榮等抗日一邊的捍衛台灣批判現實主義、反對文學為侵略戰爭服務的「狗屎現實主義」論爭，表現了台灣愛國主義作家大無畏的精神。而在嚴酷的戰時環境下，楊逵通過小說、劇本和報告文學，面從腹背地表達了不屈的抵抗，對中國農民英勇反抗帝國主義的謳歌，和對於生產勞動的歌頌。呂赫若和張文環則公然漠視鼓動尊皇和「聖戰」的「主題」，逕自寫台灣人民傳統生活風俗的小說，自然表現了自己的民族抵抗立場。

抗日戰爭爆發之後，大陸上大片國土淪陷。一九三七年底，大陸各界逐漸形成抗日統一戰線，文藝界分別在國民黨統治區、解放區和「孤島」上海投入火熱的抗日文學藝術運動。一九三八年，全國性抗日文藝統一戰線在武漢成立「中華全國文藝界抗敵協會」，以文藝進行抗日宣傳，提出了把文學帶進廣大農村和抗日部隊、運用和建設民族形式等問題。但一九三八年後，國共間的矛盾轉烈，國民黨以恐怖政治打擊進步抗日文藝。在苛烈的條件下，抗日愛國的進步作家，一方面要從事抗日宣傳創作，一方面又要和國民黨、和偽滿及日占區漢奸文學（偽滿和南京）的「大東亞文學」、「和平文學」進行鬥爭。

在中共根據地，抗日文學在大量湧進延安的進步作家支持下，取得較大、較好的發展，但也形成了投奔延安的知識分子與工農兵之間的磨擦。

一九四二年，毛澤東發表了〈延安文藝座談會上的講話〉，對其後直到抗日戰爭勝利（一九四五）及中共建政後一段很長的期間的中國文藝思潮起到了深遠的影響，特別在中共解放區，產生了大批以勞動人民的生活、感情和鬥爭為主題新的人民文學，從語言、思想和形式上表現了生動的人民性和民族風格（如趙樹理）。

四、光復初期處在同一平台上的兩岸文論思想

一九四五年台灣光復後，經歷了三〇年代左翼文學運動和抗日文學洗禮的一些大陸進步文藝界人士和文化工作者，在一九四七年二月事變前後渡台，從一九四六年開始，不約而同地為重建台灣新文學作為中國進步文學之一部分的事業而努力。其中，一九四七年到一九四九年間在《台灣新生報．橋》副刊推動、由二、三十位省內外作家、文化人參與的、圍繞著「如何重建戰後台灣新文學」的議題，展開熱烈而深刻的論議。總結這次論議的精神共識，計有：（一）台灣新文學的歷史屬性是中國五四新文學傳統的一部分；（二）台灣新文學自有地區特殊性，但又有中國文學的共同性，兩者是辯證統一的關係；（三）台灣新文學的創作主體是「生於斯長於斯」的省籍作家，只有他們才能寫出有台灣特色、氣派和風格的台灣文學；（四）在當時的歷史

和政治條件下，「台灣文學」的提起，在提倡作家深入台灣民眾的生活，描寫台灣民眾的心聲和生活，增進在台省內外同胞的民族團結；（五）提倡大眾文學，提倡新現實主義的創作方法，以歷史唯物主義的方法認識台灣社會與文學，並深入介紹大陸從三〇年代到抗戰文學期間發展的進步文論。

這次論議的重要性在於：（一）在一九四七年因國民黨惡政和台灣人民響應當時全國性反獨裁、反內戰、要求充分的地方民主與自治的民主和平運動被橫加鎮壓而爆發的「二二八」事變，深刻傷害了台灣人民的感情之後，在台進步省內外民主文化人，以正走向勝利的中國革命為遠景，力倡在民族和文學上的團結；（二）這次議論既賡續了台灣三〇年代比較素樸的左翼文學和無產階級文學的傳統，又因大陸來台進步文化人、藝術家、文論家的幫助，而與中國三〇年代左翼文運和抗戰文運的文論相滙通、相結合，進一步提高了台灣新文學的左翼文學理論的認識水平。但一九四九年四月，國民黨在內戰中嚴重失利形勢下，斷然以「四六」事件同時鎮壓了進步學運和這一場文學論議。楊逵等人被捕下獄，台大和師院學生近兩百人被捕，論議在一場反共法西斯壓迫下，戛然而止。

五、五〇年以後兩岸文學思潮的分斷

一九四九年，新生共和國在大陸成立。同年末，國民黨政權遷台。一九五〇年六月韓戰爆發，美國悍然干涉中國內政，以大艦隊封斷海峽，台灣被整編為美國東亞冷戰體制中阻遏中國的前線基地，兩岸的民族分斷因而長期化、固定化。而自此，兩岸自二〇年代以來大致上同源同步的文學思潮開始產生根本性的分殊。

一九四九年末開始，來台的國府政權開始展開有組織、大規模的肅清左翼人士的行動。一九五〇年上半，中共在台地下組織核心偵破。六月，韓戰爆發，美國武裝「守衛」台灣，台灣當局於是展開了徹底的、無忌憚的法西斯肅清。肅清的白色恐怖，不只刑殺了四、五千人，投獄萬餘人，還根本禁絕了左翼的、進步的哲學、社會科學、文學藝術理論等。三〇年代的中國現代文學作家的作品，連帶是日據下台灣文學的作品（因其受到中國和日本左翼文學思潮的影響）都遭嚴格禁絕，大陸和台灣自二〇年前後發展下來的進步的文學傳統遭到最徹底的摧殘。

先於大陸整整三十年，台灣文學界在白色恐怖的血泊中被迫和三〇年代以來左翼的、批判現實主義的主流傳統斷絕了聯繫，不旋踵幾乎同時迎來了反動、法西斯的「反共抗俄」文學宣傳和由何鐵華為潮頭的現代主義（當時稱為「新藝術」）繪畫，兩者都由國民黨中央直接領導的反共文藝、軍中文藝機關所策動。在白色恐怖最殷的五〇年代初，逮捕、投獄和刑殺正雷厲風行，創作出版檢查最酷烈之時，絕大多數從「反共抗俄文學」出身的詩人變身為現代派作家，居然能自由結社、自由寫作並創刊雜誌、發表作品，其中微奧，令人注目。當然，台灣現代主義和當局的反共文藝潮流之間，既有統一的一面，也有短暫的矛盾、猜忌的一面。後者表現為指斥畢卡索的共產黨員身分而勒令將其作品從既定來台展出的法國現代畫展中撤出，表現為國民黨系文人言曦、蘇雪林、鳳兮等對現代詩的晦澀與虛無的批判，更表現在王昇將軍對自由主義、存在主義的「批判」。但一般而言，現代主義詩和繪畫，從上世紀五〇年代末至七〇年代初，可謂「橫掃一切」，成為台灣文藝的主流與霸權凡二十年之久。

我覺得兩岸學者對二十年現代主義在台灣的統治，至少有兩個誤讀。一個是沒有區別「現代主義(或作「現代派」)文學與「現(當)代文學」的意義。用洋人的話說，前者是modernist literature，而後者是modern / contemporary literature。前者是創作方法的概念，後者是文學史的分期的概念，卻往往混為一談。

現代主義創作方法，表現特定時期資本主義社會、歷史時期的人生觀、社會觀和世界觀。十九世紀末，世界資本主義體系進一步向獨占資本主義發展。資本的集聚和集中，在國家政權和金融資本的介入下空前肥大，市場和利潤的邏輯支配一切，現代城市的焦慮、空虛和緊迫、囂鬧、貧富差距的進一步擴大，農村的解體和牧歌田園的消失，人的物化和異化加劇；尤其是二十世紀初第一次帝國主義世界戰爭帶來對理性和文明的懷疑，使人從外向的社會生活退縮到極端個人的最內在的心理葛藤。人在高度資本化社會的矛盾中所引發的空虛和愴痛被唯心主義地宿命化、抽象化，以空虛、虛無、痛苦、焦慮為生命的本然的性質。生命失去意義。生活不可理解。他們不信而且憎惡集體的人改造生活的可能，一如他們不信和憎惡獨占資本主義體制下的工具理性。於是他們依靠毒品、酒精製造迷幻的「現實」，沉淪在不正常的肉欲，迷戀死亡、屍體、驚悚、腐臭、黑暗、絕望……的意象，而發展到極端，可以達到否定既有的一切意義和信念、價值及文化、文明，甚至否定創作本身的地步。

而為了表現這極端異化的人生觀和世界觀，就出現打破一切約定俗成的文句語法，追求作品的下意識化和去意義化，病態的欲情，感官的倒錯，排斥可理解的主題意義，大量使用內心獨白、不羈的聯想，敘述的跳躍和斷裂，講究象徵、隱喻手法，追求文學藝術的絕對的「純粹性」……的形形色色的現代主義創作方法。

但僅僅因為作品使用了「現代主義」的創作技法，如心理獨白、自由聯想、敘述的跳躍與斷裂……不能作為作家是否是個「現代主義」者（或「現代派」）的標準。淺見以為，作品中表現的人生觀、世界觀、創作觀才是歸類的標準。

以白先勇為例，他的若干小說固然使用了明顯的意識流，內心獨白、自由聯想，但（一）全體看，他的敘述更受著名傳統話本小說《紅樓夢》濃郁的語言、氛圍、描寫的影響；（二）他的小說不但不求絕對的、無意念傳達的「純粹主義」，正相反，他強烈地表達了他對一九四九年歷史大變後，走向衰亡的舊社會往日貴人華胄階層深沉的喟嘆、同情和惜別。即使王文興十分用心地在語言、結構、內心糾葛上從事現代主義式的經營的《家變》，也傳達著他的人和社會的價值及觀點。

魯迅早在一九一八年〈狂人日記〉後一系列小說和散文詩中，優秀地使用了精神醫學、象徵主義等資源和手法，但由於他正藉此而藝術地傳達了他深沉厚重的人文思維和批判，至今沒有人稱他為中國的「現代派」（主義）作家，而歸為中國批判現實主義的巨擘。

台灣「現代主義文學」的第二個誤讀，是說它在窒息的五〇年代反共法西斯文學統治下，為思想和創作的悶局「打開了一扇窗子」，發抒「自由」創作的空間，和反共法西斯文藝政策有拮抗的「進步」意義，從而對比較刻板的台灣批判現實主義傳統寫作方式添加了「創作技巧」，豐富了語言的「藝術性」，總地說有相對進步性，有技法上、語言上的貢獻。

先看「進步性」。如前所述，大體而不是個別地說，台灣現代主義文學（詩）和五〇年代反共法西斯主義間統一共生的關係遠大於矛盾拮抗的關係。文學上絕不是沒有革命的現代主義。畢卡索、阿拉貢、聶魯達都曾是共產黨人，都曾以現代主義的文學和藝術作品為人類的進步事業表了態、做了貢獻。但台灣文學的現代主義，在一九七八年台灣文論的左右鬥爭中，都自覺地站到官方反共鎮壓的立場，是無法抹殺的史實。

至於五〇年代台灣現代主義創作方法對文學寫作敘述、語言、技巧上有多大「貢獻」，我個人也採取質疑態度。一，古今中外傑出的文學作品，莫不表現出廣泛豐富、多彩的表現技巧和語言的巧思。象徵、隱喻、時空倒置、內省獨白、文學語言的美學鍛鑄、聯想、夢與現實的交錯……不勝枚舉，絕不待「現代主義」創作方法之出，文學作家才學會這些有悠久歷史傳統的表現技法。李商隱、李白、莎士比亞豐富多彩的文學技法，和「現代主義」絕扯不上什麼關係。

最後，還存在著「現代主義」——如果指「全知觀點的外在寫實」作品之外的廣泛「單一觀點內在敘述」作品——為什麼服務的問題。有為逃避當下現實社會生活中嚴酷矛盾，把生命本質看成痛苦、絕望、孤寂而根本無從理解，沉溺在官能病態的刺激和酒精、迷幻劑所造的虛妄詭異的世界，消磨志氣、無所作為的現代主義，也有以暴虐的現實——如將戰後拉丁美洲軍事獨裁體制下充滿不可置信的暴力、失蹤、集體殺害、拷問等非理的生活形象，與拉美印加、印地安、非洲裔傳統黃教巫術、神秘主義結合的「魔幻現實主義」作品，雖然與「全知觀點外向寫實」創作手法大異其趣，但卻藝術地、有民族風格地表現了對中南美反共軍事獨裁體制下的非理、恐怖、怪誕的生活強力的撻伐，對歷史的和當下的老、新殖民主義的壓迫，表現了有力的批判的「魔幻現實主義」。

準此，五〇年代台灣現代主義的「進步性」是極為有限的。和大陸八〇年代的「現代主義」的歸結一樣，只一味對被庸俗化、機械化的「革命文學」的反撥，追求新奇、怪異、晦澀、模仿，最終只能走到自我否定的地步。

分別在一九五〇年代和八〇年代台灣與大陸的現代主義潮流，從思想的社會經濟根源來看，有鮮明的外來性。五〇年代的台灣社會，是從四五年編入中國半殖民地半封建社會後，因韓戰而編入美國遠東冷戰基地，成為政治、經濟、外交、軍事特別是文化、思想上深度依附於美國的「新殖民地．半資本主義」社會，台灣戰後資本主義甫在國府政權和美援經濟下展開「進口替代型」資本主義發展。一九四九年到一九五二年的農地改革，把幾百年封建、半封建的主佃關係改造成廣泛自耕農的農村社會，消解了台灣社會的半封建性。迨六〇年代，台灣資本主義依新的國際分工，在美日台「三角貿易」出口導向方針下，由以美資為主的外資為動力，在美蔣反共「國家安全」體制下進行「獨裁體制下的經濟發展」，至六六年而完成生產方式的全面資本主義化——雖然帶著強烈依附性和畸形性。

但台灣現代主義發展了於五〇年代初，資本主義還在十分幼小薄弱的階段，因此不能說是台灣資本主義的獨占化(約在八〇年代初)階段的下層建築在文學上的反映。現代主義文學思潮在遼闊的第三世界，尤其是從十六世紀就被西方殖民主義長期統治的拉美，早在一次大戰後就透過英語、法語、西班牙和葡萄牙語直接受到卡夫卡等西方現代主義的直接影響。殖民地、半殖民地、新殖民地的生產關係落後，但因長達三、四世紀的統治，自然產生文化、文學上的當地精英，直接受西方前宗主國文學潮流影響，直接用英、法、西、葡語以現代主義創作方法創作，在西方發表，受到西方校園、文論精英的討論而成名，有的還發揮了不小的影響力。現代主義在第三世界前殖民地的發展，不能看成各當地社會下層建築的直接反映，而應看成是長期的世界殖民地社會歷史在文化、思想、經濟和意識形態支配構造的反映，也是前宗主國與「獨立」後前殖民地的經濟關係下，在社會意識形態領域的曲折反映吧。我曾和來自非洲的兩位英語作家討論過，知道他們有繁多的部族方言，因長達四世紀殖民歷史，無法形成一個統一的民族國家的共同語。「誰要主張哪一個部族語是官定共同語，就意味著內戰！」因此「利用」前宗主國語創作，訴諸自己民族內受過宗主國語言教育的精英和西方讀書界，成為他們一個重要創作策略。至於面對社會底層大眾，他們也發展各部族土語文學，有的透過「廣播文學」，訴諸廣泛的文盲同胞，傳播宣傳解放、批判與改造的大眾文學。

和一九九二年後的大陸經濟比較起來，八〇年代大陸的資本制生產方法還很薄弱。大陸和台灣不一樣的是，一九四九年以後在文化、思想、意識形態上因為主權高度獨立，有意識地批判西方「資產階級腐朽思想」，沒有受到西方意識形態的統治和影響。台灣則不然。一九五〇年後，在法西斯清洗的血泊中，通過與美國的人員交換，留學體制、高教領域大量採用英美教材，台灣知識精英大量地美國化，對台灣思想、文化和教育領域發生深遠的影響。不過五〇年代初，台灣的現代主義文論資源，由於當時初到美國留學的一代尚未學成返台，主要來自精英界英語文比較熟達的殖民地香港的年輕一代現代主義文學界。而大陸的八〇年代，卻在「改革開放」後，拋卻一九四九到一九七九年的「前三十年」革命文論，主動、自願地從薩特、卡夫卡等西方現代主義文學尋找一切只要是非馬、反馬的文論與創作方法而「去革命」化。台灣的一九五〇年是在鎮壓的血泊中訣別了革命文學論，當然也沒有機會以西馬的人道主義論（「文學即人學」論）、「人文思想論」過場，便在反共雷鼓的齊鳴中，直接穿上「現代主義」的戲服，和「反共抗俄文學」同台登場。

及上個世紀九〇年代，兩岸都被洶湧的西方結構主義、後現代主義、女性主義、文化研究的大潮所席捲，除了台灣的一部分鸚鵡們把這些舶來思潮生吞活剝地為「台獨建國」服務外，兩岸文論界卻真走得越來越近了。

因不受理性指導的「歷史勢能」——我們理解為「歷史大勢和能量」——毅然毫無反顧地拋

卻「前三十年」，對於台灣一小群因堅持進步與解放的信念而受盡某種折磨、歧視、抹殺從而孤獨的文學界而言，真是驚心動魄的事態。大陸知識界「拋棄前三十年」，無異於宣告五〇年後法西斯反共文學的「合理性」，而看到大陸精英「勇敢」地嚮往在台灣早已被我們看穿其虛偽與腐敗性的資產階級自由主義，公然「告別革命」，又感到「前三十年」革命文論的破綻與空虛。十年多來，受到大陸朋友的幫助，我開始逐漸能從具體個人的文革被害中，沉痛地理解了革命極「左」化帶來的被害是如何深深地傷害了一代具體個人的命運，更理解到極「左」的熱狂如何致命地損害了革命的本身——對革命的仇恨、理想的失喪、全面否定了四九年革命創造的許多絕不能磨滅的解放與進步的事業，而這些事業，又鮮活地活在今天被大陸市場邏輯當作「不合格品」、「報廢品」一般拋棄的廣大勞動民眾的心中。

也因此，當「新左派」提出對「前三十年的再思」，把「前三十年」從「社會法西斯」、「封建殘餘」、「閉鎖」、「反現代性」的諸多汙名中，另外提出了「另類現代性」(altermodernity)的視角，重新定位中國選擇社會主義革命走向自立更生的現代性的歷史時，我們具體感受到中國年輕思想界的生命力。同樣是「現代主義」，在大陸畢竟沒有造成如其在台灣者之橫掃一切、統治文壇二十年的局面。極「左」時期對人性的戕害，在青年馬克思有關異化、人道主義的論說中早有反論和批判的資源。對極「左」文論，馬恩關於席勒(政治、傾向)與莎士比亞(藝術表現)的矛盾統一的很多論述，在大陸早有汗牛充棟的批判思想資源。不回歸到原始馬克思思想的原點，而外求於西方資產階級唯心主義的邏輯作為清洗我們歷史中存在的極「左」危害，捨近求遠，捨正就偏，大約也是一種歷史反動的大「勢能」下的無可奈何吧。

一九七〇年代初，在北美洲來自港台知識分子發動的保衛釣魚台愛國運動產生左右分裂。其中的左派，開始在美國各大學東亞所中遍尋中國四九年革命和三〇年代左翼文學的歷史與知識資源，以縫補被冷戰和內戰雙重結構所空白化的思想與歷史記憶。受其影響，一九七〇—七三年間，台灣有全面批判現代主義詩的論爭，揭發現代主義逃避、虛無、頹廢、離開民眾與生活、惡質晦澀、迷戀死亡、病的肉欲和感性，進而主張詩的大眾性和民族性。一九七八年，國府御用文人彭歌和余光中先發制人，對尉天驄、王拓和陳映真發動公開點名批判，指三人搞共產黨的階級文學、搞工農兵文學，調動全部黨政文藝系統進行政治打擊與圍剿，台灣文學史上第三次鄉土文學論爭展開。鄉土派強調文學寫民族分裂時代當下的中國——台灣的人民、土地和生活，文學寫民眾，以民眾熟悉的民族形式與風格寫，反對依附和模仿外來的（現代主義）文學，並且素樸地規定台灣經濟性質為殖民經濟，反對和批判美國新殖民主義。在胡秋原、徐復觀、鄭學稼出面維護下，奇蹟似地迴避了一場磨刀霍霍的文字之獄，鄉土文學論取得了社會的同情，也取得了合法性。

鄉土文學論爭的一九七八年，正值台灣資本主義發展達到高峰期後，初遇世界石油危機（一九七四）而進入鋸齒狀發展、環境生態危機顯露、社會矛盾激化的時候，而在外因上則有保釣運動左翼思潮的影響，已如前述。而這文藝思潮的再度向左迴旋，卻花去了二十年光陰。

而面對大陸東南沿海地帶勃發的「亞洲式的資本主義」（包括除一九六〇年中後的「亞洲四龍」，今日印度、馬來西亞甚至菲律賓的高度成長率）正方興未艾，生態環境危機、農村的解體和最終城市化、階級分化、社會安全福利成本（以緩和階級矛盾）的負荷使國家失去增進資本永不饜足的積累之能力，資本主義內在矛盾的激化和全球化……都是包括中國大陸在內的、「亞洲資本主義」時代走完「超低工資的成長」後可能將至的危機。蘇東社會解體，世界有組織、有戰略方針的無產階級反叛運動迅速消失，但幾乎出人意外的，全世界跨國界的、無統一思想和革命組織、多階級、多意識形態團結的民眾、各色社會運動團體、各種非政府組織（ＮＧＯ）反全球化、反對跨國獨占資本一體化的鬥爭和運動卻方興未艾，一年比一年激烈。這大約是初見市場經濟發展，初嚐對物質、商品、貨幣之擁有的甜美滋味的中國市民、精英知識階層和新興「非公有制企業主」階層所不能理解。中國大陸生產方式的翻轉式的變化所帶來社會意識形態的巨大變化「勢能」，猶有廣闊的衝刺餘地。而在跨國界獨占資本快速發展、向全球擴散商品崇拜、消磨理想和志氣、放縱官能欲望時，文學上的遊戲主義、虛無主義和對創造本身的嘲諷與否定，文學作品與文論的商品化和大國意識形態工具化，正經由國際學園和大眾傳播橫掃全球。任何形式的革命文論快速邊緣化，在大陸網頁上遭到公然的嘲弄，受到「自由派」知識分子的摒棄。而主張正視中國社會主義實踐歷史、再思「前三十年」的歷史定位的大陸「新左派」的道路，一時間也怕是崎嶇而艱難的。

然而當我們自己也在台灣因美國所支持的反動、反民族勢力的猖狂而益為無力化和邊緣化之時，對於大陸為進步而思索和實踐的朋友，尤其懷著親人一般的關懷，還抱著一絲或者不致於一廂情願的希望——一個經歷過四九年那一場人類歷史上偉大革命的民族的兒女，沒有理由不能找出自己的發展政治經濟學，而只顧走太多人走過的老路；也沒有理由不批判地繼承「前三十年」的價值和思潮，再次深入民眾，彌合精英階層和直接生產者的裂痕，發展新的文論和新的社會創作實踐。並且在那一天，讓兩岸前進的文學在思想和創作上重新遇合……

二〇〇三年十一月

初刊二〇〇三年十二月人間出版社《人間思想與創作叢刊6・告別革命文學？——兩岸文論史的反思》（陳映真編）

陳映真全集（卷二十）

THE COMPLETE WRITINGS OF CHEN YINGZHEN (VOLUME 20)

作者　陳映真
全集策畫　亞際書院・亞太／文化研究室
策畫主持人　陳光興、林麗雲
執行主編　宋玉雯
執行編輯　郭佳
版型設計　黃瑪琍
排版／印刷　中原造像股份有限公司

出版者　人間出版社
發行人　呂正惠
社長　陳麗娜
總編輯　林一明
地址　108台北市萬華區長泰街五十九巷七號
電話　886-2-2337-0566
傳真　886-2-2337-7447
郵政劃撥　11746473・人間出版社
電郵　renjianpublic@gmail.com

初版一刷　二〇一七年十一月
定價　一萬二千元（全套不分售）
ISBN　978-986-95141-3-2

國家圖書館出版品預行編目（CIP）資料

陳映真全集／陳映真作. -- 初版. -- 臺北市：
人間, 2017.11
23冊；14.8 ×21 公分

ISBN 978-986-95141-3-2（全套：精裝）

848.6　　106017100